开创者

周留征 著

北 京 出 版 集 团
北京十月文艺出版社

我创造，所以我生存。

唯有创造才是欢乐。

——[法]罗曼·罗兰

目 录

上部 创业者

中部 创新者

上部　创业者

第一章　要活下去

三十年以后，当世界第一大信息通信企业领袖钟成回首往事时，才发现自己在外界眼里那些光彩夺目的灿烂和辉煌竟然都是从曾经刻骨铭心的孤独和绝望开始的……

“难道真的已经无路可走了？现在我到底应该怎么办呢？”

深圳东部，郁郁葱葱的大梧桐山山顶。刚才还艳阳高照，这会儿已经飘起了丝丝细雨。正值初春，漫山遍野的野生吊钟花、红花荷，还有毛棉杜鹃等各种南方特有的植物开始陆续绽放出鲜艳的花朵，远远望去，万绿丛中，片片嫣红，色彩斑斓，争奇斗艳。

山顶一个毫不起眼的小亭子下，身材高大魁梧的钟成对身边的如画美景似乎视而不见，只是面无表情地眺望着烟雨蒙蒙中的大鹏湾海面，似乎一直在自言自语。此时此刻，他正在注视的远方是一望无际的广阔海洋；而脚下，则是看起来深不可测的陡峭悬崖。

早晨从家里出来骑着那辆破旧的自行车赶到梧桐山，花去了钟成大半天的时间。到了以后，他又几乎是一口气爬上了近千米高的山顶。虽然是军人出身，有着强壮的体格，爬到山顶的时候，钟成的双腿还是像灌了铅一样，麻木而又酸痛。

钟成费这么大劲跑到梧桐山不是为了锻炼，更不是为了消遣，他就是想折腾一下自己，或者说麻木一下自己，因为近期以来连续遭遇重大打击，他几乎已经处于走投无路的境地，内心也到了崩溃的边缘。

望着大鹏湾波浪起伏的海面，钟成觉得自己就像是一艘小船，任风雨飘摇，随时都有可能沉没在一望无际的汪洋大海之中，瞬间就会消失得无影无踪。

可是，已经度过四十五个春秋的钟成既不甘心坐以待毙，也不敢去想接下来会发生什么。毕竟，作为儿子，他有两位年过花甲的老人需要赡养；作为父亲，他有尚未成家的一对儿女需要培育；作为兄长，他有三个弟弟妹妹需要照顾。

虽然刚刚失去了工作，家庭也不再完整，但是他还有家，还有亲人，他们都在眼巴巴等着他支撑起这个贫穷而又多难的家庭。有老有小却感觉无依无靠，有家有业又似乎无家可归，这是一种多么荒唐而又绝望的人生际遇！

“要活下去！大家要一起活下去！”

多年以前，当他离开那个偏僻而又贫穷的小山村时，做了一辈子乡村教师的父亲语重心长地对他说过的话，犹如烙印深深刻在了他的心里。他永远忘不了父亲说话时的眼神，那双深邃的眼睛里透露出的不仅是一种饱经沧桑后的坚毅，还有更多的希望和期许。

钟成自己也没有料到，很普通的父亲看似一句很平常的话，却成为一束永恒的光，无论他后来身处光明还是黑暗，无论他自信膨胀还是低迷彷徨，这束神奇的光总能把他眼前的道路照亮。

一阵阵凉风裹挟着无数雨点从山顶吹过，云层渐渐散去，炙热的光线一下子照射下来，花草树木上面还未滴落的雨水顿时闪闪发光。极目远眺，大鹏湾海面上波光粼粼，风平浪静，众多船只在有序地出港入海，一派欣欣向荣的景象。

刚到深圳的时候，钟成印象中的大鹏湾还只是个小渔港，很少能看到大型轮船出入。没想到短短几年过去，大鹏湾盐田港已经成为越来越繁忙的国际化港口，真可谓大鹏展翅，一飞冲天。这可能就是经济特区的魅力所在吧。

钟成望着眼前风景如画，一派繁荣景象的大鹏湾，刚才还有些茫然失措的内心不禁被深深触动了。

“要活下去！一定要活下去！”

半个月以前，钟成铁青着脸从厂长办公室出来下楼梯的时候，神情有些恍惚，脚下一个趔趄，一只脚竟然完全踏空，要不是及时抓住楼梯栏杆，准会顺着楼梯滚下去。即使这样，五大三粗的他还是被惊得出了一身冷汗。

就在刚才，厂长很严肃地告诉钟成，因为他的错误决策，导致厂里200多万货款被骗而无法追回。考虑到由此造成的严重不良影响，同时也是为了不给国家造成损失，经上级单位开会研究，决定对钟成做除名处理，200多万货款也要钟成限期偿还。

“厂长，我请求继续留任。我一定会想办法把损失追回来的，您要相信我啊！”钟成哑着嗓子向厂长保证。

“钟成兄，这是上级单位开会决定的事，我也无能为力啊！你看是不是去找郑总求求情？”厂长双手一摊，无奈地说。

厂长说的郑总就是钟成的妻子郑英秀，任电子厂上级单位的副总经理。不过，钟成很了解自己的妻子，她是一个很讲原则、很有主见的人，尤其是自己家的私事，很难通融。

在处理决定上签完名字，钟成感到自己的双手有些发抖。在此之前的大半生里他从来没有预料到，有一天竟然会陷入如此矛盾而又痛苦的境地。

“为什么会搞成这个样子？”

作为电子设备厂主管销售的副厂长，他的确轻信了那个看起来很有派头的港商。或许是太急于证明自己的能力，或许是半路从商还缺乏足够的经验，或许是满脑子的个人英雄主义在作怪，总之他没有充分了解情况就匆匆签订了销售合同，而且又轻率地把货物发了出去。结果货物被接收，货款却没有按照约定的时间打过来。他一再催促对方尽快付款。开始的时候那个港商还信誓旦旦地承诺马上就打款，后来就像空气一样消失得无影无踪。无奈之下，他马上赶到香港亲自追款，却发现那个贸易公司早就人去楼空了。

教训是血淋淋的，即使钟成极不愿意相信这是真的。

钟成从军队转业到了电子厂以后，一直就不太适应企业的运作方式。他以前在军队里是技术兵种，曾经做过研究所的副所长，还获过国家级的科技进步奖，现在转行去从事企业经营工作，对他来说是人生中遇到的一个挑战。谁能想到，他怀着巨大的热情做成的最大一单生意，竟然是一场精心策划的骗局。结果他还没完全清醒过来，就已经被电子厂扫地出门了。

200多万是一笔巨款，对电子厂来说，这个损失不亚于一场从天而降的灾难；对钟成来说，还上这笔钱也是一座几乎不可逾越的大山。他每个月的工资不足百元，连养家糊口都不够，现在又丢了工作，没了收入，猴年马月才能还上这笔沉甸甸的巨债呢？想到这里，钟成胸口如压了一块巨石一样难受，连气也喘不上来了。

屋漏偏逢连夜雨。世间之事，往往福无双至，祸不单行，所谓天意自古高难测。凡人能做的，只有承受，或者改变。

在空荡荡的大街上徘徊了许久，钟成回到家里已是傍晚时分。妻子郑英秀还有父母都在饭桌旁等他。儿子钟杰和女儿钟扬帆都正在读初中，毕业班学习任务重，晚上还要上自习课，不回家吃饭。

在饭桌旁坐下来，钟成端起饭碗又放下了。他不知道如何向妻子开口诉说自己被厂里除名的事情。不过，钟成转念一想，郑英秀是电子厂上级单位主管人事的副总，自己被除名这件事，她肯定早就知道了。

钟成抬起头来看了看郑英秀，见郑英秀也在凝重地看着自己。他立刻就明白，妻子已经知道了。

“你以后准备怎么办？”郑英秀轻声问。

“我……我一定会想出办法的，你放心。”钟成心里其实像一团乱麻，还没想到什么办法。

“唉……你能想出什么办法？况且外面到处都是风言风语，你到底做了些什么啊？”郑英秀深深叹了一口气。

钟成与郑英秀是在山城重庆读大学时经人介绍认识的。郑英秀的父亲是地方官员，只有郑英秀一个女儿，从小就对她宠爱有加。郑英秀性格直率，做事干脆利索，拿得起放得下，从小就有点男孩子性格，在当时的同学中有很大影响力。外貌秀美、内心坚强的川妹子郑英秀能看上钟成，是被他的才华和风趣所吸引。钟成是从大山里走出来的穷孩子，能考上大学相当不容易。大学时的钟成酷爱读书，涉猎范围很广，哲学、历史、军事、经济、文学、科学，几乎什么书都读，而且经常在读书会上分享自己的心得，口若悬河，出口成章，是很多姑娘心里的偶像。郑英秀也毫无意外地喜欢上了这个不修边幅，却才华出众的年轻人。

大学毕业后，郑英秀留在了重庆工作，钟成也去了一家建筑工程公司。在此期间两人克服重重困难结了婚，还生了两个孩子。后来为了建设一个国外支援的重点工程，钟成应征入伍，来到东北的一座大山里面当技术兵。在群山环抱之中，他经历了从工程开工到竣工的全部过程，也从一个技术员成长为研究所的副所长，并有幸作为代表光荣地参加了全国科学大会和全国人民代表大会。后来两人又先后到了深圳工作，可以说一路走来，经历了数不尽的坎坷和风雨。

在被荣誉和光环团团环绕的时刻为什么会选择从军队转业呢？钟成一直不愿意提及这个问题。只是，每当有人问起的时候，他都会想起那次回家探亲时和女儿钟扬帆的深夜谈话。那时扬帆刚开始上初中，钟成因为在外当兵，很少有时间照顾孩子。

“扬帆，太晚了，先睡觉吧，明天再学习。”钟成出去见朋友，很晚才回家，却发现女儿还在书桌旁静静地看书。

“爸爸，我今天听到老师们在说，现在高考升学率好低，很多学生都考不上……我真是有点担心自己。”

“没事，你只要努力就可以了。对自己还是要有信心的！”钟成看着女儿的眼睛说。

“爸爸，您会一直在那座大山里工作下去吗？”钟扬帆忽然歪头看着钟成很认真地问。

“这……要看组织上的安排吧。”钟成有些意外，不知道女儿为何突然问起这个问题。

“爸爸，我做梦都想上大学，万一考不上，我该怎么办啊？”钟成依稀看到，钟扬帆在说话的时候，眼睛里有泪光在隐隐闪现。

“孩子，你只管努力学习，其他的事爸爸一定会想办法的！”钟成紧紧握住了女儿的手。

回到部队后，钟成经常整晚睡不着觉。失眠的滋味是可怕的，但他却没办法改变。妻子在单位是领导干部，平时工作很忙。自己又长时间不在家，和家人聚少离多，没时间陪伴孩子们，对他们日常的生活和学习都无法照顾，再这样下去可能会耽误孩子们一生的前途。实在睡不着，他就坐起来读书，读《毛泽东选集》，读《资本论》，读《战争论》，经常到东方发白了才能躺下睡一会儿。

想到这里，他抬头看了一眼郑英秀。说心里话，虽然经常觉得妻子有些过于强势，但是钟成一直很爱她。无论遇到什么困难，妻子总能帮他想办法解决。只是这一次，他不知道她还能不能帮他渡过难关——200多万的债务，绝对不是郑英秀一个女人所能解决的问题。

父母也察觉到了什么，都眼睁睁地盯着钟成。大家都不吃饭，而是共同陷入沉默之中。这种沉默，让钟成感到有些压抑和窒息。

“钟成，单位领导今天找我谈话了。”郑英秀看着钟成的眼睛，有些无奈但又很坚定地说。

钟成如凉水浇头般猛一激灵，忽然想到，自己欠下的200多万债务，妻子也有责任一起偿还。背负着如此沉重的债务，她在单位里的确一辈子也抬不起头了。

“领导认为你的事情我也有责任，要将我调离现在的岗位。另外，我们现在住的房子要交回去。我们要赶紧找新的地方住。”

“啊？怎么会这样？对不起，英秀，我连累了你。”钟成禁不住一下子站了起来。虽然他有心理准备，但没想到事情比他想的还要复杂。

钟成的父母相互看了一眼，默默地去了自己的房间。郑英秀也默默地站起来，回了房间。只剩下钟成一个人呆立在客厅里。桌上的饭菜还冒着热气，只是没有人能吃得下去。

人总要有个住所才行，何况还有老有小的。钟成费尽周折找了一间又破又小的平房，只有十几平方米。说是一间平房，其实就是个小窝棚。虽然条件无比简陋，一家五口还是连夜搬了过去，将就着先住下。

房子小点还能凑合，不过由于是平房，年久失修，每次下大雨的时候屋顶都会漏雨。外面下大雨，屋里下小雨。一到下雨天，家里锅碗瓢盆都得拿来接雨水，接满了还要及时往外倒，要不就会溢出来满地都是。别人赚钱赚得盆满钵满，自己家里漏水漏得盆满钵满。每次看到这些，钟成只能默默无语。

为了帮儿子还债，钟成的父母每次去菜市场，都只买已经死了的鱼虾和别人挑剩下的青菜。什么便宜买什么，只要能填饱肚子就行。

钟成的心里痛如刀绞。妻子郑英秀的脸色也一天比一天难看。

一个很平常的周末，老人和孩子都外出了，郑英秀说有些事情要和钟成谈一谈。

“我看这个债务短期内很难还清。孩子们也不能没走上社会，就背负如此沉重的包袱，属于他们自己的人生还没开始呢。他们马上就要升高中了，将来必须要考上大学，才能在未来的社会里立住脚，”郑英秀平静地说，“我们离婚吧，为了孩子，也为了我们自己。”

钟成知道，妻子说的都是实话。只是，他真的不希望这个时候一家人分开。不过，不分开还有什么更好的办法呢？他了解妻子的性格，柔中带刚，聪明过人，说到就要做到，从不拖泥带水。

“英秀，没想到我的这次错误竟然把这个家也给连累了。我懂你的意思，只是孩子们不一定接受吧？”钟成还是不想走到那一步。

“孩子们我会跟他们说清楚。这也是没有办法的办法，你别怪我，我也不会怪你。”郑英秀的声音有些哽咽。

钟成站起来，走到郑英秀身边，紧紧地攥住她的双手。“英秀，我对不起你。”钟成的眼睛也湿润了。

第二天，钟成和郑英秀就悄悄地去办理了离婚手续。郑英秀只有一个要求，就是两个孩子的抚养权归她，不过孩子们只要愿意还可以跟着钟成一起生活，毕竟他们已经长大了。钟成犹豫了一下，摇了摇头，没有答应。

办完离婚手续回到家的钟成看到的是父母关切而又痛苦的眼神和孩子们黯然神伤的表情，一直在外人面前坚强无比的他忽然很想找一个地方去大哭一场。可是他不能这样做，因为家人们都在眼巴巴地指望着他能改变现在的窘况。

已是半夜时分，市政府的一间宽大的办公室里依然灯火通明。刚刚开完一个关于成立深圳投资管理公司的会议，市长李志国又开始盯着眼前整个经济特区的沙盘若有所思。

1987年，国家实行改革开放政策已经九年，经济特区也成立八年了，深圳发生了翻天覆地的变化。不过，李志国觉得发展速度还是不够快，很多问题还是没有得到有效的解决。“一万年太久，只争朝夕。”他非常喜欢毛主席的这句词。眼看着自己头发已经花白，快到退休的年龄了，他却感觉还有很多事情没有做完，很多事情还没有去做。

过去李志国以为，一个人一辈子能做成一件大事就很了不起，所以一定要尽心尽力地去做。但是他后半生忽然遇到了一个前所未有的时代，一个让他热血沸腾的时代，有很多大事可以做，很多事情都是他以前做梦也想不到的，怎么能不让他“老当益壮，志在千里”？怎么能不让他激情四射，雄心万丈呢？

在他的运筹帷幄之下，深圳市率先成立了外汇调剂中心，实现了外汇管理的一次重大突破，解决了深圳发展外向型经济，扩大出口的瓶颈问题。接着又借鉴新加坡和香港的经验，成立监察局，确保在经济大潮下党员干部不腐败，不变色。为了防止城市建设中出现无序和混乱的问题，他又在筹备成立规划委员会，统一对城市里的土地利用和规划布局进行管理。

百废待兴，百年大计。千头万绪，千丝万缕。李志国心里再着急，也知道干事就像吃饭一样，饭要一口一口吃，事要一件一件干。国家给了深圳一个好政策，现在需要深圳把好政策逐一落实到各行各业里去。他现在最紧迫的工作，也是最重要的工作，就是尽快为深圳营造出一个干事创业的好环境，无论是政策环境还是自然环境，都需要用心去打造。只要栽好了梧桐树，还怕引不来金凤凰？

“市长，已经很晚了。您早点回去休息吧。”秘书小王走过来轻声说。

“嗯。对了，你要记着告诉资产管理公司的牛主任，公司要尽快挂牌成立，摸清全市国有企业的资产家底，不能老是一笔糊涂账。要搞清楚到底有多少资产，有多少债务。要不然我晚上睡不着觉啊。”

李志国清楚，不少国有企业多年经营管理不善，不知道有多少窟窿等着去填呢！如果不尽快处理好国有企业的遗留问题，就无法营造出一个更有利于经济发展的大环境。还有私营企业，国家年初才发文正式给予肯定，到底如何推动，如何发展，还需要很长时间去逐步解决。

“小王，我们的步子还要大一点，胆子也要再大一点。只有鼓励民间科研人员大胆创业，深圳的经济才有可能腾飞。我看18号文件需要马上发布。”

李志国所说的18号文件，就是《深圳市人民政府关于鼓励科技人员兴办民间科技企业的暂行规定》，这是中国首次出现“民间科技企业”的说法，开创了中国民营科技企业的先河。所谓的“民间科技企业”，主要是指科技人员自愿联合投资，从事科技开发及相关的生产、销售、咨询服务等经营活动的企业。这是作为改革开放试验田的深圳又一次大胆、深入的探索。

“市长，文件颁发通知已经拟好，明天就会对外发布。”

正在这时，一阵狂风忽然刮来，吹得办公室里半开着的窗户“吱吱嘎嘎”晃动个不停。远处天边一闪一闪的，隐隐有雷声不断传来。

“走吧，我们要赶紧回家喽。”李志国走到窗边关上窗户，对小王说，“山雨欲来风满楼。今夜又是一场酣畅淋漓的大雨啊！”

“从哪里跌倒，就要从哪里爬起来！”

从梧桐山回来后，钟成思来想去，决定下海经商，从头再来。他最近读书、看报、听新闻，花了不少工夫研究国家的相关政策，逐渐得出一个比较大胆的判断，那就是国家为了改革开放，搞活经济，逐渐开始对个体工商户和农村专业户等私营经济持肯定和支持态度。钟成敏锐地意识到，私有企业大发展的时代就要到来了。

解放前，钟成的爷爷在浙江一带做过火腿的生意，创下了当地第一火腿的招牌，生意曾经非常红火。钟成不禁想，如果爷爷现在还活着，又可以大展身手了。

钟成虽然有这个判断，但心里其实并没有底。他现在选择下海经商，不是为了延续爷爷的梦想，也不是为了实现自己心中的愿望，说句大白话，他是被逼无奈。如果不去做生意，怎么才能活下去呢？怎么还清那么多的债务呢？

在生存面前，理想和体面其实都一文不值。为了能够活下去，做一名普普通通的个体户又有什么丢脸的？到了这个时候，钟成哪还顾得上别人怎么说、怎么看呢！

“活下去就是胜利！”

人穷志不能短，有志者事竟成。钟成不由自主地攥紧了拳头，暗暗给自己鼓劲打气。

说干就干。钟成周末邀请了五个在深圳的好朋友到一家小饭馆一起商议。这五个人都有一定的技术背景，也有过在企业工作的经历，在原单位里待着不舒服，一直想出来做点事，所以大家一拍即合。为了这次聚会，钟成特意点了几个菜，还要了两瓶白酒。他觉得这样或许显得更隆重一些。

大家喝着酒，群情激动地谈论着即将要做的事情，虽然心里仍然还有些迷茫，但每个人脸上都洋溢着兴奋之情。

“兄弟们，我钟成人到中年遭此一劫，可能也是天意吧。要不然就没机会和大家一起下海经商，这世界上岂不少了几位百万富翁?”钟成说完，不禁哈哈大笑起来。

“老钟，你现在就是百万负翁啊，200万的负翁，怎么还能再做百万富翁，要做也要做一个千万富翁。”梁冬是钟成的老朋友了，很爱和他开玩笑。

“对，对，对。不能再做百万富翁了。我们要做就做大老板，就像香港、澳门那些大老板一样，要多威风有多威风。”

大家一起举起酒杯，一饮而尽。

酒也快喝干了，大家商议了半天，决定先注册一家公司，公司名称就按照钟成提议的，叫“科兴技术”，就是“科技强国、实业兴国”的意思。注册资金大家想办法一起凑凑。至于公司的经营范围，钟成毕竟在电子厂工作过，对时下市场上的紧俏产品比较了解，说最好是经营一些小型程控交换机、火灾警报器、气浮仪等类型的电子产品，以后既可以开发生产，也可以做工程承包咨询。

“有科技含量的产品，才能有钱赚，而且不会是一锤子买卖。我们虽然刚开始创业，但是眼光要放长远。”钟成满面红光地对大家说。

“那些电子产品代理条件都很苛刻的，我们能拿得下来吗？”梁冬禁不住问道。

“万事开头难。看到什么好做就做什么，先挣到钱，能活下去再说。”钟成一副胸有成竹的神态。

说到注册资金，钟成看到每个人都面有难色，知道大家都和自己一样，平时都是紧紧巴巴过日子，没有什么积蓄。他想了想，大声说：“咱们兄弟几个以后肯定都是大财主，但是现在都是财主家里的长工，兜里没几个钱。要不这样吧，我们就按照公司注册资金的最低要求，大家一起凑一凑。股份呢我们六个人平均分。谁要出资有困难，我来想办法去借。你们看行不行？”

大家掰着手指头初步算了一下，按照注册资金的最低要求，六个人每个人大约要出3000元。兄弟们当场表示，不足的部分希望先由钟成垫上，他们先打借条。

不过，股份可以平分，大家还是共同推举钟成挑大梁，负责公司整体经营。“还是钟成负责，我们大家配合。再说了，咱们聚在一起干事也是因为你挑头。”六个人中就高一山做过生意，而且还经常跑香港，他说的话，也正是大家共同的想法。

大家商议完毕，都回家想办法凑钱，约定三天以后一起去注册公司。

钟成笑容满面地送走大家，心里又开始犯了难。他从部队离开的时候上面发了2000块钱的转业安置费，自己平时省吃俭用，一直没舍得花，但是仍然不够，到哪里再去搞些钱呢？或者去找谁借呢？

第二天一大早，钟成骑着自行车出了门，到了傍晚时分才筋疲力尽地回到家。出去了一整天，求爷爷告奶奶地借钱，总共才借了一万多块钱。不过，钟成已经横下一条心，无论如何也要筹够这笔创业的钱。

亲戚、朋友们几乎都借了一遍，就连年事已高的父母也把仅有的一点压箱底的积蓄拿了出来，钟成总算筹集到两万多块钱。此时此刻，要想顽强地活下去，除了打一个翻身仗，钟成已经没有任何退路可走。山重水复疑无路，他还可以找到一条新的道路吗？

深圳市科兴技术发展有限公司终于注册下来了，营业执照上标注为“民间科技企业”。钟成和兄弟们兴奋之余，发现交完各种费用之后，他们公司账上就没剩多少钱了，形势不容乐观。

马上挣钱是他们创业后面临的第一个关口，而且是必须要迈过的关口。

开公司就要雇员工，还要有办公场地。为了省钱，钟成和大家一商量，员工尽量少聘，办公室先找最便宜的租。最后，钟成在自己家附近一座破旧不堪的居民楼里租了一套大点的房子，既可以办公，还可以当仓库。这房子水泥地面已经坑坑洼洼，有的地方墙皮已经脱落，并不适合办公，钟成只是图便宜才租下的。

公司招了一名会打字、会发传真的文员许丽。许丽是湖南人，刚毕业就来深圳打工，皮肤白净净的，眼睛亮晶晶的，活泼可爱，人很机灵，也住在附近，上下班很方便。另外还招了一名财务兼出纳，叫丁爱萍。她之前在内地一家工厂里做过财务，很有工作经验，刚到深圳来闯荡。

开公司总要与客户联系，无论如何也要装一部电话。丁爱萍和许丽到邮电局一问，以公司的名义装一部电话需要大约5000块钱的初装费，以家庭名义需要4000块钱，不过需要排队等号，就是托关系请客也要排队。

“装个电话这么贵，还要排队等。真是一本万利的好生意啊！”许丽忍不住说道。

“那是因为打电话用的交换机太贵，我们国家自己又生产不出来，只能花高价买国外的。”钟成在研究所的时候，和当地邮电局的一些领导很熟悉，对此多少还了解一些。

“那我们还装不装电话啊？”丁爱萍问。

“装还是要装的，没有电话怎么联系业务呢？哎，对了，有没有照相机？有的话就拍一张照片嘛。别看现在办公室这么简陋，以后这里就会成为历史纪念馆的。”钟成笑着对大家说。

“老钟，我们现在穷得叮当响，哪里去弄相机？等我们发达了再补一张照片也可以啊。”梁冬打趣道。

“要补，一定要补。小许要记住啊，等我们公司有钱了，买个好点的相机，多拍几张照片。”钟成一本正经地说。

“好的，老板。我一定记着。”许丽抿着嘴，努力不让自己笑出来。

没有会议桌，七个人就围坐在一张茶几边上开会。许丽把笔记本放在大腿上写会议纪要。

钟成让大家一起开动脑筋，想一想先从什么业务开始做起。最好是资金占用少，周转快，利润还比较高。由于商品流通渠道不畅，社会上出现了很多专门倒买倒卖的人，人称“倒爷”。于是，大家纷纷提议先从倒卖一些紧俏的消费品开始。比如改革开放后，城市里很多女性越来越重视容貌，所谓“爱美之心，人皆有之”，一些减肥类的保健品很畅销，很多商店都供不应求。

钟成觉得可以，不过为了稳妥起见，还是要去各商场和药店调研一下，了解一下客户需求。如果确实有需求，就从外地找货源，先买上一批试试好不好卖。大家马上分工，分头去联系商店和药店，结果发现的确有很大需求。

事不宜迟，钟成和梁冬立刻赶赴外地，多方打听，找到一家不太知名的保健品厂，咬咬牙购买了一批减肥茶。没想到，货运到深圳后，不到一周时间就销售一空。

初战告捷！

大家抑制不住心里的兴奋，马上投入全部资金又进了一批货，结果很快又告售罄。

公司总算开张了，而且还有了收入，是值得庆贺的一件事。不过，钟成的心里还是不踏实。毕竟这种业务没什么难度，如果另一家公司也找到这个保健品厂家，估计就会抢了他们的饭碗。更重要的是，他们不能把鸡蛋都放在一个篮子里，只卖减肥茶，风险太大了。

钟成督促大家继续寻找新的产品，不能只卖减肥茶。同时，他和梁冬又再次去了保健品厂，经过一番深入沟通，双方签订了在深圳特区的独家代理协议。这样，钟成就不用担心别的公司也去卖这家厂的减肥茶了。

回到深圳以后，许丽无意中告诉钟成，她听住处的邻居说，现在深圳墓碑比较紧俏，需要加价才能买到。

“还有这种事？那你们去了解一下，为什么墓碑也成了稀缺资源？”钟成对此也感到有些疑惑。不过，公司刚开张，他不愿意放过任何赚钱的机会，因此也不会漏过任何一条有价值的信息。毕竟，公司需要活下去，不赚钱就一定会死掉。

许丽干事还真是麻利，上午安排的工作，下午下班前就有了结果。

“老板，墓碑紧缺是因为现在深圳正在大力推动城市建设，征了农民很多地，原来地里的坟墓要迁址，大家都想在立新坟的时候竖一块墓碑。我是在附近的村里打听的，大家的说法都一样，应该不会假。”许丽绘声绘色地向钟成汇报。

“好啊，小许，你这个信息很有价值。老梁，我看你们几个合计一下，这块业务值得一做。深圳的城市规划很大，现在的建设也只是起步而已。其实，现在这个时候做房地产也是个好机会，不过资金投入有点大，而且周期也长，我们还是不去蹚这个浑水了。”

“老钟，我们确定要去做墓碑的生意吗？墓碑有什么做头？搞不好也就是一锤子买卖。”梁冬明显对墓碑生意没什么兴趣。

“老梁，我们现在不能指望卖减肥茶就可以生存下去，我们必须尽可能地多赚点钱，有一些积累，然后再去投资有潜力的领域。企业要活下去并不容易，但是关门倒闭却很容易，我们必须要有危机感。”

梁冬说不过钟成，他看了看其他几位同事，发现大家都对钟成的意见表示认同，就说：“老钟，你考虑得比较周全，就按你的意思办吧。”

“老梁，我这样做也是迫不得已。我们现在必须一边想办法活下去，一边寻找能够长期发展的业务领域。我相信这种低技术含量的业务只是暂时的，科兴要以实业兴国，未来必须要做有技术含量的业务。”钟成的话其实说到大家心坎里去了。卖减肥茶啊，卖墓碑啊，只能是权宜之计，怎么可能长久呢？

梁冬很快通过一个朋友联系了宝安的一家石料厂。双方约定，石料厂按照客户要求负责刻制墓碑，梁冬负责推广和销售。谁也没想到，他们只是到各个村里张贴了一些小广告，业务量一下子就起来了，前来定制墓碑的人络绎不绝，每天公司门口都有人排队。

虽然有生意在做，钱也赚了一些，但是钟成一直心里不踏实，每天晚上都要琢磨好长时间今天的工作状况和明天的工作计划，甚至还会想下一步究竟应该干什么才是长久之计。凡事预则立，不预则废。不琢磨、不思考的人，路肯定走不远。

“丁零零……丁零零……”刚装上不久的电话响了。已经是午夜时分，钟成迷迷糊糊刚有睡意，赶紧起身接听，还差点被地上的纸箱子绊倒。他经常在办公室里随便铺个垫子将就着睡觉，早已经习以为常了。

“请问您找谁?”

“您好，钟成在吗?”电话里的人一口浓郁的东北口音。

钟成脑子里还是不太清醒，连忙问：“请问您是哪里?”

“我是沈阳邮电局的徐江涛，现在深圳，请钟成接个电话。”

“啊呀，是徐处长啊，什么风把你吹到深圳来了？我就是钟成，你在哪里？我去找你。好久不见，甚是想念啊。”钟成的声音有些激动起来。

“哎呀，老钟，你现在是神龙见首不见尾啊。我也是刚从英秀那里才知道你的电话号码。这不刚忙完，顺便打个电话看看能联系上不。”

徐江涛是沈阳邮电局负责技术的处长，曾经在郑英秀父亲手下工作，和钟成已经认识多年。不过自从钟成转业以后，两人就没见过面了。第二天两人如约在深圳邮电局附近的一家饭店见了面。老友多日不见，自然要把酒言欢。

徐江涛是典型的北方汉子，为人豪爽，喝了几杯以后就问钟成近来的状况如何。

“老钟啊，你这衬衣都掉色了，也该置办一件新衣服了。”

“哈哈，让你见笑了。新三年，旧三年，缝缝补补又三年。我从小就过苦日子，早都习惯了，也就懒得讲究了。”

“以前大家都一样，没办法。现在生活好了，还是要讲究讲究。对了，你如今在哪里发财啊？”

“老徐啊，我现在属于无业游民，被逼无奈只好下海经商了，暂且做点小生意混口饭吃。”喝了几杯酒，钟成感慨良多。

“深圳是中国的经济特区，发展日新月异，正是创业的好时机。老钟，你不要伤感，这是千载难逢的机遇啊。”徐江涛说的倒是心里话，这几天在深圳出差，亲身感受了深圳翻天覆地的变化，他很受触动。

“对了，老徐，你见识多，路子也广，有没有什么商业机会给引荐一下？”钟成端起一杯酒说。

“你别说，我最近和香港的一家交换机厂商正在谈合作，就是那种面向酒店和厂矿企业的模拟程控交换机。深圳的酒店很多，一定有需求。你有没有兴趣做他们的代理商？”

“好啊！他们有什么条件吗？我们公司现在规模还很小，我怕他们门槛高，攀不上。”钟成笑着说。

“问题不大。他们老板林贤也是个爽快人，我给你写封信，你拿着信去找他谈谈。回头我会给他打个电话，嘱咐他一下。你刚开始创业，一定让他多帮帮你才行。”

“太好了！老徐，你真是我钟成的贵人啊！来，我再敬你一杯。”

“哈哈。你的贵人不是我，是你自己。谁让我们是朋友呢？朋友有困难，无论如何也是要帮一帮的。”

钟成是个急性子，第二天稍作准备就和团队里粤语讲得最流利的高一山带着徐江涛写的信奔赴香港。

高一山以前就做过贸易，还倒卖过不少香港的电子产品，对香港比较熟悉。钟成只是因上次电子厂的业务被骗去过一次香港，对香港并没多少了解。两人一起去谈业务合作，还是不错的搭档。

为了省钱，两人舍不得坐出租车，就先坐地铁，再倒了三次公交车，终于找到了徐江涛所说的那家生产交换机的公司。

公司在新界区一条嘈杂而又拥挤的街边，两扇黑色油漆的铁栅栏门，门口挂着一块繁体字的牌子：“香港信合通信设备公司”。公司左边是一家小旅馆，右边是一家大排档。

街上人来人往，熙熙攘攘，很多穿着时髦的年轻人三五成群，戴着墨镜，嘻嘻哈哈地互相逗趣。高跟鞋、喇叭裤比比皆是，还有震耳欲聋的流行歌曲，虽然只是一水之隔，香港却显得比深圳更加年轻，更加充满激情和活力。

钟成相信，深圳很快也会成为一个激情四射的国际化城市。他冲着高一山点点头，然后一起走进大门。一位穿着保安制服的中年人从院里走出来，礼貌地问：“先生，请问你们找谁？有没有提前联系？”

“您好。我们来找林老板，麻烦带我们过去，谢谢。”高一山客气地回复道。

“不好意思，林老板今天还没有过来。你们是不是没有提前约好？”

“我们从深圳过来的，来得匆忙，没有提前联系。请问，林老板今天会来上班吗？”钟成有点着急，急匆匆地赶过来，还扑了一场空。

“先生，现在已经是下午快下班的时间了，这个时间老板还没过来，一般就不会过来了。”

“林老板明天会不会来呢？您能帮我们联系上他吗？我们从深圳大老远过来，就是专门来找他的。”高一山也沉不住气了。

“抱歉，我真的没办法帮你们，两位最好还是明天再来吧。”

说着说着，天色已晚，大街上五颜六色的灯都亮了起来。没办法，钟成和高一山一商量，干脆就在公司附近的街边坐下，随便吃了点自己带的饼干，然后望着街上熙熙攘攘的人群聊天。

第二天一大早，保安打开大门，看见钟成和高一山两人都倚着墙壁，斜着身体正呼呼大睡呢。保安过去轻轻拍了拍钟成和高一山，两人立刻就醒了。

“先生，旁边就是旅馆，你们怎么不去住一晚？要不你们现在到我值班的小屋里去睡一会儿吧。”保安真是好心，不过，这时钟成和高一山已经没有睡意了。

“两位先生，林老板如果不外出，很早就会来上班的，每次他都是第一个到公司。如果一会儿他不过来，我帮你们找一下老板的秘书，让她帮着联系。我先带你们到公司的会议室去等林老板，你们看如何？”保安问道。

“那太好了。谢谢您。”钟成感激地握住了保安的手。

还没到上班的时候，办公区空空荡荡的。钟成和高一山在会议室里坐下，看到会议室里的桌椅应该是有些年头了，就连椅子扶手都磨得发亮，但是整个会议室干净整洁，所有物品都摆放得整整齐齐。

正在四处看的时候，门外响起了一阵皮鞋声。钟成和高一山赶忙站了起来。

“让两位久等了。非常过意不去啊!”话音刚落，一位中等身材，戴着金丝边眼镜，身穿白色长袖衬衣，系着蓝色条纹领带的男子神采奕奕地站在会议室门口。

不用问，这位就是林老板了!“林老板您好！是我们来得匆忙，没有跟您约时间，怎么能怪您呢!“钟成一边说，一边和高一山笑着迎过去。

“听保安说，你们两位在我公司门口露宿了一宿，早饭也没吃吧?”林贤微笑着问。

“我们初次来，不太熟悉环境，就在门口将就了一晚，真的没什么。”钟成有些不好意思了。他不想说露宿街头是为了省钱，因为怕林贤觉得他们没有合作的实力。但是他自己也明白，说不说人家心里都很清楚。

“哈哈，林某十分佩服啊！就是徐处长不关照，我也愿意和你们这些能吃苦又实干的人合作啊!”创业不易，生存维艰，林贤也是白手起家创业的，个中甘苦，他也是亲自尝过的。

代理的事情沟通得非常顺利，双方一拍即合，由深圳科兴公司代理香港信合公司程控交换机在广东省的销售，代理期限为五年。商务条款也很宽松，第一年没有要求最低销售额。

中午时分，双方愉快地签了代理合同。林贤带着钟成和高一山在公司附近的一间酒楼吃了一顿丰盛的午餐。两人早就饥肠辘辘，香港之行意想不到地顺利，他们索性放开了肚皮开怀大吃，看得林贤忍不住心中暗笑。

电闪雷鸣，大雨滂沱。深圳郊外一条弯弯曲曲、高低起伏的柏油路上，雨点落地时溅起的水花晶莹透亮，此起彼伏。雨水汇聚成一条条小溪，夹杂着泥沙和树叶从高处向低处流淌，有些低洼的地方，已经汇聚成了一个个浑浊的小水塘。

钟成全身上下早就已经被雨水浇透，眼前只剩下一幕幕无限重叠的雨帘。他几乎已经看不清前面的路，但是还在使劲地蹬着自行车奋力前行。

他今天约了一家国有企业去推销交换机，是个大型油田，在海边，离市区比较远。

早上出门的时候，许丽提醒钟成说今天天气预报有雨，最好带一件雨衣备着，别淋成落汤鸡，而且顺手还把雨衣放在钟成包里了。钟成还开玩笑说，天气预报，胡说八道，啥时候有过准头？

不过还真让钟成说对了。这次天气预报非常不准，因为预报的是小到中雨，结果下的是瓢泼大雨。眼看着就快到目的地了，结果一阵狂风大作之后，暴雨不期而至。

钟成的自行车后座上一直带着一个小木箱，里面是程控交换机的样机和产品说明书。这么大的雨，钟成只好把雨衣拿出来，小心翼翼地把木箱包了起来。他自己挨些风吹雨打无所谓，电子产品和纸制品见了水可就真的变成“水货”了。

雨水都是财，看来这次要发大财了！钟成心里暗自安慰自己。

也不知道过了多长时间，天空逐渐明亮起来，风和雨都逐渐在减弱，钟成用手抹了一把脸上的雨水，终于看到油田办公区那些高大的办公楼已经近在眼前。

坚决不能泄气，坚持就是胜利！钟成鼓足了劲，一口气骑到油田办公区的大门口。

“哎，哎，哎，停下，停下，停下。干什么的?”

看大门的老大爷忽然从门卫室里快步走了出来，一边喊一边狐疑地盯着头发像抹了酥油，衣服几乎贴在身上的钟成。

“您好，大爷！我是来找物资供应处王科长的，联系业务。”钟成连忙下了车，气喘吁吁地说。

“你是来联系业务的?看着可不怎么像。看你还像是个老实人，可别蒙我。”

“大爷，我是在来的路上遇到了暴雨，被淋成这样了。您看能否给王科长打个电话，我之前跟他约过的。”

大爷看了看钟成，转身去了门卫室。过了一会儿，又从门卫室里出来，冲着钟成说：

“你可以进去了。供应处在主办公楼三层，王科长在303房间，别走错了。”

钟成谢过了门卫大爷，骑上车往里走。他以前没有来过油田办公区，只能一边打听一边寻找，好不容易找到了主办公楼。

钟成放好自行车，赶紧把木箱上的雨衣解开，抖了抖上边的雨水再折叠起来。想了一想，又简单地整理了一下湿漉漉的头发和衣服。皮鞋里还有水，怪不舒服的。钟成蹲下身子，把两只皮鞋从脚上依次脱下来，倒了倒里边的水再穿上。这双皮鞋以后估计要报废了，不过也算劳苦功高。

抱着箱子到了三楼，钟成走到303房间门口，见门开着，一位体态偏胖的中年人坐在办公桌前正在看文件，于是轻轻地敲了敲门。

“请进。”

“您好，王科长。我是科兴公司的钟成，之前跟您打过电话。”钟成一边说一边抱着箱子走进屋内。

“啊？你怎么浑身都湿透了啊，刚才被雨淋了吧？”王科长站起来，打量着钟成，有些惊讶，“这大夏天天气没准，怎么不随身带件雨衣呢？”

“不好意思，王科长，雨衣倒是带了，我是怕设备被雨淋了，所以用雨衣遮住了设备。”

“原来是这样。快请坐，快请坐。你这真是不容易。”

钟成赶紧向王科长详细介绍了信合模拟程控交换机的性能和特点，以及一些典型的应用案例，希望深圳油田可以采用这款新式设备，更新整个油田的通信设施，提升通信管理水平。

“钟经理，就凭你冒着暴雨来谈业务，我就挺认可你。说实话，设备性能倒是能满足要求，只是这个厂家毕竟是小厂家，领导们都倾向于购买国外大品牌的设备，因为如果选用大品牌，即使出了问题，也好向上面交代。我也是人微言轻啊。”

“王科长，我理解您的苦衷。但是在同样的品质下，国外品牌的价格要高出好几倍，对咱们油田来说也是一笔很高的成本支出。您看这样如何，我可以把这台设备留下来供你们测试和试用，如果产品质量过硬，您也可以给上面提建议不是?”

“这……要是你觉得方便，你可以先把设备留下来，我向上面反映一下试试，有结果我再通知你，”王科长略微迟疑了一下，还是答应了钟成，“不过，你也别抱太大希望。坦率地说，我认为难度很大。”

“王科长，太感谢您了。我明白，我不会让您为难的。”

钟成心里也清楚，跟这种大型油田做生意，以科兴公司现在的实力，难度非常大。但是一旦做成了，就是长期稳定的大客户。

这一次拜访客户，虽说挨了风吹雨淋，也没有签成合同，但是却燃起了钟成心中无限的希望。

万事开头难，只要开了头，就开启了希望的大门。有了希望，一切困难都是暂时的，只是通往成功道路上的一些小点缀而已，因为希望是治愈一切苦难的灵丹妙药。

热火朝天，日新月异。一片片工地有序开工，一幢幢高楼拔地而起。大街小巷，人来人往，尽管步履匆匆，充满自信的脸庞却都洋溢着对未来的无限憧憬。仿佛一夜之间，数不清的年轻人从四面八方拥入这座曾经毫不起眼的南海小渔村。满腔热血，满怀希望，他们将用自己的青春和激情去开创一个伟大的时代和崭新的未来。

酒店宾馆在增多，厂矿企业在增多，对程控交换机的需求在增多，签订的销售合同也在增多。钟成和他的创业伙伴们切切实实地感受到了时代跳动的脉搏，他们绝对不能错过这个千载难逢的历史机遇。如果错过，他们一定会抱憾终生。

每天早晨一上班，钟成和同伴们就一起背着几台交换机从公司出发，迎着初升的朝阳在深圳走街串巷，看到一家酒店就进去跟经理聊上半天，不厌其烦地向他们推销酒店专用交换机。如果上午卖得好，他们就中午赶回公司吃一顿简单的午饭，顺便补货，下午再接着出去跑。如果带的货没有卖完，下班时他们就返回公司把没有卖出去的交换机归库。恰逢深圳大发展的好机遇，虽然他们每天都很辛苦，但是每天都有新的收获。

趁热打铁，机不可失。钟成连续招聘了几名销售工程师和售后服务工程师，都是学计算机或电子专业的大学生，刚毕业不久就来到深圳闯荡，正是血气方刚的时候，有技术也有干劲。员工队伍进一步壮大，专业性也提升了一大截，钟成自己也感觉有了更多底气。

刚刚创业不久，虽说开始挣钱了，但是一次招聘这么多年轻人进来，梁冬和高一山他们都有些顾虑。公司刚有些积累，还经不起折腾。再说这些年轻人刚出校门，虽说是初生牛犊不怕虎，但毕竟乳臭未干，做事情眼高手低，三分钟热度，别到最后白拿了公司的工资，一拍屁股，溜之大吉。

“要教他们，一定要教他们。教育和培训很重要，思想工作也很重要。我们的部队为什么既有司令还要有政委，政委就是做思想工作的。我们一定要相信他们。毛主席不都说过嘛，年轻人是早晨八九点钟的太阳，世界归根结底是他们的。”

钟成理解梁冬他们的担心，他现在要做的就是说服他们，打消每个人心里的顾虑。如果这种顾虑和情绪带到工作中去，新来的员工很快就会意识到这些。这样一来，团队的战斗力就会大大削弱。

“我们也要不断地加强学习，不学习我们很快就会落伍的。和年轻人在一起奋斗，我们首先要像年轻人一样保持年轻的心态和昂扬的斗志，”钟成看到梁冬和高一山在点头，就转过身来，对着许丽说，“小许，你也是年轻人，你的意见呢？”

“老板，我认为您说得太对了，说得我都热血沸腾了。”许丽看钟成的眼神简直近乎崇拜了。

“那好，兵贵神速，事不宜迟。小许明天马上安排一个培训会，新员工都要参加，我们也要像西方企业一样做员工培训。”

培训会在第二天上午8点开始，地点就在公司会议室。许丽他们把堆放在会议室里的货物和资料临时挪到了客厅里，腾出会议室专门做培训。说是培训，因为条件有限，其实和开会没啥区别。区别在于，钟成站着讲，大家坐着听。

“欢迎大家加入科兴公司，我们将在一起工作、学习，同甘共苦，实现梦想，创造价值。”钟成的开场白并没有什么豪言壮语，就像平常谈心拉家常一样，“我相信大家都有梦想，就像我一样。我和你们年轻人相比，虽然历经磨难，饱经沧桑，但依然在无怨无悔地追逐梦想。”

钟成从自己的经历谈起，从一个儿时就孕育在大山深处的梦想谈起，一路坎坷一路奔波，跌跌撞撞走到今天。接着他又讲起前些日子去油田联系业务时被暴雨淋湿的经历。

“我从来都不相信命运，命运是可以改变的。如何才能改变命运呢？一靠努力奋斗，二靠做出贡献。命运其实掌握在自己的手里，先不要考虑结果如何，努力去做就行了。”

会议室里响起了热烈的掌声，大家不约而同地站起来，使劲地鼓掌。

在近三个小时的讲话中，钟成从梦想、命运谈到客户、奋斗、价值、责任、贡献、格局、胸怀、视野，等等，现场一次又一次响起热烈的掌声。

“丁零零……丁零零……”客厅里的电话响了。

“您好，科兴公司。”许丽马上从会议室里跑出去接电话。“是吗？太好了！您等一等，我们钟经理正在开会，我马上让他给您回电话。”

许丽放下电话跑回会议室，脸上洋溢着喜悦。

“老板，好消息！深圳油田有个王科长找您，说是要跟我们签合同采购交换机，数量很多啊。”

“油田？这么快？真是意外的惊喜啊。”钟成有些不敢相信自己的耳朵。

会议室里再次响起了热烈的掌声和欢呼声，大家再次沸腾了，似乎空气中都弥漫着兴奋和喜悦。

时光如电，转眼就是一年。

仅仅用了一年多的时间，科兴公司代理的模拟程控交换机销售就实现了从无到有，从重点突破到全面开花。这样的发展速度，不仅超出了钟成的预期，也超出了林贤的预期。

年底财务结算，科兴公司账上已经有了近百万元的净利润。不过，喜悦只是暂时的，很快钟成就遇到了比较棘手的难题。

春节后第一天上班，许丽就急匆匆地拿了一封电报来找钟成。钟成接过来一看，原来是信合公司发来的，要求从即日开始，科兴公司要先付清货款才能提货，与原来的只需要预付定金就可以提货相比，条件苛刻了很多，也是对科兴公司资金实力的考验。

钟成马上拨通了林贤的电话，希望他能继续维持原来的代理条件。他如实地说，现在科兴公司刚打开局面，业务发展的势头蒸蒸日上，但是客户的回款还有些慢，资金并不充裕。

“林老板，我们刚刚起步，形势一片大好，还请您扶上马，再送一程。这样有利于我们双方的长远发展啊。”钟成在电话里再三恳请林贤。

“这……钟经理，代理政策的改变是我们渠道管理部门统一制定的，也不是只针对你们一家。不过，看在徐处长这个老朋友的分儿上，我跟渠道部说一下，给你们宽限一些时间，你看如何?”林贤似乎也有些为难。

“那太好了。请林老板一定帮忙啊！我钟成感激不尽。”

放下电话，钟成望着办公桌上摆着的交换机样品，若有所思地拿了起来，翻来覆去地端详着。钟成在军队研究所工作时就爱钻研，喜欢搞发明创造。在十几年前，他就研制出了一种测试压力的仪器，填补了我国仪表工业的一项空白，还登上了报纸。

“要是能自己生产就好了。”钟成自言自语道。

“是啊，要是自己能生产，就不用给别人做代理了，那会赚很多钱啊。”许丽接着钟成的话说。

钟成一愣，发现许丽正在笑盈盈地盯着他，眼神里充满了鼓励。

“嗯，是要琢磨琢磨这事了。”

第二天下午，林贤给钟成打来电话，说经过内部沟通，同意再给科兴公司半年的宽限时间，宽限期以后就要按统一的代理政策办理。林贤说他能帮的也就这些了，他也不想让下属左右为难。

钟成一再对林贤表示感谢。燃眉之急看似消除了，但是问题并没有得到根本解决。钟成正想找梁冬和高一山他们商量一下，一抬头看见高一山走了过来。

“老钟，有件事情想给你说说。”高一山的神情看起来有些奇怪，说话的声音也不像平常那样洪亮。

“一山，我正想找你和梁冬商量些事情呢。你先说你有什么事？”

“是这样。我有个朋友在一家贸易公司做老总，这几年生意做得比较红火。他岳父是省里的一个高官，说以后房地产是最赚钱的生意，让他尽快转型做房地产生意。房地产是个新产业，需要向香港或新加坡学着干。他找到我，说我对香港和新加坡都很熟悉，想让我和他一起干。”

“一山，我大学就是学的建筑专业。房地产再赚钱，也就是钢筋、水泥、混凝土，从长期来看，不可能是最赚钱的生意。现在国家实行改革开放政策，不但要改变过去贫穷落后的面貌，更重要的是缩小与西方发达国家的差距，实现科技强国、实业兴国。我相信，未来最赚钱的生意一定是高科技，而不是房地产。”

“老钟，我相信你的判断是对的，但是毕竟十分遥远。我们现在做代理也能赚钱，不过都是辛苦钱。就是这种辛苦钱，也没有保证。厂家啥时候不想让我们做了，我们一点办法都没有，说白了就是任人宰割的生意。我们年龄都不小了，没有时间试错了。”

钟成知道很难说服一个已经打定主意的成年人。他沉默了一会儿，盯着高一山的眼睛问道：

“你准备怎么办呢？”

“老钟，我也纠结好长时间了，我还是退出吧。我会跟他们几个讲清楚的。”

“那好吧，强扭的瓜不甜。人各有志，无法强求。”钟成不由得深深叹了一口气。

“老钟，你是学建筑的，我看我跟那个朋友说说，你也一起加入吧。他既有靠山，又有实力，有了这样的平台，你就可以发挥专业优势了。”高一山看钟成的脸色有些失落，心里有点过意不去。

“一山，谢谢你的认可。我尊重你的选择，不过我也会坚持我的选择。毕竟才刚刚开始，一切都还是未知数。希望我们他日重逢的时候，发现我们的选择都是正确的。”钟成紧紧握住高一山的手，微笑着说道。

生意刚有起色，高一山就选择了退出，这件事的影响比信合公司要求全款提货更要命。在他们六个人里面，除了钟成，就属高一山能力强。他的退出，无疑会打击团队的士气。

果然，知道这个消息后，大家都面面相觑，沉默不语。

钟成知道，这个时候他需要坚持，他要让大家从他身上看到希望，看到信心。有了信心，一切困难都会迎刃而解。

和其他几个股东商议后，钟成决定自己出资买下高一山名下的股份。高一山应得的分红一并支付给他，其他股东第一年先不分红，保证资金的运转。全体员工根据贡献度分别加薪，保证团队的稳定性。

接下来，钟成先开了一个全体员工会议，十几号人分享了一下公司成立第一年取得的业绩，然后钟成又跟大家描绘了一下未来的前景。

“毛主席说过，前途是光明的，道路是曲折的。我们不会一直做代理，我们的目标是成为一家世界级高科技企业。今天我们立下誓言，我们要为了我们的誓言去努力奋斗！”

情绪是可以感染的，气氛也是可以改变的。掌声终于响了起来，大家逐渐放下了心中的疑虑和不安，重新焕发了勇气，坚定了对未来的信念。

“终于挺过来了。”

丁爱萍暗暗松了一口气，抬头的时候却看到，钟成的眼睛里竟然有泪光在闪耀。

活下去，真的不容易！

第二章　孤注一掷

梧桐山顶，深圳最高峰。

时值盛夏，骄阳似火，却无半丝风，连空气似乎都已凝固。钟成再一次登上山顶，大汗淋漓，呼吸急促，胸中似有团团火苗在熊熊燃烧。放眼看去，仍是波光粼粼的大鹏湾。脚下，还是深不见底的悬崖峭壁。

酷热难耐，备受煎熬。忽然，天空中远远传来一声巨响，似乎是隆隆雷声。紧接着，狂风大作，乌云翻滚，天地失色，波涛汹涌。钟成如同一片树叶被瞬间吹起，然后又像巨石一样飞速坠落。下面是什么呢？是海底，还是深谷？钟成瞪大了眼睛，张大了嘴巴，可是他看不见，也说不出话，只能一直向下坠落……

“啊……救命……”钟成大叫着从行军床上坐了起来。周围黑漆漆的，大风从开着的窗户里吹进来，不时发出尖锐的鸣音。一道闪电划过夜空，一阵轰鸣的雷声紧随其后。黑夜被闪电瞬间击穿，亮如白昼，寂静被雷鸣持续打破，震耳欲聋。钟成这才意识到，刚才只是一场梦而已，他此时正惊魂未定地坐在办公室里的行军床上。

借着闪电刹那间的光亮，钟成起身关上了窗户。暴风雨就要来了吗？他最近为什么老是做这些噩梦呢？

其实，创业三年以来，虽然经历了无数坎坷与挫折，但是收获也超出了他当初的预期。苦心人，天不负。通过做产品代理，他已经赚到了人生中的第一桶金，而且在最短的时间内还清了所有的债务。那些债务曾经像大山一样压得他喘不过气来，甚至让他窒息，让他绝望。

债务问题毕竟只是暂时的，他现在最为忧虑的是公司的长期发展问题。企业要长期发展，必须有自己的拳头产品，而且产品必须技术过硬，品质过硬，能够得到客户的长期认可与支持，能够持续为客户提供价值。所有这些都需要一支优秀的团队作为保证，需要源源不断的优秀人才加入这个团队，并且在团队中找到自己的位置，实现自己的价值。员工能够实现自身价值，就能更好地为客户创造价值。员工的价值如何能够与企业的价值绑在一起呢？熟读过马克思《资本论》的钟成一直在苦苦思索这些深层次的问题。毕竟在马克思看来，资本家与工人之间的根本矛盾也似乎是一个无解的问题。

就在上周，梁冬也选择了从公司退出。他是钟成的五个创业伙伴中最后一个退出的。主要原因在于，两人的经营理念存在差异，尤其是在公司发展方向上。钟成一直是不甘于只做产品代理的，他一直在高度关注通信技术的发展，无论是对国内还是国外，企业还是高校。

去年秋天，在深圳国际通信展上，钟成认识了一位来自武汉的年轻高校老师，叫毕胜，华中理工大学通信专业硕士研究生，毕业后留校任教。高大魁梧而又不修边幅的钟成与个子不高、年龄不大却显得老成持重的毕胜一见如故，聊得非常投机，大有相见恨晚之意。毕胜给钟成详细介绍了国外通信技术的发展和我国通信技术的现状。作为刚留校的年轻老师，毕胜依然怀着学生时期的梦想，那就是迅速改变我国通信技术落后的现状。不过，高校的体制还很落后，限制太多，资源太少，像他这样的年轻老师只能靠边站。一切都讲究论资排辈的时代，科研自然也不例外。

钟成向毕胜讲了自己想研发程控交换机的设想和步骤，那就是先从小型交换机开始研究，逐渐向大型程控交换机过渡，将来可以同步世界技术潮流，改变世界通信技术的格局。

钟成描绘的宏伟蓝图彻底打动了热血青年毕胜，他不禁为之心驰神往，激情澎湃。虽然两人年龄相差二十多岁，但是两人都是从大山里走出来的孩子，对未来都有着大山一样高的梦想和希望。

毕胜回到武汉后，钟成和他又通过电话多次沟通。最终的结果就是，刚入冬，年轻而又老成的青年教师毕胜毅然放弃了体制内的工作，单枪匹马杀到深圳，从零开始研制小型程控交换机。

技术研发是大投入、长周期、高风险工作，不仅需要持续投入资金，更关键的是要吸引到大量优秀人才。如果没有优秀的人才队伍，再多的资金也砸不出科研成果来。钟成这时候才发现，原来自己的那些债务根本都算不上问题，现在他面临的问题太多太难了。

一个做代理的公司自己投入大量资金搞产品研发，本身就是一种冒险。如果产品不成功，公司随时都可能关门。产品研发需要吸引优秀人才，市场推广需要优秀人才，技术服务也需要优秀人才，作为私营企业仅靠理想和情怀去吸引人才无论如何都是说不过去的，毕竟每个人都需要生存，都有家庭需要照顾，都要有自身的价值体现。这不仅是个人问题，更是一个复杂的社会问题。钟成凭着自己的思考与判断，不断说服其他的创业伙伴，通过建立共同事业愿景和提供具有吸引力的薪酬，一直尝试着从全国各地的科研院所和政府机构吸引优秀人才加盟科兴公司。毕胜就是这些优秀人才中的一员。

钟成经历坎坷，阅历丰富，博览群书，涉猎广泛，多年从军的经历又让他形成了雷厉风行的做事风格，脾气火暴，直来直去，因此在和其他创业伙伴的沟通交流中不免有些摩擦和误会。大家都是成年人，又是多年好朋友，吃苦受累都没得说，就是在企业经营理念方面的差异难以统一，所以创业以来，已经有四位伙伴先后退出，另立门户。

梁冬对钟成搞产品研发也有不同意见，但是小打小闹他还可以接受，因此和钟成的配合还算不错。不过大量投入资金，大量招兵买马他就不能接受了。归根结底，技术研发需要投入很多钱，购买仪器设备需要钱，招聘技术人员需要钱，房屋水电也需要钱，如果产品研发失败，这些钱统统都会打水漂，企业倒闭与否先放在一边，搞不好他们这些股东还要背一屁股债。因此他认为钟成太过于理想主义，太过于激进冒险。国内通信技术水平非常落后，而且一直落后，这种差距是历史原因造成的，他们这种做代理的小公司根本不可能改变，盲目硬上只会撞得头破血流。

钟成清楚自己无法说服梁冬留下来，同时他也无法说服自己放弃梦想。每个人都有欲望，但是自己的欲望不能建立在他人的痛苦之上。每个人都有自己的私心，但是自己的私心不能损害他人的私心。以众人之私心成就组织之私心，就是大公，大公就是无私。企业经营，就是在满足客户欲望的同时实现组织欲望，实现组织欲望的同时，满足员工的欲望。企业管理就是激发起组织中每一个人的欲望，同时还要确保每个人的欲望都行驶在理性的轨道上。这不仅是管理问题，也是心理问题，更是人性问题。

当初高一山退出的时候，公司经营刚开始有起色，还面临着厂家的全款提货要求，梁冬曾经建议暂时不退还股金和当年的分红，等过一段时间再说。钟成还是坚持己见，一次性退还了高一山应得的股金和分红。做人要堂堂正正，做企业要诚实守信。这是钟成给自己设立的底线，也是科兴公司的底线，任何人在任何时候都不能突破底线。生意可以不做，人还是要做的。

梁冬拿了自己应得的股金和分红退出了，钟成在技术研发方面的投入也更加义无反顾。他刚刚还清巨额债务，就开始一场技术研发的豪赌。钱还没焐热乎，就全部花出去。钟成的做法的确出乎所有人的预料。

“老钟，虽然我选择了离开，但是我内心里其实更希望你的判断是正确的。无论如何，我们都是一辈子的兄弟。”

“梁冬，你放心，天塌不下来。天塌下来还有个儿高的顶着。谁让我长那么高呢？”

“哈哈哈……”

两个年近半百的中年人，不约而同地相视大笑。真男人，聚也聚得豪气，分也分得大气。

“毕胜，快看一下今天的报纸。一个只有500门的交换机开通仪式，省长都亲自到场去剪彩。”

钟成拿着一张报纸，跑到毕胜的实验室里，好像发现了什么大新闻一样。

"500门的交换机就这么重视啊。"

毕胜昨晚加班到凌晨，刚从办公桌下边的床垫子上爬起来，看东西都还有些模糊。

"是啊。看来，我们要加快研发我们自己的交换机。时不我待，越快越好。"

毕胜这才明白，钟成拿着报纸找他的目的，就是来催促他进度的。虽然有激情，有梦想，但年轻的毕胜带着六七个刚毕业不久的小伙子开始研发小型程控交换机也是硬着头皮顶上去的。

20世纪80年代，中国固定电话的整体普及率连10%都不到，通信技术水平严重落后。虽然已经实行改革开放政策，但是国家仍然处于短缺经济状态，国内对于程控交换机的需求量很大。需求促进了产业发展，国营交换机厂家相继出现，但受技术水平所限，只能生产一些小型交换机。当时交换机每门成本大约在70元人民币，国外公司的产品售价却高达450美金。即使如此高的天价，客户要购买交换机，还要排长队，先交预付定金，通常情况下半年后才能供货。钟成代理的香港信合模拟交换机的技术水平也不高，但是价格相对西方发达国家生产的设备很有竞争优势，所以也能很快在内地畅销。

摆在钟成面前的问题是，做代理不会长久。从近期情况来看，香港厂家方面已经把利润空间越压越低，而且还不能保证发货时间。还有一个问题就是，一旦国内的其他厂家推出了大型国产交换机，科兴公司就只有关门倒闭的份儿。一想到这些迫在眉睫的危机，钟成心里就火烧火燎的，根本无法平静下来。

科兴自己做出来的第一台交换机，就是把各种散件组装在一起的低端小型交换机，没有什么技术含量，也没有门槛限制，随便一个厂家都可以做。不过，由于科兴公司很有竞争力的市场定价策略，也在短时间内收获了很多订单和定金。

事情的发展总是出人意料，当采购人员到市场上购买组装需要的散件时，发现已经断货了。一方面有客户等着发货，一方面却买不到可以组装的散件。迫不得已的情况下，钟成决定赌一把，他让科兴的技术人员自行开发设备需要的软件和电路。代价就是不仅把当时公司所有的资金都投了进去，而且还把客户的定金也投了进去。

当时公司的情形其实也是命悬一线。如果到了发货的时候还开发不出产品，科兴不仅需要赔偿客户损失，而且也会因为资金链断裂而破产。

好在科兴的研发人员拼死拼活终于开发出了24门小型交换机，并成功推向了市场，为公司赚取了颇为可观的利润。这款交换机的开发成功标志着科兴的产品已经从“散装货”和“贴牌货”升级到正式产品，可以说是科兴发展历程中第一次孤注一掷式的技术开发冒险成功。

交换机能带的分机越多，利润就越高。24门交换机的成功虽然有惊无险，但是也让钟成下决心继续投入技术研发，开发出更大型的交换机。时间就是生命，时间就是金钱，机会总是稍纵即逝。钟成知道新产品开发一定要抢占先机。

“毕胜，你在学校工作时你的导师一年有多少科研经费?”

“大约有100万吧。”

“那好，我给你1000万，你要尽快把我们自己的交换机做出来。”

毕胜刚到科兴时，钟成在产品立项会上就这样做出了决定。毕胜一直觉得有一种使命感和责任感在心中荡漾不已。他决定豁出去了，加班熬夜，通宵达旦，吃睡几乎都在实验室里。

三个月时间一眨眼就过去了，研发项目虽然已经取得了一些进展，但是离产品交付还差得很远。

毕胜焦急万分，忽然想起正在清华大学攻读博士学位的同门师兄尤正兴，如果能请到他，新产品开发必定会成功。他对这个同门师兄的技术实力非常了解，关键在于用什么办法才能请得动他？

琢磨了一会儿，毕胜终于想到一个主意，那就是与高校合作搞研发，而且就与尤正兴的导师合作。尤正兴的导师是国内著名的通信技术专家，为了改变国内通信产业的落后现状奋斗了一生。退休以后，除了带学生，他已经很少在公开场合露面了。

毕胜马上去向钟成汇报，钟成对毕胜的建议也非常认可。于是毕胜连夜奔赴北京，洽谈合作。

不出所料，在尤正兴的配合下，他的导师很快同意了双方的合作，而且答应派尤正兴远赴深圳，到科兴公司帮助研发交换机。双方在合同里约定，这是一个“技术扶贫”项目。

尤正兴加入毕胜的研发团队是科兴公司发展史上一件具有历史意义的大事，此时的尤正兴无论如何也想不到，自己这个“扶贫专家”最后竟然放弃了清华大学的博士学位，成了科兴公司的一员。

能够在公司还很弱小的时候吸引到行业内顶级的人才，这无疑就是钟成的魅力所在。

“这样做肯定行不通的。我们不要再浪费时间了，你们先按我的意见做。”

“老尤，他们已经做过了，没有接通。我们要不再试试别的办法？”

“怎么可能接不通呢？来，来，来，我们现在一起做，我还就不信了。”

…………

已经是半夜时分，科兴公司实验室里依然灯火通明，人声鼎沸。钟成在楼下就听到大家还在热烈地讨论技术问题。语速快、嗓门大的一定是尤正兴。声音平和、吐字清楚的肯定是毕胜。这两位同门师兄弟，现在已经是科兴公司的技术大拿了。尤其是尤正兴，不仅理论扎实，视野开阔，而且没有一点书呆子气，性格火暴，做事雷厉风行，很像钟成年轻时候。

楼上安静了下来。钟成在楼下一边思考一边踱来踱去，考虑自己现在上去会不会打扰到他们的工作。

香港信合上个月终止了与科兴的代理协议，因为内地通信市场的持续火爆让他们下决心在内地成立了自己的销售公司。好在这件事情早就在钟成的意料之中，科兴已经开始销售自己的产品。不过，让钟成焦虑不安的是，自有产品的技术还处于低端水平，24门的小交换机，随时都可能被市场淘汰。

毕胜邀请尤正兴加入产品研发团队以后，让钟成的信心倍增。这是一个十分难得的优秀人才，从他身上就能看到科兴公司的未来。钟成决定倾公司之全力，投入48门交换机的研发中。

不知不觉夜已经深了，楼上依然灯火通明。钟成看了一眼手表，已经凌晨一点多了。他决定上去看望一下大家，同时也劝大家早点休息。没有人是铁打的，必须劳逸结合。

刚走到实验室门口，忽然一阵欢呼声夹杂着掌声从屋里传了出来，在安静无比的深夜里显得非常突兀。

“接通了！接通了！终于成功了！”尤正兴洪亮的声音里透露出掩饰不住的惊喜。

钟成快步走入实验室，看到大家围着尤正兴又是鼓掌又是跳跃，没有一点疲惫的模样。

“正兴啊，什么事把你乐成这样？你们应该休息了。”

“老板，您怎么来了？我们刚刚攻下一个技术难关，研发进度又往前迈了一大步啊！”

“祝贺大家。你们辛苦了，谢谢你们。”

“老板，来点实惠的。我们这些人还饿着肚子呢，您要请我们去消夜才行。”尤正兴这才感觉到肚子里“咕噜咕噜”地在叫。

“好，好，好，我们马上就消夜去。”

饭店肯定早就关门歇业了，好在深圳晚上地摊多，而且好多是彻夜经营。大家要了一箱啤酒，又要了些海鲜烤串，大吃大喝起来。

“正兴，产品预计什么时候能出来？现在很多厂家都在开发自己的产品，包括几家国营大厂，现在的形势是谁先出产品谁就占了先机。落后不仅是要挨打的，搞不好就出局了。”

“三个月，再给我三个月。我们玩命也要把产品拿出来！”尤正兴索性脱了上衣，光着膀子举起酒杯，“弟兄们，你们有没有信心？”

“有！”大家也学着尤正兴脱了上衣，一起站了起来。

“好，我等着你们的好消息。”钟成干脆也脱了上衣，光着膀子端起酒杯，一饮而尽。

月度管理例会上，丁爱萍正在认真专注地汇报财务状况。

“近期市场回款状况很不理想，研发投入又大，公司资金非常紧张，已经拖欠员工工资两个多月。我们正在积极想办法贷款，只是现在私营企业贷款非常困难，最好找关系把公司变更为集体企业。”

“爱萍，有一笔800万的货款预计今天就能到账。我昨天已经和客户确认，他们已经打款。”市场部主任华芳菲的话干净利落，全是干货。

“太好了！总算解了燃眉之急。”钟成禁不住拍了一下大腿。

“谢谢芳菲的及时雨。老板，您看这笔钱怎么安排呢？很多地方都等着用钱，缺口太多。”

钟成没有说话，只是看着大家。大家立刻七嘴八舌地议论起来，说什么的都有。

“我的意见是先把拖欠员工的工资马上发下去，其余的根据轻重缓急分别处理。企业经营首先要团队稳定。”还是华芳菲，沉着而冷静地讲了自己的意见。

大家听了华芳菲的话，不再私下议论，眼睛都齐刷刷地向钟成看去。

“我赞成芳菲的意见，就这么定吧。”

钟成其实还在犹豫之中，华芳菲的意见让他立刻下定了决心。经营企业就像带兵打仗，团队不能散。两个多月不发工资，不知道多少员工已经开始打退堂鼓了。人心散了，队伍就不好带了。想到这里，钟成不禁向华芳菲投去赞许的目光。

华芳菲也是去年加入科兴的。毕业于名牌大学的华芳菲气质出众，聪明干练，风格凌厉，做事绝不拖泥带水。她本来在一家政府机构做技术工作，一次到科兴谈业务时，被钟成描绘的事业蓝图所打动，毅然辞去原有的铁饭碗，加入科兴，从培训做起，现在整体负责市场销售工作。

“毕总、尤总，研发需要的资金能否减少一些，或者延迟一些时间？其他方面也急需资金。”

丁爱萍有些无奈地问毕胜和尤正兴。巧妇难为无米之炊，她这个财务经理刚收到的这点资金，根本不够支配。

毕胜略微迟疑了一下，尤正兴已经按捺不住，大声说了起来：

“我理解公司资金困难。不过，研发正处于关键时期，兄弟们在实验室里早就开始不分白天黑夜地连轴转了。所以我们必须尽量想办法筹措资金，不能影响士气，更不能拖延进度。我们离成功只剩一步之遥了！”

大家再次把目光转向了钟成。

钟成其实已经有了主意，而且这个主意他从来都没有动摇过。刚开始创业的时候，他的确非常希望多赚钱，因为他需要钱生存，需要钱养家糊口，需要钱还债。但是他的内心深处，一直有一种强烈的愿望，那就是，人不仅要活下去，而且还要有尊严地活下去，过上幸福的日子。

他在上大学的时候酷爱读书学习，在部队的时候醉心于钻研技术。那时，他没日没夜地搞发明创造，除了要满足自己小小的虚荣心，主要还是为了改变现状，解决问题，让大家的生活更美好。通过自己的努力让大家的日子过得都好，这是一种朴素的价值观，也是一种原始的动力。

如果只是为了生活需要，如果不再持续投入研发，钟成应该满足于现在的收入了，他已经赚了不少钱。但如果就此止步不前，小富即安，他的内心一定会很不甘，很不安。可能是虚荣心，可能是不满足，也可能是深藏于心的理想和信念，促使他必须坚定信心、义无反顾地去探索一条未知之路。

“我的建议是，对研发的投入不能减少，更不能延缓。关键时刻拼的就是信念。我们的日子不好过，其他厂家可能比我们更难。市场部这边马上开始一边抓拓展，一边抓回款，一起想办法共渡难关。另外，我这边也可以配合做一些贷款或者融资的工作，这方面我还有些线索和资源。”

华芳菲看到钟成若有所思，大家沉默不语，再一次挺身而出，大胆地说出了自己的意见。

“同意芳菲的意见。关键时刻我们决不能掉链子！”尤正兴说着，挥了挥粗壮的胳膊。

“大家的意见我都听到了，我和芳菲的意见是一致的。财务有困难，我们一起想办法解决，但是研发的投入不能受影响。在这件事情上，我是不会动摇的。正兴不用担心资金，你们只需要考虑进度。我们其实都在和时间赛跑，无论是市场、财务，还是研发。这不是接力赛，而是百米冲刺。我们不用等接力棒，只管甩开膀子，迈开大步，昂首挺胸向前跑，不到终点就不能停下来，因为迎接我们的只有胜利！”

钟成说话的时候，不仅铿锵有力，而且满面红光。其实，这些能量满满的话，又何尝不是说给自己听的呢？

夜深人静，钟成闭着眼睛躺在床上，忽然感觉房间四周的墙壁在缓缓向中间移动，他的呼吸越来越困难，心跳越来越快。他想大声呼叫，张大了嘴巴却发不出声音。他想跑出这个房间，可是手脚却丝毫不能动弹。在被四周的墙壁挤压到身体变形的时候，他大叫一声，终于醒了过来。

又是梦魇，可怕的梦魇！创业以来，他可以忍受难耐的孤独和寂寞，可以忍受巨大的困难和压力，但是对于无法控制的梦魇，他却无能为力、束手无策。在这次月度管理会议之前，钟成其实对公司目前的情况已经思考了很长时间。创业期的公司本来就资金有限，但是研发需要投入大量资金，这对公司来说意味着巨大的风险，因为一旦现金流枯竭，公司就只能关门。但如果不研发自有产品，公司早晚也会倒闭，这一点钟成毫不怀疑。对研发的投入导致公司资金困难，因此拖欠了员工工资。拖欠员工工资就会造成人心思动，团队不稳，研发项目就会延期甚至夭折。想到这里，钟成对着空旷的房间长长地叹了一口气。比困难更难的是左右为难，无法取舍。

钟成很理解华芳菲的良苦用心，作为女人，她可能对公司形势，尤其是员工的思想状态感受得更细致。如果再不发工资，员工纷纷离职，好不容易建起的团队会不会瞬间崩溃？

“要活下去！要活大家一起活！”一个略显苍老而又无比坚定的声音忽然在他耳边响起，他的脑海里随即浮现出一张冷峻而又慈祥的脸庞。是父亲的声音，是父亲在自己小时候就经常说的话。

“没有钱，还要保证团队不散，我应该怎么办呢？”

钟成索性从床上下来，在黑暗的房间里走来走去。

“股权！”

钟成的脑海里忽然闪现出这个有些陌生的词语，就像黑暗的夜空中划过一道明亮的闪电。钟成读过很多书，对山西晋商几百年前创立的“身股制”还仔细地研究过，对西方现代企业管理制度中的员工持股制度等激励方式也多次深入思考。不过，股权不仅仅意味着财产，更重要的是代表着对公司的控制权，不能轻易放弃啊！

“要活大家一起活。要一起活就不能贪婪，不能自私，不能懒惰，不能猜忌，在满足大家的同时满足自己，成就大家的基础上成就个人。为公即是为私，为私也是为公。上下同欲，公私两济。”想到这里，钟成有了一种柳暗花明、豁然开朗的感觉。很多时候，眼前看似一座山挡住了路，使你陷入困境，等你翻过这座山，回头再看，艰难的困境原来是美妙的风景。“那就从股权开始吧。”钟成自言自语地说。

在钟成的安排下，由负责财务的丁爱萍和负责人事行政的许丽配合，创立不久的科兴公司推出了员工持股方案：方案约定参股的价格为每股10元，以公司税后利润的15%作为股权分红。所有新员工进入公司一年以后，依据员工的职位、绩效、经历等综合因素进行派发，由员工通过年度奖金购买。如果新员工的年度奖金不足以购买派发的股票额度，公司可以帮助员工获得银行贷款购买股权。这个员工持股方案比较简单，但是却非常大胆，而且非常超前，不仅解决了公司创业初期现金流紧张的难题，而且创造性地解决了员工的归属感问题，有效地稳定了军心。

钟成的持股比例不断在降低，员工的稳定性却越来越高。眼看着员工的干劲越来越足，钟成的心头大患也逐渐消除。

“大家一起活下去比一个人活下去一定更有意义！”此时此刻，钟成对父亲的话有了更深的感悟。

三个月的时间，近百个日日夜夜，在尤正兴及其团队的概念里，几乎和一天没有太大区别。

本来只是短期“技术扶贫”的尤正兴，其实已经放弃了正在攻读的博士学位，全身心都扑在了科兴公司的产品研发上。这是一个炼狱般的过程，也是一个如同洗礼的过程。被毕胜盛情邀请来的“技术男”尤正兴，逐渐发觉已经和研发兄弟们分不开了。他本来就崇尚江湖义气和侠客精神，不成功开发出产品来，他有何颜面面对这帮和他一起拼死拼活的兄弟啊。

该来的就一定会来。被命名为KX48的国内第一款模拟空分式48口用户交换机在科兴公司终于研发成功。从产品立项到通过实验室功能测试、邮电部门验收并取得入网许可证仅仅用了半年多的时间。这不仅是科兴速度，也是当年深圳速度的一个缩影。

和过去的设备相比，KX48交换机功能更强，容量更大，却体积更小，成本更低，可谓质优价廉，产品一经投入市场便好评如潮。简单的庆功会上，尤正兴开怀大笑，一向稳重的毕胜笑得合不拢嘴，大家都眉开眼笑，就连钟成一向紧锁的眉头也舒展开了。

“尤正兴放弃了名牌大学的博士学位，放弃了稳定的事业单位编制，义无反顾地加入小小的科兴，而且在短短的半年时间里就开发出了我国第一台模拟空分式48口用户交换机，实在是可喜可贺。但是我今天不是来向他祝贺的，而是代表公司给他更重要的任务和更重大的责任。从今天开始，科兴公司聘任尤正兴做总工程师兼公司常务副总裁，让他带领大家继续研发100门、500门等系列化的用户交换机，包括以后更先进的、具有国际领先水平的通信产品，在技术发展的道路上攻坚克难，永立潮头！”

钟成的讲话点燃了庆功会的气氛，热烈的掌声此起彼伏。

“我在此也特别感谢毕胜。先有伯乐，后有千里马。尤正兴是千里马，毕胜就是伯乐。今后毕胜要多发挥伯乐的作用，到全国各地去招聘优秀人才。高校、研究所、邮电器材厂，都可以。不要怕花钱，所有花在人才上面的钱，都是最值得的投资。国内市场需求这么大，技术水平差距这么大，有了关键人才，就会开发出高水平的产品。有了好产品，你们还担心卖不出去吗？华芳菲给我说过多次，对我们开发的新产品，市场部有足够的信心能卖出去。你们都大胆一点，放心去干就行！”

尤正兴表面上看起来是个五大三粗的汉子，但是听到钟成把他比成千里马，竟然满脸通红，脸上露出了女孩子害羞时才有的神情，说道：“老板，我解释一下。我其实算不上千里马。即使我是千里马，也做不出什么大的成绩。我觉得我们的研发团队，还有销售团队、后勤团队都是千里马。因为只有这些团队都是千里马，科兴公司才有可能成为业界横空出世的一匹黑马。怎么才能让每个团队都成为千里马呢？光靠人是不行的，因为人都是有惰性的，也是有惯性的，更是有七情六欲的。我们只有建立体系，研发体系、销售体系、平台支撑体系等，才能让一个公司走得更稳，走得更远。对于我来说，要在开发新产品的同时，逐步建立科兴自己的研发体系，才能算是对得起老板赋予我的职责。以后也请大家多多支持我们的工作。谢谢。”

“芳菲，你也说说你的意见。”钟成看到现场的华芳菲频频点头，直接开始点将。

“我认为尤总讲得非常好。企业发展需要能人辈出，但是企业经营管理不能仅仅依赖于一两个能人。我们需要体系化的制度、规则和流程，需要职业化的员工团队，需要独有的价值观和文化。这些都是企业长治久安的保证，我们需要花大力气逐步来建立，来完善。”

华芳菲的发言不长，但是言简意赅，一语中的。

钟成乐呵呵地点点头，转过身对许丽说：“既然是庆功会，我们也不能老放空炮。我提议，晚上大家一起去吃自助餐。干革命也少不了请客吃饭。只谈情怀不来点实际的还是会饿肚子。今晚大家放开肚皮吃，也可以开怀畅饮。自助餐嘛，怎么也要吃够本才行啊！哈哈哈……”

“好嘞，老板。您放心，我早就安排好了！谁让我也是个吃货呢？嘻嘻……”

许丽调皮地吐了吐舌头，转身冲大家做了个鬼脸。

转眼间就到了1992年的年末。

丁爱萍拿着一沓报表，兴冲冲地敲开了钟成办公室的门。

“老板，报告一个好消息。截至今天，我们的销售额正式突破1亿元了！”

“提前完成一亿元的目标，好消息，好消息！”钟成从椅子上一下子站了起来，接过丁爱萍递过来的报表。

“还有一个更好的消息呢，您想不想听？”丁爱萍也卖起了关子。

“如果我不想听，你可以憋住不说吗？”钟成心情大好，破天荒地开起了玩笑。

“哎呀，我是没有您有定力。我们不但销售额突破了1亿元，更重要的是我们账上的净利润也突破1000万了。”说到这里，丁爱萍看到钟成的表情似乎有些迷惑，接着又说，“老板，这有什么可迷惑的？这就是说，我们有钱了。除去那些贷款和负债，我们依然很有钱。”

钟成怎么可能对净利润超过1000万感到迷惑呢？他只是听到这个消息时，内心深处忽然被触动了一下。有钱了。有钱了吗？有钱又能如何？

“你让许丽来一下，我要让她组织一场全员大会。大家都应该分享这份胜利的喜悦。”

一周以后，科兴公司1992年度全员大会在阳光酒店的礼堂举行。两百多位科兴员工身穿正装，精神抖擞地出席会议。现场的广播里，循环播放着一首首革命歌曲。每个人的脸上都挂着灿烂的笑容。

当钟成一手端着他那标志性的大号搪瓷缸子，一手向大家挥着走向舞台中央时，大家不禁哄堂大笑。钟成却没有笑，他习惯性地打开搪瓷缸子的盖，喝了一口浓茶，径直走到舞台中央的话筒前。

“大家好。我先传达一个消息：今年我们的销售收入首次突破了亿元大关。”钟成哽咽着说完这句话，脸上的表情显得极为复杂。

大家先是一愣，接着全员齐刷刷地站了起来，不停地用力鼓掌。小小的礼堂里，热烈的掌声响彻每一个角落。钟成接着说：

“我们又一次渡过了难关，又一次战胜了自己的恐惧。我们是贪婪的，是不容易满足的，不过不仅是金钱，还有事业，可以改变社会生活，改变世界发展的事业。企业和员工只谈情怀不谈钱，那是虚伪。连员工的家庭生活都不能保证，情怀又何以堪？如果只谈钱而不谈事业和情怀，我们的视野、格局、胸怀乃至担当都会越来越不堪，根本无法担起时代赋予我们的历史责任。我们不能做事业的逃兵，更不能做时代的逃兵。如果需要取舍，我们可以暂时牺牲金钱，去追求更大的事业。

“我们在引进人才方面是不惜成本的，因为知识的价值无法用金钱衡量。科兴尊重知识，尊重人才，愿意为知识付出等值的回报。我们一直在探索一种全员分享的机制，让所有的员工都可以分享公司发展的成果。我也接受了华芳菲的建议，在公司困难、工资发放出现问题的时候，给大家打了白条，也就是欠条，算是给大家的承诺。这个白条如何支付，人事和财务正在研究，很快就会给大家一个交代。

“这个庆功会，既是对上一个胜利的回望，也是对下一个胜利的期望。我国邮电通信行业正迎来前所未有的发展时机，对高技术、低成本、国产化的通信设备的需求更给了企业千载难逢的历史机遇。公司管理层已经讨论决定，我们马上启动数字化交换机的研发，而且是2000门的大型交换机。根据尤正兴的建议，为了更利于吸引优秀人才加入我们的队伍，促使科兴研发体系化、规模化发展，我们决定成立中央研究部，由尤正兴担任总裁。我们把重任托付给他，相信他不会辜负我们的信任。

“今天的成绩是所有员工努力的结果，明天的辉煌更需要全体员工去努力奋斗。我对你们无比信任，充满信心！”

钟成在讲话过程中已经从最初的嗓音嘶哑变得越来越情绪高昂，越来越活力四射。他就像一个老练的演说家，用自己独特的带有浓重方言的钟式普通话给大家带来了一场演说秀。十多分钟的讲话，大家一直站立着聆听，直到现场再次响起雷鸣般的掌声。

接下来，钟成、尤正兴、华芳菲、毕胜等人为年度优秀员工和优秀团队颁奖。在欢快而又热烈的乐曲声中，获奖员工和优秀团队代表胸戴大红花，依次上台领取奖杯和获奖证书。

"卫亦兵，祝贺！我们的少年英豪，以后一定要多立新功。你就是科兴八九点钟的太阳。"

颁发"优秀员工奖"时，高大魁梧的钟成微微弯下身子，双手握住研发体系获奖员工卫亦兵的手，大加赞赏。又矮又瘦的卫亦兵却涨红了脸，一句话也说不出来。他是华中理工大学的硕士研究生，因为科兴和学校已经建立了稳定的合作关系，被老师推荐到科兴公司，还没有正式毕业，正在科兴公司实习。

可别小瞧了这个其貌不扬而且不善言谈的小伙子，虽然才二十三岁的年纪，却是一位技术天才。在实习期间屡次解决各种技术难题，被大家笑称为科兴的技术"神童"。尤正兴和毕胜都很器重他，钟成也对这个不爱说话、性格有些孤僻的小伙子一向赞赏有加。

"胡江波，祝贺！刚加入科兴就取得这么大成绩，今晚可以多喝点酒庆祝一下。就你这豪爽劲，可别喝醉喽。"

胡江波个头不高，胖乎乎的，东北人，笑声很爽朗，能穿透办公室墙壁那种。他年纪轻轻就已经是一家国营邮电设备厂的技术骨干，是科兴千方百计挖过来的，入职还不到一年。

…………

一个个年轻人精神抖擞地走上舞台，满脸笑容地从领导手里接过奖杯和奖状。掌声、笑声和乐曲声此起彼伏，礼堂里人声鼎沸，高潮迭起。

改革开放政策已经为中国经济的起飞插上了有力的翅膀，作为经济发展基础的通信设施长期落后的局面亟须得到根本的改变。在巨大的利益推动下，美国、日本、德国、法国等七个国家八种制式的程控交换机纷纷进入我国通信市场，迅速形成“跑马圈地”的竞争局面，导致我国每年数十亿外汇流向国外，技术上还要被西方国家牵着鼻子走。中国程控交换机“七国八制”的现状不仅让国外公司大赚特赚，而且也深深刺痛了我国科研工作者的心。

随着国内各厂商在中小型数字程控交换机领域产品开发的突破，1991年年末，解放军信息工程学院与中国邮电工业总公司联合研制的我国第一台拥有完全自主知识产权的大型数字程控交换机——HJD04诞生。由领头人邬江兴带领的这支平均年龄不满三十岁，仅有十五人的科研团队，一举打破了西方发达国家对中国通信产业的垄断，使我国一跃跨进了数字程控通信时代。

04机的横空出世给国内其他交换机厂家以极大的鼓舞。对成功的渴望和竞争的压力让大家都使出浑身解数，拼尽全力研发大型数字程控交换机。远的不说，与科兴在同一城市的另一家企业中通科技，也在铆足了劲研发大型数字程控交换机。市场足够大，不怕厂家多，就怕过了这个村，没有了这个店。一步错失时机，就会步步错失，最后失掉全局。

周日上午8点，刚搬进去不久的办公楼里，一场特殊的会议正在召开。科兴中层以上干部以及研发骨干全部参加会议，会议的气氛比较凝重。

钟成深知，相对于过去而言，大型数字程控交换机的研发是科兴的背水一战。KX48系列产品的研发，虽然投入巨大，中间险象环生，但是市场留给公司的时间还是很宽松的，即使研发受挫，公司还有一些闪转腾挪的余地。但到了现在，整体形势已经发生了根本性的变化，如果不能在最短的时间内推出自己的大型程控交换机，科兴很可能就丧失了最后的生机。

重新回去再做代理已经不现实了。04机的突破必然会带来国内通信产业的整体突破。今后之计，只有走技术自立的道路，才有一线生机。自主开发意味着大投入、高风险，但是一旦成功也意味着高技术壁垒和高额利润率。当技术积累到一定程度，发明专利和技术标准等这些知识产权才是最值钱的。钟成严肃地说：

“时至今日，我们已经别无选择，也无退路可走。只有孤注一掷，把全部的资源都投入到大型数字程控交换机的研发上去，毕其功于一役，才能赢得生机。我们这一战，是破釜沉舟的背水一战，也是我们的生死之战。要么顽强地活下去，要么悲惨地死去，成败在此一举。

“尤正兴已经给这个2000门的数字程控交换机起了个很吉祥的名字，叫T&T08，既有向04机致敬的含义，也有要超越04机的雄心。我代表公司管理层表个态，我们会全力以赴支持08机的研发，不仅是2000门，哪怕是万门机也会坚定支持。倾家荡产我不怕，负债累累我也不怕，我怕的是大家没有必胜的决心和意志。如果这次自主研发不成功，你们还可以出去继续找工作，我只能选择从这个楼上跳下去。”

在座的所有人其实都很清楚目前的形势，也很理解钟成在做这个抉择时所承担的压力。除了豁出命去干，还能怎么样呢？大家都暗暗握紧了拳头。

“我提议，为了这次项目的成功，我们全体起立宣誓！”尤正兴第一个站了起来，大声说道。

“为了项目成功，坚决奋斗到底！为了项目成功，坚决奋斗到底！”

全体与会员工整整齐齐地站了起来，昂首挺胸，攥紧拳头，齐声宣誓。钟成清楚地看到，很多员工在宣誓的时候眼睛里噙满了泪水。不觉一股暖流涌上心头，他的眼睛也湿润了。

项目誓师会后，尤正兴几乎每个日夜都是在实验室里度过的。一天晚上，正在开会讨论技术方案的尤正兴从椅子上站起来，走到白板前拿起白板笔，刚要画图的时候，忽然眼前一黑，感觉天旋地转，一下子失去了意识，慢慢地倒在了地上。胡江波和其他人手忙脚乱地去扶他，焦急地大声呼喊他的名字，但是尤正兴似乎一点反应都没有。

“徐俊、黄志明，我们赶紧送阿正去医院。郑国伟，你先去告诉老板。”

“阿正”是大家对尤正兴的昵称，听起来和五大三粗、虎背熊腰、说话大大咧咧的尤正兴似乎有些不匹配。不过平时大家工作生活几乎整天在一起泡着，互相之间感情都很深，平时都以昵称或者名字互相称呼，早就感觉不到什么职位身份的差异了。徐俊是项目组的软件负责人，黄志明是硬件负责人，郑国伟是信令负责人，都是08机项目组的核心成员。大家都是刚毕业就进了科兴，遇到这种事有些不知所措。胡江波毕竟已经工作过几年，多少还有些阅历，遇到这种紧急情况只能临时充当指挥了。

“不用……了。我就是困，没啥事。”躺在地上一动不动的尤正兴慢慢坐了起来，声音还有些虚弱。

“阿正，还是去医院看看吧，让医生检查检查更放心。”

大家正准备送尤正兴去医院，见他竟然坐了起来，都愣住了。胡江波扶着尤正兴的背，一个劲地劝他。

“我到垫子上睡一会儿就好。我这身体壮得很，真没啥毛病。哪像国伟这小身板，弱不禁风。”尤正兴的神情已经大为好转，说话的声音也开始大起来，“大家该忙啥就忙啥去吧。我们现在是在跟时间赛跑，没啥大不了的事。”

说着说着，尤正兴竟然慢慢地站了起来。

尤正兴的性格和钟成比较相似，大家都了解这位上司的脾气，有时候菩萨心肠，细致周到，有时候雷霆万丈，暴躁易怒。从尤正兴的脸色来看他的确已经好了很多，说话也已经回到正常状态，胡江波也就不再坚持送他去医院了。

1993年6月，硕士毕业的卫亦兵拖着行李到科兴报到，正式加入由尤正兴负责的2000门08机项目组。从此，这个其貌不扬、性格孤傲的少年一路开挂，在科兴发展史上创造了令人难以置信的奇迹。

入职的第二天，卫亦兵就解决了一个已经困扰大家多日的技术难题，出手不凡，直接被任命为工程师。

一周以后，平时不言不语的卫亦兵就和自己的组长发生冲突，在实验室里顶撞了起来。

“你说的这种方式有问题，我不能这样做。”

“亦兵，你刚到项目组，我们已经搞了几个月了。”

“那我也不能这样做。”

没办法，组长只有找到尤正兴求助。尤正兴看着这个一脸不服气的小师弟，一个大胆的想法冒了出来。

“亦兵，你按你自己的想法去做吧，有结果时再来告诉我一声。”

“我已经做出来了。”卫亦兵用手一指桌上的电脑。

尤正兴弯下身子仔细地看了一遍，心里暗暗称奇。一个很复杂的技术难题，让这小子轻轻松松地就给解决了。

一场冲突下来，卫亦兵不仅毫发无损，而且又被破格晋升为主任工程师，同时作为助理协助尤正兴的工作。

紧张而又忙碌的三个月时间转瞬即逝，眼看着08机的研发即将大功告成，完成最后一个模块就可以进行全面联调测试，大家的心情既兴奋又紧张。

自从08机项目启动以来，科兴的各个部门都已经行动起来，为08机的推出做好相应的工作。其中，寻找合适的地方开实验局是重中之重。

数字交换机在实验室里通过测试只是第一步，要想取得邮电部的入网许可证，必须在真实的应用场景中接受测试和考验，这就是实验局的意义。不过，厂家想开实验局并没有那么容易，不是哪家邮电局都愿意提供这样的机会。因为接受新产品都需要一个过程，尤其是国产设备，万一捅了娄子，出了差错，领导是要担责任的。

经过市场部同事不懈的努力，终于在浙江义乌佛堂镇支局取得了突破。这个支局虽然位于离城区较远的乡镇，但是负责的丁局长却很有民族情怀，长期关注国产交换机的发展。经过科兴市场工程师们多次的拜访和交流，丁局长顶住很大的压力，愿意为08机提供实验局。但是，丁局长希望事不宜迟，时间拖久了就不好向上面交代，因此一再催促。华芳菲也担心迟则生变，因此把事情紧迫性都如实向钟成汇报了。

在大家热切的期盼中，08机的开发终于完成了。尤正兴马上兴奋地跑去向钟成报告这个令他一直牵肠挂肚的消息。

“老板，2000门08机开发完成，马上进入全面的联调测试。”

“08机啊08机，你终于出来了。市场部在浙江义乌好不容易拿下一个实验局合同，局方已经催促多次去安装设备，现在是十万火急。我看这样吧，你负责马上把设备送到义乌去开局，一边安装一边调试。再不开局，华芳菲那边就顶不住了，好不容易签下来的合同估计也要丢了。”

“这……好吧。我多带些人过去，如果有什么意外情况，我们现场解决。”

尤正兴也知道如果再拖延开局的时间，丢了合同不说，再找这样的机会就不知道要到什么时候了。

第二天一大早，尤正兴带着胡江波等人坐上大卡车就直奔浙江义乌。卡车车厢里，大家坐在刚刚开发出来的08机两边，心里既兴奋，也有些忐忑不安。

说实话，这一行人里，除了胡江波曾经看过别人开局，其他人包括尤正兴在内，压根儿都不知道如何开实验局。也难怪，大家基本上都是从高校的大门刚出来就进了科兴的实验室，没有机房开局的经历。

“阿江，咱们这些人就你见过开局是咋回事。08机第一次上战场，你可要稳住了。”

“我几年前在邮电设备厂上班的时候，曾经在机房看过开局，其实也是半瓶子醋。不过大家放心，我会非常谨慎的。”

一路颠簸，一路风尘。三天以后，尤正兴等人赶到浙江义乌佛堂镇。他们顾不上休息，立刻就和局方的技术人员一起，进机房开始安装设备。

大家忙得满头是汗，终于把设备安装完毕。结果一联网试机，大家立刻就傻眼了：电话不通，设备死机，设备运行极其不稳定。

虽然尤正兴对此是有心理准备的，毕竟设备在实验室里还没有经过系统性的测试就拿来安装在机房里接受实战的考验，这也属于正常现象。不过，要尽快解决问题，否则，这个得来不易的实验局可能就要黄了。他亲自上阵指挥大家，从现场出现的状况分析设备到底哪里出了问题。胡江波等人则逐个对问题进行检查并修复。

终于解决了死机的问题，电话也终于打通了，可是刚接通就莫名其妙地中断了。

一次又一次测试，一次又一次找到问题，一次又一次出现故障，一次又一次修复——无论怎么努力修复，问题仍然层出不穷。时间在一天天过去，问题却接二连三，不是从这里冒出来，就是从那里冒出来，总是让你意想不到。

钟成几乎每天都要和尤正兴通话，询问08机的开局进度。眼看着已经过去多日，问题依然没有得到最终解决，尤正兴在电话里的声音也越来越焦躁，越来越急促。

这个实验局对于科兴的意义到底有多重要，尤正兴清楚，华芳菲清楚，钟成更清楚。为了开发这款产品，科兴公司不仅投入了所有资金，而且还从银行里贷了很多款。钟成以前说产品开发失败只能跳楼的话并不是危言耸听，形势就是这么严峻。

孤注一掷的感觉是什么呢？就是期盼着最好的结果，却必须做好最坏的打算。

钟成在深圳坐不住了。他立刻不远千里赶到义乌，直奔机房。他不懂通信技术，帮不上忙，但是这个时候他必须要和装机的技术团队在一起。前线在打仗，在啃硬骨头，在做殊死决斗，他要和大家在一起，吃在一起，住在一起，奋斗在一起。他不仅要为大家加油、鼓士气，而且还要让大家感受到自己对他们的信任。

“中国是世界上人口最多的国家，也是发展潜力最大的国家。改革开放政策一定会让中国的经济发展日新月异。我这里和大家打个赌，未来世界通信市场必会三分天下，科兴必将三居其一。”

大家本来正皱着眉头盯着交换机，绞尽脑汁地解决问题呢，听到钟成一本正经地说科兴会成为世界通信业三巨头之一，而且还是在已经焦头烂额的实验局机房里，都忍不住哈哈大笑起来。多日以来的紧张气氛一扫而空，大家也难得地露出了笑脸。不过，这笑声里多少有几分调侃的味道。都快两个月了，大家没日没夜地工作，连一个乡镇实验局都没有搞定，还世界三巨头之一，老板不是在做梦吧？可看老板那严肃的神情，可能说不准还真能行呢。

尤正兴看着钟成信心十足的样子，心想：老板有意思，又在吹牛皮。不过，无论什么时候，人还是要有梦想，没有梦想的人生是枯燥而乏味的。换句话说，牛皮还是要吹的，万一经过努力实现了呢？

经过大家两个多月的“修理”，这台动不动就闹情绪的交换机终于稳定下来，不再死机，也不再掉线，实现了长时间正常通话。大家一直紧绷着的神经也开始逐渐放松。

从深圳到义乌的时候，大家谁也没有想到，第一次开实验局竟然开了两个月时间。不过，这两个月的经历实在是太宝贵了，08型数字程控交换机不仅实现了首次商用，而且在产品性能上也得到了全面提升，为大规模销售奠定了坚实的基础。

看到国产数字程控交换机稳定的运行状态，一直捏着把汗的佛堂支局丁局长脸上终于露出了笑容。兴奋之余，他拎着家里几瓶珍藏多年的好酒来款待机房里这群胡子拉碴的“拼命三郎”。

“是你们，让我对国产设备更有信心了。加油，年轻人。”

“局长，如果不是您力排众议为我们提供了这么宝贵的机会，我们国产交换机就没有用武之地，更无出头之日。您的壮举必将改写我国通信市场的格局，向您致敬！”

尤正兴高高举起酒杯，然后豪迈地一饮而尽。大家的情绪瞬间被点燃，纷纷围过来轮流向丁局长敬酒。

实验局的成功开通帮助08机很快打开了全国市场，市场不断突破，订单越来越多。

形势看起来一片大好。不过，钟成并没有盲目乐观。尤正兴也没有沾沾自喜。2000门的交换机虽然销路很好，但是还进不了大中型城市的机房。大中型城市是中国的经济命脉，人口众多，对信息沟通的需求更大。科兴如果想在交换机市场中占有一席之地，必须要开发出来应用于大中型城市的万门机。

趁热打铁，乘胜追击。钟成和尤正兴商议后决定，克服短期的资金困难，马上启动万门机的研发项目。在项目经理的人选上，两人不约而同地想到了一个人，那就是——卫亦兵。

“大胆起用年轻人，放手让他去干吧。”钟成拍了拍尤正兴的肩膀。

“我对这个小天才很有信心，他做项目经理最合适。”尤正兴非常支持钟成的意见。

项目启动会上，尤正兴听到有不少人认为开发万门机没有必要，担心开发出来销售不出去，白白浪费资源。卫亦兵跟大家解释了开发万门机的意义，也没有完全打消大家的顾虑。

“兄弟们，你们只管大胆开发。万门机开发出来以后，我保证帮你们卖掉10台，怎么样？”

大家听完，不禁哄堂大笑。虽然大家也清楚尤正兴是在给团队打气，但是既然尤正兴都这么有信心，那就没有什么好顾虑的了。

在开发万门机的过程中，尤正兴和卫亦兵大胆地尝试用光纤把多个模块连接在一起。卫亦兵更是提议采用当时还不太成熟的SDH（同步数字体系）技术。这项光传输技术诞生于著名的美国贝尔实验室，后来成为全球数据传输的核心标准之一。光传输技术在08万门机中的应用是科兴交换机从模拟到数字转型的最大进步。以此为契机，科兴的产品开始从交换机逐步扩大到芯片、传输、无线、接入网等全线产品系列。

SDH技术让大家看到了美国科技的发达，钟成思考再三，大胆地做了一个决策，就是马上在当时美国高科技企业的聚集地——硅谷，成立一家芯片研究所，雇用当地的技术人才进行芯片设计。这一看似超前的举措立刻得到了尤正兴和卫亦兵的支持。芯片虽小，却是所有高科技产品的心脏。在资源有限的情况下，提前进行芯片设计的布局，而且直接在科技最发达的美国设立研究所，的确有些冒险的味道。但是，创业本身就是冒险，企业家也是冒险家的代名词。机会面前，除了孤注一掷，奋力一搏，还能做什么呢？

错过了这个千载难逢的机会，就错过了这个风起云涌的时代。倾注所有资源，迅速取得技术突破，就有机会赢得广阔的通信市场。创业时穷困潦倒、走投无路，如果这次创业失败，大不了回到起点，从头再来。看起来信心满满的钟成，其实心里也是无比纠结的。只是，他不想让员工看到他内心的焦虑和不安。

技术研发不但要孤注一掷，而且还要和时间赛跑。等满大街都卖万门机的时候，才研发出来万门机，公司就只能关门大吉。

1994年夏天，深圳挥汗如雨的时候，万门机的开发终于告一段落，进入最后的联调。科兴公司的T&T08数字程控交换机，在一年的时间里实现了从2000门到一万门的系列化突破。

盛夏时分，上级领导人带领一行人兴致勃勃地视察改革开放的前沿——深圳。

领导人的行程安排得很满，其中有一项就是调研民营高科技企业的发展状况，接见民营企业家代表。深圳市市长李志国拿着拟定的名单再三斟酌，终于确定了一个名字：科兴公司的钟成。

“科兴公司刚刚研发出了万门数字程控交换机，很了不起。”李志国抽空向领导人介绍。

“钟成，科兴公司是生产程控交换机的，你来谈谈我国的通信产业政策如何？”领导人微笑着对钟成说。

“您好！我原来是一名技术员，说话比较直，您多包涵。”钟成的声音明显有些紧张，“程控交换机技术关系到国家的安全，一个国家没有自己的程控交换机，就好像没有自己的军队一样。”

“说得好。这句话是谁说的?”

“这话是广东省邮电管理局的一位处长说的。中国电子工业中，唯有程控交换机有可能成为中国的拳头产品。国家要进行强力干预，使之健康发展，成为中国走向世界的一个拳头产品。目前的状况，入关后堪忧。”

“很好，你接着说。”

“许多国外整机进口产品实行免税、减增值税政策，国产产品却缴纳全税，同时国外厂家利用雄厚的资金和本国政府的支持打进中国市场，非常不利于民族工业的发展。以市场换技术是我国的目标，但是现在市场丢失了，技术也没有拿到手。中国的通信工业处在一个非常时期。”

“钟成同志的建议很重要，邮电部要尽快出台一些政策，支持民族工业的发展，迅速提升我国通信产业的技术水平。”领导人说着转过身来，“志国啊，深圳是改革开放的排头兵。你们要解放思想，大胆尝试，敢为人先，让科兴这样的高科技企业放开手脚，迅速发展起来，形成示范效应。我们国家需要很多这样的企业。”

“您放心，我们一定解放思想，让深圳特区充满活力和创造力，让高科技公司遍地开花。”李志国站起身来庄重地承诺。

“感谢您的关心，我们一定为振兴民族工业而努力奋斗。”钟成也信心满满地说。

一场大雨刚刚过去，艳阳高照，碧空如洗，地面上整洁得像一面镜子。树叶在清风吹拂下，闪耀着点点光泽。从市政府里走出来，钟成步态轻松，感觉浑身充满了力量，多日以来的焦虑与不安也一扫而空。他长长地松了一口气，心中暗想：

真是一场及时雨啊！

第三章　进城赶考

“一定要抓住这个机会。你们马上去准备方案和资料。尤正兴和卫亦兵你们两个负责方案的审核，绝对不能大意。华芳菲和苏文负责市场关系维护。”

会议室里，钟成听完南京办事处主任苏文的汇报非常兴奋，江苏省邳州市邮电局的市场关系有了重大突破，对方已正式邀请科兴公司去做技术交流，如果顺利的话，08万门机开局指日可待。虽然昨天晚上他还在为了儿子钟杰的事情自责到几乎失眠，但是08万门机终于有机会开局的消息还是让他立刻忘记了昨晚的不快。

自被迫下海创业以来，钟成几乎是没日没夜地忙于工作，如影随形的危机感让他时时刻刻如芒在背，头顶似乎永远悬着一把寒意逼人的长剑。无论是两位老人，还是两个孩子，他几乎没有时间照顾。为了不影响钟成的精力，两位老人跟着钟成的妹妹去了昆明生活。儿子钟杰从小学习成绩不好，高考失利后进了科兴工作。

钟成一直对孩子有愧疚之心，所以就把钟杰托付给尤正兴来教育。尤正兴做过老师，还是博士，为人正直，心思缜密，钟成希望儿子能在尤正兴的管教下学到一技之长，将来也能成为栋梁之材。哪知道钟杰玩心太重，学什么都不下功夫，昨天不知道为什么竟然和一帮小混混在街头打了一架。

憋着一肚子火的尤正兴从派出所把钟杰领回来，很严厉地要求他认错，而且保证不再犯。没想到钟杰这小子脾气很倔，紧绷着嘴唇就是不吭气。这下子把尤正兴彻底惹火了，他索性一把扯下裤子上的腰带，狠狠地抽了钟杰两下，一边抽一边骂道：

“你爸爸把你交给我是让我把你培养成人才，你小子倒好，都快成小混混了。你说我怎么向你爸爸交代？你说！”

哪知道钟杰的性格还真是随了钟成，又硬又倔，挨了抽也不吭声，眼皮都不眨一下。

尤正兴实在没辙了。原来这教育孩子和学历高低没关系，比研发数字交换机难度还大。他瞅着钟杰那股硬邦邦的倔劲儿，心里还有点担心，年纪轻轻的就这么倔，别再惹出啥事来。

想了又想，下班后尤正兴还是拉着钟杰去了钟成家。钟成已经从原来的平房里搬了出来，在公司附近租了一个略微宽敞的房子，方便两个孩子来住。尤正兴心里说，我这师傅没办法，估计亲爹总会有办法吧？我把他交给你我不管了行不行？

钟成看着垂头丧气的尤正兴，再看看挺得绷直的钟杰，气不打一处来，大耳刮子抡圆了，又放下，放下了又抡圆，奈何不得。不过，钟成毕竟是钟成，很快就想出一个主意来。

他让尤正兴在沙发上坐着，自己赶紧系上围裙，跑到厨房里，烹煮煎炸一阵子忙活，做了四个香喷喷的菜，又拿出一瓶有点年份的好酒。

真还别说，最后尤正兴红光满面，哼着小曲从钟成家出来，一点儿没提不管钟杰的事。只是尤正兴走后，钟成拉着儿子的手，苦口婆心地教育了半夜。

要不是刚刚听到万门机开局的好消息，钟成估计自己现在脑袋里还是乱哄哄的，没一点头绪。平常自己发起火来如狂风暴雨，在自己孩子面前却只能和风细雨。即使这样，儿子还是听不进去，让他这做父亲的情何以堪啊？

思来想去，钟成还是不放心去邳州交流的资料准备。他从办公室里出来走到资料室，看到三个年轻的姑娘都在紧张地打印、装订文件。公司的电话总机就在旁边的房间，电话一响，她们还要跑过去接电话，转给分机以后再跑回来继续打印文件。打印机经常卡纸，卡纸以后就要打开打印机，用力把卡住的纸抽出来，再重新打印那一页资料。

“姑娘们，你们辛苦了。打印、装订这些工作看似简单、重复、枯燥，其实非常重要。因为这些装订好的资料如果完整无缺，就会给我们的客户留下深刻的印象，一线的客户经理们就更容易签下合同。再说总机接线员这项工作，你们接电话时声音是不是柔和，说话是不是有礼貌，转接时是不是会出错，都会影响打进电话来的人的情绪。谁会打进电话来？基本上都是我们的客户，或者是潜在的客户，你们说这工作是不是也很重要呢？越精密的机器，越容易因小的零件出大错。哪怕是一颗螺丝钉，都有重要的不可替代的作用。”

钟成一边乐呵呵地望着三个忙碌的姑娘，一边给她们讲工作的重要性。

“工作有分工，有的复杂有的简单，但干好都不容易。”一个姑娘说道。

“郑扬帆，这话说得好。不要小瞧任何一项工作，哪怕是最不起眼的工作，想干好也要下功夫。”

“放心吧，老板。我们都明白。”

钟成望着一直忙个不停的郑扬帆，心里不禁涌起一股暖流。眼前的这个文员郑扬帆，其实就是钟成的女儿钟扬帆。她比哥哥钟杰努力，也能吃苦，最终考上了大学。大学毕业后去了一家银行的营业部工作，后来这个营业部被合并了，她想出国深造，结果签证又被拒签，只好改了姓隐瞒身份到科兴工作。其实她隐瞒身份主要是为了避嫌，不想让大家知道她和钟成的关系。

钟成没有给任何人讲他和郑扬帆的父女关系，而且安排郑扬帆从最基层的岗位——文员开始做起。郑扬帆很懂事，不张扬，像普通员工那样勤勤恳恳地工作。因为工作细致，性格温柔，动不动就爱笑，很多同事都很喜欢她，追求者还不少。

邳州邮电局的技术交流由钟成亲自带队，卫亦兵主讲，尤正兴做补充。邳州是刚刚设立的县级市，属徐州市管辖，位于江苏和山东两省的交界地区，物产富饶，人口众多，经济发展比较快，非常适合万门机的应用。

自万门机研发成功以来，钟成和大家已经开了几次会，讨论市场战略问题。大家的意见主要有两种：一种意见是全力拓展中等城市，中等城市成熟以后，小城市就会不攻自破，转而集中力量开拓大型城市；另一种意见是先从有条件的县城开始拓展，这样既可以避开与国际品牌直接竞争，而且还能迅速实现销售，保证公司的正常运转。

讨论到最后，钟成表态：学习中国革命的宝贵经验，走“农村包围城市”的市场道路，先从县城开始拓展，稳扎稳打。邳州就是一个非常典型的县城，如果合作成功将会有很大的推广意义。

交流现场，局方的领导和技术负责人虽然问了很多具体的技术问题，但是核心依然是对国产万门交换机的性能稳定性心存顾虑。

钟成最后发言，他以科兴2000门08机在义乌佛堂镇的开局为例，感谢邮电系统给国内交换机厂家提供的合作机会。这种合作是共赢的，也是持续的。邮电系统不仅降低了成本，而且得到了更迅速、更便捷的服务；交换机厂家提升了国内通信业的技术水平，同时也促进了民族产业的发展。

“尊敬的各位领导，此前我在深圳向上级领导人汇报工作的时候，曾经建议把交换机产业的发展作为国家的战略产业，得到了充分的认可，相关部门也在制定更有力的政策支持交换机产业的发展。今天的技术交流，更让我坚信，有在座的各位领导的大力支持，提供更多的合作机会，我们更大容量的交换机也可以做到和国外品牌一样的水平，今后同样可以实现技术上的全面超越，更好地服务于祖国的电信事业。”

钟成讲话的声音并不高，语速也很慢，但是透露出满满的诚意和无比的自信。局方的几位领导轻声商议了几句，最后宣布：同意选用科兴的T&T08万门机。

钟成听完激动地站了起来，走到局方领导面前一一向他们表示感谢。

“非常感谢邳州邮电局各位领导的信任，我们决不辜负大家的期望。”

虽然交流过程中局方有不少顾虑，但是最终的结果如此美好还是有些出乎大家的意料。

“钟总，我悬在嗓子眼儿里的这颗心总算是放下了。这里离徐州市不远，您看我们是不是顺便去徐州转一转？您难得来一次，也算不虚此行。”

苏文这个南京办事处主任，其实一直是个“光杆司令”，整天一个人背着资料，拎着幻灯机在江苏境内各个县城拜访客户，难得总部来这么多人，而且还有老板，所以觉得有必要尽一下地主之谊。

“徐州可是个有名的地方。近的来说，这里是淮海战役的主战场。远的来说，还是汉高祖刘邦的故里。”

华芳菲见苏文这么说，作为他的上司，她也理解苏文的心思，就附和了一句。

“哈哈。苏文，我先考考你。你说淮海战役中国民党军队装备那么精良，为什么还失败了？刘邦为什么能赢了实力强大的西楚霸王项羽？”

钟成并没有回复去不去徐州，反而连问了苏文两个问题。这下子轮到苏文挠头了。

“钟总，您也知道，我本科和硕士都是学理工科的，历史类的书籍读得有点少。”

“苏文，钟总大学是学建筑工程的，也不只读建筑类的书，哲学、历史、经济、军事等，没有他不读的。”

尤正兴听了苏文的话，忍不住插了一句。

“有时间要多读些历史和哲学类的书籍。读史使人明智，哲学使人深刻。我们不能只想着技术。只跟客户谈技术会很枯燥，时间长了还不把客户给吓跑了？”钟成的话匣子一打开，就有些收不住，大家也都习惯了，都凝神聆听。“你们知道我最崇拜谁吗？谁要是能说出来，我就请他吃饭。”钟成说到这里，故意卖了个关子，笑呵呵地看着大家。

“钟总，您还是别卖关子了，我们都等着您的答案呢。”

除了愿意聊技术，从来不爱发言的卫亦兵也忍不住了，提醒钟成。

“没想到卫亦兵也对这个感兴趣。好吧，那我就说了。第一位我崇拜的人不是刘邦，而是刘邦的下属，就是那位曾经忍受胯下之辱的韩信，因为一个人必须能够忍受巨大的挫折与委屈，才有可能取得最终的成功。第二位是京剧《沙家浜》里面开茶馆的阿庆嫂，因为她的客户服务意识最好，摆开八仙桌，招待十六方。给客户最好的服务，赢得了客户普遍的认可。”

钟成说完，看到大家听了以后都若有所思，忍不住哈哈大笑。

“就知道你们猜不出来。苏文，这次开局对我们非常重要，时间紧迫，就不去徐州了。等你把徐州的项目也拿下，我们肯定会去。”

马不停蹄地回到深圳，钟成安排完邳州万门机开局的事情已经接近晚上10点。他感到一阵阵倦意袭来，脑子里有些恍惚，就斜躺在已经磨破了皮的沙发上，微微闭上眼，似睡非睡之间，脑子里仍然思考着邳州开局的事情。

“钟总，您怎么开着风扇就睡着了？这样很容易着凉的。”

已经负责整个公司人事行政工作的许丽刚好过来，见钟成斜躺在沙发上闭着眼睛，旁边的落地扇还在冲着他“呼呼”地吹着。破沙发是从原来的办公室搬过来的，钟成不舍得扔，就放在自己的小办公室里用。风扇是钟成说吹空调容易肩膀疼，让许丽买的。其实许丽也清楚，钟成是节约，不想乱花钱。

“哦，许丽。没关系，我刚才是在想事情。”钟成说着从沙发上坐了起来。

“我听说您开完会就回办公室了。您吃晚饭了吗？”

“忙得忘了吃了，反正现在也不太饿。”

“我现在去食堂看看，还有什么吃的。您看看，还是给您招聘一个秘书得了，除了工作，也要吃饭啊。”

“不用了，我自己去食堂吃点就行。对了，现在咱们员工越来越多，食堂和宿舍的管理水平要跟得上，大家才能安心工作。这件事你一定要用心。民以食为天。吃穿住行，都不是小事。”

科兴的厂房并不大，一进门就是一个食堂，中间是办公区，后面是库房和员工宿舍。科兴的员工大部分是一个人从内地到深圳打拼，平时吃住都是在厂里，所以食堂和宿舍必须有，哪怕简陋点。食堂能够提供简单的一日三餐，大家自己花钱买。场地是公司提供，厨师是公司开工资，因此饭菜价格会比外面便宜不少。宿舍是在大通间里隔开的，就像小学生写字用的“田字格”。这些“小格子”没有窗户，只有一张床和一张桌子。有时候钟成加班太晚，也会在“小格子”里住。一进来就累得倒头大睡，从来没感觉到有什么不舒服。

食堂里还有其他加班的员工在吃饭，钟成一眼就看到正埋头吃饭的胡江波。

“江波，你怎么这么晚才吃饭？”

钟成打了一份米饭，一份西红柿炒鸡蛋，一份麻婆豆腐，端着托盘坐到了胡江波对面。

“钟总，怎么您比我还晚哪？我刚才在解决一个技术问题，刚弄完就过来吃饭。”

“今天搞不完还不吃饭了啊？你还年轻，吃饭不能耽误。磨刀不误砍柴工。对了，我刚从邳州回来，一路上都在琢磨。邳州为万门机的推广开了个好头，我们这次开局一定要确保成功，把邳州建成样板点，这样才能迅速在全国推广。”

“钟总，您放心。有了义乌开局的经验，这次一定会成功。”

“科兴的员工基本上都是血气方刚的年轻人，英雄儿女就要上前线，建功立业，舍我其谁？我正准备和华芳菲商议，来一次轰轰烈烈的上前线活动，借着邳州的大好机会，迅速出击，全面开花。”

“钟总，好机会。等邳州开完局，我马上报名去前线。大丈夫当马革裹尸，驰骋疆场，不亦快哉！”

“好样的。有这个拼劲，你肯定会成功！”

钟成笑眯眯地盯着胡江波，大声给他打气。

“钟总，我也报名去前线，您看行不行？”

钟成和胡江波聊得正热闹，没注意到许丽已经站在身边，听到了他们的谈话。

“好啊，有冲劲，有想法就可以。不过，我自己说了不算，到时要看华芳菲的意见，她可是市场部的领导。”

第二天上午，钟成和华芳菲、尤正兴、毕胜、卫亦兵等人一起开会讨论目前的市场形势。下午下班前，一份由钟成签发的倡议书正式发布，号召“英雄儿女上前线”：

“农村天地，大有可为！到一线去，到农村去，到客户最需要的地方去。从千门机到万门机，我们开发的数字程控交换机在技术上不断取得新的突破，取得新的成绩。现在到了让市场检验的时候了，因为客户才是我们的衣食父母，为客户创造价值是我们唯一的使命。全体科兴人，行动起来！市场一线在等你！广大客户在等你！”

简短的倡议书就像一篇战斗檄文，激起了科兴员工高昂的斗志和火热的激情。短短一天的时间，市场部就收到了上百份请战书。胡江波、徐俊、黄志明、郑国伟等研发体系的骨干纷纷提出申请，丁爱萍、许丽、郑扬帆等后勤体系的员工也紧随其后，就连尤正兴、卫亦兵、毕胜等研发的主要领导也各自提出了申请。

“钟总，没想到倡议书发出后，会引起这么大的反响。我安排秘书把请战书统计了一遍，中央研究部和总部支撑部门几乎人人都提出了申请，这可真是出乎意料啊！”华芳菲看到秘书统计出来的结果，马上去向钟成汇报。

“那可不行。战争的胜利不仅取决于一线战士的奋勇拼杀，还要依靠大后方的有力保障。都去前线杀敌，谁来提供枪支弹药，谁来供应辎重粮草？你们市场部马上制定一个标准，选择什么样的战士去前线，要按照标准来，也不能只凭着一腔热血，到了前线一枪不放就当逃兵。胜利是打出来的，不能打的战士是赢不了战争的。”统计结果其实也出乎钟成的意料，但是他马上就想到不能无理由打击大家的积极性，只有依据标准来选拔才是公平公正的，同时也可避免无谓的人才浪费。“三百六十行，行行出状元。前线需要英雄，后方也需要人才啊！”

“钟总，您提醒得很对，我最近也在思考。科兴的员工越来越多，大部分都是刚毕业不久的大学生，对他们的管理必须要深入分析和思考。我们过去的人事管理方法明显已经落后，只能处理些日常的考勤、档案和工资发放。对这些高学历员工的管理，一定要用更具人性化、标准化、体系化的现代人力资源管理方法和工具，这一点我们既要向西方大企业学习，也要体现出自己的特色，这样才能更符合科兴公司的实际情况。”

“芳菲啊，你和我想到一起去了。我这两年来一直在思考这个问题，有一些想法，还不成体系，所以也一直没有正式提出。你能想到这一点，足见你思维的全面性和超前性。都说女人心细，但是你不但胆大心细，而且工作泼辣，思维全面。这样吧，以后人力资源管理体系和市场体系都由你整体负责，你来主抓。你看怎么样？”

“既然钟总信任，我就不推辞了。”

钟成还以为华芳菲会推辞一番，毕竟这两样工作都很有挑战性，任务艰巨，没想到华芳菲一个年轻女性，竟然连眉头都没皱一下，就爽快地接了下来，他心里不禁大为赞叹。

山东栖霞邮电局门口，个头不高的胡江波穿着黑色风衣、黑色西服，系着鲜红的领带，正从里面阔步走出来。他左手拎着装有交换机备板和产品资料的包，右手拿着幻灯机和一袋幻灯片。虽是初春时节，天气还有些寒冷，胡江波额头却有汗珠不时冒出来。刚刚给客户放完产品资料幻灯片，做了技术交流，胡江波兴奋之余还稍稍有些紧张。他是做技术出身的，一直跟计算机打交道，现在出来跟人打交道，还有些不太适应。

栖霞位于胶东半岛，是山东烟台的下辖县，素有“苹果之乡”的美称，而且是北方最有名的地主庄园牟氏庄园的所在地，是北方沿海经济发展较快的地区。胡江波到山东做办事处主任后的第一站，就选在了这里。

科兴的08数字程控万门机在邳州开局成功以后，接着又通过了广东省邮电局测试鉴定以及国家邮电部生产定型鉴定。没过多久，中央提出覆盖全国农村区域的“村村通”计划，邮电系统的通信基础设施建设成为首批项目，数字程控交换机的市场拓展迎来了千载难逢的绝好机会。

胡江波、徐俊、黄志明、郑国伟、许丽等人作为第一批被选中的“英雄儿女”一起奔赴前线，做了不同省份的办事处主任。说是省级办事处主任，其实就是单枪匹马，在各个县城拓展业务。

白天的时间要么赶路，要么向客户介绍产品方案，忙得没时间想别的事。晚上住进旅馆，一个人对着一盏发黄的电灯发呆，胡江波才感到了内心深处的孤独，这种孤独有时候像在荒郊野外被毒蛇咬了一样绝望，又像在梦魇里无法呼吸、无法动弹一样无助。好在旅馆里一般都有电话机，他就去旅馆的前台打电话，打给和他一样孤身在外开拓市场的同事，打给远隔千山万水，一直在老家居住的年迈父母。

他想起刚到深圳的时候，从火车站坐了三个多小时的车到科兴面试，看到科兴简陋的办公条件，心里还有些疑虑不安。当时的办公地点就在一座居民楼里面，办公桌椅都破破烂烂的。他在椅子上坐着等了半天，钟成才从外面回来，看见他说的第一句话就是：“天真热啊！我浑身都是汗臭味，先去冲个凉。”

厂周围比较偏僻，平时大家吃住都在厂里。没有空调，每天下班后第一件事就是去排队冲凉，否则浑身都汗津津、黏糊糊的，非常难受。吃完晚饭，大家就在院子里乘会儿凉，聊聊天。钟成有时候也会过来，胡子拉碴，一身皱巴巴的短衣短裤，趿拉着拖鞋，端着一个大搪瓷缸子，里边是泡好了的浓茶。他喜欢讲故事，尤其是战争故事，比如上甘岭战役是怎么胜利的啊，朝鲜战争是怎么打起来的啊，他每次讲得都很投入，激情四射，绘声绘色，好像他亲自参加过那些激烈的战斗一样。大家听得也是如临其境，热血沸腾，工作一天的疲乏不知不觉都被赶跑了。

“胡先生，有个电话找你的，快下来接一下吧。”是旅馆前台大姐的声音。

科兴公司对长年在外出差的员工有个要求，就是每到一个新的住宿地点，就要把联系电话第一时间上报给总部，以便及时进行信息沟通。胡江波住的这家旅馆还没有装程控交换机，连小型的电话小总机都没有装。这一点，就说明我国的电信事业亟须快速发展。

天色这么晚了，是谁打来的电话？胡江波赶紧从房间里出来，锁上门，快步走到楼下，拿起电话听筒。

“你好，我是胡江波。”

“阿江，我是王卫国，我现在在广西柳江县。今天跟柳江邮电局的客户做技术交流，遇到一些问题，我一下子就想起了你。”

王卫国也是08机开发项目组的骨干之一，和胡江波在一起摸爬滚打了好几年，现在也去了市场一线，是广西办事处主任。

“原来是卫国啊。这一晃就半年多没见面了，非常想念兄弟。”

“哈哈，虽然我酒量不行，不过下次见面一定要好好喝一次。老是一个人在外边晃荡，想练练酒都找不到人陪，孤独啊！”

“哈哈，闲话少说，什么问题啊？”

…………

两个大男人，身处异地，相隔千里，既想多聊会儿，也要考虑电话费。电话费太贵了！挂上电话，胡江波看到前台大姐正似笑非笑地看着自己。

“小伙子，长途电话很费钱的。”估计是嫌胡江波接电话的时间长了，前台大姐提醒道。

“哦，不好意思。我们公司同事打的，有点棘手的问题需要处理。”胡江波转身就上了楼梯。

“丁零零……丁零零……”电话铃声又响了起来。

“你好，这里是华兴旅馆。你找哪位？哦，你等一下。”前台大姐用一只手捂住电话机声筒，“小伙子，小伙子，别慌走，还是你的电话。”

胡江波正上楼梯，听到大姐喊自己，心想我还真是个大忙人，回头又往下走。

“你好，我是胡江波。您是哪位？是赵科长啊！赵科长您好……好的，好的。我明天上午一定准时过去，谢谢您的支持！”

原来是栖霞邮电局赵科长打来的电话，约胡江波明天上午再去交流一些技术细节问题。

“太好了！好戏就要开始了！”胡江波放下电话，兴奋地一拍大腿，然后一路哼着小曲回了房间。

第二天胡江波早早地到了栖霞邮电局会议室，对赵科长提出的一些技术细节做了详细的解答。交流完后，赵科长让胡江波在会议室等着，自己先去向局领导汇报。

临近中午时分，赵科长回到了会议室，满面笑容地告诉胡江波，局领导已经决定，采用科兴公司的万门机。

“谢谢赵科长，谢谢各位局领导，感谢大家对民族产业的大力支持！您看也到中午了，我请各位领导去吃顿饭吧，咱们简单庆祝一下，不成敬意。”胡江波没想到这么顺利就实现了开门红，说话都有点结结巴巴的。

“小胡，听你口音也不是南方的，你是哪里人啊？”

“王科长，还是您老到，我是东北人。不过，我祖籍是山东，而且就是咱们烟台的。”

“怪不得呢，原来是老乡啊。这样吧，你中午就在我们单位吃个工作餐，我陪老乡喝一点酒，以尽地主之谊！”

“那怎么好意思啊！还是我请您吧，赵科长。”胡江波有些不好意思，脸都有些红了。

“别客气啊，都是老乡，就这么定了。哈哈……”

“看看你们写的材料，简直是惨不忍睹啊！这次展览会可是中国第一次举办，你们要打起十二分的精神来，事情办砸了就相当于砸了你们自己的饭碗！”钟成气冲冲地大吼，一边吼着一边在办公室里不停地走来走去，像头发了疯的怪兽。“王强，你去把尤正兴找来，快去！”

华芳菲从来没见过钟成发这么大的火，她看了看钟成的脸色，又看了看正在挨训的王强，赶紧说：“你还愣着干什么？快去找尤总来！”

王强本来是向钟成汇报参加首届中国国际电信设备展览会的宣传材

料的，没想到被钟成劈头盖脸一顿臭骂，脑袋一下子就蒙了，被华芳菲一提醒，这才醒过神儿来，赶紧去找尤正兴。

不一会儿，王强和尤正兴一起来到钟成的办公室。钟成的怒火已经消除了大半，态度也缓和了很多。他先示意大家都坐下，然后让华芳菲把他的秘书夏洁叫了过来。

"夏洁，你把卫亦兵也叫过来，人到齐后我们一起开个会，你做会议纪要。"

夏洁是刚毕业不久的大学生，气质高雅，工作干练，自从给钟成做秘书以来，帮助他处理了很多日常工作。

夏洁很快就找来了卫亦兵。钟成宣布会议开始。

"王强刚才被我骂了一顿，可能会觉得很委屈。我告诉大家，参加这次国内首届电信设备展是公司的一件大事。本来，华芳菲、毕胜还有丁爱萍都建议我对参加这次展会要慎重，不仅是花多少钱的事，而是这次展会国际大厂家都会参加，国内电信市场这块大蛋糕对所有设备厂家来说都有巨大的吸引力，所以大家都会把压箱底的产品拿出来亮相。与国际巨头同台竞技，我们的确需要谨慎小心，但我们绝不能放弃这次机会，也不能怠慢。届时不仅会有国家领导人出席展会，而且国内各省的邮电部门领导都会到会参观。这是一次难得的展示机会，我们的设备是骡子是马，是时候牵出来遛遛了。所以，我们要不惜任何代价，把握这次机会，把我们的万门机，我们所有的通信产品都展示出来。我们必须要有这个自信，要充分给予重视。现在展会就快要开了，我们的产品宣传资料竟然还没有准备好。马上就要拼刺刀了，结果我们的战士还没配备上刺刀，你说我能不发火吗？我们为了这次展会已经付出了很多，绝不能在任何环节上掉链子！”钟成狠狠地盯了王强一眼，端起搪瓷缸子，喝了一口浓茶，接着说，“为了这次展会，我们分一下工。我做展会领导小组的组长，尤正兴负责产品宣传资料，卫亦兵负责所有产品的安装调试，华芳菲负责客户联络与现场接待。你们有什么意见吗？”

“我有个提议。借这次参展的机会，我们是不是也考察一下北京的环境。我建议在北京建一个研究所，因为北京高校林立，人才济济，未来要想保持我们的技术全面领先，北京的人才优势不可忽视。”卫亦兵看着钟成，把自己思考已久的想法说了出来。他现在已经是交换机产品线的总经理，必须要考虑保持交换机产品的核心竞争力。

“我赞成亦兵的建议。北京不仅有人才优势，而且还是首都，国家行政机关都在北京，国外的驻华机构也聚集在北京，北京有着得天独厚的全方位优势，布局北京对于科兴的未来发展举足轻重。”尤正兴在清华大学读过博士，对北京有着更深的了解，深知在北京布局的长远意义。

“我也赞成。从市场的角度来说，北京的政策资源、信息资源乃至客户资源都是独一无二的。在北京设立分支机构，我们就可以南北遥相呼应，会有力推动全国的市场拓展。”华芳菲也表态支持。

钟成听完大家的发言，紧皱的眉头慢慢舒展开了。他微微笑了笑，摆了摆手说：“看来我们这个会开得还是很有必要，竟然有了意外的收获。既然你们都认为有必要建立北京研究所，那我们这次展会结束以后就去考察一下，争取在年底之前就把北京研究所建起来。王强，你怎么不说话？还觉得委屈？”

“钟总，您骂得对。我的确对这次展会重视程度不够，没有从全局性的角度考虑问题，所以做的这些资料过于随意了，没有提炼精华，没有升华高度，没有我们公司的特色。”

“这就说明你挨这顿骂值了！已经找到了问题所在。这次展会的宣传，不仅要考虑如何把产品的技术特点体现出来，更重要的是要从民族产业发展的高度，从国内电信事业长远发展的高度去提炼，去升华。参加这次展会不仅是为了卖出更多的产品，而且还要让大家感受到国产通信设备发展的速度和成就，要形成一种整体上的冲击力，让前去视察的国家领导和邮电部门领导对国产品牌更有底气，更有信心。”

“钟总，我懂了。您放心，我会后马上和尤总沟通，尽快再出一版方案。”

“很好。从这个会议开始，我们参展的各项工作进入倒计时阶段，夏洁来负责跟踪落实，有任何情况随时向我报告。散会，你们马上分头去准备。”

1994年11月，首届中国电信设备展览会在北京隆重召开。正值深冬，展馆外北风劲吹，天寒地冻。展馆内却人头攒动，热火朝天。

科兴公司的展台位于主展馆的右侧，位置靠近展馆入口处，非常显眼。这个位置的价格非常贵，华芳菲还有些犹豫的时候，钟成关键时刻拍板：就要这个位置！

科兴的展台以蓝色和白色为基调，清新明亮，淡雅大方。万门机在展台的中心位置，已经安装调试完毕，现场可以演示功能特性。展台两边的柱子上有两行大字，左边是“同步世界潮流”，右边是“服务祖国电信”。

钟成和华芳菲一身盛装，站在展台前。钟成特意穿了一身灰色的西装，系着红色的领带，手里拿着一沓名片，笑容可掬地迎来送往。华芳菲长发披肩，一身银灰色的职业装，黑色高跟鞋，枣红色的眼镜框后面一双有神的大眼睛透露出无比的自信。

“领导来了！快看！快看！”不知谁喊了一声，领导人已经在一大群人的簇拥下缓步走到了科兴公司的展台前。他抬头仔细地看了下科兴展台两边的两行大字，对身旁的邮电部部长说：“科兴的发展很快啊。”

“领导，科兴研发的万门数字程控交换机已经通过了邮电部的测试，性能优良。”邮电部部长对领导说。

“领导您好，我是科兴公司的钟成，向您简单汇报一下科兴的发展状况。”钟成快步来到领导面前，毕恭毕敬地说。

“好啊，你讲一讲吧。”

钟成马上把科兴的技术研发和市场拓展情况向领导汇报了一下，尤其是万门机的技术优势和成本优势，并邀请领导现场体验万门机的通话效果。

领导很愉快地接受了邀请，拿起现场的电话，拨通了另一端的钟成，对着话筒说：“同步世界潮流，服务祖国电信。这话说得很好，希望你们再接再厉，永立潮头，做出更大的成绩！”

“感谢领导！我们一定牢记您的嘱咐，不负您的厚望，为祖国电信事业的发展服务。”

通话体验后，钟成看到领导非常高兴，立刻上前请领导为科兴题字留念。领导微笑着答应了，拿起已经准备好的毛笔，挥笔写下了四个大字：“科技兴国”。现场立刻爆发出雷鸣般的掌声，经久不息。

钟成几乎站了整整一天，累得腰酸腿疼，头晕眼花，心里却一直非常兴奋。这次参展的收获远远超出了钟成的预期，可以说硕果累累，大丰收！钟成有一种越来越强烈的预感，科兴公司的发展已经驶入快车道。

星星之火，可以燎原。

广东、山东、江苏、福建、广西、辽宁、甘肃……科兴公司的万门机不断取得市场突破，从南到北，从东到西，一个又一个县城签单，喜讯连连，捷报频传。

“农村天地，大有可为。好年景意味着好收成。我们这群土得掉渣的农民，终于盼到了丰收的季节。截止到目前，我公司的销售额已经突破10亿元，意味着我们又跨过了一个门槛！”

1995年初，科兴公司年度经营会议如期召开。各项议程结束以后，钟成做会议总结发言。

“我是在贵州的山里长大的，从小目睹了大山深处的贫穷与落后。那是一种城里人几乎想象不到的景象：交通不便，环境恶劣，缺吃少穿，缺医少药……就连一块平地都很难找到，如果有这样大块的平地，农民也会在上面种庄稼。那他们住的房子盖在哪里呢？很多都是盖在山腰上或者山坡上。这样的房子很简陋，就怕下暴雨，暴雨会形成恐怖的泥石流，泥石流所到之处瞬息之间就会房倒屋塌，住在里面的人可能连求救的机会都没有就被冲走了。即使在这样艰苦的条件下生活，农民们都依然心怀希望，乐观向上。山里面的教育条件很落后，但他们还是不辞劳苦，甚至豁了老命也要让孩子上学，希望孩子们能考到城里去，有一份稳定的工作，过上幸福的生活。”

钟成说到这里，声音有些哽咽，他曾经看到过山里农民为了生活所做的一切挣扎和努力，也亲身经历过整天吃不饱、穿不暖的那种难以言说的饥饿和窘迫。

“我国广大的农村还很落后，无论是生活、教育还是交通、通信等各个方面，都需要我们逐步去努力改变。我们的交换机在农村市场已经扎下了根，客户对我们的评价也很高，但是我们不能有了一点点成绩就骄傲自满，就故步自封。农村市场需要继续深挖，不断巩固根基。城市市场更需要未雨绸缪，提前布局。经历过农村市场的洗礼和磨炼，我们的团队已经有了丰富的作战经验，下一步，就是我们要进城赶考的时刻。城市里聚集了社会上大部分的资源，政治、经济、文化，还有人才、信息和机器，等等。我们原来制定‘农村包围城市’的市场策略，是因为我们当时还很弱小，无法与西方公司在城市里竞争，只能先到相对偏僻的农村市场去积聚力量，等待时机。现在，我们在农村市场已经取得了阶段性的胜利，是时候进城赶考了。我们对这次进城赶考要做好充分的准备，一定要考好，考不好的话我们就只能待在农村市场里。山里的老农民都梦想着进城长见识、见世面，何况我们这些已经从农村走出来的人呢？我们进城是为了更快地发展壮大我们的力量，只有我们变得更强大、更有力量，才能更迅速地改变广大农村的落后面貌，才能不辜负我们的父辈们，那些延续了几代人的沉甸甸的期待和梦想。”

台下掌声顿时响起。大家在鼓掌的同时也感受到了钟成那抑扬顿挫的话语背后，有着怎样的良苦用心。

夜幕降临，钟成开完会回到办公室，屁股刚坐到椅子上，夏洁就拿着一摞文件走了进来。

“钟总，还有几件事等着您处理。尤总和卫总要跟您汇报北京研究所所长的人选问题。毕总要跟您汇报组建合资公司的事情。华总要跟您汇报山东的市场问题。他们都在等着您的时间，您看，先处理哪一件为好?”

“哦，都在等着我啊。”钟成端起桌上的搪瓷缸子，喝了几大口，又盖上盖，轻轻放在桌上。“那就依次请他们过来吧，今晚就把事情处理完。”

“好的，我马上去安排。”

尤正兴和卫亦兵先后走进了办公室。钟成站起来，示意他们都坐下。

“钟总，我们商议了一下，建议派陈刚去北京，担任正在筹建的北京研究所所长职务。陈刚在08机项目组里从2000门机到万门机的研发过程中发挥了骨干作用，能够胜任我公司在北京布局数据通信产品的研发工作。”卫亦兵直截了当地提出了建议。

“陈刚毕业于北京邮电大学，技术功底过硬，对研发过程的管理很有经验，最关键的一点是他沟通表达能力突出，擅长对外的技术交流和合作，这对于今后发挥北京研究所的整体优势很有帮助。”尤正兴做了一些补充，他理解钟成对北京研究所的定位，不仅仅在于数据通信的开发，还要发挥大平台的作用。

“嗯，正兴的意见也正是我想说的。我刚才在经营会上讲了，我们从今年开始就要做好进城赶考的准备。北京的定位不是一个普通的研究所，而是要成为我们在大中型城市开拓市场的战略支撑要塞。北京的地位特殊，资源众多，必须要发挥巨大的作用。我同意你们的提议，就派陈刚去吧，也让他历练历练，未来会有更艰巨的任务等着他。不过，他走之前你们安排一下，我还要和他谈一谈，听一听他的工作思路。”

“另外呢，我这边有一个想法。现在中央研究部开发的产品除了交换机系列，已经初步实现全线发展，包括综合智能业务、光纤传输、会议电视、无线通信、数据通信、监控通信等几大业务线，我们应当学习西方公司对知识产权的高度重视，加强对专利技术、技术标准、商标等无形资产的申报和管理。所以我建议设立知识产权部，专门负责知识产权管理。”尤正兴对知识产权的重要性非常了解。

“我赞成尤总的意见。非常有必要设立这个部门，我们这么多产品线，这么多技术专利，如果不加强管理，很容易吃大亏。”卫亦兵立刻表示赞同。

“正兴，你这个想法很好，我们不但要进城赶考，还要与国际接轨。我们是高科技公司，必须管理好知识产权，那可都是真金白银换来的，饱含着多少科研人员的心血啊！”钟成也深知知识产权管理和保护的重要性，立刻拍板，尽快成立知识产权部。

尤正兴和卫亦兵起身离开的时候，毕胜已经到了钟成办公室门口。他现在已经负责科兴公司的对外合作和供应链管理，是专门管“花钱”的大总管了。

“毕胜，汇通公司去年整体的经营情况如何？我们跟各位股东承诺的业绩回报能完成吗？”钟成看到毕胜进来，一边做手势让他坐下，一边问道。

汇通公司是科兴联合国内十几家省级邮电局的三产企业合资成立的公司，专业生产通信电源。毕胜当时是受到了一些启发——国外的通信设备厂商为了迅速打开国内通信市场的大门，纷纷采取与国内企业合资或合作的模式——进而向钟成建议由科兴牵头成立了汇通公司。不过，公司成立以来，经营状况一直不太理想，所以钟成看到毕胜就迫不及待地询问情况。

“钟总，汇通去年也没有完成年初制定的经营目标。因为通信电源市场竞争比交换机还要激烈，我们的产品性能和成本都不具备优势，所以市场开拓很慢，目前主要靠科兴内部的订单来维持经营。对此我有两个建议，第一是要为汇通选拔一位新的负责人，懂经营，有市场意识的，原来的负责人技术很在行，但是对经营管理不擅长。第二是外部环境有些变化，十几家股东当婆婆，其实就相当于没了婆婆。我想下一步为了配合我们从农村市场向城市市场的策略转变，做好进城赶考这篇大文章，我们应该在各个条件具备的省份分别组建合资企业，就我们和对方两家股东，我们控股，保证投资回报，这样就更能调动对方的积极性，毕竟大家是利益共同体关系，没有理由不重视。”

毕胜并没有坐，而是站着说出了自己思考已久的想法。

“很好的建议。看来你思考得已经很成熟了。我们先把汇通的事情做好，让大家对我们有足够的信心以后，再实施你的第二个建议可能会更稳妥。我想你是不是已经有汇通公司新负责人的人选了？说来听听。”钟成笑呵呵地拉着毕胜坐下，自己也坐在他身边。

“还是钟总了解我。我这边已经找到了一位人选，叫张弛，清华大学毕业，曾经在国内知名的大公司做过高管，实战经验丰富，业绩很突出，就是年龄有点偏大。他原来在深圳担任一家大公司的负责人，自己投简历过来希望加入科兴。”说着，毕胜把手里的一份简历递给钟成。

“张弛，看简历不错。这样吧，你安排他来见见我，如果可以的话，就请他尽快入职。”

和毕胜谈完汇通的事情，钟成看看时间，问夏洁：“夏洁，华总过来了没有？”

“钟总，我已经到了。”还没等夏洁回应，华芳菲就已经走了进来。

“看来今天会议开得有点长，你们都排上队了，以后我们必须要缩短会议时间，提高效率。”

“其他的会议可以精简，年度经营会不能精简。我们排队倒没关系，就是您的工作是连轴转啊。”

“快坐，快坐。说说你找我有什么事？”

“胡江波在山东办事处签的第一单是在烟台市栖霞县，那位栖霞县邮电局的刘局长刚刚升任烟台市邮电局局长，他对我们的产品性能很认可，对使用国产设备态度很积极。胡江波在此期间已经做了大量工作，局方也有明确的意向选用我们的万门机，现在就差临门一脚了。胡江波建议我们在烟台开一个技术交流会，全面展示我们产品的性能优势，因为这是我司产品第一次在地级市应用，为了让对方感觉到我们的充分重视，希望邀请您亲自参加，想听听您的意见。”

华芳菲的这个消息可以说是太及时了。钟成刚刚在会上要求大家做好进城赶考的准备，结果机会就马上降临了。烟台市是沿海地区经济比较发达的城市，处于改革开放的第一线，地处经济大省山东，如果能够拿下，将会对周边的其他省份有很强的影响力。

“好消息，是个好消息！好个胡江波，个头不高，本事不小！还真有两把刷子！只要是去和客户交流，我肯定不会推辞。客户才是我们的衣食父母啊！就这么说定了，我听你们的安排。你们让我怎么做我就怎么做，绝对配合！”

送走华芳菲，钟成一看时间，时间过得真快，已经晚上9点多了。

“钟总，我跟食堂说过了，给您留了饭。要不我给您取过来在办公室吃？”夏洁走过来问道。

“夏洁，你也没吃吧？”钟成意识到夏洁一直在陪着自己忙活，应该也没吃晚饭。

“我也没有吃呢。不过，我不饿。”

“辛苦了。不吃饭怎么行呢？我们一起去食堂吃吧。”

烟台，美丽的海滨城市，濒临渤海和黄海，中国首批沿海开放城市之一。

阳春三月，烟台市邮电局会议室内，科兴公司的技术交流会正在进行。双方对这次交流会都很重视，邮电局刘局长亲自带队出席会议，科兴公司由钟成带队，尤正兴、华芳菲、胡江波等人出席。双方热火朝天地交流了一上午，中午简单吃过工作餐，下午继续交流。

“钟总，你们科兴真是人才济济，像尤总竟然能放弃清华大学的博士学位加入科兴，还有华总放弃了国家事业单位的稳定工作，好像胡主任也是你们从国有的邮电设备厂挖过去的，真是让人惊叹。我们烟台市邮电局每年都为引进人才发愁，有时候好不容易接收了一些名牌大学的学生，结果过不了多久他们有的继续回高校深造，有的干脆就跳槽了。钟总，你能给我们讲讲经验吗？我们也好好学习学习。”

技术交流已经结束，刘局长忽然很诚恳地问了钟成一个关于吸引人才的问题。

“刘局长，我们还是一家发展中的企业，还有很多问题需要解决，谈不上经验。不过，我们这些年的确一直在摸索，希望能找到一种适合国内高科技企业发展的机制。首先呢，我们办公司的目的就是要以客户为本，我们内部的说法就是客户是我们的衣食父母，如果不能给客户创造价值，那我们的公司随时都可能倒闭。刘局长您就是我们的客户，烟台市邮电局就是我们的客户，我们只有为您提供质量好、价格优、服务好的产品，您才会感觉使用我们的产品是值得的，您才会和我们长期合作。我们怎么才能提供质量好、价格优、服务好的产品呢？需要长期地投入研发，持续地提高技术，不断满足客户的需求。要想做到这些是很不容易的，只有不断地引入人才，引入优秀人才，让他们长期在公司安心地工作。问题是怎么才能吸引人才，留住人才呢？这个问题也困扰了我们很长时间。”

钟成讲到这里，见刘局长等人都在全神贯注地听，而且还认认真真地做着笔记，只好继续讲下去：

“刘局长，我这个人呢，只有一个爱好，就是爱看书。我过去在部队读《资本论》时就在想，马克思写《资本论》的时候，科技还不是很发达，所以资本主要是指货币和机器。如果科技发达了，资本的范围一定会越来越广。科技主要依靠什么呢？依靠人们头脑中的知识。很多刚从学校毕业的人才没有货币，也没有机器，但是他们头脑中有丰富的知识，这些丰富的知识是我们技术研发的源头，也是最宝贵的资本。所以我创业以来，就有了一种‘知本’的想法，知识就是资本，需要和资本一样给予回报，这样资本的范围就扩大了，股东的范围也扩大了，企业就不仅仅是出资人和创始人的，而是全员共有的，利润也是全员共享的。所以，科兴一开始就坚持，给知识分子高薪酬、高奖励、高回报，因为我们要为知识付酬。另外，为了让知识分子们有归属感，不再认为公司就是老板的公司，自己就是一个打工仔，我们又实行了员工期权制度，让大部分优秀的员工都有公司股份，都可以分享公司发展壮大的劳动成果。”

“勇于创新，敢于实践。钟总真是太让我佩服了！另外，我经常收到胡主任送来的贵公司的报纸啊，宣传材料啊，还有些小册子什么的，我每次都认真地看完，感觉科兴公司的企业文化很好，很有特点。钟总能否给我们介绍一下呢？”刘局长的问题还真不少，一个接着一个。

“刘局长过奖了。要说企业文化呢，我们还真没有刻意去想，因为一直在创业，还顾不上去系统化地创建企业文化。创业的过程就是艰苦奋斗的历程，为了让公司活下去，我们也希望是‘八仙过海，各显其能’，大家一股劲，一条心，一起把事做成了。比如，我们公司技术研发的员工为了按期交付，经常加班，就在办公桌下面放个垫子，累了就在垫子上睡一觉，时间长了以后，现在总部的所有员工办公桌下都有一个垫子。还有就是我们提倡绝不让奉献者吃亏，不让‘雷锋’穿破袜子，不让‘焦裕禄’累出病，就是一种分配导向，就是让大家相信，付出和回报是成正比的，公司绝不让为了公司发展而艰苦奋斗的人吃亏。还有就是我们市场体系的员工们有一句自编的口号：胜则举杯相庆，败则拼死相救。这也是这些常年在外漂泊，奋斗在市场一线的员工团队精神和拼搏精神的体现，是战士们之间战友情深的写照。人都是有感情的，感情都是有传承的。时间长了，有些难忘的事情就会逐渐成为习惯，成为一种烙印，这可能就是企业文化。”

“胜则举杯相庆，败则拼死相救。豪情万丈，慷慨悲壮，震撼啊！钟总，时间也不早了，我们今晚就举杯相庆，祝贺我们合作成功。听了你的这一席话，受益良多。今晚我来尽地主之谊，让钟总感受一下我们山东人的豪爽。”

“那怎么可以？我必须要感谢刘局长的大力支持。今晚胡江波已经安排好了。我们请刘局长，聊表谢意！”钟成赶紧站了起来，不停地摆手。

“钟总，不着急。等我有机会去科兴参观学习，你再尽地主之谊也不迟嘛！哈哈哈……”

烟台市邮电局街对面就是一家海鲜大酒楼，在当地很有名气。刘局长已经让人订了一个大包间。

“钟总，烟台盛产海鲜，今晚就请你尝一尝正宗的烟台海鲜。我们这里酿酒也很有名气，红酒、白酒各有特色。你喜欢喝红酒还是白酒？”

山东素以礼仪之乡闻名，就连宴席的座次安排也颇有讲究。刘局长坐在主陪的位置上，右手边第一位是主宾位置，钟成坐，华芳菲坐在钟成旁边。左手边第一位是次宾，尤正兴坐，胡江波坐在尤正兴旁边。刘局长对面是副陪位置，由邮电局副局长坐。安排大家都坐下以后，刘局长按照习惯问旁边的钟成喝什么酒。

“刘局长，其实我平时很少喝酒。不过，今天是个特殊的日子，非常值得纪念。为了表达对刘局长的衷心感谢，我就破个例，尝一尝咱们烟台的白酒吧。”钟成内心里对刘局长充满了感激之情。科兴公司农村包围城市的市场策略即将迎来收官，进城赶考的第一战也顺利过关。刘局长懂专业，年轻有魄力，敢想敢干，给了国产品牌极大的信任和支持，钟成打心眼里认可刘局长。

“好，钟总果然爽快！我们烟台的古酿酒，还是颇有历史渊源的，今天我们就痛痛快快地喝一顿，举杯相庆。”

平常不大喝酒的钟成很快就见识了山东人的热情豪爽，还有各种各样的喝酒规矩：主陪先带三杯酒，副陪再带三杯酒，大家一起喝。然后大家轮流敬酒，叫“打一圈”。作为当晚的主菜，一条热气腾腾的大鱼端上桌后，还要按照“头三尾四腹五背六”的说法再喝十八杯。尤正兴和胡江波两人酒量大，越喝越勇。华芳菲是女性，以茶代酒。只有不胜酒力的钟成很快就上头了，脸红得像刚从染缸里出来。不过，他要趁着还清醒的时候，表达一下内心的感受。

“尊敬的刘局长，尊敬的各位领导，我现在切身感受到了山东人的实在、豪爽和真诚，感受到了烟台美酒的甘洌和醇香。我……我的确有些不胜酒力，现在嘴巴已经开始不受大脑指挥了。所以，我要趁着清醒之时，向各位敬一杯酒，说几句话。我是因为万般无奈才下海创业的，当时脑海里只有一个念头，那就是活下去！后来为了开发自有产品，投入技术研发，也是生死难料，孤注一掷。时至今日，在各地邮电局领导的支持下，我们在农村市场已经打开局面，咱们烟台的好几个县城都选用了科兴的设备。今天对科兴来说，更是一个重要的日子，因为我们和烟台市邮电局的合作取得了重大突破。在此，我必须要诚挚地向刘局长及在座的各位领导敬酒并致谢，你们以最大的勇气、用实际行动坚定地支持了科兴公司，支持了国产品牌，支持了民族产业，我由衷地感激并敬佩大家！今天在烟台这方宝地，我借花献佛，先干为敬。”钟成说完，一仰脖子将杯中酒一饮而尽。

刘局长一直端着酒杯听钟成讲话，脸上带着灿烂的笑容。钟成喝完酒，刘局长也和大家一起喝了下去。然后，他又起身为钟成倒了一杯酒，然后把自己的酒杯也满上端起来。

“钟总的经历很传奇，也很精彩。我相信，我们双方的合作才刚刚开始，钟总的精彩人生也才刚刚开始。”

两人碰了一下酒杯，在开怀大笑中又一饮而尽。人逢喜事精神爽。钟成惊讶地发现，自己的酒量其实并不小啊。

科兴成功打开烟台市场以后，很快就在全国各地引发了连锁反应。山东、江苏、福建等各个省份的一些地级市不断传来好消息，销售额不断增长。

华芳菲不仅负责市场工作，而且还负责人力资源管理工作，每天都处于忙忙碌碌之中。她以女性的敏感和细心察觉到，随着公司规模的不断扩大，人员的不断增加，人力资源管理工作亟须提升水平。人越来越多，管理如果跟不上，那还不乱套？

“钟总，我们现在处于业务大发展的时候，员工增加很快，管理明显跟不上。很多干部不知道如何做干部，以为当干部就是发号施令，颐指气使，对团队的管理能力不够，对公司的战略理解也不够。”

“芳菲，你说得正是时候，我也察觉到这些问题了。有些干部有了点成绩就飘飘然忘乎所以，没有大局观，缺乏领导力。这样下去是很危险的。你有什么主意说来听听。”钟成已经意识到了这个问题，因此对华芳菲的说法很赞同。

“公司越来越大，发展速度越来越快，我应该把时间和精力抽出来一些，去思考一些更宏观的问题，配合您做好战略性的工作。所以，我想把广西办事处主任王卫国调到人力资源部，担任人力资源总监。他以前做过高校的老师，思路很开阔，也很缜密，研发和市场都做过，懂业务，能落地。另外，我想把胡江波从山东办事处调上来，做市场部总经理。他的能力您很清楚，业绩也很突出，应该给他一个更大的平台让他把才华施展出来。”

“公司现在已经进入发展的快车道，形势喜人。不过喜中有忧，那就是高速发展一定会对企业管理提出巨大的挑战，会带来很多未知的问题，而且高速发展本身又会掩盖很多问题，这就比较复杂了，我们必须未雨绸缪。”钟成说着站起身来，走到窗户边，两眼注视着窗外，“我们千万不能目光短浅，更不能被眼前的成绩迷住双眼，必须要看得远一些，再远一些。”

“钟总，我的判断是，当务之急，要重点抓好两项工作：一是必须要抓住这次历史机遇，大力拓展业务，快速扩大市场份额；二是全面系统地抓企业内部管理，不能让管理拖了业务的后腿。”华芳菲也从沙发上起来，走到窗户旁边，和钟成一起望着窗外。

窗外是现代化气息和花园式环境天然融合的科技园。一栋栋崭新的办公楼和一排排明亮的厂房矗立，宽阔整洁的道路纵横交错，绿意盎然的灌木丛和五颜六色的鲜花相互点缀。随着科兴的快速发展，客户来访也越来越多。为了接待客户的需要，科兴前不久在科技园买下了一栋办公大楼，命名为“科兴用户服务大厦”，刚刚搬进来不久。

“去年的年终奖和配股的事情你还记得吗？我们再三斟酌，反复平衡，搞得焦头烂额，结果还是出力不讨好，背后不知道挨了多少骂。这件事和学历高低没关系，是人性使然。制度不合理就会导致分配不均，分配不均大家就会骂娘。所以我们要尽快建立一套科学合理的现代化管理体系，我们自己不会就去请老师，让老师带着我们做。我们要一边学一边跟着做，态度一定要端正，学不会就不要毕业。”

“那您对胡江波和王卫国的安排有什么意见?”

“两个很不错的年轻人，应该放手让他们去干。你平时也多与他们交流，多点拨，让他们迅速成长起来。”

“好的，我马上就去办这件事。”

华芳菲离开后，钟成忽然想起一件事来，就拿起电话打给毕胜。

“毕胜，上次我面试过的张弛怎么样了?”

“按照您的吩咐，安排他去生产线实习了。”

“多长时间了？有什么反馈吗?”

“快三个月了。他的表现很稳定，已经写了两篇学习心得了。生产部的负责人反映他态度很积极，也没有什么不满或者怨言，学得很认真。”

“张弛之前的路一直很顺，没遇到过什么挫折，所以骨子里有一种傲气。他上一家公司比科兴规模大，知名度高，我担心他是一时负气才到我们公司来，所以我安排他去生产线实习，主要看看他能不能静下心来，放下身段。”

“我清楚您的顾虑和安排。我相信张弛应该也明白您的良苦用心。”

“实习三个月后，就任命张弛为汇通公司的总经理。他是个人才，我们也不能埋没了他。”

“我也很看好他，相信他有能力打开汇通目前低迷的局面。”

上海，中国第一大城市，不仅是中国的经济和文化中心城市，也是享誉世界的国际化大都市，素有“东方明珠”之称。

经过市场部和中央研究部等多个部门协同努力，科兴公司在上海的市场拓展取得了令人惊喜的成绩，一举拿下了上海160信息系统、128自动/人工寻呼系统的开发和建设订单。

这并不是一个很大的合同，但是却有着里程碑式的重要意义。能够在上海这种国际化大都市和国外通信巨头们同台竞技，并且最终赢得了上海市邮电管理局和上海市内电话局的合同，对于年轻的科兴公司而言，就像婴儿第一次走路一样，这看似轻松的一小步，其实是成长历程中的一大步。

6月初，在研发和技术支持员工的共同努力之下，订单的开发和建设终于完成，而且顺利通过了相关部门的验收。消息传到深圳，所有参与研发和建设的员工都为之欢呼雀跃。

钟成敏锐地感觉到，上海市场这次突破，有着非比寻常的意义。

“芳菲，你们马上和局方沟通一下，我们计划利用这次产品交付的机会举办一次业务研讨会，邀请上海市电信系统的相关领导和专家，还有邮电部的部分专家，共同研讨并交流。正兴和亦兵那边，我会安排夏洁组织一个会议，让他们做一些具体的资料准备。”

“明白。时间是不是越早越好？就安排在6月中旬？”

“越快越好。”

6月16日，豪华而又典雅的上海外滩酒店，上海电话信息技术和业务管理研讨会顺利举行。会议由华芳菲主持，邮电部、上海市还有科兴公司的技术专家们会聚一堂，就通信业技术发展热点和趋势以及科兴交换机、光传输、智能网等全系列通信产品的性能和应用展开了热烈的讨论。

在邮电部专家、上海市邮电局专家、兄弟城市专家轮流发言之后，留着平头，戴着一副黑色镜框眼镜，身材瘦小的卫亦兵做了科兴公司光纤传输产品性能和应用案例的发言，得到了大家的热烈响应。紧接着，尤正兴用洪亮的嗓音、平实的语言，并借助一张张精美的图片向大家展示了科兴T&T08数字程控交换机的技术优势和样板点建设，更是引发了与会专家的极大兴趣。

临近会议结束时，钟成站起来隆重地向与会专家们致答谢词。为了这次会议，钟成亲自拟定了这篇答谢词，而且修改了多遍以后才定稿。

“我们还是一个小公司，发展中的公司。在中央及地方各级政府的支持和帮助下，依靠自身力量，克服了重重困难，终于有所发展。七年的发展道路使我们认识到，如果没有市场，只能靠技术先进、质量可靠、服务周到去争取市场。创建初期，我们的产品质量不太好，是靠遍布在全国的三十三个维修点及时的售后服务来弥补的。

“唯有思想上的创造，才会有巨大的价值。例如我们首先发明了光纤通信技术。为使公司摆脱在低层次上搏杀，唯有从技术创造走向思想创造。杂志、资料不能产生思想创造，只有用户需要才能产生。所以我们动员公司有才干、有能力的英雄豪杰站出来，到市场前线去了解用户的需求。

“高投入才有高产出。我们的成本比兄弟厂家高，因为科研投入高、技术层次高。我们现在每年科研经费8000万元，还要花2000万元用于国内、国外培训和考察，重视从总体上提高公司的水平。这种基础建设给了我们很大的压力。但假如我们只顾眼前的利益，忽略长远投资，将会在产品的继承性和扩充性上伤害用户。今天的谷贱伤农与明天的先进目标困扰着我们。要了今天就会误了明天，要顾及明天，今天就难生存。由于公司多年对员工的教育培养，全体员工一致认识到活下去就是胜利，所以先生产，后生活才得到大家的谅解。有了这些可爱的员工，相信更多的奇迹会被创造出来。”

钟成在答谢词中所表达的，其实是一种坦诚，既有对现状的剖析，也有对未来的期许，更有对团队的鼓励。坦诚背后，就是期待与客户建立一种相互信任的关系。信任是无价之宝，只要赢得了客户的信任，再艰巨的问题都会迎刃而解。如何才能赢得客户的信任呢？坦诚、真诚、精诚。坦诚沟通，真诚合作，精诚团结，才能建立良好的客户关系，实现长期合作共赢。

在热烈的掌声中，华芳菲宣布研讨会圆满成功，接下来是科兴公司为与会嘉宾准备的丰盛晚宴。

上海，大上海，迷人的大上海，曾经的“冒险家的乐园”，今天美丽的“东方明珠”，我们来了，我们终于来了。

会议已经结束，钟成的内心依然激动不已，久久无法平静。

第四章　奋斗为本

改革开放以来，深圳特区创造的“深圳速度”一直吸引着全国人民的关注。作为诞生于深圳的民间科技企业，科兴公司的快速发展也受到了外界越来越多的注意。

高学历、高科技、高收入、高成长等一系列耀眼的光环笼罩在年轻的科兴身上，很多政府部门到深圳调研工作会点名参观并考察科兴，深圳市领导及相关部门也积极向来访单位推荐参观科兴。科兴已经不再是创业初期时的面貌，从“门前冷落车马稀”一下子变得“车如流水马如龙”了。

春节假期刚过，科兴用户服务大厦又迎来了一批远方来的客人，由国家人事部组织的相关领导和专家团队到科兴参观调研并研讨人才机制问题。

钟成、华芳菲和王卫国等人带着贵宾一行首先参观了一楼展厅，由展厅讲解员向客人们详细讲解了交换机、光传输、智能网等设备的技术优势和实际应用案例，并邀请客人们现场体验程控交换机和会议电视等产品的应用。

“钟总，上年度我们公司的销售额是多少啊?”带队的首席专家在参观过程中问道。

“您好，大约20亿元。”华芳菲直接回答了专家的问题。

“公司成立也不过六七年，了不起！再上一年度呢?”

“大约10亿元。”

“现在有多少员工?本科以上员工多少人?有没有博士学历的员工?”

“截至目前，科兴员工大约1000人，其中本科以上学历占比65%，硕士以上学历占比约20%，博士学历员工共有52人。这些数据都在给大家准备的汇报材料里，等我们去会议室的时候您就可以看到。”

华芳菲对这些数字熟记于心，因此对答如流，而且非常得体。

“是啊，这些数字我们华总比我记得清楚，我对数字一直不够敏感。”钟成笑呵呵地向专家们解释。

“了不起！真是了不起!”专家们纷纷竖起了大拇指。

参观完展厅，大家又参观了中央研究部、中央测试部、用户服务中心等部门的办公情况。首席专家走到一位年轻员工的办公桌前，忽然停下了脚步。大家有些不解地看着他，却见他拍了拍那位员工的肩膀，笑着说道：

“小伙子，打扰你一下。”

“没关系，您请讲。”那位员工不知道什么情况，赶忙站了起来。

首席专家没有说话，而是弯下腰，看了看那位员工的工位下面，然后伸出手去，握住了那位员工的手。

“谢谢你，我就是想亲眼看一看你的办公位下是不是有一条垫子。

百闻不如一见。现在我真的看到了，真的是名不虚传啊！”

一行人进入会议室，刚刚落座，首席专家就迫不及待地说：

“钟总，公司蒸蒸日上，人才济济，令人惊叹啊。您谈谈心得和经验吧。”

“各位领导、各位专家，心得和经验谈不上，毕竟我们还只是一家发展中的年轻公司。不过，在这些年的创业过程中，我们跌跌撞撞一路走来，一边摸索一边总结，确实有一些感悟。

“我们公司最大的特点就是不让‘焦裕禄’们、‘雷锋’们吃亏，今天学习焦裕禄、雷锋，是学习他们的奉献精神，是对工作兢兢业业、一丝不苟的精神，越是这种人，公司越要给他更高的物质回报，甚至硬塞给他，这就是为了创造一种人人都争做‘焦裕禄’‘雷锋’的良好风气，使我们的人才队伍越来越壮大。

“在分配体系上，绝不让‘雷锋’吃亏，主张分配的公平与公正。但现实中绝对的公平是不可能的，所以我们还是要大家正视差异，反对平均主义。在工资制度上，我们坚持向市场、开发、创造性工作倾斜。既要制约无限制的增长，又要使劳动者得到合理回报，保持劳动热情，在集体奋斗中发挥个人才智。从现在的运行情况来看，我们其实还有很多需要完善、正在摸索的东西，也请各位领导和专家多多给予指导，让我们在这方面少走些弯路。”

钟成的发言并没有完全按照预先准备的材料，而是用了更多通俗化的语言。人才机制涉及很多问题，但最核心的问题依然绕不过价值创造、价值评价和价值分配这三个方面。社会上一直大力提倡向雷锋和焦裕禄学习，说明“雷锋”和“焦裕禄”式的干部还是太少了。钟成希望能在科兴建立一种稳定运行的内在机制，这种机制必须向“雷锋”“焦裕禄”式的人才倾斜，让他们的付出得到合理的可观的回报，带动更多的“雷锋”和“焦裕禄”式干部不断涌现，让科兴公司成为一个英雄群体。改革开放的总设计师邓小平曾经说过，制度好可以使坏人无法任意横行，制度不好可以使好人无法充分做好事，甚至走向反面。钟成对此感触颇深，深以为然。科兴必须要摸索出一套实事求是、行之有效的人才机制。

“钟总的发言很精彩，科兴在人才机制方面的探索也很有价值，非常值得在全国推广。改革开放以来，我们一直强调要解放思想，实事求是，敢想敢干，敢拼敢闯，科兴就是这方面的典范啊。”

“感谢首席专家的认可。也感谢各级领导一直以来给予科兴的理解和支持。其实在很多情况下，企业并不是缺少人才，而是缺少人才脱颖而出的环境和土壤。我也希望国家能够营造更好的人才环境，培育出越来越多的优秀人才。必须要重视教育，没有良好的教育体系，就没有人才成长的土壤。”钟成说。

“各位领导，我们钟总的父亲就是一位乡村教师，所以钟总从小就有深刻感触，三句话不离教育。”华芳菲笑着说。

“听得出来，钟总对人才、对教育都有很深的情怀，非常难得，非常难得！”首席专家微笑着连连点头。

张弛和胡江波一样，都是地道的北方人。胡江波个头不高，敦实憨厚，总是一副大大咧咧、满不在乎的模样。张弛却身材修长，温文儒雅，谈吐犀利，妙语连珠，典型的高级知识分子派头。

在生产线上实习了三个月，张弛从更多角度对科兴、对钟成有了更全面的了解。虽说已经在上一家公司做到了副总裁的职位，但是人到中年的张弛依然如年轻时一样疾恶如仇，眼里不揉沙子。既然已经无力扭转局面，那就不如索性离开，另作打算。张弛也很清楚，在这个年龄作为“空降兵”跳槽到另一家公司，必须要慎之又慎。应聘科兴之前，他已经尽可能地对科兴做了了解，还多方打听了钟成的性格特点和工作风格——脾气大，性子急，做事雷厉风行，做人诚实守信，和钟成打过交道的人都这么评价——所以才下决心毛遂自荐，并接受了三个月的生产线实习安排——虽然他自己认为这种安排明显带有不信任的意思。

对张弛来说，三个月的生产线实习他绝不会白白浪费，除了对产品技术和生产工艺的了解和学习，他还与很多员工沟通交流，了解情况，并在工作之余制订了一份到汇通公司以后的工作计划。

实习期满，张弛到汇通公司就任总经理时，就已经考虑清楚如何开展工作，打开局面。这个时候的张弛，既踌躇满志，又有些忐忑不安。

到任的第一天，张弛就安排秘书让所有总监级以上干部依次到会议室单独交流，职务从高到低，每人半个小时，每人只问三个问题：“汇通公司目前存在哪些问题？你认为这些问题应该如何解决？你对自己的本职工作如何评价？”

从副总经理到总监，从早晨到晚上，就连中午休息时间，张弛和下属也是一边交流一边吃工作餐。整个交流过程中，没有秘书在场，张弛也没有记录，只是双方的你问我答。

第二天，张弛又让秘书安排所有部门经理、车间主任、工段长和部分一线员工交流。一线员工都是随机安排的，事先谁也不知道会有这次交流。

第三天早上，张弛约好了时间，带着一份工作计划来到钟成的办公室。

“工作计划很详细，可以去执行。不过，你找我不只是让我看这份工作计划吧?”钟成把张弛的工作计划看了一遍后，有些不解地问。

“钟总，果然厉害。我这次来，是想提三个小要求，不知道您能否答应?”张弛也清楚，钟成并没有让他刚到任就提交工作计划，所以自己这次来一定会有别的事。

“新官上任第三天，没有烧三把火，反而提了三个要求，好你个张弛。不过，我今天心情不错，你说说我听听吧。”

“那我就开门见山。第一个要求，是希望从科兴抽调部分干部员工到汇通任职。第二个要求，抽调来的干部员工三年内的薪资待遇不变，仍然在科兴发放。第三个要求，在同等条件下，科兴对外采购通信电源，优先选用汇通产品。”

张弛在提要求的时候，钟成的脸上一直没有任何表情。他一边听，一边思索。等张弛讲完，钟成竟然孩子般地笑了。

“哈哈，你的确很聪明！那好，如果我答应你的要求，你怎么感谢我啊?”

“如果您答应这三个要求，我就立下军令状，保证一年之内，让汇通扭亏为盈。”

“仅盈利可不够。我给你两到三年的时间，你要把汇通做到中国第一!”

张弛也清楚，钟成这是在用激将法让自己答应。不过，此时此刻，张弛内心的勇气和豪情已经被彻底激发了出来，他觉得胸中有股火焰在燃烧。

“好，钟总，我们就这么说定了！”

得到了钟成肯定的答复，张弛随即就召开了汇通的全员大会。

“大家好，我是张弛，‘一张一弛，文武之道’的缩写。我来科兴之前在上一家公司已经工作了十多年。到这里上任前三个月，在科兴生产线学习。上任以来的前三天、前两天和我们的干部员工分别沟通交流，充分了解这里的现状和大家的意见。第三天和钟总深度沟通，争取到了一些有利于汇通公司长期发展的政策。

“通过近期以来对汇通的了解，我认为我们现在最缺乏的是士气，最需要树立的是信心。一个士气低落、军心涣散的团队是不可能打胜仗的。我到汇通的第一件工作就是必须把大家的信心重新找回来……”

张弛的演讲直奔主题，深入浅出，一下子就抓住了大家最关心的重点，重新唤起了大家对汇通公司的希望，赢得了普遍的信任和支持。

接下来，他的调整组织结构、调整撤换干部、加强研发管理、实行质量问题一票否决制、整顿市场销售团队等一系列措施就像一套令人眼花缭乱的组合拳一样接连打出，拳拳都打在要害上，汇通公司的状况随之发生了变化。

最明显的就是团队士气高涨。以前汇通员工见了科兴员工，总是抬不起头来，现在也开始昂首挺胸，侃侃而谈了。产品一次性合格率大幅度提升——产品质量不合格，质量部和生产部都要承担相应的责任。市场销售状况开始好转——季度考核不合格的客户经理，转岗到售后服务团队。于是，客户经理不能再等订单，必须到市场上去抢。

每天都有新的变化，每天都离目标更近一步。张弛在欣喜之余，也不禁感慨：同样是钟成领导下的团队，为什么科兴和汇通之前的差距这么大呢？每次想到这里，张弛也有几分说不出来的委屈。想想初来乍到就被安排在生产线实习，而且一待就是三个月，他心里总觉得有几分憋屈或者不服气。

“真金不怕火炼。我必须要用结果来证明自己!”

“春风得意马蹄疾，一日看尽长安花。”这句唐诗描写的是人逢喜事精神爽的兴奋之情，用在卫亦兵身上，可能还挺贴切。

08万门机的开发成功让大家见识了卫亦兵的技术功底。钟成大喜之下，直接把外人看起来乳臭未干的卫亦兵提拔成了中央研究部副总裁，仅次于尤正兴。仅仅过了一年，卫亦兵又被提拔为集团执行副总裁，创造了科兴干部提拔的历史纪录。

“坐着火箭提拔也不至于那么快啊!”

“就是有些本事也不至于提拔那么快吧?”

“年少轻狂，必须经历挫折。这样拔苗助长，早晚要出事。”

一时之间，公司上下议论纷纷。不过，作为这件事的两个主要当事人，无论是钟成，还是卫亦兵，都对此不理不睬，置若罔闻。

新官上任后的卫亦兵和平常一样，拎着包带着团队直奔机场，去参加某省邮电局的技术交流会。

回深圳的飞机上，卫亦兵跟旁边已经调任多媒体事业部负责人的徐俊说:“我们回去就向钟总汇报一下，把现在的多媒体业务部分拆成三个业务部。”

“卫总，好好的为什么要分拆呢？我们现在人手都不够用。”

“分开就够用了。每个部门都会增加人员编制。”

“多媒体事业部的业务还在拓展阶段，产品开发的进度也比较缓慢，公司会同意加大投入吗?”徐俊感到有些迷惑，接着说，“年初的预算会，钟总的态度很坚决，多媒体业务不会大投入的。”

“放心吧，我会说服钟总同意的。”卫亦兵有些不以为然地说。

“我还是不明白，为什么突然就要分开呢?”徐俊轻声咕哝了一句。

“这次技术交流，我突然意识到局方对传输和数据通信产品的需求很大，但是我们明显不够重视，如果不马上行动，就会错失这千载难逢的良机。交流的时候你也在现场，你再回想一下局方交流的要点。”

“嗯，我想想……哦，我想起来了。”徐俊摸着头皮，似乎恍然大悟。

“你以后也多长点脑子！和客户开会不要忽略任何一个细节，尤其是关于新业务的。忽略了你就没机会了，没有人会等你。”

卫亦兵微闭着眼睛，声音越来越小，似乎睡着了。

果然不出卫亦兵所说，由钟成签发的公司文件很快下发，多媒体业务部分成三个部门：多媒体业务部、传输业务部和数据通信业务部，人员编制也大幅度扩充。不过，徐俊还是只负责多媒体业务部。

“神了。不愧是提拔最快、年龄最小的副总裁，看样子这是要当接班人培养啊!”

“看这速度，阿正早晚也要失宠啊。”

公司内部的议论越来越多，卫亦兵依然置若罔闻，我行我素。钟成偶尔也听到一些议论，不过，他更相信这是人性使然。清者自清，做好自己的事就行，时间的溪流自然会冲掉一切尘埃。不过，作为主管人力资源的常务副总裁，华芳菲并不像钟成这么想。

“钟总，亦兵现在是不是脾气有些太大了？年轻人这样下去会收不住的。”

“芳菲，出了什么事情？”钟成早上刚到办公室，就接到华芳菲打来的电话。

“王卫国跟我说，昨天开会的时候，亦兵在会上对徐俊破口大骂，还说要开除他。徐俊就去找王卫国反映了这个事情。”

“他为什么骂徐俊？工作出了差错？”

“徐俊说他只是在会上对亦兵的工作安排提了些疑问，亦兵忽然就发火了，说他是蠢货、白痴、没脑子，必须要开除才行。”

“哦，这件事你再去了解一下。如果真是这样，你分别和亦兵、徐俊谈谈，都是年轻人，火气别太大，以后多注意。”

“钟总，这……”华芳菲觉得钟成似乎对这件事并不是那么在意。

“先这样处理，有问题再说。”

挂了华芳菲的电话，钟成陷入矛盾之中。徐俊是科兴的老员工，创业不久就加入科兴，特别爱钻研，也是08数字程控交换机的骨干成员之一，说话直来直去，从不绕弯子，开会跟钟成都敢顶撞，连钟成都让他几分。这些情况，公司里的人几乎都知道，卫亦兵不可能不了解。他大骂比他年龄还大、资历还老的徐俊，明显就是骂给其他人看的。说句心里话，钟成非常欣赏卫亦兵，他的技术天分，他的市场敏感，更重要的是他那做起事来心无旁骛、死磕到底的劲头。看到卫亦兵，钟成就经常回忆起自己在部队研究所的时候，整天关起门来搞科研，天王老子都不放在眼里，执着中带着几分狂，狂傲中又带着几分痴。其实转业以后在电子厂被骗巨款这件事，钟成也曾经多次在无人的时候默默反思，就是因为思想太狂惹的祸，什么都不放在眼里，缺少了应有的敬畏之心，被坏人利用。古希腊历史学家希罗多德曾经说过：上帝欲使其灭亡，必先使其膨胀。人膨胀以后就会不理智，就会疯狂，就会不尊重常识，不敬畏规律，后果不堪设想啊！

想到这里，钟成感觉自己刚才对华芳菲说的话有些过于轻描淡写了，赶紧拨通了电话。

“芳菲，我刚才又琢磨了一下。你先了解一下这件事的详细情况，然后我们两人一起和他们俩分别沟通。当然，肯定还是以思想教育为主，做通思想工作很重要，不解决思想问题，我担心以后还会发生这样的事情。年轻人嘛，不能让他们有少年得志的心态。”

“钟总，您也说不能有少年得志的心态，但是单纯依靠苦口婆心的说教是不够的，还是要依靠规范化、制度化的管理体系，依靠‘内化于心，外化于行’的企业文化才行啊！”华芳菲早就听出来钟成对处理卫亦兵一事的纠结，借此机会劝他一句。

“芳菲，你这个建议非常好。我们是到了梳理并建立管理体系和企业文化的时候了。我们尽快开一个会，你叫上王卫国，把这项工作安排下去。”

“好的。我这就去安排。”

“钟总，这里有一封从山东临沂寄来的信，寄件人是临沂天福大酒店，是我们公司在当地的协议合作酒店。奇怪的是，信封正面写着务必转交您或者华总收。您看给您还是给华总？”

一大早钟成刚进办公室，夏洁就拿着一封信来找他。钟成有些奇怪，接过信来，见信封上的确写着“请务必转交钟成总裁或华芳菲副总裁收”的字样。既然是科兴在临沂的协议酒店寄来的，那也是公司的合作方，钟成就随手拆开了信封，取出信纸来。看着看着，钟成不由得脸色变得铁青。

“夏洁，你马上请华总到我办公室来。”钟成看完信，手有些抖，声音也很低沉。

夏洁一看钟成的神情有些不对，赶紧去打电话。不一会儿，华芳菲就脚步匆匆地进了钟成的办公室。

“钟总，发生了什么事?”

“你看看吧。你说应该怎么处理?”

华芳菲接过信，快速看了一遍，脸色也阴沉了下来。

这封信是天福大酒店的总经理写来的，内容是说自从天福大酒店被选为科兴在临沂市的协议酒店以来，酒店一直以优惠的价格和优质的服务接待出差到临沂的科兴员工，受到了很多好评。上个月，酒店里入住了一位叫李华的客人，是科兴公司的客户工程师。有一天晚上，李华喝酒之后回到房间，给前台打电话说让给他房间里送一张麻将桌。前台回复说房间里不允许打麻将。李华就跑到前台大吵大闹，还大嚷着要投诉前台。前台没有办法，就去请示值班经理。值班经理考虑到科兴是长期合作的大客户，就同意给李华送了麻将桌，同时要求他不能影响其他客人休息。李华当时答应了，结果他叫了好几个人，晚上在房间里搞得动静很大，同楼层很多客户投诉。值班员工去敲门，他不理也不开门。后来值班经理说再不开门只能报警，他才开门，同意让人把麻将桌搬了出去。

过了几天，有天中午李华打电话给前台，说让服务员给他打扫房间。服务员到了他的房间门口，他却让服务员脱了鞋才能进去，因为服务员的鞋子脏。服务员很委屈，就没有进去，并告诉了值班经理。值班经理安慰了服务员，带着她一起又到了李华的房间。李华仍然坚持让服务员脱鞋进屋打扫，而且还说“你们这里就是农村，你们就是一帮农民，没见过世面，土得掉渣。我就是看着你们脏，你们不干净，怎么了”。值班经理当时就气哭了，找到总经理去投诉。结果总经理到了李华房间，李华依然不让服务员进去，还骂骂咧咧的。总经理才下决心写了这封信。

信的最后，是这样写的：

“作为科兴公司的合作伙伴，我们一直引以为荣，因为科兴的员工都是高学历、高素质的优秀人才，科兴的企业文化也一直是我们酒店学习的榜样，作为一家冉冉升起的高科技公司，科兴是民族产业的骄傲。发生李华这样的事情，相信贵司也是不愿看到的。不过，李华的事情在我们酒店员工中已经引起了众怒，为了平息大家的愤怒，我们经过开会商议，决定取消与贵司的合作关系。最后，谨祝贵司红红火火，蒸蒸日上！”

“什么他妈的混账东西！就这种素质，还瞧不起农民？马上调查，必须要严肃处理！”钟成气得嘴唇都哆嗦了，禁不住破口大骂，“混蛋！混蛋！真是个大混蛋！”

这封信的内容让钟成怒火万丈的同时，也深深刺痛了他的心。虽然他现在还不清楚李华是什么背景和学历，但是能应聘到科兴公司工作的，肯定不是出自权贵之家，学历也肯定在本科以上。一个出身寒门又接受过高等教育的年轻人能做出这样的事，说出这样的话，让他不禁对人性的复杂有了更深的认识。是人性的问题，还是环境的问题？无论是什么问题，有一点是肯定的，那就是科兴的内部管理还存在着很多问题，必须要尽快解决。

“钟总，您先消消气。这个李华我知道，硕士毕业，没有特殊背景，是市场部刚派到山东办事处的，负责临沂项目。他原来在广州办事处，没出过什么问题，没想到竟然做出了这么不可思议的事情。我马上安排调查此事，绝不姑息，必须严肃处理。”华芳菲忙说。

“我们的员工基本上都是刚出校门不久的年轻人，学历高，心气高，自恃更高。其实学历高只能说明知识量大，不能说明素质高。这件事给我们上了一课，我们必须吸取教训，把工作做到位，杜绝这种事情再次发生。另外，你给这家酒店的负责人回封信，谢谢他们帮助我们改进工作，希望双方的合作还能继续下去。调查清楚之后，你安排胡江波亲自去一趟，代表公司去赔礼道歉。”

钟成的火渐渐消了下来。一帮年轻人，如果管不好，不知道会惹出什么乱子来呢。想到这里，他不禁想起钟杰和钟扬帆来，钟杰不也是一样，怎么管都不上道，哪像钟扬帆，能吃苦，爱学习，还低调。

“钟总，去莫斯科参加国际通信展的方案和人员名单已经出来了，我给您拿来看一看。”

“莫斯科展会是我们第一次参加国际性的展会，费用很高，又没有经验，所以你们必须要做好策划工作，对每一个程序和每一个细节都要考虑到，必要的话要做一些演练。远在异国他乡，后勤保障也要考虑周全。大钱都花了，在小钱上就不要过多计较，可以多派些人去，锻炼锻炼，快速成长起来，”钟成喝了一口水，接过华芳菲递过来的方案材料，

“以后只要是国际性的、有影响力的通信展，无论在哪里举办，我们都要参加。不仅要参加，而且要位置好的展位。我们不能只盯着国内市场，要眼光开阔一些，风物长宜放眼量，我们的目标是成为世界级的企业，全球性的企业。”

“是的，我赞同您的意见。我们早晚都要走出去，不如现在就把眼光放得远一些。”

在参展人员名单上面，钟成看到后勤组里有郑扬帆的名字，心里不禁有些欣慰。参展的员工是各部门选拔的，只有工作成绩好、有培养潜力的员工才有可能被选上。郑扬帆能去参加莫斯科国际通信展，是一个很好的锻炼机会，对她未来的成长也有帮助。这是郑扬帆自己争取来的机会，因为直到现在也没有人知道他们的父女关系。

“好，这个方案我没有大的意见。大家开个会再讨论一次，就可以定下来。对了，关于投诉李华的那封信，全文在我们的内部报纸上刊登出来，让大家广泛讨论。我们不正在建设企业文化吗？让大家讨论一下，我们应该建设什么样的文化？这样的文化是我们需要的吗？科兴人能容忍这样的行为吗？”

“好的。让大家充分参与进来，才能感同身受，触及灵魂。”

“丁零零……丁零零……”

周日早晨，浙江办事处主任黄志明还在睡梦之中，床头的电话突然响了。黄志明猛一激灵，赶紧睡眼惺忪地接电话。昨晚陪客户喝酒有点晚了，到现在黄志明头还有点晕。

“主任，主任，你快到办公室来吧，钟总来了，正在门口骂人呢。”

电话里传来副主任郭伟强急切的声音。黄志明想起来了，今天是郭伟强值班。不过，钟总怎么可能突然到杭州了呢？他没有接到任何通知啊。

黄志明一骨碌从床上爬起来，洗脸，刷牙，穿衣服，胡子也没来得及刮就直奔办公室。

好在黄志明住的酒店和办事处所在的写字楼只隔着一条马路，黄志明很快就气喘吁吁地跑到了办事处。果不其然，一个大叔模样的中年男子正叉着腰站在门口，灰白色的夹克，土黄色的休闲裤，白色的旅游鞋，背上是黑色的双肩旅行包，不是钟成还能是谁？

“黄志明，你个兔崽子，怎么才滚过来？”黄志明刚一露头，钟成的骂声就已经到了。黄志明很了解钟成的脾气，这就是真实的钟成，黄志明在他眼里，和钟杰一样，都是长不大的孩子，他轻易不会给好脸色。

“钟总，我昨晚陪客户比较晚，早上就多睡了一会儿。”黄志明可不敢说今天是周日，是郭伟强值班。在钟成的时间表里，从来就没有休息日这一说。

“我从火车站到这里还不到8点，可是一直到8点半郭伟强才来。刚进你们办公室，就看到前台堆着公司寄过来的《科兴人》报纸。我看了一下前台的收发记录，报纸上周五就已经到了，为什么到现在还在这里堆着？”

“这……应该是行政人员疏忽了。”

“疏忽了？你再看看这打印机旁边的废纸，就这样乱七八糟地散落在地上。公司不是一直提倡内部文件可以正反面使用打印纸吗？你们这样浪费不觉得可耻吗？”

“这的确是我们管理不到位，都是我的责任。我们马上整改，马上整改。”黄志明紧张得汗都下来了。

“公司花钱办报纸就是要向员工、向客户传达我们的声音，让他们了解公司正在做什么，我们提倡什么，反对什么，了解我们的工作，了解我们的企业文化和价值诉求。你们就这样胡乱一堆一放，这些报纸还能发挥什么作用，还能有什么价值？你自己说吧，应该怎么处理？”钟成一只手叉着腰，一只手指着黄志明质问道。

“钟总，处罚我吧。这些都是我的失职，我的责任。”

“这一期的报纸上有山东临沂的协议酒店投诉我们市场部员工的信，还有市场部的调查报告及处理决定。我们本来想把责任人李华直接开除的，考虑到他还年轻，给他一个改正的机会，把他降薪后派去西北做技术支援了。你也好好看看，你们的团队里面有没有这样的员工。对于你的管理失职，你自己写一份请求处理的报告，报给市场部，让他们按照制度处理吧。”

“好的。罚款、降薪我都接受。”

“好吧。去会议室，我要听听你们的工作情况。”

黄志明看到钟成的怒气已经渐渐消了，马上对郭伟强说：“伟强去会议室收拾一下，给钟总倒杯水。”

听着黄志明的汇报，钟成一直板着的脸开始逐渐缓和，有时候还忍不住扬扬嘴角，似乎想笑的样子。黄志明也逐渐放松了紧绷的神经，说话流利了很多。

“这几个大的合同来之不易，看来你们还真没偷懒。从浙江的市场份额来看，你黄志明是应该表扬的。不过，从内部的管理来看，你应该接受处罚。功是功，过是过，这是两码事。我们不能因为你市场开拓有功就不追究你的过失，这是原则问题。”

“我工作的确存在不足，接受处罚。不过，表扬就不需要了，我看您还是请我们吃顿饭吧。”

黄志明说这话是有原因的。他刚到科兴上班的时候，并不认识钟成。有一天他去食堂打饭，看到一个胡子拉碴、系着白色围裙的中年大叔正满头大汗地挥着大勺子给员工盛菜。轮到他的时候，他就要了一份红烧肉，还有一份木须肉。

“你是新来的吧？打这么多肉，一看就是新来的。”中年大叔笑呵呵地说。

“是的，师傅。我刚入职不长时间。”黄志明老老实实地回答。

“还师傅，你还真把他当大师傅了？他是我们老板。”身后的一位老员工扯了扯他的衣服，在他耳边轻声说。

“啊？这怎么可能?”黄志明一脸蒙的模样。

后来才知道，那位食堂大师傅就是钟成。钟成也是一个“吃货”，经常请员工吃饭，还在开会时要求干部一定要多请员工吃饭，促进交流，增进感情。“革命就是请客吃饭，不请员工吃饭的干部一定不是好干部。”这是钟成经常挂在嘴边的一句话。黄志明记得，有一次外地来了客户到公司参观，钟成竟然自告奋勇，挽起袖子进了食堂，亲自下厨做了几道拿手的菜，让那位客户连连惊呼，说这辈子吃过的最好吃的菜就是钟成做的。

“好啊。你小子想敲我的竹杠，那我就成全你。既然来到了杭州，肯定是要请你们吃饭的。谁的官大谁请客，这是我们的规矩嘛。你们想吃什么，尽管说，等我走了，后悔就来不及了。”

“钟总，杭州有名的小吃很多，您可能也没吃过吧？西湖边上有名的饭店不少，我们就去那里吧。”黄志明心里想，你刚才把我骂得狗血淋头，我这次不宰你宰谁啊？

“哈哈，你以为我没吃过啊？我祖籍就是浙江，什么没吃过？不过，你小子想宰我一顿倒是真的，西湖边上的饭店没有便宜的。看在你们市场做得不错的分上，就犒劳一下你们，就去那里吧。”

“钟总，要不您把旅行包放在办公室吧，背着挺沉的。”

“不用了，我包里除了一身换洗的衣服，只有两本书。”钟成拉开拉锁，拿出了两本书，“我出差基本不带东西。”

黄志明看了一眼，钟成手里一本书是《战争论》，还有一本是《失去的胜利》，都是和战争有关的书籍，看来他还是保持着当兵时的爱好和兴趣。

“《战争论》是德国军事学家克劳塞维茨写的，他指出了人的因素尤其是精神力量在战争中的作用。《失去的胜利》是德国陆军元帅曼斯坦因写的，里面写了著名的马其诺防线是怎么被废掉的。这两本书都是经典书籍，我推荐你们读一读。人还是要有思想的，不读书思想从哪里来呢？不能整天只想着吃，不能向猪八戒学习，每天除了吃就是哼哼。”

黄志明看了看郭伟强，又看了看钟成，无奈地说：“本来想狠狠地宰老板一顿饭，把挨的骂给吃回来。没想到还没吃上，又成了不看书不学习的猪八戒了。”

“哈哈，走吧，我会让你这顿骂挨得很值。对了，我吃完饭就直接去火车站了，我还要去合肥看看，这次出来就是要多转转，了解一下市场情况。”

“好嘞。伟强，多叫几个同事。老板到杭州请客，不容易啊！我们必须珍惜这个机会。”说着，黄志明冲钟成做了个鬼脸。

“多叫，多叫。正好我们吃饭的时候再开个会。就在饭桌上开，一举两得，吃饭开会两不误。”

郭伟强听钟成说在饭桌上还要开会，心里嘀咕道，老黄啊老黄，你哪里是老板的对手，又中招了吧？

时间过得真快，胡江波自己都没想到，担任市场部总裁的职位已经快满一年了。

近一年的时间里，胡江波几乎跑遍了大半个中国。除了台湾和西藏，他已经去过中国所有的省份。和过去做研发相比，市场工作更有挑战性，也有成就感，只是他也尝到了更多的艰辛。虽然市场形势一片大好，但是相对于国际大公司，科兴还需要一个城市一个城市地去冲锋，去攻坚。

业绩蒸蒸日上，每天都有喜报传来。不过，性格开朗的胡江波却总是感到莫名的压力和危机感。客户关系可以建立，市场可以去开拓，队伍却越来越不好带。科兴在各地的办事处主任大部分都是从研发团队里选拔出来的，冲锋陷阵时都是虎将，可是在内部管理方面却都有所欠缺。大家性格都有些偏内向，不善于沟通和交流，管理方式也都简单粗暴，直来直去，导致领导和下属之间总是存在一些隔阂。

“卫国，希望人力资源部多组织一些管理培训，大家不怕攻山头，就怕冲着冲着发现自己变成光杆司令了。别说他们，我自己都经常有这种担心。”

“江波，按照钟总和华总的要求，我们正在联系国内的高校和国外的咨询公司，借助外部力量来提高公司的管理水平，其中人力资源管理和企业文化的塑造是当务之急。相信很快就会有一系列的动作。”

“太难了，真有些力不从心。我们不能再出现李华这样的事情了。上次我去赔礼道歉不说，还被降薪一级，外加通报批评。这滋味不好受啊。你在广西待过，帮我出出主意吧。”

胡江波喜欢与王卫国沟通，毕竟都是从研发团队里出来的，又都有一线办事处工作的经历，有很多共同语言。

“江波，其实我负责人力资源部也是一边学习一边开展工作，在干中学嘛。我们这些人，不学习很快就会被这些年轻人瞧不上了。我的危机感也不小，真想去国外找个有名的商学院系统学习一下，可惜现在没有这个时间啊。”

“有这种机会我也想去学习，帮我想着点。”

“对了，我建议你可以在市场部搞一个干部竞聘，多选拔一些有思想的年轻人，做好干部梯队建设，老中青结合，这样团队就好带多了。”

“我也这样想过，就怕折腾起来太费时间，耽误了市场。你这样说，我也觉得有必要搞一搞，激发一下大家的斗志，挖掘年轻人的潜力。”

“有必要，很有必要。你可以先把你的想法跟华总说说，看她是不是也支持。”

“好的，我问问华总的意见。”

与王卫国通完电话，胡江波陷入沉思。他现在正在四川出差，不过，浙江、安徽、江苏、山东、辽宁的办事处主任都给他打了电话，说钟成一个人突然出现在他们那里检查工作，他们都被骂得体无完肤，骂完以后又请他们吃了顿饭。黄志明的处分申请也已经报到他这里了，请求罚款两千元并通报批评。到目前为止，胡江波还没有接到华芳菲或者钟成的电话，这让他隐隐有些不安。他了解钟成，向来以脾气火暴著称。他也了解华芳菲，别看她是知识女性，端庄大气，其实是外柔内刚，批评起人来，也是毫不留情的，有时候比钟成还不留情面。想到这里，胡江波觉得不能再等了，应该马上给华芳菲打个电话。

“华总，是我，江波。我现在正在四川出差。市场部最近出了很多问题，主要的原因还是在干部身上。我考虑想在市场部办一次竞聘活动，把我们办事处主任以上的职位面向全员公开竞聘，选拔一批有能力、有思想、更年轻的干部上来，改变一下市场部的工作面貌。如果您也没意见，我就安排做一个详细的方案报给您。”

胡江波拨通了华芳菲办公室的电话，简要地说了自己的想法。

“江波，你这个想法不错。市场形势一片大好，干部队伍跟不上就会错失良机。钟总出差了，他说要去各地市场看一看，了解一下一线的工作。你先准备一份详细的方案，有必要时先和王卫国沟通好，让他们配合。等钟总回公司以后，我再去向他汇报一下。”

华芳菲在电话里的声音和平常一样，柔和而又平静。

“好的，华总。我立刻准备一下，出差回去就把方案报给您。”

“江波，我刚看了市场部的统计数据，今年的任务完成得不错，达成年初制定的指标应该没有问题。不过，我希望你们再加把劲，超额完成任务。另外还要重视货款回收的问题，公司的正常运转需要现金流，不能只签单不收款，货款收回来才能算是一次完整的销售。”

“明白。我会全力以赴！”

从华芳菲的语气中，并没有听出什么问题，胡江波这才放心了。

回深圳以后，胡江波立刻拿着已经做好的方案去向华芳菲汇报。

“华总，这是我们初步拟订的竞聘方案，已经和王卫国沟通过，您看看有什么意见?”胡江波进办公室后，快步走到华芳菲面前，双手递过去方案。

“江波，你先坐下。我看完咱们再交流。”华芳菲示意胡江波先坐到沙发上，然后认真地阅读竞聘方案。

“这个方案考虑得很全面。正好，钟总也已经出差回来了。我也有个想法，先和你沟通一下，再去向钟总汇报。”华芳菲说着从椅子上站了起来，走到茶几旁，坐在了茶几另一端的沙发上。“江波，你做市场部总裁也有一年了吧？这一年来没少吃苦，我看你这么年轻都有白头发了。有什么感想？我们俩好好聊一聊。”

“华总，不瞒您说，其实感慨还是很多的。首先是很累很苦，但是收获很大。从研发工作转到市场工作，再转到市场管理工作，每一步的跨越都很难，但是每一次挑战自己之后就会有一种成就感。其次是职位越高，越往上走，就会越感到知识不足，能力不足，就会感到越发地孤独，越发地恐惧。我自己也说不清为什么会有这种感觉。”胡江波说的都是心里话，他本来也不善于隐藏自己，说出来反而会轻松很多。“华总，我时常在想是不是我的职位升得太快了，没有经历过必要的磨炼，所以经常感到力不从心。”

“江波，其实你说的这些问题不仅你经历过，我也经历过。一般来说，年轻人被提拔得过快，会有两种负面情况出现：一种是内心急剧膨胀，狂妄自大，一叶障目，不见泰山；还有一种是无法达成组织和个人的期望而导致沮丧、失望甚至怀疑自己的能力。这两种情况的出现都很正常，但是都必须加以疏导和纠正，如果任其发展的话就会出现不可预料的结果，无论是个人还是组织都会深受其害。”

“华总，您说得有道理。我觉得我就是您说的第二种情况。我希望您能帮我走出这种状态。”

“江波，我近期多次思考市场部的工作，今天把我的想法跟你说说。我想利用这次竞聘活动，在市场部开展人事改革，所有市场部的正职干部，每人提交一份述职报告、一份辞职报告，全部交给公司成立的评审委员会，按照公平、公正、公开的原则审议。如果述职报告通过，就继续留任。如果辞职报告通过，就调转岗位，重新任命。我在公司既负责人事，也负责市场，从我开始，包括你在内，我们都勇敢一些，主动打破僵局，改变现状，自我革命，去赢得组织和个人的新生。我已经做好了思想准备，你的意见呢？”

华芳菲的语气沉静而有力，看来她早就有了成熟的想法。胡江波望着华芳菲的眼睛，内心里有一种豪气油然而生，虽然有些悲壮，但是却很坚定。自我革命需要勇气，更需要清醒的自我认知。华芳菲的话忽然让胡江波有了一种醍醐灌顶之感，只有坚定地走出自我矛盾的心结，才能跳出来看到真实的自己。为什么不勇敢地面对这一切呢？

“华总，我支持您的想法。我们就来个干部集体大辞职，主动改变现状！”

华芳菲看到胡江波一改先前的犹疑和顾虑，眼睛里好像射出一道光来，就站起来走到胡江波身边，轻轻拍了拍他的肩膀，说道：“有勇气改变自己，才能改变现状。我们市场部有自信，更有勇气！”

新落成不久的深圳湾大酒店，位于风光旖旎的深圳湾畔，依山傍海，绿树红花，环境幽静，景色宜人。就在酒店的附近，锦绣中华、中国民俗文化村、世界之窗等著名景点就像神仙绘就的非凡画卷一样，仿佛一夜之间就活灵活现地展现在世人面前，吸引了大量游客流连忘返。

优雅舒适的酒店贵宾室内，钟成、华芳菲、毕胜和王卫国等人正在热烈地与来自北京几所著名高校的专家学者们交流。这些专家一行六人，由著名的管理专家陈思仁教授和秦政教授带队，来科兴做管理咨询项目。为了向这些学者表示诚意，王卫国特意多次去北京登门拜访，不厌其烦地向他们介绍科兴公司，直到把他们请到深圳来。

华芳菲和王卫国带着专家们先后参观了产品展厅、生产线和用户服务中心，中午时分，送专家们回下榻的酒店休息。下午，钟成和毕胜来到酒店贵宾室与各位专家座谈交流。

"感谢各位专家百忙之中莅临科兴公司。我们是一家发展中的通信设备企业，快速发展中遇到了不少的难题。详细情况华总已经向各位汇报过，我就不再赘述。我们只会开发出产品再想办法卖给客户，想方设法让客户满意。对于企业管理中的问题，我们还是小学生，必须请各位专家学者帮助我们，手把手教我们解决这些难题。"

钟成在专家们面前，态度非常谦虚，说话的声音也难得地柔和。

"钟总过于谦虚了。通过今天上午的参观和听到的讲解，我们几个都感到很震撼。俗话说，百闻不如一见。我们大部分时间都在学校里教课，信息本来就有些闭塞，今天到了深圳，才知道我们国家还有像科兴这样优秀的民营高科技企业。我们擅长理论和体系构建，你们擅长运营和实战，只有理论和实践相结合，才会产生真正的价值啊！"

陈思仁教授是从国外留学归来的博士，对西方公司的管理体系和制度化建设有丰富的经验和独到的见解，出版了多部人力资源管理类著作，在业界有广泛的影响。

“我们这次请陈老师和各位专家来呢，是想解决两个大难题。第一个，就是如何合理地分钱。企业就是要赚钱的，不赚钱的企业肯定没办法活下去。赚了钱就要分享，因为企业赚钱归根结底还是来自大家的奋斗和贡献。尤其是科兴这样的技术密集型企业，知识才是企业价值的真正来源。我们一直强调，知识资本的增值优先于财务资本的增值，就是因为我们发现了技术密集型企业赚钱的秘密，那就是科学知识。我们对员工不仅谈情怀和理想，我们也谈分钱。我从来不羞于和员工谈钱，不和员工谈钱的老板肯定是虚伪的。我曾经穷困潦倒过，也曾经走投无路过，我知道钱不是人生的全部，但是在你最需要钱而身无分文的时候，你就失去了人生的全部。我愿意和大家一起分享企业经营的成果，愿意和大家一起分钱，问题在于，我们依据什么来分？分多少？什么样的人可以多分？什么样的人不能分？这些问题搞不明白，分钱就会变成一笔糊涂账。本来是件皆大欢喜的好事，最后变成怨声载道的坏事了。一个一个地哭丧着脸跑过来找我，说钟总你这个人偏心眼，凭什么他分得多，我分得少？我哪一点不如他啊？你看，你看，最后我反而成坏人了。”

钟成绘声绘色地说到这里，大家都忍不住笑了起来。本来正襟危坐、一脸严肃的几位专家也忍不住偷乐。

“第二个是企业文化的问题。很多客户说科兴的企业文化搞得好，有特点。有些来参观指导的领导也对我说，科兴有文化，有思想。我们内部也做了一些整理和提炼，还搞了几次大讨论，对几个有典型意义的案例，有好的，也有坏的，进行了广泛的讨论。但是我总觉得还是不够系统，还是言未尽义。什么是文化？有人说文化是虚无缥缈的，是看不见摸不着的，没有必要那么认真。我不这样认为，我认为世界上的所有资源最终都会枯竭的，只有文化会生生不息。因为文化是流淌于人的血脉之中的，是一种心灵深处的烙印。只要人类还存在，文化就会一直得到传承和发展。还有一点就是，文化的精髓在于核心价值观，在于体系和规则，对于任何组织来说，文化既是做事的原则，也是最后的底线。人的欲望是无穷尽的，人性中不仅有真善美的一面，还有阴暗和丑陋的一面。人类懒惰、自私、贪婪、妒忌、猜疑、欺骗，如果没有外在的秩序和内在的约束，就会陷入自己挖掘的无底洞中，终生不见天日。所以，想请各位专家和我们一起，为科兴制定一部内部的管理大法，也是一部文化大成，把我们的使命、原则和价值观，我们的业务范围、组织原则、分配原则，我们提倡什么，反对什么，哪些事可以做，哪些事不可以做等企业经营管理的方方面面都浓缩在这里面，装订成册，让它成为我们的企业哲学和文化理念，成为我们的战略引领和行动指南。这样我们就有了方向，有了动力，还有了规则和约束，不会膨胀，不会贪婪，更不会失去斗志和理想。如果有这样的文化，我相信企业的发展就不会再依赖某个人的能力，而是依靠团队，依靠规则和制度就可以运行下去。”

“钟总，我上午听华总在展厅讲解的时候，听到‘我们决不让雷锋吃亏，不让焦裕禄得肝病’，还有‘胜则举杯相庆，败则拼死相救’这些理念的时候，就深深地被感染了。这些朴实无华而又有科兴特点的故事，是科兴发展历程的凝结，接地气而且独具一格，是我们企业文化的生命力所在。我们在本次企业文化咨询项目中会把这些科兴特色原汁原味地融合进来，然后再加以系统化。另外呢，我刚才在听钟总讲话的时候，说想把我们这次咨询的成果作为一部管理大法或者文化集成，我就想到，我们可以叫《科兴基本法》。基本法一般是指具备最高法律效力的法律，和宪法的含义是相同的。但是企业制定的文件，叫'宪法'明显不妥，所以我建议借鉴'基本法'这个法律概念，把我们梳理后的管理纲要和文化纲要的权威性树立起来，在科兴具有法律一样的效力，任何人不能轻易改变。钟总，您的意见呢？"

陈思仁教授的确对科兴的文化产生了浓厚的兴趣，这和教科书上讲的截然不同，虽然没有高深的理论，但是却直观形象，直达人心。"基本法"这个概念他也是听钟成讲话的时候灵感一现，就赶紧提了出来。

"《科兴基本法》，这个提法很好，别具一格。我们的制度性文件出台以后要有最高的权威性，任何人不能轻易改变，包括我也不行。当然，我们也希望成文后的《科兴基本法》，既有理论的高度和深度，更要通俗易懂，能够引起员工的共鸣。在此我也拜托各位专家，希望我们的合作圆满成功。"

钟成说完后就站起身来，与各位专家挨个儿握手致谢。

"江波，看开一点。这次市场部集体大辞职活动，在我看来就是凤凰涅槃，我也希望你能浴火重生。来，我们干一杯。"

灯火通明的夜晚，科兴用户服务中心大厦附近的海鲜酒楼包间内，尤正兴一手端着酒杯，一手放在胡江波的肩膀上，喝得满面红光。

“对，江波，我们一起喝一杯。没多大点事，大不了从头再来嘛。”徐俊、黄志明、郑国伟还有许丽也都站了起来，端起酒杯。

胡江波几杯酒下肚，神情略微有些恍惚。但是今天市场部集体大辞职活动的一幕幕，似乎仍在眼前闪现。

每年年底的时候，市场部员工的时间相对比较宽松，尤其是今年，公司提前两个月就已经完成了全年的任务目标。因此，市场部全体员工近两百人在远离市区、山清水秀的石岩湖度假村进行了为期一个月的集体整训。

在胡江波的印象里，这次整训活动是科兴历年来规模最大、时间最长、培训内容最丰富的市场培训活动。其实在以前，市场部人员每年接受培训已成为制度，目的是更新观念，提高管理水平，防止技术沉淀和思想停滞，给长年战斗在外的市场部人员一个提升自身素质、不断发展自己的机会和环境，使个人发展和公司发展良好地结合起来，在公司的发展中寻找更多的发展机会。这也是公司对员工负责的一个必要措施。这一次整训，是在各办事处频繁出现管理问题的情况下，胡江波特意向人力资源部王卫国提出来的，作为主管副总裁的华芳菲也非常支持。

培训时间这么长，培训内容就必须很丰富，包括企业文化、市场策划、最新产品和技术、办事处管理等。培训的间隙，市场部还组织了多次讨论，针对市场、销售、用户服务、市场形势、管理与评价等具体问题，大家交流了各自的经验、看法，进行了总结，达成了共识。培训临近结束的时候，胡江波代表市场部宣布了下一年度的培训政策：进行多轮次、短时、强化的产品技术培训，聘请营销管理专家或公司内部干部举办管理培训，加强自我培训等。

整训的最后一天，也就是今天，就是集体辞职的时间。所有市场部正职干部，从市场部总裁到各办事处主任无一例外，都向公司提交了两份报告，一份是述职报告，主要检讨本年度的工作，提出下一年的工作计划，另一份是辞职报告。两份报告中，公司根据个人的实际表现、发展潜力及公司市场发展需要，批准其中一份。

集体辞职仪式开始前，钟成面对全体市场部员工发表讲话：

“成功是一个讨厌的教员，它诱使聪明人认为他们不会失败，它不是一位引导我们走向未来的可靠的向导。科兴已处在一个上升时期，它往往会使我们以为八年的艰苦奋战已经胜利。这是十分可怕的，我们与国内外企业的差距还较大，只有在思想上继续艰苦奋斗，长期保持进取、不甘落后的态势，才可能不会灭亡。繁荣的里面，处处充满危机。

“每一个骨干员工都必须努力培养超越自己的接班人，这是我们的事业源源不断发展的动力。我们只有造就一大批优秀干部和工人，才有希望在未来十年内全面实现与国际接轨。只有全心全意、毫无自私自利之心的人，才会全力以赴地去培养超越自己的接班人。

“当干部是一种责任。各级干部应关心公司的管理改革和推进工作，并积极投入或参与到管理改进的工作中去，绝不允许因个别部门或干部的阻力而妨碍公司整个管理改革的进程。

“为了明天，我们必须修正今天。市场部集体辞职，接受组织的评审，表现了他们大无畏的毫无自私自利之心的精神，他们将光照科兴的历史，是全公司员工学习的楷模。”

钟成在台上发言的时候，胡江波想起有一次他和华芳菲一起去向钟成汇报工作，钟成听完他的汇报以后，沉默了一会儿，问：“胡江波，作为市场部总裁，这一年以来你引进、培养、提拔了什么人才？”胡江波当时一愣，轻声说：“没有。”钟成当时脸色就沉了下来，厉声说：“那你这个市场部总裁的位置，随时都可能被拿下来。”当时，胡江波还以为钟成只是生气而已，狠狠骂一顿就完事了，现在才明白，那是钟成在严厉地警告他。

钟成讲完，华芳菲也上台做了关于市场部集体辞职的简短演说。按照程序，下面就到了胡江波讲话的时间。无论有多少不舍和委屈，有多少记忆和期许，在这一刻，胡江波都要统统抛在脑后。那些难忘的酸甜苦辣，那些难忘的生死兄弟，昨日的誓言犹在耳边，今日又将各奔东西。忍住心里的辛酸，带着自信的笑容，胡江波大踏步走上台。

“科兴的生命力在于她是一个团结的集体，始终以集体的利益为利益，不断地进行自我更新，及时调整以适应未来。科兴勇于打破常规，没有终身制的职位，干部能上能下，竞争非常激烈。任何时候我们都要着眼于发展，在这个过程中，我们必须不断地提高自己并勇于修正自己。每个科兴人都必须如此。整训活动的目的在此，集体辞职、接受组织评审的意义也在此。

“说自己不难过，说自己很坦然，这是不真实的。中国几千年的文化，使得能上能下对每一个接受考验的人来说，都是一次对心理承受力的挑战。但是，作为市场部总裁，虽然我热爱我的工作，舍不得并肩作战的战友，但我诚心诚意接受公司对我的选择。”

讲到这里，胡江波还是有些忍不住，不由得声音哽塞，眼里泪光闪动。

对于市场部所有的正职干部来说，递交两份报告后大家等待的时间并不长，评审委员会的成员们很快就当场公布了公司评审的结果。三十六名正职干部中，十五名干部的辞职信被批准，其中不仅有胡江波，还有黄志明、郑国伟和许丽等最早一批奔赴市场的干部。不过，胡江波是被批准辞职的干部中职位最高的，他原来是市场部总裁。

现场宣布结果的时候，胡江波低下头去，忍不住潸然泪下。是因为巨大的心理落差吗？是因为面子上不好看吗？是因为心里委屈吗？是因为曾经的拼死奋斗不被认可吗？似乎这些原因都有，又似乎都没有。他不是一个轻易认输的人，从哪里跌倒就要从哪里爬起来。他用力把脸上的泪水擦去，重新昂起了头。他看到那些和他一样被批准辞职的同事脸上都有泪痕，但是同样都昂着头，目光坚定。

“这真是一场惊天地、泣鬼神的壮举！工作了十几年，只有在今天这个独特的辞职仪式上，我理解到了牺牲的真正含义。我热爱科兴。我感动得想哭。”身边一位年龄稍大的老员工在动情地述说着，听得胡江波心里激荡不已，感慨万千。

“江波，你没事吧？是不是喝多了？”许丽用力拍了拍胡江波的后背。

“放心，我没事，我真的不在乎。为了科兴的明天，干杯！”胡江波终于从恍惚中清醒过来，站起来和大家一起碰杯。

时隔多年以后，当胡江波回忆起这场轰轰烈烈的市场部集体大辞职活动时，才真切地感受到，这场活动带给他的是内心深处的波澜壮阔。

第五章　夯实根基

1997年新春伊始，北方大地依然还是风雪交加、天寒地冻的时候，南国深圳已经到处春意盎然、花团锦簇了。市场部集体大辞职引发的冲击和震撼依然在持续，企业文化大讨论和《科兴基本法》的拟定也在紧锣密鼓进行之中，年轻的科兴公司呈现出一派欣欣向荣的景象。

好事连连，喜报不断！财务部丁爱萍刚刚向钟成汇报完财务数据，1996年科兴销售额达到36亿元人民币，卫亦兵就从实验室里颤抖着声音给钟成打来电话：

“钟总，科兴第一代CSM（全球移动通信系统）刚刚成功打通电话！”

GSM是应用最为广泛的移动电话标准，在欧美等发达国家已经经历了二十多年的研究，并且进入广泛的实际应用中。不过，中国并没有掌握相关技术，因此，科兴的GSM系统是中国第一个拥有自主知识产权的移动通信系统。

创业初期，钟成就敏锐地意识到，科兴要做自主知识产权的通信产品，必须向西方发达国家的跨国企业学习，就像唐僧不辞劳苦，长途跋涉去西天取经一样，科兴也必须正视差距，刻苦钻研，虚心请教。因此他多次率团赴美考察，参观大型跨国公司的实验室、生产线，其中就包括世界著名的贝尔实验室。每一次的考察都带给钟成不同的感受，他一方面感叹于西方国家技术的先进性和跨国公司管理的规范性，另一方面暗暗下决心要不畏艰难，努力奋斗，提高国内通信技术水平，同步世界潮流。

两年前，钟成与尤正兴、卫亦兵从欧美考察回来以后，经过多次讨论，开始组建GSM研发项目组，陆续投入主要由博士、硕士和高级工程师组成的两百多人的科研团队，累计投资近亿元，才有了现在GSM技术零的突破。

不过，在选择由欧洲主导的GSM技术，还是由美国主导的CDMA（码分多址）技术时，尤正兴和卫亦兵的意见分歧较大。GSM和CDMA两种技术信号编码方式不同，相比较而言，CDMA技术更先进一些。

“从现在来看，美国作为通信技术领导者的地位很难改变，全球性的通信网络会以CDMA技术为主，国内以后也会采用CDMA的技术来搭建通信网络，因为在改革开放的大背景下，与国际接轨是必然趋势。所以，在资源有限的情况下，我的意见是我们选择开发CDMA技术，而不是GSM。”尤正兴多次出国考察，对欧美公司的技术实力和发展趋势都比较了解，他相信自己的判断。

“我有不同意见。首先，目前美国公司已经占据了CDMA的技术专利高地，我们无法突破他们的专利封锁，因此开发风险极大，搞不好就会白浪费资源，而GSM几乎没有专利限制，开发风险小，带给我们的机会更多；其次，一些政治因素肯定也会影响国内通信网络的搭建选择，所以我更倾向于选择欧洲技术。”卫亦兵已经多次对这两种技术体系分析比较，因此也是坚持己见，毫不相让。

毕胜见尤正兴和卫亦兵两人各执己见，钟成也一脸严肃，坐着默不作声，气氛有些紧张，不由得看了看华芳菲。华芳菲冲他微微摇了摇头，表示她也没有办法。

“微蜂窝无线设备呢？你们两位有什么看法？”其实，毕胜这个问题主要是为了打破尴尬的局面。因为本次会议的主题就是移动通信技术的选择，微蜂窝无线设备本来没有安排讨论。

“我倾向于欧洲制式的增强型数字无绳电话，安全性好，技术先进。”卫亦兵对这个问题并不想多说，回答也非常直接。

“我的意见是选择日本的个人手持电话系统，也就是PHS。建网速度快，投资小，经济方便，在一定区域内可以当移动电话使用，比较符合目前中国的实际情况。”尤正兴的意见依然和卫亦兵不同。

钟成一直没有说话，是因为他一直在紧张的思考之中。他对技术的判断不如尤正兴和卫亦兵那么专业，但是他对世界通信技术的发展趋向和中国的通信市场发展有着自己的见解。他觉得尤正兴和卫亦兵的判断和选择都是正确的，因为目前国内市场形势和发展前景都不明朗，尤其是技术标准选择方面，相信邮电部门比科兴公司还要纠结。他想听到两人有不同意见，但是又不想看到两人为此发生争执。这个会议他必须表态，但是他只要表态，就意味着否定了两人中的一个人的意见。不过，他不能不表态。在多次的国外考察中，钟成清醒地认识到，和西方发达国家相比，中国通信产业的技术水平还有巨大的差距。差距是中国长时期的落后造成的，即使科兴公司投入全部资源，也难以在短时间内改变。问题在于，如果不敢投入，这种差距还会越来越大，改变现状的机会将会越来越渺茫。光阴似箭，时不我待啊！每次想到这里，钟成总有一种说不出来的紧迫感，让他每时每刻都如坐针毡，如履薄冰。

“正兴和亦兵的意见都很好，说明你们对此都下了功夫，做了深入研究。在目前的情形下，其实我们都应该投入研究，才能应对各种不确定，才不会因为选择错误，错失良机。不过，我们科兴的实力还不够强，资源还不够多，我们只能在很多选择面前赌一把，把有限的资源押在一个宝上面，采用压强原则，聚焦一个目标，保证在最短的时间内迅速实现突破，抢占市场制高点，然后再把点连成面，逐步在市场上站住脚跟。经过反复思考，我最终的意见和亦兵一致，在移动通信方面，我们开发GSM，在微蜂窝无线设备方面，我们选择数字无绳电话。这个决策其实是一个无奈的选择，请大家理解并执行吧。”

钟成如释重负地说完自己的决定，环视了一下大家，看到卫亦兵正直愣愣地昂着头目视前方，尤正兴却涨红着脸，微微低着头，心里忽然有些隐隐的不安。

“钟总，我们的数字程控交换机在香港电讯网成功开通，已经正式投入运营。”华芳菲在这个时候汇报一个好消息，明显是在替钟成解围。

“这可是科兴发展史上的重大里程碑，不仅意味着我们的交换机在海外市场的重大突破，而且还是以实际行动迎接香港回归祖国啊！哈哈……”

“香港的开局的确是一个重大胜利！同事们排除万难，非常辛苦地完成了任务。不过，也暴露出很多问题，我们曾经因为工作衔接有漏洞、机房着装不规范、工作现场脏乱差等原因被客户投诉，以后需要深刻反省，切实总结经验教训，提升整体职业化管理水平，为海外市场的拓展奠定坚实基础。”尤正兴沉默了好一会儿了，不过以他的性格，该说的还是要说。

“正兴说得很好。我们的确需要提升职业化管理水平，为大规模进军海外市场做好准备。人力资源管理、质量管理、研发管理、客户关系管理、供应链管理，还有财务管理和知识产权管理等都需要提升。这项工作我们已经安排下去了，各个部门的负责人都在和咨询公司对接。我们不会没关系，可以请老师，请最好的老师，让他们手把手地教我们，我们要虚心地学习，踏踏实实地学习。学习就不能怕花钱，因为在学习上花钱是最值得的，可以受益终生。只有持续提升公司的整体管理水平，才能夯实我们公司未来生存发展的根基。就像盖房子一样，只有地基夯实，房子才会安全稳固。地基不夯实，就盖不了高楼大厦，只能搭个茅草棚。我们要盖高楼大厦，不想要茅草棚，就必须要把根基牢牢地、反复地夯实再夯实。”

“说到盖房子，钟总就滔滔不绝，这可是您的专业啊。”华芳菲借机开了个玩笑，活跃一下气氛。

“哈哈哈……”会议室里的所有人，包括钟成在内，都不禁大笑起来。

尤正兴和卫亦兵之间的矛盾越来越明显，这让钟成非常头疼。这两人是他的左膀右臂，出了问题就会伤筋动骨。他非常信任尤正兴，毕竟是一起摸爬滚打过来的，大家心意相通。对卫亦兵呢，钟成是个爱才之人，他极为欣赏并认可卫亦兵的技术能力，一直悉心栽培，全面锻炼，将他作为公司未来的接班人来培养。其实，上次会议他同意卫亦兵的建议，并不是尤正兴的建议不好，而是他潜意识里认为卫亦兵对技术的把握更准确，另外还有一点是不想打击年轻人的积极性，觉得应该充分挖掘他的潜力。

如何化解尤正兴和卫亦兵的矛盾还没有头绪，张弛的问题又让钟成左右为难，纠结不已。

张弛的确是员干将，到汇通公司的第一年就打了个漂亮仗，不仅扭亏为盈，而且实现净利润近5000万元。不过，张弛的性格直爽中还有几分张扬，处理人际关系简单直接，很容易就得罪了人。这不，钟成已经收到好几份实名投诉张弛的材料。

作为企业创始人，钟成深知“用人不疑，疑人不用”的道理，张弛的能力他很认可，但是他那种特立独行的行为方式又让他颇为恼火。

汇通公司有员工反映张弛喜欢出风头，总是强调个人能力，与科兴文化中提倡集体奋斗的精神不符。还有员工反映张弛对市场部集体大辞职不认可，说是像“搞运动”。更为离谱的是，客户接待部反映在一次接待外宾的活动中，本来安排卫亦兵接待，他临时有紧急事务需要处理，于是协调准备让张弛接待。后来卫亦兵权衡轻重后，还是自己去接待外宾，结果张弛到了酒店以后看到卫亦兵也在，竟然甩手就走了……

钟成创业以来，还很少遇到干部被投诉的情况，他对用这种方式反映问题并不认可，因为这会干扰正常的工作，还容易引发“告黑状”“打小报告”等不良风气。不过，这些投诉张弛的材料都是实名的，他如果置之不理，万一真的出现严重问题，他也难逃失职之责。

考虑了好久，他还是让夏洁找毕胜和华芳菲来办公室商议。

“这是空降兵职业经理人面临的普遍问题。如果张弛不是空降兵，已经融入科兴文化，就不会出现这些问题。不过，从另一个方面也能看出，我们的很多员工对职业经理人缺乏包容心，格局还不够。”华芳菲表达了自己的观点。

“张弛的确有些恃才张扬，口无遮拦。毕竟他来科兴之前已经有很长时间的工作经历，已经形成了自己的工作风格，短时间内很难改变。就像华总说的，这些问题是典型的空降兵问题，我们一方面要和张弛沟通，指出他的问题，让他注意改变，同时也要在公司倡导包容心，客观对待队伍里的新鲜血液，要对空降兵有耐心，有信心。”毕胜对张弛比较了解，所以更希望钟成能客观冷静地看待这件事。

听了华芳菲和毕胜的意见后，钟成并没有立刻表态，而是背着手在办公室里走来走去。

“你们的意见都很对。不过，我们正在大张旗鼓地建设企业文化，《科兴基本法》也已经讨论多次，很快就会定稿下发。我们的中高层干部不仅是企业文化的践行者，更应该是布道者，否则企业文化就不可能落地。张弛对我们的企业文化还需要进一步学习和融入，否则，能力再强也不能重用。企业文化的核心就是价值观，价值观就是取舍之道，就是约法三章，不能含糊。这样吧，我找张弛谈谈，让他从汇通出来，组建一个新的部门，专门去和各地的邮电局谈合资办企业，形成利益共同体关系，加深设备商与运营商的战略性双赢关系，这更有挑战性。如果他把这件事办成了，也就真正融入科兴的文化了。”钟成一边说一边继续在办公室里来回走动。

“钟总，调整工作能让他更好地融入我们的文化？”毕胜有些不太明白。

"调整工作嘛，我有三个考虑。一个是张弛出去和客户谈判，就是代表科兴公司。他必须把科兴的技术、产品乃至管理和文化研究透彻，才能讲得明白，只有讲得明白，讲得深刻，才能感染对方，拉近和双方的心理距离，这合作才有可能谈成。如果连自己公司的文化都不认可，讲不出来，说得不生动，也不会赢得客户的认可。另外一个，就是他阅历丰富，做事老练，再加上形象气质和沟通谈吐都比较好，适合对外合作的工作，也是发挥他的长处。第三呢，就是我们虽然在城市市场取得了突破，也在逐步扩大市场份额，但是速度还不够快，数量还不够多，尤其是一些经济基础比较好、人口比较多的省份，进入还存在一定的困难，必须多想办法，尽快突破。国内其他厂家都在虎视眈眈地盯着每一个大中型城市，尤其是我们同城的竞争对手，实力很强，绝对不能轻视。"

"这样的工作，很适合张弛。我想他会接受，而且还一定能干好。"华芳菲觉得，以她对张弛的了解，他对这份具有挑战性的工作应该不会拒绝。

"跟他好好沟通，他会接受的。"毕胜知道，钟成已经拿定了主意。

"这样吧，毕胜你先去和张弛沟通，然后我再和他聊聊。在什么职位上都是做事，何况这项新工作还责任重大。"

毕胜和华芳菲刚离开钟成的办公室，许丽敲了敲门走进来。她现在又回到了总部，负责行政和宣传工作。

"钟总，我们行政部的郑扬帆考上了深圳大学的硕士研究生，财务管理专业，需要脱产学习两年。她希望办理停薪留职，等毕业以后再回来工作，我们之前没有这个先例，所以想征求一下您的意见。"

“很用功的年轻人，值得表扬。她平时工作怎么样啊?”其实钟成已经知道郑扬帆考取了硕士研究生，他还为这件事高兴了好几天呢。不过，钟成还是嘱咐郑扬帆，按照公司的流程处理，不能搞特殊。

“扬帆很优秀，工作非常刻苦努力，而且服务意识好，有耐心，上次去莫斯科参展，赢得了大家的一致好评。我们还真不大舍得她去上学呢。”

“那就好。对这样有上进心的年轻人，要给她提供必要的帮助，吸引她学成以后继续回公司效力。许丽，你和王卫国沟通一下拿个意见吧，毕竟只是一件个案，你们看着处理吧。”

钟成对女儿的表现很满意，即使她硕士毕业以后不回科兴，他也支持。年轻人都需要闯荡和历练，哪有所谓一帆风顺的人生，谁不是在默默地负重前行?孩子，只有努力奋斗的人，才能拥有美丽的无悔人生。钟成在默默地为女儿加油祝福的同时，心中又充满了惆怅和遗憾。他其实一直有个心愿，那就是能和郑英秀复婚，但是他又没有勇气当着郑英秀的面说出来。思来想去，他就把这个想法告诉了女儿郑扬帆，希望女儿能帮助父母复合。

作为女儿，郑扬帆当然希望能和父母在一起生活。但是，随着年龄的增长，她也发现，父母两人的性格都很强势，在很多问题上针锋相对，互不相让，在一起经常吵吵闹闹。不过，既然父亲钟成有了复合的想法，她还是委婉地告诉了母亲郑英秀。

“扬帆，我和你爸爸的性格的确合不来，我们俩适合做朋友，不适合一起过日子。在一起生活对我们两个人来说都是一种伤害和煎熬。现在你和你哥哥也都大了，很快也要有自己的家庭，妈妈也就没有那么多牵挂了。不过，你爸爸的事业越来越好，越做越大，整天没日没夜地操劳，需要有人照顾。我不会照顾人，你劝劝你爸爸，让他再成个家吧，得有人照顾他才行。我现在自己挺好的，以后退休了就轮流到你和你哥哥家去住，也不会寂寞的。”郑英秀说的都是心里话，活了半辈子了，对什么事都看开了。

“妈，您就是固执。您既然看得这么开，为什么不和爸爸复婚呢？反正都这个年龄了，也没啥好吵的了。一家人就一起凑合着过呗。”郑扬帆还是耐心地劝说郑英秀。

“孩子，你爸和我的性格我都很清楚，很难改的，只要在一起，肯定还会有摩擦。再说，到这个岁数，也没必要再去改了，做自己喜欢的事情就好。”

郑扬帆软磨硬缠了好几回，都没能说服郑英秀。无奈之下，只好把过程委婉地告诉了钟成。钟成听完，也只能仰天长叹一声，然后悄悄地擦去脸上的泪水。

不过，郑扬帆能通过自己的努力考上硕士研究生，还是让钟成很欣慰。因为他觉得孩子越优秀他就会越少一些愧疚。

每天需要处理的事情越来越多，看着夏洁刚刚送过来的日程表，钟成很快就忘记了刚才的不快和烦恼，转头就全身心地投入繁忙的工作里去了。

深圳的秋天，蔚蓝的天空中飘着朵朵白云。白云下面，高楼林立，车水马龙，绿树青草，空气里到处弥漫着桂花的香味。

深圳市委大院会议室里，刚刚就职市委书记的李志国正在与北京各高校的专家学者座谈，科兴公司钟成、华芳菲等人一起参加。

“今天请大家一起座谈，主要有两个目的：第一个就是和各位专家学者讨论一下深圳市的高科技企业政策、所有制性质以及公有制实现方式等问题；第二个就是讨论科兴公司的管理模式和企业文化，尤其是总结发展历程中的经验和特点。今天大家可以大胆地讲，观点可以不一样，讨论讨论问题没关系，这样才是交流。今天主要是听你们的，座谈嘛，不必有顾虑，随便讲，主要就是沟通交流。”李志国首先讲了一下召开座谈会的目的，同时也鼓励大家不必过于拘束。

“李书记，那我就先讲。在和科兴的多次交流中，钟总提出了一个现在还不是很成熟的概念，意思是科兴有一种独特的企业机制，能不能把这种独特的企业机制进行归纳和提炼，形成一种理论，叫作‘知本论’，或者叫‘知本主义企业’。科兴是一个人才密集、知识密集、资金密集型的高科技企业，知识在科兴是非常重要的，科兴特有的股份制和按劳分配等都隐含了对知识价值的重视和实现。所以，我们就想着在在科兴建立一套按‘知’分配的体系，并把这种体系固化在《科兴基本法》中。”陈思仁教授首先发言，把“知本主义”的来龙去脉讲了一下。

现场的气氛越来越热烈，其他几位专家也纷纷发言，对科兴的价值创造、价值评价和价值分配体系进行解析，钟成也表达了自己的观点，与几位专家现场互动。

不知不觉中，已经接近中午时分。李志国听完大家的讨论后，最后进行了总结发言。

“深圳最初是一个小渔村，1980年建市，那时候工业产值才1.6亿元，以农业和渔业为主，很贫穷。这十几年已发展起来，并且发展很快，这主要得益于党的方针政策的正确指引，否则，现在也许还像前些年那样贫穷，不会改变。就科兴这几年的发展来说，从市委到市政府都是很支持的，并且是长期一致的。我们的支持就是提供服务和创造条件，创造一切条件促进发展。各位学者能走出院校，到基层、到生产第一线、到企业来，这是难能可贵的。理论要和实践相结合，要在实践中创造和发展，没有实践检验的理论，很难指导企业发展。关于公有制的实现形式以及利益分配机制改革的问题，我们也在积极探索之中。深圳马上就会颁布一份《深圳市国有企业内部员工持股试点暂行规定》，也是对国有企业利益分配机制的一种新探索。最后再次感谢各位来参加座谈会，希望以后还可以多多交流，可以有机会继续向大家学习。”

“感谢李书记和各位领导对科兴的认可与支持，感谢各位专家学者对科兴管理和文化的梳理和提炼。回去以后我们也好好学习政府发布的文件，积极贯彻落实。”钟成站起身来，向李志国等在座的所有领导和学者深深鞠躬致谢。

市委座谈会之后，《深圳市国有企业内部员工持股试点暂行规定》很快就下发执行。钟成立刻安排华芳菲和王卫国学习，并参照这份文件对科兴实行员工持股制度改革，进行第一次增资。

改革完成后，科兴当时所有在册员工的股份全部转到科兴公司工会的名下，占总股份的62%，员工股的股价改为每股1元。因为科兴已进入高速发展时期，为提高对人才的吸引力，科兴在提高薪酬的同时也加大了员工配股力度。另外，科兴的员工还可以通过向公司设立的内部员工银行贷款来购买股票，以解决新员工没有足够的购股资金的问题。

“钟总，现在我们的员工持股制度已经成为最重要的激励制度，与工资、年终奖金、安全退休金等一起共同构成了科兴的薪酬体系。我们的高薪政策及员工持股激励机制已经在人才市场上形成了强有力的磁场效应，在每年各大高校的校园招聘中非常具有吸引力和竞争力，为我们吸引并聚拢了国内大批通信行业优秀人才。”

王卫国和华芳菲一起向钟成汇报员工持股制度改革情况，语气中底气十足，信心满满。

“做企业，利益分享是关键。在这一点上，我们要超越人性中的缺陷，绝不能自私，绝不能阴暗，绝不能贪婪。财聚人散，财散人聚。会分钱才能会赚钱。”钟成意味深长地对王卫国说。

张弛到合资合作部任职以后，在半年多的时间里几乎跑遍了中国东部和中部的大部分省份，与各省的邮电管理局洽谈合作，先后在四川、辽宁、安徽、浙江、上海、北京、河北、山东等省、直辖市建立了合资公司，有力地推动了科兴产品在这些地区的销售，科兴的市场份额也在不断扩大。

不过，由于科兴的竞争对手多次向相关部门反映科兴存在不正当竞争行为，钟成从大局出发，最终决定取消合资合作部，张弛转调生产部。因为对新的工作不满意，张弛随后以身体为由向钟成提出辞职。钟成多次挽留无果后，只好同意了他的辞职申请。不过，钟成在签字的时候特意写下一句话：“年终奖按照优秀等级全额发放。”

1997年年初，国家启动了对邮电部门的改革，邮政和电信分离。紧接着，在原电子工业部和邮电部的基础上，国务院开始组建新的信息产业部，中国通信产业的格局正在发生根本性的变化。

1998年春节刚过，去美国考察回来的卫亦兵开始布局研发高端路由器。高端路由器是互联网建设中的关键设备，全球只有美国思通等少数几家公司才拥有相关技术。对技术特别敏感的卫亦兵感到这是一个对科兴非常重要的机会点。

不过，此时的钟成却正对着办公桌上的两份文件苦苦思索着。这两份文件，一份是审计部送过来的研发审计报告，多年以来因为研发立项的盲目性和随意性，以及粗放的研发过程管理，造成了巨大的浪费，审计部给出的数字是超过10亿元，可谓触目惊心。另一份是准备与著名跨国公司，有着科技界“百年老店”之称的美国国际商业机器公司（IBM）签订的咨询顾问合同，主要内容是由IBM帮助科兴规范并建立集成产品开发体系（IPD）和集成供应链管理体系（ISC），第一期合同金额同样为10亿元，是一笔数额很大的支出。

科兴公司的研发管理到了必须改变的时候，但是，身为研发负责人的卫亦兵对此却一直不以为意。他醉心于各种各样的新技术开发，对研发的管理一直比较随意。年轻的卫亦兵不仅有着技术的敏感性，还有着充沛的精力，以及骨子里的那种固执。

“钟总，与其花这么多钱请咨询公司，还不如投入到新技术的开发上，我们的资源本来就有限，请咨询公司不仅消耗时间，而且还分散了有限的资源。”每次钟成催促IPD咨询项目的进展时，卫亦兵都会这样说。

钟成也清楚，卫亦兵的任性和固执与自己一直以来对他的偏爱和放任有很大关系。年纪轻轻的卫亦兵像坐着火箭一样被提升，时间长了心里难免会有些膨胀，有些狂妄。如果长期这样下去，一个世间少有的技术天才可能就会毁在自己的不理智上。

想到这里，钟成暗暗下了决心，必须要调整一下卫亦兵的职务，让他多接触公司的经营管理，在不同的岗位上加以历练乃至磨炼，使他的心智逐渐成熟起来，避免在一帆风顺中迷失了自己。卫亦兵啊卫亦兵，希望你能理解我的良苦用心，钟成想。

“还是华芳菲当时提醒得对啊，少年得志对一个人的长期成长并不一定是好事，反而可能是铺满了鲜花的陷阱。”钟成自言自语地说。

“钟总，卫总打电话过来说找您有事情汇报，我说您现在刚好有时间。”夏洁敲了敲门，走进来说。

“可以。让他过来吧，我正好也要找他。”

话音刚落，卫亦兵手里拿着份文件已经走到了办公室门口。

“亦兵，快过来坐下。”钟成一边招呼卫亦兵，一边坐在了沙发上。

“钟总，这次我带队去美国，主要考察了被称为‘电信走廊’的达拉斯，达拉斯高科技工业发展很快，尤其是电子通信和信息产业近几年飞速发展，吸引了很多跨国公司入驻。我的意见是尽快在达拉斯建立研究所，专门针对美国市场做研究开发，同时重点关注前沿技术的发展趋势。这是我们写的考察报告及建议，请您审阅。”卫亦兵坐下后，向钟成做了一个简要的汇报。

“我同意在达拉斯建研究所，不仅是针对美国市场，而且还要着眼于科技前沿。你们这次考察收获很大。我们就是要经常走出去，不能老待在办公室里，待在实验室里，时间长了就成了井底之蛙，只能坐井观天，最后都不知道天高地厚了。”钟成讲到这里，停顿了一下，“亦兵啊，你负责中央研究部已经五年了吧？这五年以来，你为公司发展做出了巨大贡献。没有万门机、光传输、接入服务器、智能网、GSM等技术和产品的引入及研发，科兴就不可能从一家交换机企业快速成为包括交换、传输、无线、数据、业务软件在内的综合电信解决方案供应商。我希望你在为公司做出贡献的同时，自己也能得到全面的成长。你也知道，我一直对你寄予厚望，希望你能真正成为科兴未来的接班人之一。不过，你只有研发部的工作经历是不够的，必须要有更全面的工作锻炼，能够打通从后端到前端的整个企业运作流程，无论是实践方面还是思想方面都能对企业经营管理有更系统、更全面的把握。所以，我最近一直在考虑，应该让你转转岗了，先从接触市场、接触客户开始，然后再去负责一个完整的企业。"

钟成讲的话都是站在卫亦兵个人全面成长的角度来说的，他为此的确也思考了很长时间。不过，卫亦兵听到这些话的时候，还是有些惊讶。他本来一直在注视着钟成，认真地倾听，渐渐地，脸色开始泛红，头也低下了一些，双手不停地搓来搓去，似乎有些不耐烦。

"亦兵，你有什么想法就说出来，不要憋在心里。我们一定要敞开心扉，这样才能说清楚。"钟成看到了卫亦兵的神态及行为变化，和颜悦色地说道。

"我……我只是觉得挺突然的，没有一点心理准备。"卫亦兵依然微微低着头说。

"亦兵，你是公司最年轻的高层干部，我让你轮岗也是想让你得到全面锻炼和全面发展，没有别的意思，你不要有思想顾虑。你看看胡江波，本来是市场部总裁，在市场部集体大辞职活动中被调整下来，转而负责生产部，工作状态没有受到任何影响，干啥都还是那股子不服输的劲儿。前些时间听说山东市场销售增长缓慢，业绩低迷，主动给华芳菲写请愿信，要求再去山东办事处任职，立下军令状誓要把山东市场做到全国前三。他在生产部的职位是比山东办事处主任的职位要高的，去山东办事处就意味着他以后要向曾经的下属，现任市场部总裁汇报工作，这个反差是不是有点大啊？但是经历过市场部集体大辞职以后，他对职位和名头看得很淡，对中国人比较在意的什么面子啊、自尊心啊这些虚头巴脑的东西看得更淡，思想上没有了包袱，行动上才能放得开，才能更有力。亦兵，你这么年轻，必须过了这一关才能看到另一片天啊！”

胡江波和卫亦兵曾经做过同事，以前都是08机项目组的老战友。钟成特意提起胡江波是想让卫亦兵不要有什么思想压力，自从市场部集体大辞职以来，干部轮岗和干部能上能下在科兴已经成为一种制度。调整卫亦兵，也是很正常的安排。

话说到这里，卫亦兵已经完全明白，无论自己愿意与否，职务都一定会调整。他是个极聪明的人，也非常敏感，虽然心里还很不情愿，但是已经知道自己应该怎么做了。

“感谢钟总的良苦用心。我在中央研究部的岗位上已经五年多了，其实也想过换一个新的岗位来挑战一下自己，但是一直被惯性拉着往前走，没有太多时间去考虑自己究竟下一步想做什么，能做什么。既然公司有干部流动的制度，我当然也不能例外。一切听从公司安排，我一定会积极配合。”

“这就对了嘛。不要有任何顾虑，也不要有什么思想压力。这一点你要向你的上任尤正兴看齐，你接替他的位置以后，他也从来没闲下来过，天天把自己忙得找不到人，还整天给我出主意，提建议，哪有时间考虑个人得失？我对你一直充满信心，相信你不会让我失望。”

钟成微笑着把右手放在卫亦兵的肩膀上，轻轻地拍了两下。卫亦兵有些不好意思地抬起头望着眼前这位一脸沧桑却笑容可掬的长者，他的脸上平静如水，心里却早已波涛起伏。

新的干部任用文件很快就由钟成签发，卫亦兵被任命为产品部负责人，向华芳菲汇报工作。郑国伟开始负责中央研究部。胡江波终于如愿以偿，重新负责山东办事处。

1998年春，深圳市邮电会议中心多功能厅内，媒体云集，嘉宾满座，带有科兴标志的彩旗鲜艳夺目，一场盛大的发布会正在隆重举行。这家开业时间并不长的酒店位于风景秀丽的华侨城旅游区，是业务分拆前的深圳市邮电局的下属企业。

此时此刻，正在发布的并不是科兴公司的新技术或者新产品，而是一本本印刷精美、装帧高雅的《科兴基本法》。

历时两年之久，经过反复修改又反复讨论的《科兴基本法》，对外界来说，一直就像“犹抱琵琶半遮面”的娇羞少女，今天“千呼万唤始出来”让大家一睹芳泽，是众人盼望已久的大事。在科兴的精心组织和盛情邀请下，各级政府官员、各类新闻媒体，还有各地的客户和合作伙伴云集在深圳邮电会议中心，一同揭开业界谈论已久的企业管理秘籍——《科兴基本法》的神秘面纱。

深圳市市委书记李志国为这次发布会专门发来贺信，称赞“《科兴基本法》是理论界和企业界联合起来对企业管理理论的积极探索，是理论和实践相结合的创造性成果”。

在政府领导和新闻媒体代表相继发言之后，陈思仁教授作为咨询项目专家组组长声情并茂地讲述了《科兴基本法》编制过程中的一些幕后故事：

“各位领导，各位朋友，大家好！想必在座的各位都知道，改革开放之前的深圳原来并没有资源，就是一个小渔村，一片荒野。改革开放之后，深圳解放思想，开拓创新，积极调动国内、国外的各种资源为我所用，吸引凝聚了大批人才来到深圳，这才有了今天翻天覆地的变化。

“科兴是在深圳这个特殊的环境中创立并发展起来的，本身就是深圳发展的一个缩影。接触科兴以来，我们感觉到钟总才是真正的企业家。这个企业家不是为了自己发财，而是为了把事业发展壮大。每次开会，他总是念念不忘国际大公司，总是信心满怀地说科兴也一定能成为一家国际大公司。钟总认为，科兴发展到了一定阶段，需要一部‘管理大纲’来指导企业发展，来规范并约束企业的发展，因此邀请我们来系统地总结并梳理科兴的企业价值观，总结并提炼公司成功的管理经验，确定未来发展的理念、战略、方针和基本政策，构筑公司未来发展的宏伟体系。

“科兴一直在企业机制和制度上进行创新，而不是简单地照搬西方的管理。在文化上科兴也走出了一条新路子。他们不是简单地把传统文化拿过来，而是吸取传统文化的精华，因为企业毕竟是经济组织，要竞争和发展，而传统文化的主要功能是协调和稳定社会。同时，他们也大量吸收西方成功的企业文化，融入科兴中去。科兴经常搞‘运动’，但不是为了整人，而是让大家都‘动’起来，不要总是埋头在一个岗位上，时间一久就只会做这项工作，忘记企业在做什么，追求什么。没有这些东西指导本职工作的话，那工作的局限性就很大，也就很难有主动性和创造性。所以钟总经常搞‘运动’，主要是把大家的思想激发出来，互相碰撞。

“所有这些，我们认为不是偶然现象，而是有普遍意义的。我们之所以接受邀请并历时两年最终完成《科兴基本法》这个意义重大的咨询项目，就是看到科兴确实是希望所在，确实能代表中国企业发展的未来，是非常有潜力和前途的企业。谢谢大家!”

陈思仁教授深入浅出的演说让大家从一个不同的角度对科兴及钟成有了更直观的认识，发布会现场不时响起热烈的掌声。

钟成难得地穿了一身笔挺的藏青色西服，系了条浅红色的领带，足以看出对今天这场发布会的重视。他说道：

“科兴经历了十年的发展，有什么东西可以继续保留，有什么东西必须扬弃，我们又能从业界吸收什么，如何批判地继承传统，又如何在创新的同时，承前启后，继往开来，是我们目前面临的主要问题。

“一个企业长治久安的关键，是它的核心价值观能被接班人确认，接班人又具有自我批判的能力。《科兴基本法》已阐明了我们的核心价值观，我们的数千员工现已认同它，并要努力去实践它，在实践中把自己造就成为各级干部的接班人，这就是希望，这就是曙光。

“一个企业对内、外发展规律是否真正认识清楚，管理是否可以做到无为而治，这是需要我们一代又一代的优秀员工不断探索的课题。只要我们努力，就一定可以从必然王国走向自由王国。”

钟成的讲话刚结束，全场再次响起热烈的掌声。

市场形势一片大好，订单越来越多，员工的数量也越来越多。科兴用户服务中心大楼已经无法满足办公和研发的需要，只能在科技园附近租办公室、租厂房、租库房。

各个部门都在申请办公场所，而且都很急迫，许丽无奈之下只能找钟成求助。

“按照这个趋势，科技园附近空置的办公场所明后年可能就租不到了。钟总，我们是不是考虑找个地方建办公基地？最近市里和区里都有人联系过我们，问我们有没有办公方面的困难需要帮助解决。”

“办公场地的问题的确需要解决，华芳菲和毕胜他们都和我提过此事。许丽，你安排人去做个调研，把各个区的条件和政策比较一下，我们共同商议选一个地方。”

“我已经让人汇总了一份资料，比较了一下各个区的条件和政策，综合来看，龙岗区有一大片地方合适，总面积有一平方千米多一些，而且临近一条规划中的高速公路，以后交通也很便利。这些资料我都带来了，您先看一看。”

许丽毕竟与钟成一起工作多年，很多事情都已经提前考虑到了。

钟成接过资料，仔细地看了一遍，对许丽露出了赞许的笑容。

“你组织一个会，请副总裁以上干部参加，我们讨论一下，大家如果没有意见，就定在龙岗。”

讨论会上，有人提出龙岗现在位置比较偏，距离市区比较远，如果各种配套设施不全，担心会有员工因此离职。也有人提出建如此大规模的办公基地，会不会造成公司短期资金流困难，建成以后没有那么多人用会不会浪费。还有人提出不如在科技园区多买几幢写字楼，也能解决这个问题……

“大家的意见都没问题，也都很现实，只是应该把眼光放得长远一些。我们现在办公的科技园，往前看几年还是一片荒地呢。基础设施建设需要有个周期，按照深圳现在的发展速度，等我们的基地启用的时候，大家所担心的问题可能都已经解决了。不过，我们的确需要从一开始规划就全面考虑员工的衣食住行和工作生活的平衡问题，做好保障，这个需要行政部门全面细致地进行规划落实。”

华芳菲委婉地对一些反对意见做了批评，但是也提出了对办公基地的配套要求。

一定程度上来说，钟成的意见和华芳菲的意见是一致的。如果用发展的眼光来看，无论是目前的建设成本，还是未来的增值潜力，选择龙岗作为办公基地肯定比选择市区更合适。不过，这些反对意见也并非没有道理，只是，做决策必须要有取舍。否则，就会一直议而不决，错失良机。

“首先，办公基地的建设已经是迫在眉睫，否则我们不会专门开这样一个会来讨论。科兴刚创立的时候，大家都挤在一个破房子里办公，直到实在挤不下了，我们才换了个大点儿的地方。现在也是如此，如果科技园还能挤得下，我们就不必耽误时间开这个会。

“其次，我赞成华总说的用发展的眼光来看问题。退一步说，即使做不到用发展的眼光看问题，我们就能不奋斗了吗？科兴的核心价值观就是以客户为中心，以奋斗为本，长期坚持艰苦奋斗的精神。如果换个地方办公就抱怨，上班路途远一点就委屈，那我们的奋斗精神在哪里呢？

“最后，龙岗基地的定位一定要高，要全，要精致。我们不仅要为员工考虑，更要为客户考虑。不要只盯着现在，还要考虑长远。我们要用招标的方式选择全世界最优秀的设计公司来帮助我们设计，充分体现人、自然与科技的和谐之美，让员工的工作环境和生活环境与高科技和大自然融为一体，让客户来参观时从内心深处感受到触动。

“今天龙岗基地的建设工作成立项目组，毕胜为组长，许丽为副组长，总的原则是整体规划，分步实施，保质保量，争取在五年左右全部建成。”

天色已经很晚了，钟成的办公室里灯光通明。

由美国IBM公司负责的集成产品开发和集成供应链体系工作正在紧锣密鼓进行之中，没想到的是，项目进行得并不顺利，很多研发和供应链的干部口头上表示支持和配合，但是内心里却很抵触，经常消极怠工，不按照咨询顾问的要求开展工作。更为严重的是，还有不少骨干员工因为习惯了过去的工作方式，不适应公司进行的管理变革，找个借口就辞职，跑到竞争对手那里去了。

钟成深知这次管理变革对科兴的长期发展有着举足轻重的意义，更明白人的惰性和惯性在遇到变革时会成为一种巨大的阻力，只是他没有想到那么多员工不理解他的意图，不能够顾全大局，接受挑战。没有办法，他只能一方面在各种会议上一再重申管理变革的必要性，要求大家用“削足适履”的勇气来接受变革，另一方面又不得不忍痛处理了一批态度消极、工作懈怠的干部。

审批完一摞文件，钟成站起身来准备回家，忽然觉得眼前一黑，脚步一个踉跄，两腿发麻，身体已经站立不住。正好这时夏洁走进办公室，看见钟成身子摇晃了一下向地上倒去，赶紧跑过去扶住了他。

“钟总，您这是怎么了？要不要去医院？”夏洁语气急切地问。

“没……没关系。我好像忘了吃降压药和降糖药了。”钟成虚弱地回答。

“您这身体，又是高血压又是糖尿病的，怎么能忘了吃药呢？您先坐下休息一会儿，我把药给您拿过来。”

“好。药就在抽屉里。”

夏洁拉开抽屉把药瓶拿出来，又去给钟成倒了一杯水端过来。

“吃几片？医生让您吃几片？”

“每样药吃两片。”

“好的。”

夏洁从每个药瓶里取出两片药放在掌心，送到钟成嘴边，待钟成吞下了药片又给他喝了半杯水。

钟成吃下了药，微微闭了一会儿眼睛，感觉头没那么疼了。睁开眼一看，夏洁正关切地看着他，脸色微红，额头上已经渗出了密密麻麻的汗珠，眼里似乎还有点点泪光在闪动。

“夏洁，谢谢你。不好意思，老忘了吃药这回事。”

“钟总，公司上下近万人都指望着您呢。您不注意身体怎么行啊？您刚才可把我吓坏了，到现在心还在扑通扑通地直跳呢。”

“放心吧，都是些慢性病，按时吃药就死不了。你年纪轻轻的，胆子太小了啊。”钟成笑了笑说，“这么小的胆子，以后碰到大事还不吓破胆？”

“谁说我胆子小？我是关心你才害怕的。你这个人，真是不知道好歹。”夏洁说着，有些不好意思地低下了头。

钟成是过来人，经历丰富，阅人无数，看到夏洁极为关切而又莫名生气的表情内心深处忽然被触动了一下，好像一道电流瞬间穿过胸膛。他为了掩饰自己的心态，赶紧站了起来。

“我没事了，满血复活，不用担心了吧？”

“你说你身体不好，还要管理这么大个企业，怎么不找个人照顾你啊？”夏洁微微抬起头，轻声问。

“这……我年龄大了，又是操心的命，谁愿意照顾一个工作狂啊？人的一生很短暂，不能想那么多。还是忙工作吧，忙起来什么都不想。哈哈……”

钟成被夏洁如此直接的问题搞得有点蒙，只好打哈哈，想赶快换个话题，避免进一步的尴尬。

夏洁忽然挺起胸来，双眼亮晶晶地注视着钟成，语气坚定地说：“我这话已经憋了很久了，今天就说出来吧，否则我也不好受。我愿意照顾你。”

望着夏洁那双火辣辣的眼睛，钟成一下子呆住了，心里好似翻江倒海一般激荡不已，嘴里却一句话也说不出来。

“我不知道为什么，竟然不知不觉地爱上了你，深陷其中无法自拔。我知道你也喜欢我，你只是不愿意说出来。对你的感情我悄悄跟我妈妈说过，她一开始极力反对，劝我尽快找个人嫁了，就不会再有这种想法了。我试过，但是没有感觉。现在我妈也不反对了，只说顺其自然吧，感情的事情谁也无法预料。”

“夏洁，你那么年轻漂亮，我都快成老头子了，嫁给我太委屈你了。你还是听你妈妈的劝，找个好男人嫁了吧。我……”钟成已经说不下去了，平时口若悬河，现在脑中竟然一片空白。他何尝不渴望重新拥有爱情？何尝不喜欢气质高雅、温婉可人的夏洁？多年来在一起工作，夏洁不仅是他工作上的助手，而且还在生活上关心体贴他，听他发牢骚，帮他分忧愁，让他这个独自漂流已久的小船重新找到了一个温馨的港湾。可是她还那么年轻，他已经有了两个长大的孩子，别人会怎么想，怎么看呢？

“我知道你在想什么？你一个大男人，没必要在乎世俗的眼光。每个人都有追求自己幸福的权利，你我都不例外。一辈子的时间很短，错过了就再也回不来了。你也不用担心你的孩子，凭着女人的直觉，我早就知道郑扬帆是你女儿，我和她关系很好，她也一直希望你能再成个家，好有人照顾你，陪你说话。我也把我的想法私下向她透露过，她一直在鼓励我，让我大胆一些向你表白。她说你其实很喜欢我，她也能感觉到，只是你一直压抑着自己，不想表露。但是，你知道的，这样其实很残忍，对你对我都很残忍。”

夏洁不想再隐藏下去了，既然已经表白了，她就不想再错过这个机会。她流着眼泪一下子扑在了钟成怀里，紧紧地抱住了他高大的身躯。

“我们……我们如果结婚你就不能在科兴工作了，你……你愿意做家庭主妇吗？”到了这个地步，钟成也不能再伪装下去了，伸开双臂抱住夏洁。

“愿意。我还要为你生孩子呢……”

“现在这种情况下，不适合举办盛大的婚礼仪式，也没机会让你在众人面前光彩夺目，你不觉得太亏了吗?”

“你明白就好。我只想拥有真实的你，那些虚的东西我不在乎。”

不知道是因为激动还是幸福，钟成欣喜地看到，夏洁那娇美的脸蛋此刻红得像颗熟透了的草莓。

科兴用户服务大厦会议室内，钟成、华芳菲、王卫国等一起正在与香港合益公司代表黄薇女士就科兴人力资源管理咨询项目进行热烈的讨论。

“合益公司是世界著名的人力资源管理咨询公司，有很多成功的咨询案例。关于任职资格的考核，我今天非常高兴地接受黄小姐的挑战，愿意回答黄小姐提出的所有问题。很难有机会接受一个国际考官对我的考核，我希望我今天能及格，做一个好学生。”钟成很谦虚地说，依然是一脸钟式微笑。

“钟总不仅谦虚，而且很幽默。那我们先谈科兴公司的技术创新。作为总裁，您如何发现员工中技术最强的尖子人物?”

“我用一个典型的例子来说明：狼是很厉害的，它有灵敏的嗅觉，有很强的进攻性，而且它们很少单独出击，而是喜欢群体作战，前赴后继，不怕牺牲。这三大精神，就构成了科兴公司在新产品技术研究上领先的机制。我们按这个原则来建立我们的组织，因此，即使暂时没有狼，也会培养出狼，或吸引狼加入我们中间来。也就是说，我们事先并不知道谁是狼，也不可能知道谁是狼，但有了这个机制，好狼就会主动来找我，有了一个好狼，就会有一群好的小狼。”

“现在科兴已经有了很强的技术底子，也了解国际新技术发展动向，在这种情况下，您对开发人员的要求是什么？”

“人类社会日新月异，我还不清楚未来的世界会有什么样的变化。对于我来说，就是要建立一个适合狼群生存的组织构架和机制。即使第一代狼不行了，第二代狼也能顶上。”

黄薇听到这里，实在忍不住了，捂着嘴笑个不停。华芳菲和王卫国也都跟着笑了。

“我非常喜欢您关于狼的说法。我们尽可能掌握世界技术的发展动向，建立一个良好的机制环境，吸引具有世界水平的狼加入我们中间来，并且将不好的狼培养成好的狼。你们现在已经有了成群的、高素质的狼，那么在今后三年，希望能达到多大的市场份额？”

“我们的竞争伙伴都是年销售额几百亿美元的，我们的整个市场加起来，还不到10亿美元。因此，和国际大公司相比，我们还非常非常小。我认为三年以后，科兴公司的销售额会在20亿到30亿美元之间，我们还是一只很小的蚂蚁，很容易被国际上那些大象踩死，所以说，我们一点也不敢睡觉，要随时注意大象什么时候走过来，要赶快跑，不要让大象踩死。”

“科兴不是蚂蚁，而应该说是老鼠，因为大象最怕老鼠。”黄薇又一次忍俊不禁，一边笑一边说。

“对，我们是老鼠，我们爬到大象的耳朵里去，我们在一些特殊的软件里，加上香槟，加上茅台，加上俄罗斯的伏特加，这样我们就可以在大象的耳朵里挖出一块市场来。”

“您把大象灌醉了吗？哈哈……”这一次，矜持了半天的黄薇直接开怀大笑。

“对！当他们轻视我们、麻痹大意的时候，乘他们睡觉的时候，我们就超越过去了。”

“我曾看到钟总说过一句话：资源是会枯竭的，唯有文化生生不息。今天您能不能给我讲一讲这句话的深刻含义？”

“对于我们这样的公司来说，最重要的问题是人的管理。我们拥有非常多的优秀科技人才，他们的大脑是我们最宝贵的财富。然而，脑袋之间是会有矛盾的，如果矛盾激化，脑袋就是一个原子弹，爆炸了。因此，我们必须要有一种文化，这种文化就是价值评价体系建设的一部分。有了这种文化，原子弹不仅不会爆炸，还可以用来发电。因此这种文化是一种巨大的财富。为了强调这种文化的重要性，我用资源总会枯竭来衬托，提出了这句话。中东的油田会挖干，但人的脑袋只会越挖越丰富。”

“谢谢钟总。您不仅谦逊幽默，而且非常有思想。”

“哈哈。黄女士过奖了，我其实就是一个只知道耕地种庄稼的农民，必须向你们学习西方先进的管理经验和管理工具，用现代化的联合收割机来取代我们的锄头和镰刀，否则就只能一辈子面朝黄土背朝天了。”

又一次，钟成体会到悬在半空中的那种感觉。长夜漫漫，无边无际的汪洋大海上，乌云密布，连一点点星星的微光都看不到。钟成如同一个年老的盲人，筋疲力尽地划着一艘小船在大海上随波起伏，风雨飘摇。

钟成一直在说，科兴当年孤注一掷，误打误撞进入通信领域是因为愚昧无知，很多人还以为他只是谦虚，其实个中滋味他最清楚。好不容易在固定通信网络领域站稳脚跟，又孤注一掷地进入全球移动通信系统GSM，钟成才逐渐意识到，这一次，凶险无比，非同以往。

过去在固定网络通信程控交换机领域，西方巨头们态度傲慢，牛气烘烘，定价高，供货慢，服务差，才给了科兴、中通等这些国产设备厂家异军突起的机会。但是在GSM市场上，已经吃过亏的西方公司，一改过去傲慢霸气的态度，显得非常警觉，他们迅速降价，加强服务，准备死死遏制住中国本土企业的成长机会。有的西方公司驻华高管甚至公开声称：宁可因为价格过低被撤职，也不能因为丢失市场而被撤职！

巨大的危机如层层浓厚的乌云，开始降临在刚刚开始大力投入GSM移动通信领域的科兴上空！

无论是技术研发还是市场拓展都需要巨额的资金，每年几个亿的投入几乎看不到效果。从一开始，钟成就低估了GSM市场的残酷性！虽然科兴在程控交换机产品开发方面的深厚积累给移动交换的研发奠定了坚实的基础，但新技术的研发依然困难重重。市场拓展方面，由于当时移动运营商普遍对民族自主品牌信心不足，所以科兴只能采取在全国各省移动局开设免费实验局的战略，让大家实地检验效果，增强客户的信心。这两件决定GSM命运的事情，都需要巨大的、持续的投入。

研发和市场还不是让钟成最焦虑的事情，因为虽然投入巨大，但是毕竟也在不断取得实质性的进展。在1998年的北京国际通信展览会上，科兴第一次展示了可以商用的GSM设备，虽然险象环生，但是依然给客户留下了深刻的印象，紧接着也顺利通过了国家有关单位的生产定型鉴定，拿到了商用许可证。

不久前举行的国产移动通信设备用户协调会，西方公司在华的合资企业，科兴、中通等本土企业一起获邀参加，这标志着国产移动通信设备终于有了和西方公司设备同台竞技的机会。不过，从现实来看，象征意义大于实际意义，因为各省移动设备招标只是把国产设备当作逼迫西方公司降价的砝码而已。

持续性的巨大投入，却看不到有效的产出，资金的压力让年轻的科兴员工们同样备受煎熬。这群平均年龄不到三十岁的理工男不但为科兴的发展加班加点付出汗水，而且还把辛苦挣来的财富拿出来购买了科兴的内部股票，缓解了科兴的财务紧张状况。如果GSM产品迟迟不能打开市场局面，钟成不仅无法发放员工工资，而且还会让很多员工购买内部股票的钱也打了水漂。

夜深人静，从噩梦中醒来的钟成伫立在窗前，眺望着深邃而又神秘的夜空苦苦思索。内外交困，危机重重。绝望如同如影随形的怪兽一样随时就会吞噬一切，然后世间万象就会消失得无影无踪。死亡会来临吗？明天在哪里呢？生存还是毁灭，真的那么重要吗？

寒冷的冬夜，只要天空中还有星星在闪耀，孤独的旅人就不会迷路，就不会绝望。德国军事家克劳塞维茨在其名著《战争论》中的一句话如一道光一样在钟成的脑海中闪现："当战争打到一塌糊涂的时候，将领的作用是什么？就是要在茫茫黑夜中，发出生命的微光，指引着你的队伍前进。"

"活下去，就是硬道理！"钟成对着窗外的暗夜低声发出怒吼。

郑扬帆终于顺利完成了学业，重新回到了科兴。因为她攻读的是财务管理专业硕士研究生，在许丽的推荐下，丁爱萍接收她进入财务部工作，从基础性的专业会计岗位做起。

在郑扬帆的支持和鼓励下，夏洁悄悄地从科兴辞职，又低调地与钟成结婚。颇为令人意外的是，在夏洁与钟成办理结婚手续的过程中，郑英秀主动站出来，给了他们很多帮助，让钟成和夏洁深受感动。

这几年来，钟成一直开着一辆二手的标致汽车上下班，这辆车多年以来多次修修补补，已经成了一辆史诗级的“老爷车”，经常以无故抛锚的方式耍脾气。为了钟成的安全考虑，在夏洁的坚持下，他们买了一辆新的沃尔沃汽车，平时由夏洁开车接送钟成上下班，钟成终于不用再担心路上车子老抛锚的事了。

“其实你不用这么辛苦，我自己开车就可以。你堂堂名牌大学硕士研究生，嫁给我反而成司机了，那怎么可以呢？我这心里可是很过意不去。”

当汽车稳稳地停在科兴用户服务大厦门前时，钟成关心地看着坐在驾驶座上的夏洁，深情地说。

“像你这种工作狂，操持着这么大的企业，自己开车很不安全。反正我现在也辞职在家，接送你上下班的时候，还可以和你多说说话，一举两得。你把公司管好就行，这些琐碎的小事就交给我吧。”

夏洁说的都是真心话，她的确不想让钟成再自己开辆破车上下班了。

“那……那就只好委屈夫人喽。”钟成冲着夏洁做了个搞笑的表情。

“我听扬帆说，今年公司销售额肯定能突破100亿元。企业过了百亿就是一个质的变化，管理起来会更复杂、更难，以后你会更辛苦，我受点委屈又算什么？”

“我们这两年在管理咨询上花了很多钱，像人力资源管理、集成研发管理、集成供应链管理，还有客户关系管理、质量管理等方面都请了外部的咨询公司合作，夯实企业管理的根基，以流程化、制度化和专业化取代我们过去的随意性、粗放式管理。这个变革的过程很苦，很累，很折磨人，我每天都紧绷着这根弦，就怕管理变革会半途而废，导致我们前功尽弃。熬过了这段苦日子，企业管理就会走上正轨，我也就不会那么累了。”

“好了。车停在公司门口你就别长篇大论了，一会儿就堵住别人的车了，赶紧下车去上班吧。”夏洁催促钟成。

“好吧，夫人再见，路上注意安全。”钟成紧握了一下夏洁的手，打开车门下了车，大踏步走进科兴用户服务大厦的大门。

“钟总，毕总刚才打来电话，说等您到办公室后他要上来向您汇报工作。”新来的秘书杨凌正在整理文件，看到钟成进了办公室对他说。

“如果与其他工作安排的时间不冲突，那现在就请毕总过来吧。”

“好的。半个小时后您有客户接待。”杨凌说着，拨通了毕胜办公室的电话，“毕总，钟总现在请您到他办公室来。”

“钟总，市场部反馈，近期很多客户反映我们的交换机用户板设计不合理，质量出现问题，已经接到多次投诉。昨天我们连夜排查了一下，会涉及一百多万块板子的整改与替换，预计会给公司造成近10亿元的损失。您看是不是可以先为部分反映最强烈的客户替换，其他的客户慢慢再处理？”

这是一起严重的质量事故，毕胜作为分管供应链管理的副总裁，调查完毕后立即前来向钟成汇报。

“绝对不行。只要是质量有问题的产品，必须马上进行整改与替换，你们要限期完成。要不惜任何代价，尽快解决客户的问题，不要影响客户对科兴产品质量的信任。”钟成的脸色显得无比凝重，语气也很严厉，“一定要查清这次质量事故的原因，必须严肃处理！我们决不能为了降低成本，忽略质量，那是自杀，或杀人。搞死自己是自杀，把大家都搞死了，是杀人。”

毕胜很清楚这次质量事故的严重性，知道钟成肯定会大发脾气，只好选择沉默，让钟成把心里的愤怒之情发泄出来。

科兴创立初期，就非常重视产品质量。钟成第一次率科兴研发部门出国就是去学习日本公司的质量管理，第一次请国外专家到科兴培训，也是请日本专家做质量管理方面的培训。“质量是我们的自尊心”这个理念，早就被写入《科兴基本法》。

从1997年开始，科兴实施了一系列管理变革项目，其中很重要的一个就是引入德国国家应用研究院（FHG）做质量管理顾问。在德国专家的帮助下，科兴对二十多条生产线的工艺和质量控制进行了重整，使科兴产品的质量水平得到了快速的提升。随后，科兴在基本法中把质量管理方针、质量目标等作为制度固定下来，促进了科兴质量管理的制度化和规范化。

如此重视产品质量管理，竟然还是发生了这么严重的质量事故，钟成的愤怒之情可想而知。

“我们的品质管控工作曾经走了很多弯路，最早非常重视品管，给了品管很高的地位。但是由于没有建立完善的流程管理和规章制度，各方面工作都没有规范化，造成生产部与品管部一直协调不好，关系没有理清、理顺，最后越理越乱。后来经过合并，再分拆，最终在全面质量管理的体系下又把品质部门独立出来，才逐渐走上正轨。这次的质量事故问题出在产品设计方面，那就不是生产部门的问题了，而是品质部门和研发部门的问题，尤其是研发部门，要承担主要责任。我们研发部门的很多干部员工，整天在实验室里搞封闭开发，不顾客户需求，与现实脱节，设计出来的产品不合理，不能满足客户需求，这是一种很严重的‘幼稚病’，我们必须要警惕这种幼稚的思想，反对这种幼稚的工作方式！杨凌，你现在就把尤正兴和郑国伟叫来，我要让他们看看这份报告！”

钟成本来已经趋于缓和的情绪忽然又激动起来，声音一下子高了好几个调门，连旁边一直低着头不说话的毕胜也感到办公室里的空气陡然紧张。

“钟总，尤总出差还没有回来，郑总马上就到。”杨凌打完电话后说。

郑国伟已经知道这次用户板设计出现了重大失误，正在紧张地安排整改和替换工作。听到钟成在发火，他一溜小跑，气喘吁吁地赶了过来。

“郑国伟，你不是一向自诩聪明过人吗？怎么能干出这种愚蠢的事？你们中央研究部是不是应该都写检讨，好好想想自己为什么越来越愚蠢？我们IPD项目组的专家们就在公司里，你们为什么还那么蠢？”钟成一手拿着毕胜的报告，一手背在身后，像疯子一样在办公室里来来回回地走动。

“我不是心疼这10个亿的财务损失，我是心疼客户对我们的感受，心疼我们长期以来与客户建立的信任关系。你们马上组织一场会议，所有的研发干部都要参加，我要给你们鼓劲加油，让你们风风光光地继续在实验室里闭门造车，坐井观天!”

作为中国人最传统的节日，春节的气息已经越来越浓，对节日的期盼和渴望已经挂在了每个人的脸上。科兴用户服务大厦会议室内，一场别开生面的会议正在进行。这是一场研发体系的自我批判会议，每个人的脸上没有喜悦，只有沉重；没有兴奋，只有沉思；没有掌声，只有沉静。

“这是一个风险四伏的时代。面对我们不断膨胀的研发体系，管理犹如要去驾驶一列高速列车。坏消息就像来自铁轨、机车等方方面面的危险因素。坏消息是清醒剂，是发现更大问题的来源，无论是管理，还是产品，如果坏消息不能尽快地传递，而是捂着盖子，肿瘤就会变大，问题可能致命。

“坏消息尽快传递体现出一种自家人的精神，只有自家人才敢说真话，才会在出现坏消息时不是去逃避、怕牵累，而是为寻求及时、有效的解决方法去传递。当然，传递也要实事求是，报告问题但不能任意夸张。在这个问题上我们痛恨那些非但不反映问题，而且一味粉饰太平、虚报成绩的人或事。”

尤正兴的发言很直接、很不留情面地指出了当前研发工作的一个顽疾，就是不能实事求是，平时搞“浮夸风”，遇到问题就“捂盖子”，工作作风不端正。

“我们提倡一次就把事情做好，反对工作的随意性。这次用户板设计事故表明我们倡导的‘一次就把事情做好’的要求做得多么不够。公司今年的销售分析表明，我们的成本增长率大于同期的销售增长率。这本身就是一个巨大的压力信号。我们研发工作的幼稚病之一就是这种工作的随意性，做产品没有一种投资意识、商人意识。这种幼稚病的结果就是产品不稳定，版本频繁升级，单板投板次数居高不下等。”

郑国伟对这次交换机用户板设计质量事故进行了深刻反思，研发工作的随意性不仅导致工作不能一次做好，而且还造成了惊人的浪费和损失。

出人意料的是，钟成在会议中没有发脾气，也没有骂人，而是一直很平静地倾听大家的发言。会议最后，在众人的注目下，钟成发表了简短的讲话。

“面对日益激烈的竞争压力，在公司不断强化管理和提升核心竞争力的今天，我们研发员工越来越需要旗帜鲜明地提出我们的价值观，表明什么是我们提倡的，什么是我们反对的。我们要提倡客户导向，以客户为中心，眼光向下，脚踏实地，反对好高骛远，好大喜功。品格的成熟才能铸就产品的成熟，只有不断提高思想素质才能铸就一支有战斗力的研发队伍。希望大家的发言是触及灵魂之后的深刻反思，从而彻底改变研发工作中的幼稚行为，切实提升研发工作的质量，持续提升客户满意度。”

如果10亿元的损失能换来全体研发人员提升质量意识，激发大家“知耻而后勇”，如脱胎换骨一样改变自己，也算一种收获。钟成在心里这样对自己说。

第六章　惶者生存

卫亦兵并不是一个轻易服输的人。虽然他有时候会冲着下属大喊大叫，脾气火暴，但更多的时候，他要么说话细声细气，轻言轻语，要么沉默寡言，一语不发。他骂人的时候，同事们会很容易读懂他的内心。但是他沉默的时候，大家却不知道他到底在想什么。在这一点上，卫亦兵神似钟成的性格。

卫亦兵调任产品副总裁后，科兴成立了移动行销部，钟成破天荒地担任第一任部长。市场部中素以脾气火暴著称、绰号“南霸天”的李向平担任常务副部长。

这是一个非常“霸气”的组合，因为钟成、卫亦兵和李向平三人平时看似少言寡语，工作起来却都是雷厉风行，蛮横霸道，简直像川剧里的绝活“变脸”一样。

度过了彷徨而又无奈的1998年，转眼间就到了1999年。随着中国电信改革的加速，信息产业部决定对中国电信业务拆分重组，移动业务被剥离出去，移动局将改组为移动公司，成为移动业务运营商，向着市场化经营的目标进一步推进。

消息传出后，风向突变。中国移动各省公司在招标时纷纷向科兴发出邀请，伸出橄榄枝。

钟成、卫亦兵和李向平几乎同时感到，决战时刻终于来临。移动业务中原逐鹿，科兴能否起死回生，胜败在此一举。

马上就到春节，很多人正在翘首以盼这个中国人最为看重的合家团圆的节日，卫亦兵却当机立断，放弃春节休假，让移动行销部全体员工，以及产品、研发、生产和用户服务的骨干，在深圳青青世界酒店进行为期两周的封闭培训。

大年三十那天中午，所有参加培训的员工在南油酒店聚餐，钟成因为身体原因，没有能去参加。战役即将打响，沉默了近一年之久的卫亦兵端着一杯酒，脸色凝重地对大家说：

“科兴的无线业务，也就是GSM，是我提出来，钟总批准的。当初万万没有想到，无线业务研发投入会如此之大，市场开拓如此之难。现在公司内外交困，形势危急，我们已经没有退路可走。但是，我一直坚信，无线的未来是无限的。你们吃饱喝足了就给我拼命干！这块骨头再硬，我们也要把它啃下来！”

大家一片欢呼，喊着“胜则举杯相庆，败则拼死相救”的口号，举起酒杯，一起干了一杯又一杯。

“项目怎么做？我也不知道。但是我告诉大家一个案例，这个案例也是钟总讲过的。‘二战’时期德国海军元帅邓尼茨创造出了U型潜艇狼群战术，所到之处，战无不胜。我们就用这个战术，每次去客户那里答标，要造势，要有冲击力，市场和研发多派人，统一着装，训练有素，必须把我们的气势和实力充分展现出来！”

李向平是团队管理的高手，从不畏惧上司，敢于坚持己见，对团队里的成员一向照顾有加，深得兄弟们信任。所以，他提出狼群战术后，大家不禁哈哈大笑，吼声震天。

培训结束后，大家倾巢出动，奔赴全国各地，产品、市场和服务等各个战线一起到各个省进行技术交流、投标、答标与澄清、项目运作，形成了强大的攻势。

胡江波重新回到山东办事处后，就憋着一股劲要把山东市场的销售额做到全国前三名。他定下心来不辞劳苦地跑遍了山东的每一个城市，与客户深入沟通交流，了解他们的痛点和需求，而且还和很多人成了好朋友。作为曾经的市场部总裁，他深知科兴目前的危局能否打破，关键就在于GSM市场。山东市场一直是世界移动通信领域老大信立公司的天下，凭借胡江波在山东多年的运作，终于争取到一个难得的机会，但是需要和信立面对面竞争。再三考虑之下，胡江波拨通了曾经在08机项目组的老领导卫亦兵的电话。

卫亦兵接到胡江波的电话后，意气风发地亲自带队去山东答标，一行六人统一穿着黑色西装，白衬衣，黑皮鞋，系黑色领带，既有型又很“酷”。

只会耍酷没有用，还要精心准备。为了给移动公司留下深刻的印象，答标小组对整个方案仔细推敲，反复演练，直到深夜，唯恐有一处纰漏。技术交流时要准备大量的资料，为了节约成本，负责资料的工程师大半夜都陪着复印机一起度过。

不过，在客户一个又一个的专业性问题面前，大家的准备工作还是明显不足，临场经验也欠缺，经常被问得张口结舌，面面相觑。

“请问你们一个OMC（操作维护中心）管多少个网元?”

山东移动一位主管技术的领导问科兴产品经理代越。

“1024个。”代越抬头挺胸，信心满满地回答。

“哈哈。那我们整个中国移动用你们一个OMC管就可以了!”

“报告领导，我们的OMC是集中网管，可以同时管理多个网元设备。虽然目前还管不了上千个网元设备，但我们一直在努力开发，相信以后一定可以实现。”

另一位产品经理杨浩宇见代越的回答有误，赶紧替他圆了过去。他也是无线技术研发团队出身，嗓门特别大，胆子也很大，经常语惊四座。

“好，好。相信你们一定可以实现!”

山东移动那位领导也不想难为科兴，借着杨浩宇的话把这个话题转移了。

“代越，你今天的表现实在是太让我失望了！你也别耽误自己的时间了，赶紧辞职回家抱孩子吧。这里不需要你了!”

答标会刚结束，卫亦兵已经忍不住心中的怒火，冲着移动产品经理代越吼道。

胡江波对今天的答标会也很不满意。不过，他没想到卫亦兵竟然当着这么多人的面，直接对代越发火。代越可是他带了很长时间的兄弟，也是从研发转到产品线的。

“亦兵，消消气。我们的确经验不足，准备也不充分，就当吃一堑长一智吧。”

胡江波想为代越说句话，没想到卫亦兵已经转身气冲冲地离开了会议室。不过，他也知道，卫亦兵只是在气头上说了句气话。说实话，代越的表现还是不错的，毕竟他也刚转到GSM产品线，没什么经验。

招标结果出来后，国际巨头信立公司几乎没有任何悬念地获得了大部分订单，成为最大赢家。不过，凭借着胡江波在山东扎实的市场关系，这次GSM设备招标科兴并非颗粒无收，最终还是拿到了两个经济欠发达地区的建设合同，也算是一个意外之喜。

接下来，科兴又在其他省的移动设备招标中拿到了一些项目，但规模都不大，严格核算下来，基本都是亏损项目。与此同时，由于科兴的积极加入，移动设备的价格一路狂跌，就连信立和亚诺这些国际巨头都开始大幅度降价以应对科兴等国内公司的竞争。

西方通信巨头们不但在疯狂降价，而且在迅速地补齐售后服务的短板，这让大多数国内厂商始料不及。

卫亦兵和李向平等人依然带着兄弟们在各个省玩命地投标、交流，望眼欲穿地期待着科兴GSM设备能拿到一个大规模的商用合同，否则，就只有被淘汰出局。

形势已是万分危急，科兴人只能放手一搏！

正在这时，福建移动第五期项目启动的消息传来。卫亦兵和李向平等人连夜开会讨论，决定把福建移动项目列为公司级重大项目，倾尽全力必须拿下。

“福建移动项目，我们还是很有信心的。福建原先的设备大部分是亚诺公司的，在西方公司中亚诺实力最弱，拣软柿子啃才有把握。还有，我们已经开通了中国移动覆盖全国的STP（信令转接点）的一个平面，目前运行良好。另外，我们的GSM技术和智能网技术集合可以显著降低客户的综合投资。综合来看，我们的技术优势和成本优势都比较明显，所以，我们必须拿下福建移动项目！”

产品部、研发部、市场部等所有部门的负责人都被召集在一起开会，李向平简单做了项目分析说明。

“这次我们不仅要重视与客户方的沟通交流，也要重视与福建政府方面的沟通，争取高层领导的支持。”卫亦兵对李向平说。

“好的。请卫总出面，我们联系。”

经过福建办事处的多方联系，项目正式招标前，卫亦兵率队拜访了福建省政府，并向省领导做了简要汇报。

“省领导，移动通信是省里最大的建设项目之一，直接关系到国计民生，若出现问题，后果不堪设想。科兴是民族企业，还没有规模进入商用化，迫切需要得到我省的理解和支持。”卫亦兵向省领导详细介绍了科兴的发展情况，并恳请省领导给予支持。

“科兴是我国民营高科技企业的代表。福建对中外设备一视同仁，中国人自己的移动通信设备一定可以与国际公司同台竞技，希望科兴能珍惜机会、勇于创新，为福建的网络建设、为国家做出贡献！”

省领导听完汇报后，当场对卫亦兵等人郑重表态，支持国内企业参与福建网络建设，同时也对参与会谈的省通信管理局的负责人提出了具体要求。

福建省省领导的指示，让长期奔波、疲惫不堪的卫亦兵和李向平终于看到了新的希望！

前线形势万分危急，后方形势比前线更加凶险！

自从创业以来，钟成不知道遇到了多少艰难险阻，他都能坦然面对并最终化险为夷。这一次，他却感到了前所未有的压力与茫然。不知道多少个日日夜夜，他都孤独地站在窗前，默默地注视着窗外的熙熙攘攘直到灯火阑珊。昔日那个运筹帷幄、谈笑风生的他似乎变了一个人，不想见人，也不想说话，只是一个人静静地发呆。

深圳市委大院，李志国在办公室里眉头紧皱，背着双手，不停地走来走去。

“你刚才说收了多少封信?”

“书记，已经收到了大约3000封信。”深圳市信访局的负责人回答。

“主要内容是什么?”

“大意是说科兴欠工人工资100亿元，欠客户100亿元，欠税100亿元。希望相关部门尽快查处。”

“科兴每年的销售额还不到200亿元，怎么可能欠那么多钱?”

“我们也觉得不大可能，不过需要调查以后才会清楚。”

“科兴的钟成总裁已经找了我，说自从举报信事件后，科兴已经半年没有订单了，再这样下去公司只有破产倒闭。他也希望上级部门尽快调查给他们一个说法。你看怎么办?”

“书记，据我了解，这样的举报信不仅寄给了市信访局，就连国家信访局和国务院也都收到了同样的举报信。科兴是我们市民营高科技企业的标杆，我们自己调查反而没有说服力，您看是否请国家有关部门参与一下，才更有权威性?”

“好。我马上去北京，去向国务院汇报。我就说有一个企业遇到麻烦，想请领导组织人调查一下，看看信上说的那些事对不对。如果对，就把钟成抓起来，他有欺诈行为；如果不对，就发一个公告证明他的清白。请国务院安排调查。”

“由国务院出面安排，再合适不过了！”

“走，事不宜迟，下午就动身，你和我一起去。”

两天以后，李志国从北京乘飞机返回深圳。和他一起到深圳的，还有国家审计署等部门组成的联合调查组。

派驻科兴的联合调查组经过长达一个多月的调查后发现，科兴并不存在走私贩私和偷税漏税等违法行为，钟成作为企业创始人也没有中饱私囊、侵占挪用行为。科兴实行员工内部股等方法是在GSM技术研发及市场拓展方面投入过大、企业融资困难的情况下采取的灵活应变措施。调查结果上报后，最终国家决定对科兴免于处罚，但是要求今后规范经营。深圳市市委书记李志国带给钟成一句话：“在技术上要创新，在经营上要稳健！”

当李志国亲口把领导人的话告诉钟成时，这个已经沉默了很久的中年汉子再也忍不住了，两行热泪夺眶而出。他双手颤抖，紧紧握住李志国的手，哽咽着说：“谢谢李书记，谢谢领导，谢谢党和政府对科兴的信任和支持！”

1999年秋，在项目组成员的不懈努力下，科兴终于成功获得了福建移动高达3.2亿元人民币的移动通信项目。1999年10月25日出版的《光明日报》这样报道：“福建省第5期GSM扩容规模为188万用户，计划总投资也接近5亿美元。由于引入了国产设备，节省投资近9000万美元，实际投资不足4.1亿美元。”

这是科兴有史以来从未有过的大项目，而且是处在技术最前沿的

GSM移动通信项目！当李向平激动无比地向钟成汇报完毕，钟成瞬间就热泪盈眶，泣不成声。这个平时像大山一样威严、钢铁一般坚硬的汉子，终于露出了他脆弱而又矛盾的一面。他不停地用双手敲打着桌子，一遍一遍颤抖着大喊大叫："我就说我没有问题！我就说我没有问题！我要有问题，福建会给科兴这么大的项目吗？国家会给科兴这么大的项目吗？"

李向平泪眼蒙眬地环顾四周，发现所有在场的人无不潸然泪下。不过，他并没有看到一直冲杀在GSM市场第一线的卫亦兵，因为这时卫亦兵已经转任汇通公司总裁。

好事成双！福建GSM项目的成功，奇迹般地为科兴开启了另一个重大项目：移动智能网！

各地移动通信公司成立后，为了迅速扩大市场，普遍对应用型业务有很大兴趣。当福建移动了解到科兴已经开发出世界上第一个基于最新国际标准的智能网时，马上将科兴的方案推荐给移动总公司。中国移动正积极发展预付费业务，立即与科兴合作，开通了移动智能网，第一期就覆盖全国12个骨干城市，紧接着又在全国25个省市全面开通。

"忽如一夜春风来"，中国移动与科兴合作推出的预付费业务获得了极大的成功，一夜之间用户遍布天下。

"向平，你们团队有没有英语比较好的人？"华芳菲打电话给李向平。

"华总，有倒是有，水平如何不知道。"

"老挝电信通过外交途径找到我们，希望了解我们的移动通信设备，你和他们对接一下。秘书随后会把资料发给你。"

“哈哈，客户主动找上门来了，还是海外的。华总放心，这事交给我了。”

原来，老挝电信以前用的是信立公司提供的设备，为了应对“千年虫”问题，他们希望信立将现有设备上运行的软件进行升级，结果信立狮子大开口，开出的价格高得离谱，终于惹怒了老挝人，他们转而向邻国——中国的企业寻求合作。

李向平带了名英语基础好的员工一起与老挝电信沟通，一番磕磕巴巴、连说带比画沟通下来，老挝电信的代表惊喜地发现购买科兴设备比支付信立的软件升级费还划算。老挝电信代表二话不说，直接在会议室里就签了购买合同。

这是科兴GSM的第一个海外订单！虽然基站的数量不多，但是意义非同小可。

1999年10月，在瑞士日内瓦的电信展上，科兴以唯一的中国独立厂家身份参展，展示了全套GSM移动通信设备，正式向海外市场进军。

到了1999年年底，科兴的GSM移动通信业务经过一年多的艰苦跋涉，终于在竞争日益残酷的市场中杀出一条血路，突出重围，迎来转机。

经历过“举报信”危机和GSM危机双重极端考验的钟成，仿佛已经迈进了地狱的大门，又奇迹般地起死回生。人生就是一场炼狱，伟大的背后都是苦难。钟成不知道，未来还有多少苦难在等待着他，也不知道他在这条充满未知的道路上还能坚持多久。

2000年，一个风起云涌的世纪很快结束，另一个波澜壮阔的世纪即将开启。

站在世纪之交的门槛上，钟成看似平静如常，实际上内心里一直翻滚着汹涌的波浪。

胡江波从山东又回到了深圳，他的新职务是国内市场部总裁。他用三年的时间，把山东办事处的业绩翻了两番，而且带出了一支能征善战的年轻团队，再一次用成绩证明了自己。与此同时，在华芳菲的提议下，市场部集体大辞职四周年颁奖典礼在深圳体育中心隆重举行。

很多当年被调整下去的干部又一次在深圳聚首，大家含着热泪，互相握住彼此的双手，抚今追昔，唏嘘不已。

“江波，欢迎你从山东回来。今天我给你颁发的不是奖章，而是纪念章。因为发奖章就一定得有评委，而评委的水平至少要比获奖人高。我认为你们的精神是至高无上的，没有人可以来评价你们，你们过去用行为做出的检验是不需要任何人来评价的，你们的精神是长远的。”

钟成把沉甸甸的金质奖章挂在胡江波的胸前，握着他的手，语重心长地说。

“钟总，刚才我站在领奖台上的时候，就想起了四年前的今天。市场部大辞职是一面旗帜，是一个标杆，也是一座丰碑。它已经永远地铭刻在我的心中，时刻鞭策我、激励我、鼓舞我勇攀高峰，永无止境！”

胡江波注视着钟成的眼睛，大声说道。

“哈哈，百炼成钢，好样的！”

颁奖结束后，钟成动情地做了简短的演讲：

“市场部集体大辞职对公司今天和未来的影响是极其深刻和长远的。我认为任何一个民族、任何一个公司或任何一个组织只要没有新陈代谢，生命就会停止。只要有生命的活动就一定会有矛盾，一定会有斗争，也就一定会有痛苦。如果说我们顾全每位功臣的历史，那么我们就会葬送公司的前途。如果公司要有前途，那么我们每个人就必须能够舍弃小我。隔了四年后我们来做一次评价，事实已向我们证明那一次行为是惊天动地的，否则也就不可能有公司的今天。

“如果没有市场部集体大辞职所带给科兴文化的影响，我认为任何先进的管理、先进的体系在科兴都无法生根。市场部集体大辞职是一场洗礼，他们留给我们所有人的可能就是一种自我批判的精神。如果说四年前我们科兴也有文化，那么这种文化是和风细雨式的、像春风一样温暖的文化，这种文化对我们每个人没有太大的作用，必须经过严寒酷暑的考验，我们的身体才是最健康的。因此市场部集体大辞职实际上是在我们的员工中开展了一次灵魂的革命，使自我批判得以展开。

“希望大家充分理解公司在新的一年中的市场举措，特别是有些人要被派去海外市场，派到艰苦的地方去，我希望你们不要计较，要向胡江波学习，打起背包就出发。只有向胡江波学习，我们才能克服重重困难，不断取得胜利！”

坐在台下的胡江波聆听着钟成的讲话，不知不觉就泪流满面。这个像个小钢炮似的北方汉子，被眼前的情景触动了心灵深处最柔软的部分。男儿有泪不轻弹，只因未到伤心处。胡江波流泪并不是因为伤心，而是想起了多年来在市场上奔波的艰辛。从研发到市场，他学会了一句话，那就是：市场不相信眼泪，烧不死的鸟才是凤凰。

当会场上的所有人都站起来向他鼓掌时，胡江波还沉浸在往事之中。

“江波，钟总让你去台上讲几句呢。”一旁的许丽看见胡江波若有所思的模样，连忙拍了拍他。

“哎呀，我刚才竟然脑子开小差了。”胡江波赶紧站起来，脸色通红地快步走上台。

钟成笑呵呵地把胡江波拉到身边，调侃道：

“你这只凤凰可不能烤熟了，烤熟了就是烧鸡啦。快来给大家讲几句吧。”

胡江波咧开嘴不好意思地笑了笑，站到话筒前。

“不好意思，钟总刚才讲话的时候，我想起了山东的泰山，五岳之首。三年多来，奔波于齐鲁大地，多次乘车经过泰山，但一直没有机会去攀登。泰山并不险峻、秀美，但却被古今传颂，是人们敬她坚定、沉稳和执着。

“来科兴已经八年了，伴随着公司的逐步壮大，一代人的梦想正在变为现实，我自己也经历了各种风风雨雨。从研发到生产、到市场，从高层管理岗位到一线带兵打仗的销售主管，岗位变迁，环境更替，其中有成功，也有失败，有欢喜，也有过失意，但自己多年来坚持一个准则：既然选择，就要履行责任。不管职责如何变迁，不管岗位如何变化，踏踏实实地干好公司交给的工作，就会得到大家的认可。

“公司越来越大，越来越需要做小事、做实事的人。如果每个人都怀有一种对公司事无巨细、责无旁贷的责任感，如果我们干任何事情的时候，都怀有一种神圣的使命感，平凡就会化作神奇。当困难挫折出现时，伴随着失意与失败，也许正是一个重塑自我的开始。无论发生什么改变，我始终坚信，责任重于泰山！谢谢大家！”

“讲得好！责任重于泰山！”

钟成带头鼓起掌来，会场里顿时沸腾了。

2000年4月，中国移动通信集团正式挂牌成立，中国电信事业的改革又向市场化迈进了一大步。

“星星之火，可以燎原。”随着福建移动项目的落地，科兴在辽宁、山东、内蒙古、吉林、河北、云南、湖南、湖北等20多个省、自治区先后取得突破，获得了GSM的订单。除了程控交换机和网络数据传输两个拳头产品之外，GSM产品再次成为科兴公司新的利润增长点。

眼看着销售业绩节节攀升，钟成马上召集会议，研究下一代移动通信——3G（第三代移动通信）——的市场形势和研发投入问题。因为很多信息表明，中国通信管理部门已经开始调研3G的牌照发放问题。

“目前3G移动通信主要有三种制式，分别是WCDMA（宽带码分多址）、CDMA2000和TD-SCDMA。其中WCDMA是世界标准化组织3GPP制定的，是国际上的主流制式，也是我公司长期以来重点投入的。TD-SCDMA制式是中国无线通信标准组织提出的，国内目前对此的态度还不明朗。我们的建议是可以再观望一下，探明通信主管部门的态度，再决定进一步的研发投入。”

郑国伟简要地介绍了一下3G通信的技术现状，并提出了自己的建议。

“我们在GSM和WCDMA上的投入都很巨大，而且周期也很长。GSM差点拖垮了公司，到现在我们也没有完全缓过劲来。国内运营商到底选择哪种3G技术制式还不清楚，什么时候下发移动牌照也不清楚，我赞成国伟的提议，我们需要再观望一下，细致地做个调研分析，再决定研发投入的问题。”

尤正兴对刚刚度过的危机依然心有余悸，表态非常谨慎。

钟成听完，转过头去看着身边的华芳菲，没有说话。

“市场形势瞬息万变，不过，我们当初的判断也不是毫无根据，而是建立在大量的信息调研之上的。鉴于目前形势并不明朗，GSM在国内还在大规模建设中，我们也需要重新审视一下当初制定的战略，是不是需要调整。我的意见是，WCDMA方面，我们前期已经大量投入，下一步可以逐步放缓投入的速度，在巩固前期成果的基础上，等待市场成熟。另外两种技术制式，可以少量投入研究，以应对可能发生的变化。”

华芳菲知道钟成的意思，于是就表达了自己的意见。

“钟总，有消息说中国电信可能采用PHS技术，推出个人手持电话。他们没有移动牌照，就想用这项技术打擦边球，分中国移动的一杯羹。”

胡江波看了看钟成，又看了看尤正兴，因为当时是钟成拍板放弃了PHS的。

“你的消息确凿吗？ PHS是一种被淘汰的落后技术，我不相信中国的主管部门会同意引进一项已经落伍的技术，这会造成多大的浪费啊！”

钟成对技术的判断很执拗，他相信所有决策的底层逻辑是基于理性分析基础上的。

“我听中国电信的一位处长说的，他说他们内部最近一直在研究这件事。我再跟踪核实一下。”

“钟总，我对您刚才的观点有些不同的看法。首先，我认同您对PHS的判断，这的确是一项已经落后的技术，虽然日本还在使用，但是随着新技术的出现很快就会被淘汰出局。我的不同意见在于，虽然这是一项即将被淘汰的技术，但是它的确是介于固网通信和移动通信之间的技术，所谓无线市话这个称呼就是一种模糊的概念，到底是固话还是无线？不好界定。目前三大运营商虽说各有分工，但是又存在着竞争关系，谁也不想把蛋糕拱手送给别人。所以，PHS在中国被使用的概率会很大，我们需要密切加以关注。”

无线研发的负责人周军锋一向快人快语，从不怕得罪人，即使是在钟成面前，他也丝毫不留情面。

“今天大家讲的都有道理。在形势尚不明朗的情况下，我们的确不能只凭感觉就蒙眼狂奔。科兴对技术研发的投入是巨大的，是实实在在的。但是我们毕竟是一家企业，企业只有赚钱才能活着，没有市场价值的技术投入不是我们的目的，我们要改进技术研发管理，扎扎实实地把IPD推行到底。活下去，才是企业的硬道理。不仅仅是技术管理，还有人力资源管理、财务管理、供应链管理等。我们正在花钱向西方顾问公司买一双鞋，中国人可能暂时穿不进去，在改进管理和学习西方先进管理方面，我们的方针是‘削足适履’，对管理系统先僵化，后优化，再固化，最后简化。我们的目标只有一个，那就是：活下去！”

钟成已经逐渐意识到，一个人说了算的决策模式虽然效率很高，但是一旦犯错误，就会给组织带来灭顶之灾。只有管理规范化、制度化、流程化，才能最大程度地避免个人决策失误。

誓将管理变革进行到底！钟成再一次下了决心。

20世纪90年代，美国掀起了一场以互联网产业为引领的投资热潮。只要是互联网企业，都会获得资金的青睐；只要是名称中带有“.com”

的股票，都会遭到投资者的疯抢。在此期间，纳斯达克指数更是狂飙了17倍之多。

为了防止经济过热，1999年至2000年，美联储接连提高利率。2000年3月上市公司年报和季报陆续披露，人们才发现互联网零售业的业绩表现跟原先的预期大相径庭。于是，曾经无比繁荣的互联网泡沫破灭了，从2000年3月开始，纳斯达克指数从5132.52点开始狂跌。

得益于国内大规模的通信网络建设，科兴的销售额依然保持着直线上升的态势，不过，后续增长乏力的情况也已经出现。钟成从市场一片繁荣的景象背后，已经嗅到了危险的气息。

“从各方面获取的信息来看，明年的网络建设规模肯定会有所放缓，各运营商也开始把降低成本作为明年的重点工作部署。”胡江波发言的时候明显有些忧虑。

“这几年市场形势较好，我们的研发投入和团队规模都增长很快。今年我们预计销售额能超过200亿元，但是员工总数也会超过15000人。如果明年市场形势发生变化，就会出现人员过剩的情况。我们必须未雨绸缪，提前应对。另外，我们在IBM的帮助下正在从职能型组织向市场导向的流程型组织转变，减少管理层级、压缩中层管理编制已经到了势在必行的时刻。”华芳菲也有了紧迫感。

“3G的牌照迟迟下不来，我们对此的投入又非常大，如果明年市场还不能启动，是不是要考虑在保存骨干力量的情况下精简一批人员？”郑国伟对3G牌照一直望眼欲穿。不当家不知柴米贵，他可是每天都在火上烤。

钟成仔细地听着大家的意见，不时在笔记本上记录下要点。人无远虑，必有近忧。大风大浪钟成见得多了，这一次，科兴还能安然无恙吗？他的心情无比沉重。

“周军锋，你平常不是最敢讲话吗，你也说说你的看法？”钟成见坐在后排的周军锋一直不说话，直接点了他的名。

“春耕夏耘，秋收冬藏，这是自然规律。我们不能为了过冬就把种子都吃光卖光，也不能为了过冬就把犁头和锄头都当破烂卖了。3G的团队不要轻易动，这是我们未来的摇钱树。我坚信3G的牌照早晚会发，我们在3G方面的投入肯定会得到丰厚的回报。我们可以剥离边缘业务或者非核心业务，收缩的目的是为了聚焦。聚焦核心业务，咬紧牙关等待春天到来。”周军锋的确是个直性子，这话明显是和自己的直接上司郑国伟唱反调。好在大家都知道他的性格，郑国伟对此也并不在意。

“你的建议不错啊。你能不能说得具体点？”钟成微笑着鼓励周军锋。

“比如汇通公司，做电源和监控，现在已经成为国内的领头羊企业，但是这和我们的核心业务关系并不大，最多只能给我们贡献些利润，却也分散了我们的资源。下一步国内通信设备制造业竞争会更加激烈，如果我们不能聚焦核心业务，也没有多少胜算一定能脱颖而出。”

周军锋讲话的时候毫无顾忌，并没有注意到担任汇通总裁的卫亦兵脸色一直非常难看。

“亦兵，你的意见呢？你可是汇通总裁啊。”钟成索性当面问卫亦兵。

“我觉得这时候可以鼓励一些员工内部创业。尤其是一些老员工，股票很多，躺在功劳簿上每年只等着分红，没有积极性，缺乏上进心，可以出个政策让他们去做科兴的代理商，既可以精简组织，还可以扩大科兴产品的销售渠道。”

“亦兵的这个想法不错，不过要再深入讨论一下。我担心这件事处理不好会有负面效果，引起员工的抵制，造成内部人事动荡。”

毕胜对卫亦兵能提出这个建议有些惊讶，毕竟有些激进。

“可以由本人提出申请，公司批准后才能内部创业。还要尊重个人意愿，强迫是不合适的。”

华芳菲主导过市场部集体大辞职，但是那次只是干部能上能下，并没有让大家离开公司。卫亦兵的建议虽然说是内部创业，但其实就是一种变相的离职。

“虽然现在还是秋天，是收获的季节，但是冬天毕竟是要到来的，而且很快就要来了。我们对冬天从心理上总是有些不喜欢，因为冬天北风呼啸，天寒地冻，万物凋零，没有生机。但是，如果不经历冬天的洗礼，我们就会产生惰性，就会在舒适区里渐渐迷失自己。只有经受住冬天的考验，组织才能更健康地发展，才能更长远地发展。冬天来了不要怕，我们要马上行动起来，准备过冬的棉衣。

“今天大家的意见都很好，我看这样，由华总牵头负责内部创业的事情，正兴负责剥离非核心业务的事情。3G研发团队不要动，要保持稳定，等待时机。周军锋，你们正好利用牌照没下来这段时间做深入开发，不要老盯着国内，我们的3G要面向全球。你们要稳扎稳打，步步为营，总有一天，我们的下一代移动通信会领先世界。

“梅花欢喜漫天雪，冻死苍蝇未足奇。我们一定要有革命乐观主义精神，就像英国诗人雪莱说的，冬天已经来了，春天还会远吗？”

钟成的心情已经逐渐平静下来，又恢复了口若悬河、谈笑风生的状态。

2000年8月15日，科兴在内部发布了《关于内部创业的管理规定》，凡是在公司工作满两年的员工，都可以申请离职创业，成为科兴的代理商。公司除了给予相当于员工所持股票价值的科兴设备之外，还有半年的保护扶持期。

文件刚刚发布的时候，大家更多的是一种观望状态，不知道公司葫芦里到底卖的什么药。很多股票多的老员工都跃跃欲试，又不敢冒头，心情十分纠结。

正在这个时候，卫亦兵正式提出了离职创业的申请。大家顿时一片哗然。谁都知道，卫亦兵在科兴可是"神"一般的存在。他创造的奇迹，已经传遍大江南北，在通信业这个圈子里，他的名字几乎家喻户晓。

钟成得知这个消息的时候，正好去贵阳出差。晚上10点多，飞机刚落地，钟成打开手机，就接到了华芳菲打来的电话。

"什么？卫亦兵提出离职创业？这怎么可能?"

"钟总，是真的。他写的申请书我已经看过了。这件事影响会很大，所以我不敢自己做主，想听听您的意见。"

"尤正兴、毕胜和胡江波他们都知道了吧?"

"钟总，这件事很奇怪。我接到卫亦兵离职申请的时候，公司上下就已经传开了。"

"这就有点复杂了。这样吧，我明天上午拜访完贵州的客户就回深圳，我们开个会商量一下。"

钟成这次出差本来的打算是去贵州、云南和四川三个省拜访一下运营商中的老朋友，顺便检查一下办事处的工作。不过，他也有一点私心，那就是去云南的时候顺便看望一下自己的母亲。自从创业以来，父母见他为公司的事情日夜操劳，不愿意给他添麻烦，就搬到了昆明的妹妹家里。中间有几次钟成要把父母接到深圳来，老两口都不愿意来，说要等他创业成功了才肯回深圳。

“你看看你现在，忙得整天见不到人。都四五十岁的人了，家也没个家样，人也没个人样。我们在那里，只能给你添麻烦，也帮不上你的忙。等你渡过了这一关，我们再回去吧。唉，也不知道你啥时候才能熬出个头啊！”钟成每次给父母打电话，母亲总会唠叨半天，“成儿啊，你到底欠了多少债啊？还有多少没有还啊？妈这里给你攒着钱呢，我给你寄过去。”

钟成每次都给母亲解释说：“妈，我的债已经还完了。您就放心吧。”

母亲总是不信，颤巍巍地说：“还完了你还这么不要命地工作，图啥啊？别骗妈了，妈知道你不容易。”

没办法，钟成只能给父亲说：“爸，你劝劝我妈，我不欠债了，别让她担心了。”

“你妈是落下心病了。现在到菜市场还是专拣便宜菜买，我说儿子不欠债了，不用再省吃俭用了。她说万一哪天公司不行了，儿子到哪儿吃饭啊？真是老糊涂了。你安心干你的事业吧，有我陪着你妈就行。记住，不能给老钟家丢脸。好男儿要志存高远，不能只顾眼前。”

父亲的话总是让钟成既感动万分又热血沸腾。可是，三年前的夏天，天气炎热无比，父亲出门买东西时口渴了，顺便在小摊上买了一瓶饮料，结果喝了之后一直拉肚子，吃了药也不管用，最后竟然导致全身器官衰竭去世。父亲的意外离世让钟成一直非常内疚。如果他能陪在父母身边，父亲也许就不会发生这样令人痛心的事情，可是他却一直忙于公司的事务，根本无暇脱身。经历了丧父之痛，他下决心要多抽时间去陪伴母亲，但是也只能做到每年去看望一两次而已，而且每次都会因为工作的原因刚刚见面又匆匆离去。

本来以为很快就可以见到母亲了，卫亦兵离职的事情又让钟成有些措手不及。

钟成到了酒店住下时，已经是半夜时分了。他脑子里乱得很，没有丝毫睡意。拿起随身携带的书籍，看了几页就看不下去了，索性关了灯，拉开窗帘，一个人静静地望着窗外。

卫亦兵的确是个技术天才，当他攻克一个又一个技术难题的时候，钟成就知道他是一个非常难得的人才。虽然他也做出过不少错误的决策，给公司造成不少损失，但钟成认为那都是成长道路上不可避免的挫折，对此经常一笑了之，依然对他器重有加。

钟成也听到有不少人议论，说他把卫亦兵当成了干儿子看待，准备培养他做自己的接班人。现在想起来，其实他对卫亦兵的栽培和培养的确超过了自己的亲儿子钟杰。钟杰很普通，但是卫亦兵并不普通，钟成的爱才之心超过了对亲生骨肉的爱护。为了处理卫亦兵和尤正兴的矛盾，他不惜把正当壮年的尤正兴调离研发岗位，就是要放手让卫亦兵大干一场。

不过，当尤正兴负责的战略规划办公室因为卫亦兵的百般不配合而成为“空中楼阁”的时候，当他多次听说卫亦兵对尤正兴提拔的干部百般排挤和打压的时候，他才察觉到卫亦兵的心胸还不够宽广。当他听到卫亦兵年少轻狂，无论对谁都颐指气使、高高在上的时候，他才意识到他被提拔的速度太快了。就像一棵树苗，没有经历过风吹雨淋，冰雪严霜，只是一味地野蛮成长，一旦遇到风雨交加的天气，就会面临被拦腰折断的危险。

钟成这辈子，不知道受过多少罪，吃过多少苦，所以老是想着不能让年轻人再遭受痛苦，要尽量给他们提供宽松的平台、优越的条件，殊不知，这样反而让他们少年得志，目空一切，缺乏对历史规律和社会秩序的敬畏之心，由着自己的性子来，听不进意见，受不了委屈，冲动、偏激、自负、狂妄，一步一步陷入自己设定的心理陷阱。

现在想起来，卫亦兵可能觉得这两年调整他的职位使他受了委屈，早就想离职创业，所以才提出内部创业的建议，然后自己再高调地提出申请，搞得沸沸扬扬，看似积极响应并支持公司的分流政策，实际上是让钟成没有选择，只能同意他去创业。

如果同意卫亦兵创业，可能会带动一批老员工兑现内部股票，下海创业，这样不仅可能会造成骨干流失，而且也会为公司的财务状况带来压力。毕竟产品也是花钱生产出来的。眼看通信行业的冬天就要来了，没有足够的现金流，怕是熬不过这个可能异常寒冷的冬天。

应该到了后半夜吧？除了街头的路灯还在亮着，很多高楼大厦都在暗夜里静静地蹲伏着，像一头又一头时刻就要醒过来的怪兽。钟成仿佛看到这些怪兽已经张开了血盆大口，随时就会扑过来给他致命的一击。

如果不同意卫亦兵创业呢？那么刚刚发布的文件就会被大家看作一场儿戏，成为一个笑谈，公司政策的权威性就会大打折扣。管理企业就像是指挥战役，令行禁止，不能出尔反尔。言而无信、朝令夕改是兵家大忌。人无信则不立，业无信则不兴。“人而无信，不知其可也。”不讲诚信的事情，钟成是无论如何都不会做的。他是军人出身，也一直以军人的标准严格要求自己。

这是一个痛苦的抉择，也是一个不得不做的抉择。创业以来，钟成从来都没有遇到过这样让他纠结的抉择。投入研发数字程控交换机的时候，虽然他很清楚如果研发失败他就只有跳楼，但还是义无反顾地去投入。投入GSM和WCDMA移动通信产品研发的时候，他顶着几千封举报信的压力，差点就要锒铛入狱，但还是不遗余力地坚持投入。WCDMA产品直到现在都没有任何回报，也不知道还要再等多久，但他还是咬紧牙关继续投入。在卫亦兵离职创业这件事上，他却无比纠结，无比矛盾，迟迟下不了决心。到底是为了什么？他也想不清楚，也不想去想清楚。

东方的天空已经开始发亮，远处山峦的形状已经逐渐清晰，蜿蜒起伏，绵延不绝。街上的路灯不知道什么时候已经熄了，路上的车也多了起来，旁边的林荫道上，有人穿着运动装在慢慢地向前跑。新的一天开始了。钟成这才发现，自己竟然在酒店客房的窗边站了整整一夜。

当天下午就返回深圳的钟成已经拿定了主意。开会的时候他疲惫地说道：

“既然卫亦兵想出去闯荡一番，那我们就让他出去试一试。生活是最好的老师，社会是最好的课堂。男人嘛，总有一个江湖梦，总想仗剑走天涯。有想法总是好的，我支持他去实现自己的梦。大家都担心这个时候这么多人兑现股票，财务是不是有压力，刚才丁爱萍也说了，压力很大。我的意见是股票可以兑，不兑他们就没有钱也没有货，怎么创业？为了表示对大家创业的支持，我们的产品价格全部执行内部价，让他们在市场上销售的时候可以赚到钱，公司可以正常运转起来。但我们必须跟大家约法三章，就是内部创业的员工不能泄露科兴的商业秘密，不能侵犯科兴的知识产权，不能偷偷挖科兴的墙脚。如果他们违背了约法三章，我们肯定会严肃处理，坚决保护公司利益。我明天会和卫亦兵等几个老员工分别单独谈话，谈完之后就可以执行内部创业政策。”

“钟总，我这里有份详细的名单，有上百人呢，都提出了离职创业申请。您明天看一看吧?”华芳菲看到钟成眼睛通红，胡子拉碴的，应该昨晚没有休息好，所以建议他明天看下名单。

“这份名单我就不看了。你们组织一个欢送会吧，把大家都请到，都是为公司做出过贡献的功臣，要热热闹闹地欢送大家离开，而且还要请他们以后常回家看看。人心都是肉长的，没有人情味的企业不会长久。我们在开拓市场时提倡狼性精神，在攻坚克难时提倡狼性精神，在生活中却不能提倡狼性精神，还是要相亲相爱，相互信任，相互理解，提倡人性中的真善美。”

三天以后的周末，钟成在深圳五洲饭店为卫亦兵等内部创业的员工举行创业欢送仪式，科兴总监以上干部全体参加，场面非常隆重。

“科兴今年实行内部创业政策，是为了积极应对新形势、新情况、新变化。公司同意卫亦兵等老员工出去内部创业，也是不得已而为之。互联网泡沫的破灭给世界经济的发展带来了很大的不确定性，这个时候我们只能战略收缩，聚焦核心业务，因此非核心业务只能开放出去。科兴现在的基础研究与美国公司相比还有很大差距，企业实力和美国的思通公司也不能相提并论，否则我们也可以像思通一样去收购公司。我们只有自我分裂，自我剥离，鼓励内部创业，支持内部创业。你们都曾经是科兴人，即使离开了也和科兴有着千丝万缕的联系，我们有着互相帮助和相互支持的坚实基础，可以在危急时刻形成联盟机制，打造共同安全的防御体系，抱团儿取暖，互为支撑，度过漫长的寒冬。”

钟成的这次讲话，明显不如平时那么从容，那么流畅。他讲得很慢，几乎是一边讲一边在思考。他的表情看似很轻松，也时不时露出一丝笑容，但是如果仔细观察会发现，他每次的笑容都很短暂，而且还有些僵硬。其实，在寒冷的冬天即将来临的时候，钟成不仅选择了深圳最豪华的五星级酒店为卫亦兵送行，而且还特意要求科兴公司总监以上干部全部出席，这就能看出钟成的内心有多么纠结，多么无可奈何。

卫亦兵也深情地讲了话。他特意准备了一份稿子，题目是“内部创业个人声明”。

“感谢钟总和华总充分地尊重我的个人选择，尤其感激的是钟总以宽大的胸襟对我并不成熟的内部创业想法给予了鼓励，我当时感到的是一股暖流涌进了心中。我这次选择内部创业主要有两个方面的考虑，一方面可以在一个小公司比较自由地工作，另一方面创业公司也可以跟着科兴公司一起发展。我在此郑重承诺，今后与科兴精诚合作，荣辱与共，绝不挖科兴墙脚，绝不泄露科兴商业秘密，绝不损害科兴利益！”

卫亦兵宣读自己的声明的时候，声音并不大，但是很有力。他平时说话不多，但是语速很快，这次却几乎是一字一句读完的。读完以后，他向大家深深地鞠了一躬，厚厚的眼镜片上面似乎蒙了一层雾。

卫亦兵走了。他来的时候悄无声息，走的时候却轰轰烈烈。无论这种场面他是否愿意看到，他都要去面对这一切。他正当年少，却选择离开曾经让他创造奇迹的深圳，不远千里，去北京开始了自己的创业。星海网络，那里究竟有没有属于他的星辰大海呢？

一年的时间又快过去了，虽然科兴的业绩已经没有任何悬念地突破了200亿元大关，但是钟成的心里，一点儿也不轻松。他反而感到肩上的压力越来越大了。自从内部创业政策实施以来，不断地有员工提出离职，有些刚刚开始独当一面的技术骨干也加入离职的队伍。留下来的员工工作积极性也明显下降，态度摇摆不定。

钟成当初同意内部创业的建议，是希望通过“放”的方式解决创业老员工的出路问题，尽量避免大家成为敌人或竞争对手，努力推动各方成为朋友或战略合作伙伴。可是后来事情的走向却完全出乎了他的意料。有些老员工出去以后没有遵守自己的诺言，不仅百般心思挖科兴墙脚，而且到处与科兴争夺订单。活了大半辈子，经历过无数风雨的钟成一直以为已经洞悉人性的秘密，此时才发现自己显然低估了人性的复杂。

他的心里一直有一个隐忧，那就是，卫亦兵会不会成为科兴的竞争对手？这个曾经让他付出很大心血、不遗余力去栽培的“技术天才”，这个与他情同父子、让他爱恨交加的“爱将”会不会有一天与他拔刀相向，拼个你死我活呢？

但愿不会。钟成实在不愿意看到这种自相残杀的惨痛局面。

波谲云诡、潜流暗涌的2000年即将落下帷幕。伴随着全球网络股的暴跌，科兴的业绩却逆流而上，不仅继续保持了高速增长，而且大幅度领先于国内同行企业。

内部创业引发的连锁反应还在持续发酵之中，钟成只能努力让自己保持清醒状态。越是关键时刻，头脑越不能发昏。对一个企业领导人来说，头脑发昏状态下做出的任何决策，都有可能让企业一泻千里，一败涂地。孔子说过："躬自厚而薄责于人，则远怨矣。"古希腊哲学家苏格拉底也曾经说过：未经审视的人生，不值得度过。钟成一再告诫自己，即使做不到"吾日三省吾身"，也要尽量让自己保持头脑冷静。

现在看来，眼前的繁荣其实是前几年网络股大涨的惯性结果。网络股的暴跌，必将对两到三年后的建设预期产生影响，那时制造业就会惯性进入收缩。"物极必反"，这一场网络设备供应的冬天，也会像它热得人们不理解一样，冷得出奇。没有预见，没有预防，就会被冻死。那时，谁有棉衣，谁就活下来了。

过冬的棉衣，不仅是指物质上的，更重要的是心理上的。要有"向死而生"的勇气和毅力，才能活得更好。否则，即使穿上厚厚的棉衣，也会被不可预料的严寒和风霜吓死。

要想打赢一场恶战，武装到牙齿，不如武装到头脑。

科兴的年终会议在深圳湾大酒店如期举行，总监以上干部全体参加，大礼堂内座无虚席。

按照惯例，会议最后由钟成做总结讲话。与2000年科兴亮丽的业绩形成巨大反差的是，钟成这次讲话的题目比较特别，叫"科兴的冬天"。这个带着几分寒意的演讲让与会的全体干部渐渐地感受到了冬天的气息。

"十年来我天天思考的都是失败，对成功视而不见，也没有什么荣誉感、自豪感，而是充满了危机感。也许是因为这样科兴才存活了十年。我们大家要一起来想，怎样才能活下去，也许才能存活得久一些。失败这一天是一定会到来的，大家要准备迎接，这是我从不动摇的看法，这是历史规律。

“我们一定要推行以自我批判为中心的组织改造和优化活动。自我批判不是为批判而批判，也不是为全面否定而批判，而是为优化和建设而批判。总的目标是要提升公司整体的核心竞争力。

“为什么要强调自我批判？我们倡导自我批判，但不提倡相互批评，因为批评不好把握适度，如果批判火药味很浓，就容易造成队伍之间的矛盾。而自己批判自己呢，人们不会下猛力，对自己都会手下留情。但即使用鸡毛掸子轻轻打一下，也比不打好，多打几年，你就会百炼成钢了。

“现在是春天吧，但冬天已经不远了，我们在春天与夏天要念着冬天的问题。我们还太嫩，我们公司经过十年的顺利发展没有经历过大的挫折，不经过挫折，就不知道如何走上正确道路。磨难是一笔财富，而我们没有经过大的磨难，这是我们最大的弱点。我们完全没有适应不发展的心理准备与技能准备。

“危机的到来是不知不觉的，我认为所有的员工都不能只站在自己的角度立场想问题。如果说你们没有宽广的胸怀，就不可能正确对待变革。如果你不能正确对待变革，抵制变革，公司就会死亡。”

钟成的讲话与其说是在危机来临之前向全体干部发出预警，传达危机意识，不如说是开出了一个治病救人的药方。他总结了科兴度过冬天的十项管理要点，涉及企业管理的方方面面，比如均衡发展、建立流程型组织、自我批判、任职资格及虚拟利润法、不盲目创新、规范化管理、拥抱变革、模板化、调整心态、低调做人等内容。

在钟成看来，生于忧患，死于安乐。面对即将到来的冬天，不仅要在思想上过冬，而且还要找到过冬的方法，那就是他总结的十大管理要点。其实，创业十多年来，钟成几乎每年都会遇到“冬天”——企业发展中的困难随时都会遇到——最终他都能化险为夷，绝处逢生，是因为每次他都抱着“置之死地而后生”的决心和信念。德国哲学家海德格尔首先提出了“向死而生”这个哲学命题，因为海德格尔很清楚，与人贪恋欲望的本能力量相比，不在思想上把人逼到绝路，人是无法在精神上觉醒的。一个在精神上无法觉醒的人，他的存在对于这个世界是没有任何意义和价值的。从这个意义上来说，海德格尔其实是站在哲学理性思维的高度，用“死”的概念来激发人们内在“生”的欲望，以此激发人们内在的生命活力。

当初选择下海创业，是因为走投无路，必须要解决一家老小如何活下去的问题。创业到现在，虽然已经解决了一家老小如何活下去的问题，却依然要面对亲手创办的企业如何活下去的问题。相比而言，让一家销售额已经超过200亿元的企业长久地活下去，比解决自己一家老小的生存问题，更有难度，更有挑战性，更能体现人生的意义。对此，钟成早就做好了奋斗终生的心理准备。就像他自己在讲话里说的，十年来天天思考的都是失败，对成功视而不见，也没有什么荣誉感、自豪感，而是充满了危机感。如果只是考虑自己和家人的生活问题，他早就可以选择去游山玩水，享受生活了。创业是一个炼狱的过程，也是一个升华的过程。十多年来的创业生涯，让他时刻感受到“痛并快乐着”，时刻感受到责任感与紧迫感。人只有感知到自己的渺小，行为才开始伟大。一个人的一生很短暂，能够专心致志做成一件事就可以了，只要这件事是对社会、对大家都有益的、有价值的。如果能够实现这个目标，即使一辈子都在创业，也是值得的。

凛冬将至，万物静默。活下去，就是硬道理！

中部　创新者

第七章　寒冬困境

2001年1月初的一个早晨，云南昆明一家菜市场门口，前来买菜的人熙熙攘攘，络绎不绝。眼看着就快到春节了，窄小而又拥挤的街道两边，摆摊的商贩们纷纷扯开嗓子大声吆喝，此起彼伏的叫卖声为古老的春城平添了几分节日的气氛。

一位满头白发、衣着朴素的老太太一手提着一包菜从菜市场走出来。她看起来和蔼可亲，不时地和街边摆摊的小商贩们微笑着打招呼，走路的时候脚步也很轻盈。

走到街道头上，她停下来等着绿灯过马路。过了一会儿，绿灯亮了，她又接着向前走。

正在这时，一辆小汽车以很快的速度开到了路口。当路口红灯亮起时，小汽车司机才意识到已经过不去了，于是手忙脚乱地紧急刹车，但已经来不及了。

“哐”的一声，小汽车正好撞上了正在过马路的老太太。老太太根本没有想到绿灯时竟然还有汽车驶过，连人带菜一下子就被撞飞了出去，刚买的青菜撒了一地，老太太头部鲜血直流，昏迷了过去。

深夜，正在国外出差的钟成手机突然响了。睁眼一看，是妹妹打来的，他激灵了一下，立刻睡意全无。

“哥，妈出事了，现在正在医院抢救呢。呜……”钟成的妹妹在电话里边说边哭个不停。

“妹妹，妈到底出什么事了？你不要慌，快告诉我。”

“妈出去买菜被汽车撞了，情况比较严重。”

“告诉妈，我马上回国。你们先想办法组织抢救。”

挂了电话，钟成心里如翻江倒海一般难以平静。一周之前，他好不容易抽出时间去云南看望母亲，结果仅待了一天就因为有重要的外事活动不得不匆匆地离开。就在娘儿俩好不容易在一起的那一天里，母亲好像有说不完的话，问他开公司有没有困难，让他多注意身体，不要老出差，老应酬，还说他老得太快了，等等。钟成很后悔傍晚的时候没有给母亲打个电话，如果打了电话的话，母亲就可以晚一点去买菜，晚一点就不会遭遇车祸了。

费尽千辛万苦，经过多次转机和等待，钟成终于赶到了昆明。妹妹、夏洁和华芳菲都已经到了医院。钟成在病房里看到母亲的时候，她很平静地躺在病床上，头上包着厚厚的纱布，鼻孔里插着氧气管，面容很安详，但是眼神已经失去了往日的光泽。旁边心电监护仪的屏幕上，心率、血压、血氧饱和度和呼吸等各种数据和数字在不停地闪动着，给人一种无形的巨大压力。

“妈，我来看您了。”钟成哽咽着轻轻握住母亲的手。

看到钟成的时候，老人的眼睛忽然亮了，似乎要挣扎着坐起来，眼神里满是欣喜。但是她根本不可能坐起来，只是嘴角轻轻地动了一下，看起来是想和钟成说话。

正在这时，心电监护仪的报警声骤然响起，屏幕上的心率已经从波浪线变成了一条直线。在看了儿子最后一眼后，这个善良的老人才安详地与世长辞。她走得很突然，但是很平静。钟成再也控制不住自己的悲痛，泪流满面地跪在母亲身边，泣不成声。

处理完母亲的后事，钟成返回深圳以后，还沉浸在无法言说的悲伤之中。夜已经很深了，他依然无法入睡，只要一闭上眼睛，就会看到母亲慈祥的笑脸。为了不打扰夏洁休息，他干脆悄悄地从床上起来，蹑手蹑脚地走到书房，打开台灯，关上房门，拿起钢笔在洁白的稿纸上写下对亲人的思念。不需要酝酿，也不需要思考，他内心深处多年来对父母的无限情感如一汪清澈见底的泉水从山间喷涌而出，汩汩流淌。

窗外天开始亮了，钟成怀念父母的散文《我的父亲母亲》终于一气呵成。他放下手中的钢笔，扭头才发现夏洁正穿着睡衣站在身后，眼神中充满了关切之情。

“写完了？”

“写完了。”

“心里好受点了？”

“对父母的思念已经在文章里得到了倾诉，我感觉心里没那么沉重了。”

“爸爸，妈妈，千声万声呼唤你们，千声万声唤不回。”夏洁读到这里，忍不住抽泣起来。

“逝者已经逝去，活着的还要前行。”钟成轻轻地把夏洁拥在怀里。

阳春三月，草木复苏，和风习习，花红柳绿，到处呈现出一派生机盎然的景象。随着互联网泡沫的破灭，世界经济出现严重衰退，西方国际通信巨头纷纷大幅度裁员，很多跨国企业都出现巨额亏损，有的甚至走到了出售企业以求生存的地步。网络和通信设备企业的冬天，终究还是到来了。所到之处，寒气逼人，万物凋零。

经济形势的严峻性让很多人开始无所适从、焦虑不安，甚至开始准备自己的退路。已经从技术部门离开的尤正兴却正忙得焦头烂额，分身乏术。

从2000年下半年开始，尤正兴就按照钟成的安排，积极为汇通公司寻找潜在的买家。汇通公司现在已经成为行业内的佼佼者之一，电源业务几乎占了国内市场的一半份额，监控业务更是遥遥领先于竞争对手。不过，随着网络通信行业竞争形势越来越白热化，科兴采取“聚焦”和“压强”原则，集中优势资源和力量确保核心业务，对于非核心业务只能采取剥离或者出售策略。尤其是在网络通信行业的冬天到来之际，科兴不是上市公司，无法从证券市场融得资金，也不能削弱核心业务的竞争力，只能忍痛割爱，把属于非核心业务的汇通公司剥离出去，换取过冬所急需的“棉衣”——现金流。

经过前期大量的工作，尤正兴和项目团队对潜在的买家进行了详细的调查，最终确定美国的艾生公司为优质买家。2001年年初，科兴最终确定同美国艾生进行谈判并向该公司提供了全面的财务、技术、法律和业务文件信息，以便艾生公司对汇通公司有更真实的了解，尽快做出最终的决策。从双方谈判的进展来看，最终的合同签署已经指日可待。至此，钟成一直有些惶恐不安的心才开始平静下来。

“正兴，按照这个进度，双方什么时候能签合同？”

“如果双方在价格方面没有异议，4月份应该可以签署合同。我也担心夜长梦多，正在加紧谈判之中。”

尤正兴看起来头发白了不少，再加上脱发比较严重，显得前额宽大而又明亮。

“这次的危机比去年想象的还要严重，虽然我们已经在内部预警，也采取了很多措施，但是我的心里依然有些惶恐不安。当前形势险恶，风大浪急，我们公司创立时间不长，根基尚浅，实力也不够，能否经受住这波冲击还有待检验。近两年来我们经历过了很多事情，我也一直在自我反省，自我批判。近日有日本朋友邀请我去考察，我也想借这个机会去取取经。”

“是啊。日本从20世纪90年代初开始，连续十年来一直处于低增长、零增长、负增长状态，如果说是经济严冬的话，一点儿也不夸张，但是他们依然很平静，依然在坚挺，依然在奋斗，苦苦等待着春天的到来，就像那首《北国之春》所唱的，坚信北国的春天一定会来临。”

华芳菲不禁接过钟成的话，大赞日本企业的定力和坚守。

“日本企业的这个冬天太长了！他们遇到了什么困难？他们又是如何坚守至今的？我们要学习哪些经验？他山之石，可以攻玉。我们以前取经去得最多的是美国，还有德国，日本也去过，不过去得不多。日本离我们这么近，应该经常去学习，取长补短。冬天也不能整天躲在屋子里烤火睡大觉，必须走出去，学习借鉴，武装头脑，认清形势，找到方向。”

“我们出售非核心业务只是权宜之计，找到前进的方向和克敌制胜的方法才是万全之策。”

尤正兴对钟成去日本考察也非常赞同。

“我出国以后，华总主持公司日常工作，正兴盯紧汇通的出售事宜。有紧急事务我们随时联系。”

从踏上日本国土的那一刻起，钟成就一面惊叹于日本社会处处展现出来的宁静、平和、坚韧和一丝不苟，一面陷入深深的思考。无论是偏远的农村，还是繁华的都市，所到之处都整洁清新，井然有序。所有人都显得平和、乐观，而且敬业、从容，从乡村小旅馆的服务员到大公司的上班族，他们都无比珍惜自己的工作，没有任何躁动、不满与怨气，工作似乎是他们最高的享受，他们每时每刻都乐在其中。谁又能想到，这十年间日本经受了战后最严寒和最漫长的冬天，日本绝大多数企业，近八年没有增加过工资，但社会治安水平仍然比北欧还好。

在参观日本电器公司时，钟成看到，不论是办公室，还是会议室，或是通道的墙上，随处都能看到一幅张贴画，画上是一条即将撞上冰山的巨轮，下面写着：“能挽救这条船的，唯有你。”日本企业的危机意识由此可见一斑。

在一个偏僻乡村的小居酒屋，钟成一行巧遇一群旅游的日本退休老人，他们为来自中国的客人们热情地演唱了《拉网小调》，钟成也情不自禁地与他们同唱北海道民歌《北国之春》。

总而言之，钟成此次日本之行最大的感悟就是，日本目前虽然遇到了困难，但其民众的忍耐、乐观、勤奋和奋斗的精神未变，信念未变，对生活和工作的热爱未变。

“什么叫成功？就像日本那些企业那样，经九死一生还能好好地活着，这才是真正的成功。科兴没有成功，只是在成长。”钟成兴致勃勃地对一起来日本考察的毕胜说，“高科技企业以往的所谓‘成功’，往往是失败之母。在这瞬息万变的信息社会，唯有惶者才能生存。”

“我和您的看法一致。日本之行最大的收获就是向死而生才能长生，无论遇到再大的困难，都要自信、淡定、从容、坚韧。我们要把这样的精神境界传递给每一个科兴人。”

毕胜对此也是感慨万千。

“王阳明说过，他克敌制胜的法宝就是：此心不动，随机而动。王阳明在日本可是备受尊崇，日本近代著名军事家东乡平八郎就曾为他的学说所折服，自称‘一生俯首拜阳明’。看来日本人是很善于学习的，这也值得我们学习！”

“日本坚持向西方国家学习，通过‘明治维新’走上了强国之路，我们后来的‘戊戌变法’却惨遭失败。两国自此开始拉开差距，直到现在我们还在奋力追赶，真是可叹！”

“不开放心胸就无法学习到他国的精粹，不学习先进就永远没有未来。科兴必须开放式发展，不能像青蛙那样坐井观天，盲目自大。看来，我们这次来日本，绝对是不虚此行！”

钟成顺利地结束了日本之行回到国内。尤正兴这边和艾生的谈判却是一波三折。双方在确定出售价格时进行了激烈的争辩，使谈判工作几乎陷入僵局。

“目前汇通公司每年的净利润在4亿到5亿元，如果按照60亿元的价格购买，我们承担的风险就太高了！”

艾生的谈判代表对60亿元的价格显然不能接受，一再强调风险。

“根据我国深圳证券交易所和上海证券交易所公布的数字，上市公司平均市盈率约为42，绩效好的公司市盈率会更低些，一般在30左右。如果汇通公司是上市公司，根据其绩效，假设其市盈率为30，则现金流贴现率为3.3%，如果未来二十年，汇通公司每年能够带来4.15亿元的稳定收入，则这些收入的净现值正好就是60亿元。如果市盈率按20，则每年稳定收入应为4.82亿元。事实上，汇通每年的利润都在4亿到5亿元，因此，如果按现有盈利水平，60亿元的价格还是比较公允的。”

科兴的谈判代表直接在现场给艾生的谈判代表算了一笔账，说明60亿元出售价格的合理性。

谈判正进入白热化时，由于美国在中国南海频繁挑衅，发生了中美撞机事件，谈判进程受到严重影响，汇通公司的出售事宜一下子变得扑朔迷离起来。

“不要着急，要保持定力。我们诚心要卖，他们诚心要买，这是一笔对双方都很划算的生意，要相信外界环境会好起来的。”

钟成深知艾生公司拓展中国市场的战略意义和迫切性，平心静气地对尤正兴说。

“好的。我们会展现出我们的诚意。”

其实，不仅科兴公司对此次并购表现出了足够的诚意与执着，艾生方面也同样表现出了坚定的信心。双方并没有受到外界环境变化的过多影响，仍然坚持着频繁的沟通与谈判。

好事多磨。

2001年5月末，艾生电气有限公司正式以7.5亿美元（折合现金人民币60亿元）的价格收购汇通公司100%的股权，并承诺收购后将进一步加强汇通对中国客户的服务支持、技术支持和产品支持，同时承诺承担汇通公司既有的债权和债务。

“钟总，我们终于有了过冬的棉衣了，我们活下来了！”

合同签署后，尤正兴马上给钟成打电话，激动之情溢于言表。

“很好。有了这件棉衣，我们过冬就不用那么心慌了！正兴，你辛苦了。”

钟成此刻反而非常平静。日本之行后，他一直惶恐不安的内心平静踏实了很多。

尤正兴打完电话以后，忽然感觉眼前一黑，有种天旋地转的感觉。他强撑着坐到椅子上，额上豆大的汗珠密密麻麻地钻了出来，好像刚被大雨淋过一样。

“尤总，您怎么了？需要去医院吗？”

身旁的项目组同事看到尤正兴神情恍惚，大汗淋漓，赶忙大声地问他。

“不用。就是太累了，我养养神就好。”尤正兴轻轻地摆了摆手，“不要告诉别人，免得影响大家工作。”

“好的。尤总，您先歇一会儿，有事您就叫我们。”

“好的。你们忙你们的吧。”

尤正兴说着轻轻闭上眼睛，立刻感觉好了很多。

真正有远见的人，都会在冬天埋下春天的种子，静静地等它发芽。越是绝望的时候，越需要播种希望。

“李国栋，我们的俄罗斯代表处什么时候设立的？”

钟成问新上任的国际业务部总裁李国栋，他是科兴第一个派去俄罗斯的驻外业务人员。

“1997年在莫斯科设立了办事处。”

“成立三年你们签了多少合同?”

“三年时间，我们只签了38美元的合同，还是一根电缆的合同。”

“在日内瓦世界电信大会上，我曾经跟你说过什么?”

李国栋挠了挠头，略微思考了一下，说:“您说如果有一天俄罗斯市场复苏了，而科兴却被挡在了门外，你就从这个楼上跳下去吧。”

“哈哈，你倒是记得还算清楚。今年俄罗斯的市场销售额预计是多少?”

“我们刚刚与俄罗斯国家电信部门签署了上千万美元的GSM设备供应合同，预计今年总体销售额会突破1亿美元。”

“华总，我国刚刚已经正式加入WTO（世界贸易组织），科兴一定要乘势而为，加大对海外市场的布局，把一大批科兴将士送到海外各个国家和地区。国内市场已经趋于饱和，海外市场就是一座等待我们去开发的金矿，我们必须要未雨绸缪，抢占制高点。不要怕环境艰苦、气候恶劣，不要怕语言和文化差异，这世界上就怕‘认真’二字，只要认真去干，就没有干不成的事。我们在俄罗斯设立办事处的时候，很多人劝我不要去，后来又劝我及时止损，赶快退出。从现在来看，幸亏我们布局得早，幸亏我们坚持下来了。”钟成转过头对身边的华芳菲说。

“我们已经做了安排。我和国栋、江波也都讨论过，挑选了一批有斗志、有理想、有经验的销售骨干到海外去，去开辟第二战线。”华芳菲看了李国栋一眼，接着说，“国栋把我们欢送海外将士出征大会的时间安排向钟总汇报一下，同时请钟总去讲讲话，鼓鼓劲儿。”

“好，就按你们的方案，我一定会去参加。”

一周之后，国际业务部组织的欢送海外将士出征大会在五洲宾馆多功能厅隆重举行。会场上挂满了各种激动人心的大红条幅，如“雄赳赳，气昂昂，跨过太平洋”，“到亚洲去，到非洲去，到拉丁美洲去，到市场最需要的地方去”，“胜则举杯相庆，败则拼死相救”，“烧不死的鸟就是凤凰”，到处洋溢着一种勇于拼搏、乐观向上的气氛。

按照惯例，会议的最后环节依然是钟成铿锵有力的讲话。

“青山处处埋忠骨，何必马革裹尸还。没有我们先辈的这种牺牲，就没有中华民族的今天。为了祖国的明天，为了摆脱一百多年来鸦片战争、八国联军入侵的屈辱，以及长期压在我们心里的阴云，我们要泪洒五洲，汗流欧美亚非拉。你们这一去，也许就是千万里，也许十年、八年，最后胸戴红花回家转。但我们不管你是否胸戴红花，我们会永远地想念你们，关心你们，信任你们，即使你们战败归来，我们仍美酒相迎，为你们梳理羽毛，为你们擦干汗和泪……你们为挽救公司，已付出了无愧无悔的青春年华，你们将青春永驻！

“在这样的时代，一个民族需要汲取全球性的精髓才能繁荣昌盛；一个企业需要有全球性的战略眼光才能发愤图强；一个公司需要建立全球性的商业生态系统才能生生不息；一个员工需要具备四海为家的胸怀和本领才能收获出类拔萃的职业生涯。所以，我们选择在这样一个世纪交替的历史时刻，主动地迈出我们融合到世界主流的一步。这，无疑是义无反顾的一步，但是难道它不正承载着我们那要实现顾客梦想，成为世界一流设备供应商的使命和责任吗？难道它不正是对于我们的企业、我们的民族、我们的国家乃至我们个人，都将被证明是十分正确和富有意义的一步吗？

“是的，我们正在创造历史，与文明同步！你们背负着公司生死存亡的重任，希望寄托在你们身上！”

钟成这次的讲话极具感染力，也极具鼓舞性。当他深情地讲完最后一句话时，会场里的人全体起立，整齐划一地呼喊起震耳欲聋的口号：

“胜则举杯相庆，败则拼死相救！”

中国移动和中国电信分家后，移动有手机通信业务，发展势头非常迅猛。反观中国电信，由于没有无线牌照，只能眼睁睁看着中国移动闷声发大财。承受着巨大压力的中国电信，当然不会坐以待毙，一直在努力寻找机会。于是，PHS技术自然而然地进入中国电信的眼帘，他们与设备商合作引进了这项技术，并且取了个中国人家喻户晓的名字——小灵通。所谓的PHS技术，简单来说就像是加强版的无绳电话。这项技术是日本开发出来的，但是在本国推出后并不被用户认可，被戏称为“穷人的蜂窝”。因为它的基站覆盖范围很小，信号效果不佳，经常出现网络接不通的状况。不过，它也有个好处，就是费用很便宜。

直到这时，钟成依然坚信自己当初的选择，小灵通在国内不会有大市场。使用过小灵通的人曾经编了个段子：“拿着小灵通，站在风雨中。左手换右手，还是打不通 。”还有就是小灵通用户拨打三部曲：“喂……喂……×！”形象地说明了小灵通技术的落后性。可是，当时中国电信没有别的选择，手上只有小灵通这张牌，需要靠它挽回用户增长的颓势。于是，形势的进一步发展就出乎了钟成的意料。

2000年6月，信息产业部发出通知，将小灵通定位为“固定电话的补充和延伸”，标志着限制小灵通发展的政策有所松动。紧接着，各地的中国电信蜂拥而起，纷纷上马小灵通业务，小灵通一时之间炙手可热，订单纷至沓来。

科兴因为没有投入PHS业务的研发，因此给了其他竞争对手以可乘之机，只能看着他们笑逐颜开地将一个又一个大额订单揽入怀中，赚得盆满钵满。

固定通信网络建设停滞，科兴投入巨大的WCDMA业务由于3G牌照迟迟没有下发只能待字闺中，苦熬硬撑。PHS业务建设数量与日俱增，科兴只能眼巴巴地看着别人狂欢，自己却不能分一杯羹。正在过冬的科兴，面临着前所未有的重大危机。

这个重大危机不仅来自外部，更主要的是来自内部。不仅是业务层面上的，还有科兴团队对钟成的信任。

“老板已经老了，开始犯错误了。”

“这么重大的决策失误，公司搞不好就黄了！”

“听说中通公司抓住了这次小灵通的机会，业绩很快就能追上科兴了。”

“还搞什么万人大招聘？还不惜血本投入什么3G研发？听说公司利润今年一直是负增长，这种赌博式的战略也太离谱了吧？”

“还有以前从没听说过的一家叫什么优达康的公司，也赚大发了。老板这是牺牲自己，成就他人啊！”

公司上下议论纷纷，有的员工甚至在外部网络论坛里发帖子，留言，互动，大部分意见都对科兴的前途比较悲观，对钟成的领导能力提出质疑。甚至有些唯恐天下不乱的好事分子倡议科兴员工赶快离职，说什么公司垮了员工再找工作就贬值了。

“负增长，我们掏钱买的内部股票会不会血本无归？哪位大神帮助解答一下。”

“那可是这些年的血汗钱啊！我要求退股！老板必须为此负责！”

“我要求离职，要求兑现股权。实在不行就股权重组，老板必须下台！”

…………

科兴的贴吧里各种各样的呼声此起彼伏，有些竞争对手的员工冒充科兴员工在论坛里发布负面帖子，挑动大家离职。很多不明真相的员工要求退股或者离职，也有员工强烈要求钟成为此负责。

虽然大家都尽量不向钟成汇报这些问题，但是钟成还是很快察觉到了问题的严重性。他每天上班都是和员工一起挤电梯，不可避免地会听到员工们的各种议论。

每次走进办公室，看到惨淡的业绩数据、难看的财务报表，还有关键岗位员工的离职报告，钟成就会感到胸口闷得透不过气来。他茫然地环顾四周，感觉自己就像是被困在了一间密不透风的牢笼里，孤独而又痛苦，无处可以依靠，无人可以诉说，只能眼睁睁地看着自己被时间一点点地吞噬。

创业以来，再苦再累他都不曾退缩，再委屈再痛苦他也不曾放弃，这一次，他真的有点想放弃了。或许大家质疑得有道理，自己就是没有那个能力？在最寒冷的冬天，忽然发现自己以前的判断都是错误的，是一种什么样的悲伤，又是一种什么样的绝望？

“钟总，卫亦兵的星海网络刚刚推出机架式以太网骨干交换机，是国内首家。”华芳菲思考再三，还是把这个消息告诉了钟成。

“什么？他不是在做我们的代理商吗？”钟成听到这个消息有些愣了。

“现在星海正千方百计大量挖科兴的人，研发和销售都有。另外有消息说，卫亦兵开始悄悄地接触投资界的人，寻求融资。这些都说明，星海已经从我们的代理商变成了市场上最直接的竞争对手，我们必须提高警惕。”华芳菲对卫亦兵的性格比较了解，所以才警告钟成。

“他怎么会不顾当时的承诺，非要和我们竞争呢？会不会信息有误？”

“钟总，卫亦兵性格内向，但是欲望很强，他不是一个按套路出牌的人，又对科兴非常了解，不可不防。”

“你们先密切关注，有什么问题你直接处理。我觉得暂时他对我们还构不成威胁。”

话是这么说，可钟成凭借自己多年的阅历，还是察觉到了当年的爱将在谋划一场更大的局。只是，他现在焦头烂额，四面楚歌，有点无暇顾及了。

现在看来，当年推行内部创业可能也是一场错误。主要矛盾没有解决，反而分化出了更多矛盾。最要命的就是，推行内部创业的初衷是为了精简组织结构，结果却分解了组织能力，把组织内部矛盾演变成了敌我外部矛盾。

“难道我真的老了，不行了，开始犯错误了？ ”钟成坐在沙发上，呆呆地盯着办公桌，自言自语道。创业这些年来，虽然有毕胜、尤正兴、华芳菲还有卫亦兵他们给了很多建议，但是最终决策基本上都是钟成拍板的。作为企业创始人，他已经习惯一个人说了算。作为他的下属，大家也习惯了大事小情都要请示汇报。这种决策模式看似效率很高，但是一旦决策人判断错误，就会给企业带来致命性的危险。同时也不利于培养接班人，无法让有独立思想、敢于负责任的干部脱颖而出，最后导致“成也一人，败也一人”，公司的生死或者命运掌握在一个人手里，决策的风险随时都会出现。

上不着天，下不着地。钟成一个人孤零零地在陡峭的悬崖上吃力地向上攀爬。他其实早就已经筋疲力尽了，但是为了不跌入深不见底的万丈深渊，他只有拼尽全力攀登。又渴又饿，手脚酸麻，身体开始打战，他向上望了一眼，离山顶还很遥远。虽然心有不甘，但是他已经尽力了。他绝望地松开双手的同时，闭上了眼睛，在耳边呼啸的风声中向下急剧坠落……

每次到这个时候，钟成都会醒过来。不用睁眼，他也知道天还没亮。他其实并不想醒来，即使每次在梦里都会坠入万丈深渊，他也不想醒来。如果真落入万丈深渊，那么一切痛苦就结束了。如果在梦中永远不会醒来，就再也不用面对现实中的一切痛苦。

与其活得如此痛苦而又绝望，不如现在就结束这一切，让生命归零。从一座高楼上纵身跃下和从一处悬崖上纵身跃下没有什么区别，一切都会随着呼啸的风声消失得无影无踪。

怎么会想到了死亡？怎么会想到放弃自己的生命？钟成忽然有些不寒而栗。

“我这是怎么了？为什么觉得干什么都无用？提什么都没有兴趣？

对什么都不抱希望?”眼泪顺着脸颊流了下来，脖子里凉飕飕的。每次从噩梦中醒来，钟成都会情不自禁地痛哭不已。他不想让别人看到他的无助和迷茫，所以只能在黑暗里用眼泪来宣泄心里压抑已久的情绪。他的心情十分低落，脸上已经很长时间不见笑容。“为什么会这样呢?为什么?”他一边哭，一边在心里跟自己对话。因为他不知道该找谁去倾诉他的痛苦。

以前在烦闷压抑和狂躁不安的时候，钟成总是通过阅读来逐渐让自己恢复平静，现在他连看一本书的耐性也没有了。他的脾气越来越古怪，越来越暴躁，越来越神经质。为了不让自己的情绪影响到夏洁，他主动搬到了书房睡觉。即使这样，夏洁也不知道挨了他多少训斥，受了多少委屈，偷偷哭了多少回。

钟成对现在的自己也很痛恨，但是却深陷其中无法自拔。“当你凝视深渊的时候，深渊也在凝视着你。”尼采的这句话忽然在他的脑海里闪现了一下，如一道闪电在黑暗的夜空中划过，他的眼前出现了父亲沧桑的面容。

“要活下去，一定要活下去!”洪亮的声音似乎从天而降，穿透力很强，有种不可阻挡的气势。

“爸爸，儿子现在内外交困，焦头烂额，迷茫绝望，无法自拔。”

“你病了，而且病得不轻。先治好你的病，尤其是心里的病。”

“爸爸，我真的病了吗?”

“成成，你不用害怕。妈妈攒了几万块钱，你拿去还债吧。我就怕你做生意会亏钱，一直偷偷给你攒着呢。”

是母亲在说话，虽然有些絮叨，但声音依然柔和而又平静。

“妈妈，您在哪里？儿子怎么找不到您了？”

钟成一下子从半梦半醒中醒了过来。天仍然没有亮，房间里一片黑暗，依稀可以看到书架和书桌的轮廓。

“你病了，而且病得不轻。先治好你的病，尤其是心里的病。”刚才在迷迷糊糊的时候，似乎听到过这句话。这是什么意思呢？有哪里不对吗？想想早期科兴开始投入研发的时候，为了稳妥起见，钟成采取了非常保守的策略。比如在做程控交换机的时候，面对到底选择模拟技术还是数字技术，科兴刚开始时选择了模拟技术。因为钟成当时认为，中国通信行业的发展节奏不会那么快，那时候钟成预计，一个县城安装一台2000门交换机就够用。2000门以下的交换机中，数字技术相对于模拟技术几乎没有什么优势。出乎意料的是，中国那时的数字通信技术发展非常快，科兴的模拟程控交换机还没完全开发出来就已经过时了，只好破釜沉舟，马上投入数字程控交换机的研发。

这件事以后，钟成的思想不再保守，而是变得非常激进，下决心要瞄准未来的技术发展趋势投入研发。从1998年开始，科兴对3G技术的研发不计成本地投入。2000年更是逆势而上，开展了“万人大招聘”活动，招聘了大量应届毕业生投入3G技术的研发中。谁料想，如今世界经济的“寒冬”不期而至，受全球网络经济泡沫破灭的影响，3G技术的应用进程放缓。信息产业部迟迟不发3G牌照，移动、联通两大移动运营商都一筹莫展。电信、网通被逼无奈，大胆地打擦边球，强推小灵通业务。科兴一心开发先进的3G技术，结果错失了小灵通的市场机会，要被竞争对手迎头赶上不说，经营业绩的严重下滑更导致企业内部谣言四起，人心惶惶，骨干员工纷纷离职，几乎到了崩溃的边缘。

从一个极端走到另一个极端，连钟成也觉得有些不可思议。“不识庐山真面目，只缘身在此山中。”身在局中，如果不是遇到了这场危机，钟成都不会觉得自己有什么不对。只有置身局外的时候，才可以看到人性中滑稽而又不堪的另一面。看来，仅仅要求自我批判是远远不够的，必须要建立科学合理的决策机制才能避免决策风险。可是谁能帮助科兴建立更为合理的决策机制呢?

“钟总，这是周军锋周总转来的报告，研发部希望尽快着手3G手机的研发，说如果再错失良机，将会失去巨大市场。”秘书杨凌在向钟成汇报。

“2000年时我就说过，科兴不会做手机，以后也不要再讨论，谁要胡闹就让谁下岗!”

面对着如此艰难的状况，还提议投入3G手机的研发，钟成一听就火冒三丈。不过，杨凌刚要转头出去的时候，钟成又轻声叫住了她。“不好意思，报告还是先放在这里，以后我和他们再讨论吧。”

钟成对刚才的行为有些后悔，这样轻率而又武断地就否决了研发部门的提议，他已经记不清有多少次了。每次他力排众议做出一项决定，大家都会支持，无论他的决定正确与否，都没有人站出来反对。这种鸦雀无声的局面过去他都心安理得，现在他才意识到，这样的决策风险有多高。

其实这次网络通信行业的冬天，虽然钟成提前敏锐地感知到了危险，思想上也给予了高度警惕，但是当公司上下都在准备过冬的时候，他又逆势而上，一时冲动搞了个“万人大招聘”，不仅对形势做出了完全错误的判断，而且耗费了公司宝贵的资源。尤其是发现问题后对新进员工的处理方式，更是显得粗暴、仓促，毫无章法，在很多高校引起了非议和争论。现在看来，自己在“过冬”这件事上，思想和行动是不一致的，但是竟然没有任何人出来反对他，就连华芳菲、尤正兴、毕胜这些跟他一起创业的伙伴都没有站出来制止他。

“难道是我平时太霸道了？太膨胀了？太自以为是了？为什么大家都这么信任我？看着我带大家往火坑里跳都还争先恐后地往里跳？”钟成在内心里一再地质问自己。

上帝欲使其灭亡，必先使其膨胀。可是，自我膨胀的人自己是很难觉察到的。即使有人大胆地指出其变化，也肯定很难被接受，反而有可能会被处罚。这就是人性的缺陷。除非自我修养能够逐渐超越人性的缺陷，在膨胀之后还能自我修复、自我纠偏、自我清醒，否则就只能一条道走到黑，结局就只能是失败或者灭亡。历史上这样的案例不胜枚举，可是现实又一再地重复历史。钟成想到这里，不禁有些恐惧，冒出了一身冷汗。

“丁零零……丁零零……”办公室的电话响了，清脆而又急促的铃声打断了钟成漫无边际的思考。

“钟总，我是许丽。尤总在办公室里忽然晕倒了，现在已经没有知觉，人事不省。我们已经叫了救护车，马上就到。”是许丽有些惊慌失措的声音。

“啊！怎么会这样？你们等着，我马上过去！”

钟成放下电话就迈开大步往办公室外走。钟成的办公室在四层，尤正兴的办公室在二层。钟成没有等电梯，而是直接从楼梯连走带跑地下了楼。刚走到二层尤正兴办公室，医护人员也迅速赶到了。紧急检查后，医护人员七手八脚地抬着尤正兴上了担架，小心翼翼地抬着他下了楼，上了救护车。

钟成和许丽紧紧地扶着尤正兴的担架，只见他静静地躺在担架上，双眼紧闭，头发凌乱，脸色苍白，呼吸微弱。许丽对钟成说："钟总，我陪着尤总去医院，您就不用去了，有消息我再告诉您。"

钟成点了点头，咬着牙说："无论如何，必须要竭尽全力救治。"

救护车在急促而又尖锐的鸣笛声中很快就消失在钟成的视线里，钟成茫然地看着救护车开走的方向，禁不住热泪盈眶。尤正兴和钟成一样，也是典型的工作狂，整天没日没夜地忙工作，这是累垮了啊。

诊断结果很快就出来了，尤正兴患了一种很罕见的脑部肿瘤，也就是俗话说的脑癌。这种癌症因为发病部位特殊，手术极为复杂，也不适宜做化疗和放疗，所以国内治愈率非常低。

"许丽，你问下主治医生，国内哪家医院治疗水平高我们就把尤总送到哪家医院去治疗。"

"我和尤总家属都已经问过多次，国内目前的治愈率都很低。不过，据医院的院长说美国有过治愈此类病症的案例，不过费用很昂贵，也很难申请入院。"

"好，立即和我们的美国公司沟通，让他们联系医院。不管花多少钱，也要把尤总的病治好了。"

"好的，我立刻去办。"

人命关天，一切都要争分夺秒，才有可能出现奇迹。在死神面前，科兴员工的高效率再一次发挥得淋漓尽致。仅仅一周之后，尤正兴就在多名家属的陪护下，登上了去美国治病的飞机。

钟成自己开车赶到机场为尤正兴送别。两双粗壮的手紧紧地握在一起，两双眼睛互相凝视着对方，两个人都没有说话，相互间只是一直握着手默默看着。这是情深意重的兄弟之间的生离死别，也是心意相通的伙伴之间的谆谆嘱托。心中纵有万千情，此时无声胜有声。

“正兴，一定要配合医生，坚定信念，治好了病回来。无论再难，也不要让我们有遗憾！”时间快到了，钟成深情地对尤正兴说。

“老板，我一定会回来的！因为我不想待在美国，这里才是我的家！”

两个人再也控制不住，像两个没有长大的孩子一样抱头痛哭起来。此时此刻的心情，也许只有钟成和尤正兴两个人最清楚。内外交困，内忧外患，寒风浓霜，步步紧逼，科兴已经濒临绝境，尤正兴又患上了绝症，这难道是天要绝人之路吗？

一波未平，一波又起。

2003年1月末，世界网络电信巨头思通公司在美国突然对科兴提起诉讼，指控科兴侵犯了他们的知识产权，并且提交了长达70多页的诉讼材料。

一年前，科兴美国子公司在亚特兰大市举办的展览会上正式亮相，很快打开市场局面，并于美国3C公司接触，推进成立合资公司事宜。虽然科兴在当时与思通相比还只是一家小公司，但是科兴登陆北美后对思通在美国本土的网络设备产生的强大冲击让他们坐卧不安。

“美国媒体在跟着起哄。在他们看来，中国不可能生产出高科技产品，肯定是模仿、抄袭了美国的产品，侵犯了美国公司的知识产权。思通这次也是利用美国媒体的影响力，在第一时间就把不利于我们的信息公布于众，并警告我们的潜在客户，不让他们购买我们的产品，以免引发连带赔偿的官司。”

毕胜详细地向钟成汇报这一突发事件以及引发的后果。

“多事之秋，树欲静而风不止。看来我们想过一个祥和安静的春节都成为一种奢望了。”钟成脸色发青，背着手直挺挺地站着。

“其实，这并不是一场意外，该来的终究会来。从1999年科兴推出数据通信产品开始，我们双方的交锋就不可避免。去年的时候，虽然我们的固网通信产品市场增长大幅度下滑，但是路由器和数据交换机在国内的份额已经逼近思通，有消息说思通在公司内部成立了专门对付科兴的小组，已经做好了诉讼的准备。”

华芳菲对此并不觉得意外，这是对手蓄谋已久的事情。

“我们做事一向堂堂正正，光明磊落，他们起诉我们什么呢？”钟成问旁边的郑国伟。

“现在的焦点主要有两个，一个是说源代码侵权，还有一个是技术文件及命令接口存在相似性。思通认为，我们在开发数据通信产品的过程中，偷偷使用了他们的专有技术。”

“那我们的产品到底侵权了吗？”钟成盯着郑国伟问道。

“没有，绝对没有！他们就是小题大做，扰乱市场！”郑国伟站起来大声回复。

“事发紧急，我们必须当机立断。毕胜，你和郑国伟、法务部刘新等人立刻组织一个应诉的团队赶赴美国，要多请一些熟悉美国法律的专家，发挥他们的专业作用，积极应对。华总坐镇大本营，总体统筹协调此事。这是一场硬仗，对方蓄谋已久，有备而来，我们绝不可轻敌。要记住，我们是在和世界级的网络通信巨头在他们家门口打官司。敢打才能和，小输就是赢。你们大家有没有意见？有意见都大胆地说出来！我们必须要群策群力，才能打赢这场硬仗！”

钟成说到这里，嗓子有些嘶哑，禁不住大声咳嗽起来。

“这场跨国官司不仅关系到我们海外战略的成败，而且还关系到我们公司能不能熬过这个冬天。为了活下去，我们必须确保海外战略快速推进。所以，这场国际官司可能只是一个开始，无论输赢都会为我们留下宝贵的经验。因此，我们必须全力以赴，做好长期应对的心理准备。”

“华总说得对，要做好长期应对的心理准备。暂时有些困难不要怕，更不要乱了方寸。毕胜，你们准备什么时候出发？”

“我开完会回家拿件换洗的衣服，下午的飞机直接去美国。”

“好，这个春节你们要在美国度过了，很有意义。我和华总等着你们的好消息，多保重！”

“您也多保重。我还是建议您去医院检查检查吧，不能老拖着，我们都很担心。”毕胜已经多次提出让钟成去医院检查身体了，每次都会被他百般推托过去，这次去美国，他也不知道何时能回国，只能再一次提出建议。

“好的，毕总。我一定会督促钟总去医院的。”

华芳菲很理解毕胜的心情，她决心要说服钟成尽快去医院检查。

其实，不用大家再力劝钟成，他已经撑不住了。

一个雨后的早晨，夏洁做好了早餐，到书房去喊钟成起床。去年以来，钟成晚上严重失眠，有时候直到早晨才能睡一会儿。所以，夏洁一般都会做好了早餐才去叫醒他。打开房门，夏洁却发现钟成并不在房间里。床上的被子还没有叠起来，他到哪里去了呢？

夏洁满腹疑惑，马上去卫生间查看，发现也不在。难道已经去上班了？平时都是吃过早饭才会去的啊。夏洁忽然想到了一个地方，脑子里一激灵，转身就奔卧室而去。

果然，卧室的阳台窗户大开着，钟成直直地站在一把椅子上，背对着夏洁，正对着敞开的窗户发愣。

“你干什么？你疯了吗？咱家可是十六楼啊！”夏洁一边狂叫一边冲进阳台，死死地抱住了钟成的腿，把他从椅子上拖了下来。夏洁看到，钟成眼圈发黑，脸色铁青，双眼呆滞，泪流满面，嘴唇不停地在抖动，却说不出一句话来。

“你怎么了？你不要想不开啊。你要为孩子着想啊，你要为大家着想啊。你要坚强起来！”夏洁一边抽泣一边大声对钟成说。

钟成流着泪呆呆地看着死死抱着自己大腿的夏洁，她是那么年轻漂亮，那么气质动人，那么温柔体贴，可是刚才自己竟然鬼使神差地差点从窗户边跳下去！这不是反思，更不是勇气，而是懦弱和逃避。他竟然变成了一个连自己都瞧不起的男人？他竟然忘记了自己肩负的沉甸甸的责任？

“啪！啪！啪！”钟成抬起右手，狠狠地在自己脸上打了三巴掌。

“不要打了，你也不要再倔了，我们现在就去医院，答应我好吗？”夏洁流着泪，一脸关切地看着钟成。

“嗯。”钟成重重地点了点头。

到了医院，经过一系列的检查，医生很沉重地告诉夏洁，钟成不仅有糖尿病、高血压等慢性疾病，而且还有很严重的抑郁症。另外，他可能还患有皮肤癌，等化验结果出来以后才可以确定。

夏洁听完医生的话以后立刻就呆住了，她不知道该不该告诉钟成。她考虑再三，拨通了华芳菲的电话。

“夏洁，马上为钟总办理住院手续，我和许丽很快就过去，剩下的事情我们见面后再商量。”华芳菲意识到钟成的病情确实很凶险，必须马上医治。

化验结果很快就出来了，确认钟成得了皮肤癌，需要马上动手术。当夏洁忍住眼里的泪水和华芳菲一起告诉钟成化验结果的时候，钟成却显得非常镇定：“你们不要担心。其实我在十六楼的窗户前向下望的时候，就已经和死神进行了一次深度交流。我当时就在想，我都可以直面死亡，为什么不能直面人生？困难和挫折都是暂时的，只要信念不倒，我就不会倒下。有一天我做梦，梦见自己就是一只不死鸟，无论遇到什么艰难困苦，我都会在自己的天空中一直飞下去。夏洁，让医生马上给我安排手术吧。”

“好的。你绝对不会有事的，我会一直陪着你。”夏洁轻柔地说着，眼泪又情不自禁地流了下来。

“夏洁，我们都要坚强起来，钟总不会有事的！”许丽握住夏洁的手，用力地说道。

“情况都已经这样了，还能再坏到哪里去？我们要保持革命乐观主义精神。革命者永远是年轻！”钟成轻松地说完，脸上竟然呈现出了久违的笑容。

三天以后，躺在病床上被推进手术室的钟成显得非常平静。在医生准备注射麻醉剂的时候，他忽然想起了创业之前骑自行车去爬梧桐山，站在山顶上眺望深圳湾的情景。创业十几年来，眼看着科兴从小到大，从弱到强，好不容易到了现在的规模，结果却面临着传统业务萎缩，耗尽了公司总资产近三分之一的3G技术迟迟没有办法推向市场，小灵通失利，爱将背叛，核心技术团队被挖，被迫去打跨国官司，一起创业的兄弟患了脑癌，再加上母亲意外去世，自己又身患癌症……过去的一幕一幕如同电影般在他的脑海里一一闪现，一种深深的幻灭感油然而生。自从创业以来，他把公司90%多的股权都分给了员工，几乎每天都工作十多个小时，现在人心涣散、混乱不堪的局面让他始料未及又痛心不已。

公司面临崩溃，内外矛盾重重，自己既然已经拼到无能为力，那不如干脆放手。麻醉药开始起作用了，钟成在最后的清醒时刻，暗暗地下了决心。

钟成没有料到，毕胜带团队去美国应诉，一去就是半年多。

根据专家团队的建议，科兴首先在美国停止了被思通指控侵权的产品的销售，紧接着与3C公司宣布成立合资公司科兴3C，与美国企业结成了战略同盟。

双方在庭审时进行了多次激烈的辩论，3C公司的首席执行官也在法庭上提供了有利于科兴的证词，但是诉讼仍然迟迟没有结果。由多位副总裁和法律专家组成的应诉团队只能使出浑身解数，咬着牙坚持到底。

长达数月的庭审进入最后关头，胜负将取决于双方产品的源代码是否相同。

2003年10月1日，双方源代码的对比工作结束，结论非常令人鼓舞：科兴的产品没有问题！第二天，双方最终达成和解，思通撤销了对科兴的诉讼。

做完手术的钟成在病床上对这个来之不易的胜利并没有表现出过多的喜悦，而是一直在苦苦地思索。创业时选择进入通信行业是一种机缘巧合，钟成当初只是认定通信行业的市场足够大，利润高，科兴有广阔的生存和发展空间。现在面临的情况却是国内市场低迷，而且国际市场的门槛又比想象中的难。自从思通起诉以来，不仅美国市场受到很大影响，就连欧洲的很多客户也暂停了与科兴的合作，全球化之路严重受阻。

美国是世界上经济最发达的国家，也是科技水平最高的国家。如果不能打开美国的大门，科兴的全球化之路就会变得扑朔迷离。既然如此，何不把科兴卖给一家有实力的美国公司呢？这样一来，科兴的国际化战略就不会再有任何阻碍，企业就能长期生存和发展下去。

想到这里，钟成把华芳菲叫到病房里，秘密地和她交流了一次。

"华总，科兴是因为无知才进入通信行业的，目前的危局并不是偶然的，而是我们对这个行业还没有真正理解。科兴就像是我的孩子，我不能眼睁睁地看着她在我的怀里死去。为了让科兴能够长期活下去，我想把科兴卖掉，卖给一家实力强大的美国公司，这样不仅可以延续科兴的生命，而且也解决了目前的危机。毕竟科兴还有两万多名员工，我们必须为他们的工作和生活着想。你的意见呢？"

"钟总，公司现在的确处于生死关头，您的身体又出了问题，我们是被推到了风口浪尖上，备受煎熬。但我最近在想，只要再坚持坚持，一切总会有转机的。我的意见是先治好您的病，等您身体康复了，我们再从长计议。您看可以吗？”

钟成住进医院后，华芳菲只能硬着头皮主持科兴的日常经营管理工作，压力骤增，已经开始失眠，头疼。

“目前的形势下，我们必须要往最好的方向去做，同时也要做最坏的打算。泰坦尼克号触礁的时候，船上的人们还在狂欢呢。我们要做两手准备，否则如果形势继续恶化，我们可能连自救的机会都没有了。华总，我的意见是你从现在开始就安排一个精干的项目组秘密地寻找潜在的买家，秘密地进行谈判。只有先行动起来，当最坏的情形出现时才不会完全被动。这件事就由你亲自主抓，要严格封锁消息，秘密地进行，不到关键时刻不要公开。你看呢？”

“其实也不用寻找买家。美国的摩罗公司目前在世界新兴手机市场占据垄断性地位，我们以前就有合作。今年7月我们决定开始投入3G手机的研发，成立了手机业务部，为了拓展美国的3G市场，之前我们一直在和摩罗公司谈组建合资公司的事宜，谈了两年还没有结果。主要原因在于摩罗希望通过合资的形式来收购科兴，但是我们已经开发出CDMA和WCDMA的全线产品，一旦将这部分资产注入合资公司，会给我们造成很大损失。”

“是啊。你提醒得很对，我怎么忘了摩罗呢？那我们就干脆一些，你明确告诉对方，合资是不可能的，如果想收购，就拿100亿美元的现金，将科兴连人带产品还有生产基地，打包拿走。看看他们的反应如何？”

“好的。我马上和他们再谈一谈。”

华芳菲也很清楚，目前的情形下，风险的确不可预料，只有快速行动，才有可能迎来转机。只是，出售科兴这个迫不得已的选择，她从内心深处是非常不情愿的。

世上很多事情的发展并不会以人的意志为转移，意外有时候竟然和常态无法区分。做完手术的钟成在医院休息一段时候后，就进入工作状态。但是在半年后的一次例行检查中，发现癌症竟然复发了。

心中纵有百般无奈，万般纠结，钟成还是被再一次推进了手术室。造化弄人，命运多舛，钟成所能做的，就是在还活着的时候奋力一击，抗争到底。

无论生命还剩下多少时间，都要去尽最大的努力让人生过得更有意义。目前的这种局面，尚在病中的钟成多少还是有些不甘心。自己做出卖掉科兴这个选择的时候，其实也有一些其他想法。从小在山区农村长大的钟成一直有一个心结，就是想办法去改变中国农村落后的面貌。国内很多拖拉机厂正处于倒闭的边缘，他想把国内所有拖拉机厂买下来，转型去做拖拉机。国产的拖拉机价格并不高，但是质量上不去，老有漏油或者发动机不耐高温等各种问题。如果用上向美国公司学习的先进管理方法，就可以解决这个问题，那么拖拉机的价格就可以提高一倍。颠覆汽车产业对于他来说可能是遥不可及的，但创造世界上最大的拖拉机王国还是很有现实意义的。另外，他也不想让科兴的大部分员工丢了工作，卖给摩罗就是给他们找了个好靠山，让他们可以继续从事通信行业。

第二次手术做得非常成功，钟成在医院里休养了两周后就开始了正常的工作。没有办法，在这种危急的局面下，他根本不能忍受自己整天窝在家里休息。

“钟总，看您身体恢复得这么快真是高兴。正好我也告诉您两个好消息。”华芳菲看到钟成气色越来越好，心里一下子就轻松了很多。

“什么好消息？快说来听听。”

“尤总的太太告诉我们，说尤总的手术很成功，治疗的效果也出乎意料地好，他应该很快就可以回国了。尤太太多次提到要感谢您，感谢科兴，竟然花了这么多钱去救治尤总。他们都很感动。”

“太好了！正兴身体的底子还是好，这么罕见的病都奈何不了他。你告诉许丽，一定要安排好正兴他们回国的事情。”钟成听到这个惊喜，满是皱纹的脸上立刻就乐开了花。

“还有一个就是，我们这边和摩罗的谈判进展得也比较顺利。他们的首席执行官迈克先生想尽快和您见个面，商定一下最终的价格以及后续事宜。他们提议近期可以在北京或上海会面，您看您的身体情况怎么样？”

“事不宜迟，能速战速决就不要拖延。现在是全球性的经济低迷，搞不好就会夜长梦多。你来跟对方约时间和地点，我随时可以赴约。”

其实钟成身体还很虚弱，但是他更了解这件事的利害关系。

“他们提议可以在上海，那就约在上海吧，离深圳也不算远。”

“好的。他们愿意就可以，我去北京也没问题。”

华芳菲希望钟成能多休息一些时间再去谈判，但是她也清楚，目前的形势错综复杂，任何事情都不能有半点差错，否则就可能出现意想不到的变化。

果不其然，对方的时间一直在发生变化，一拖再拖，很快就拖到了年末。年末的时候，摩罗首席执行官迈克终于确定了时间，经过双方协商，地点改在了海南岛。

海南三亚一家五星级酒店的会议室内，经过双方多次协商，摩罗最终决定以75亿美元的价格收购科兴，随后双方代表郑重地签署了收购意向书。

这似乎是一个皆大欢喜的结局。双方的谈判团队都兴高采烈地穿上富有热带风情的靓丽服装，在沙滩上笑逐颜开地比赛跑步，比赛打乒乓球，一派和谐。

钟成和华芳菲等人也穿上了色彩艳丽的短袖衬衣、短裤，与摩罗的高管团队赤着脚在柔软细密的沙滩上散步。他们一边高谈阔论，一边畅想科兴并入摩罗以后如何进军欧洲市场、美国市场，乃至全球市场。迈克很兴奋，因为他终于把中国最大的电信设备制造商收入囊中，进一步增强了摩罗在中国的市场竞争力。作为一名资深的职业经理人，他深信，虽然目前还处于全球性的经济危机阶段，但是一旦危机过去，中国将会迸发出无限的市场潜力。摩罗虽然也是电信巨头，但是这几年的经营业绩乏善可陈，毫无亮点，而且由于前期在芯片和终端市场上的战略误判，今年业绩大幅度下跌，并购科兴应该是解决目前困境的最佳方案。

刚刚大病初愈的钟成此时虽然笑容满面，但内心里却是五味杂陈。出售科兴是他这辈子做的最纠结的选择。他真的不舍得，真的不情愿，但是这个“冬天”太长了，太冷了，虽然他做了各种准备措施，仍然没有办法等到春天到来。决策失误、爱将背叛，各种内忧外患已经让近五十岁的他身心俱疲，欲哭无泪。即使这样，他也不想眼睁睁地看着自己一手创立起来的公司就这样垮掉，不想看着跟随了自己多年的兄弟们失去工作。他不能太自私，也不能情绪化，只有卖掉科兴才能延续科兴的生命，才能让员工可以继续工作。所有的委屈和泪水只能自己咽到肚子里，个中滋味又能向谁倾诉？

谁能料想，这一看似皆大欢喜的合作形势忽然急转直下。

回到深圳的钟成刚刚轻松了两天，就得到了一个令人震惊的消息：摩罗首席执行官迈克宣布辞职，其职位由艾利克斯接任。

紧接着，另一个消息传来！艾利克斯同意继续与科兴谈判，但是前任迈克签的意向书无效，因为董事会否决了这份协议，理由是收购科兴这样一家不知名的公司价格过高，而且全部用现金支付的方式摩罗也无法接受。

当晚，钟成再一次失眠了。他心里很清楚，自己曾经寄予无限希望的被巨头收购基本上不会再有可能。生存还是毁灭？这是个问题。对于科兴，出售还是不出售，曾经困扰了钟成许久。当他终于下定决心出售科兴时，却又一再节外生枝，最后被无情地否决。面对这个尴尬的局面，钟成不由得思绪万千。父亲一再告诫他，无论遇到什么局面，都要想办法活下去。他创立科兴以来，给科兴立下的最高目标和最低目标都是保证企业能够活下去。其实，他决定出售科兴时，又何尝不是为了让科兴活下去呢？现在，出售成了泡影，科兴的生存还是毁灭问题又一次摆在了他的面前。忍无可忍，便无须再忍；退无可退，便无须再退。残酷的现实再一次激发了钟成内心深处的斗志。

“一定可以胜利，一定能够胜利。因为除了胜利，已经无路可走。”钟成在黑暗中似乎听到一个坚定的声音在耳边回响，好像是父亲在跟他说话，又好像是自己在跟自己对话。

怎么样才能保证未来的胜利呢？自从创业以来，他走的每一步都是跟随在西方大公司的身后，无论是技术和产品，还是经营和管理，他都是采取的跟随策略，因为这是一种风险最小的策略。现在来看，这种看似风险最小的跟随策略也同时蕴藏着巨大的风险，那就是没有创新性的技术突破，也不可能会有创新性的科技产品。没有创新性的管理思想，就不可能会有创新性的企业组织。只有打破保守的因循守旧思想，才能在瞬息万变的市场环境中永立潮头。世界上唯一不变的就是变化，在一个不断变化的世界中能够生存发展只能依靠不断创新，而且是由内而外的创新，只有把企业建成一个学习型组织、创新型组织，企业才能取得长治久安。就像一枚鸡蛋，从内向外打破，就是一个新的生命诞生。从外向内打破，就只是一枚煮熟的食品。

企业要创新，就会涉及经营管理的方方面面，商业模式、技术产品、组织结构、企业文化，等等，但是最重要的一定是思想的创新、机制的创新。只有思想和机制创新，才会使组织发生脱胎换骨式的变化，才能使组织在经历过种种阵痛之后迎来新生。

“既然如此，那就先从改变科兴的决策机制开始吧。”

钟成已经请国外的咨询公司到科兴做了详尽的调研，而且也帮助设计了一套新的组织体系和决策模式，就是建立一个五人组成的经营管理团队，采取轮值负责制，每人任期半年。钟成也是这个团队的一员，他有一票否决权，但没有最终决策权。如果不是因为忙于和摩罗的并购谈判，这个重大的组织结构变化和决策机制变化已经开始实施，现在看来，到了马上推出的时候了。

创新需要改变，改变才能应变。以不变应万变只是意味着思想的坚定和战略的定力。故步自封和僵化封闭只能导致组织死亡，就像熵增定律一样，一个没有外力作用的封闭系统，最终一定会逐渐从有序到无序，从清晰到混乱，最终导致热寂状态——死亡或者毁灭。只有不断创新和改变才会导致熵减，并最终形成负熵而生的活力状态。

“只有不断创新，才能为客户持续带来价值，才是企业的生命之本。”虽然一夜未眠，钟成却感到非常兴奋，因为他相信自己已经找到了解决未来科兴生存和发展问题的答案。

2004年7月末，思通公司与科兴公司各自发表声明，宣布持续一年半之久的“侵犯知识产权”官司彻底结束。这场让科兴几乎筋疲力尽的跨国官司终于画上了句号。不过，这一场让业界轰动的跨国诉讼也给科兴公司带来了意想不到的惊喜，那就是本来在海外市场上默默无名的科兴，因为这场官司而名声大震，开始赢得越来越多的国际客户。毕竟，从1996年就开始的国际化道路，科兴一路走来异常辛苦，折腾来折腾去还是一直在亚非拉的一些贫困国家里折腾，欧洲的国际大运营商对科兴的产品基本上都不认可，可谓“屡败屡战，屡战屡败”。

二个月后的一个早上，钟成刚到办公室就接到了华芳菲的电话。

“钟总，刚才李国栋告诉我一个好消息：国际业务部在荷兰签订了一个大合同，总额2500万美元。这是我司产品在欧洲市场的首次重大突破，绝对值得纪念，值得祝贺！”

华芳菲一向沉着冷静，颇有大将风范，这次竟然在电话里表现得非常激动。

“华总，看来我们的苦日子快熬到头了。冰雪已经融化，春天已经到来。祝贺国际业务部，他们终于可以一雪前耻，扬眉吐气了！”

钟成的心里也非常激动，不过这两年来经历的变故太多，他已经有些荣辱不惊了。

整个市场形势都在好转，到2004年年底的时候，科兴公司的销售额竟然接近了500亿元人民币，其中海外市场约30亿美元。

九死一生的科兴，终于看到了天空中令人无限憧憬的曙光。

第八章　浴火重生

“阿正，你先坐着喝茶，菜很快就好。”

热气腾腾的厨房里，钟成满头大汗，腰里系着围裙，一只手稳稳地端着炒锅，另一只手挥舞着铲子，正忙得不亦乐乎。

“老板，不要这么忙活了，我们去饭店吃多简单。”说着话，尤正兴已经从客厅来到了厨房。私下里，尤正兴经常称呼钟成“老板”，倒不是有意奉承或者巴结，就是觉得自然而且亲切。在科兴，很多人都这么叫，几乎是约定俗成。

“你刚从美国治病回来，说什么也要在家里给你接个风。夏洁正巧回老家探亲了，我亲自下厨给你做菜，这个接待规格还可以吧？”钟成炒着菜也没忘记跟尤正兴开玩笑。

“这个规格是相当可以啦。我可真是有点受宠若惊，哈哈。”

“我看你在美国治病瘦了不少，精气神也有点不如以前，今天我下厨，就是要给你补一补身体。”

“老板，一年多不见，您也老了很多，而且还很憔悴，让我看得都心疼。”尤正兴注视着钟成，见他头发花白，脸上皱纹如沟壑纵横，想起两个人这些年的遭遇，忽然有些莫名的伤感。

“快端菜。快端菜。我还要接着炒下一道菜，你一会儿过来帮帮手。”钟成毕竟大尤正兴不少岁，听他有些伤感，就转移了话题。

钟成的厨艺还是有两下子，一会儿的工夫就搞了两荤两素，四菜一汤，色香味俱全，让人看着就有食欲。

“阿正，今天就我们俩，而且都是刚刚从鬼门关绕了一圈又回来的，我们就以茶代酒，边吃边聊。长夜漫漫，我们有的是时间。”钟成先拉着尤正兴在餐桌旁坐下，然后自己坐在他的对面，端起茶杯说，“今天请你吃饭，主要是看看你身体恢复得怎么样。另外呢，也有几件事和你一起商量一下。来，我们共同举杯庆祝一下死里逃生。”

“老板，你我这次真够悬的。本来我以为这次挺不过去了，后来听说您也得了癌症，我就在想我一定要挺过去，我们两个人都要挺过去，尤其是您，因为科兴离不开您啊！”

“阿正，不是科兴离不开我，而是离不开我们两个。我正好有几件事和你说一说。我们不着急，一件一件地说，边吃边说。快吃菜，这可是我亲手做的。”

“那我可就不客气了，其实我的肚子早就按捺不住了，哈哈。”

“这第一件事，就是这次生病期间，我反思了很多，其中最重要的就是科兴的组织模式和决策机制问题。过去呢，公司是我创建的，我年龄又最大，公司基本上都是我说了算。我今年五十岁了，你也有三十岁了吧？你刚到公司那会儿，还是个毛头小伙子呢。你年轻，能力强，所以我说你一个人能顶一万个人。但是在很多重大决策面前，就是你阿正，也没有站出来反对我，质疑我的决策，导致我自己都以为我是不会犯错误的，因此轻率武断地做了一些错误决策，差点把大家一起辛辛苦苦创建的科兴给带到绝路上去。人无完人，我们不但要洞悉人性而且还要超越人性，改正错误。改变自己就相当于给自己做手术，再痛再苦也要做。我们这次请了一家咨询公司，帮助设计了一套新的组织结构和决策模式，建立高层经营管理团队，由五位成员轮流执政，每人半年。其实这种轮值制度，就是一种自我批判的制度，是一种防止人为错误的自我纠错机制，是科兴创建以来在公司治理架构上的一次全面优化和升级。”

“老板，我仔细听着呢。您别光顾着说话，不吃菜。我给您夹点菜。”尤正兴太熟悉钟成的特点了，讲起话来滔滔不绝，都忘了吃饭了。

“哈哈，你不提醒我还真是忘了吃饭这事。”钟成赶紧把尤正兴夹过来的菜吃了，然后接着说，“你觉得这种轮值制度怎么样？”

“老板，我不太懂公司治理，但我认为这肯定是中国企业治理结构和决策模式上的一次重要创新。这虽是咨询公司提供的建议，背后其实离不开您变革的决心和勇气。”

“嗯，这一次我也是痛定思痛。我们现在已经请世界上最好的咨询公司为公司建立并提升了人力资源管理、集成研发管理、供应链管理、客户关系管理，正在做公司组织流程优化以及公司治理和财务管理等咨询项目，就是要使公司管理逐步走向规范化和流程化，逐步淡化企业家个人色彩，选拔和培养合格的接班人队伍，让公司从人治走向法治，真正能够成就百年基业。这是我的追求，也是全体科兴人的愿景。对了，阿正，我想让你进入这个经营管理团队中来，但是又担心你的身体，所以想听下你的意见。”

钟成其实也清楚，尤正兴之前也是直脾气，心里想什么就会说什么，哪怕是他钟成的意见，他也敢于挑战。但是自卫亦兵负责中央研究部以来，不断削弱尤正兴在技术体系的影响力，排挤以前尤正兴提拔起来的旧部，尤正兴就开始越来越沉默。后来的结果就是，卫亦兵走了，尤正兴病了，钟成自己濒临崩溃，科兴的“冬天”真的到来了。昨日的彷徨与痛苦，依然历历在目。在这次组织体系大变革的时候，钟成希望再次请尤正兴出山，重振旗鼓。

“老板，如果不是得了脑癌，我相信即使您不找我，我也可能会主动请缨。这场病出人意料，也来势汹汹，差点就要了我的命。其实休息到现在，我感觉精力也大不如前，可能无法胜任要职。如果让我出谋划策，想想办法，出出主意，做些力所能及的工作还差不多，重要的工作只怕会耽误了，那样我心里更不好受。另外，现在技术和产品体系里，像郑国伟、周军锋、杨浩宇等都是很优秀的人才，郑国伟老成稳重，周军锋耿直凌厉，杨浩宇激情四射，每个人都有自己鲜明的特点，如果成长起来，都会成为大器。”

“杨浩宇，是哪个部门的？”

“以前在无线做研发，现在是产品经理。此人生性乐观，有股子激情，工作起来也是拼命三郎，可以重点培养。”

“嗯，我会留意的。经营管理团队实行轮值制，也是为了决策的科学性。我记得在部队的时候，每次军事演习，为了增加实战性，红军都要有假想敌，这个假想敌就是蓝军。蓝军可以模仿世界上任何一支军队的作战特征与红军进行针对性的对抗，这样的演习才更接近实战，才能达到真实对抗的目的。要不这样吧，阿正，你以后就组建科兴的蓝军吧，专门和公司经营管理团队，也就是红军，进行模拟对抗演练，以增加科兴管理层出台决策的合理性。无论是行业资历、个人实力、业务熟练程度还是性格特点，这项工作我看非你莫属。”

“老板，这项工作我可以接受。不过，我可把丑话说在前面，既然是对抗演练，那就必须要追求实战的效果，绝不能搞形式主义。这个要求不算过分吧？”

“我是让你向我开炮，又不是让你给我送糖衣炮弹。为了公司的健康持续发展，你以后就只管大胆地向我开炮！”

钟成兴奋地说着，举起手中的茶杯，跟尤正兴碰了一下。

“我今天可是喝茶喝出了老酒的味道来，来，干一个！”

尤正兴的确馋酒了。可惜，按照医生的嘱咐，他不能再喝酒了，只能回味一下开怀畅饮的时刻了。

“阿正，还有一件事，卫亦兵离开公司以后的事情你了解多少？”

“说实话，亦兵是一个难得的人才，就是年轻气盛，情商不足，格局不够，一直到现在也没有理解您对他的良苦用心。真的非常可惜！”

钟成说：“现在他的星海网络销售额已经超过10亿元了，势头依然还很猛。另外，他用了很多不正当手段来和我们竞争，已经不是简单的挖人了。根据华总安排的调查，星海竟然私下里收买我们的研发骨干，让他们人在科兴工作，但是研发领域故意回避与星海有竞争关系的市场。北京研究所有一个员工也被收买，利用在科兴的研发资源，人还没离开就已经和星海暗中成立了合资公司。这些人，真的让我非常痛心。难道在利益面前就可以毫无敬畏之心了吗？真的是利欲熏心，毫无底线。”

尤正兴非常理解钟成现在的这种心痛，那是一种深深付出以后被欺骗或者被戏弄的悲愤。以前钟成每次力排众议，毫无保留地支持卫亦兵的时候，尤正兴心里也有委屈，不过他最终选择了以大局为重。可能也就是从那个时候起，卫亦兵就开始偏离了人生的正常轨道。

钟成接着说：“现在星海又不断合并科兴出来创业的其他公司，产品线不仅有数据通信，而且还包括了光通信等系列。这说明他想与科兴全面竞争了，不能不引起我们的高度警惕和全面重视。”

“老板，现在最棘手的是资本已经开始介入星海的经营，多家投资机构给星海投资，目的就是要促使星海尽快上市，他们才好兑现离场。资本的力量是不容小觑的，我想以亦兵的性格和阅历，很容易就被资本控制或者左右，最后身不由己，做出更多出格的事情。”

“你说得对！资本的本性就是追逐无限的利润，如果和人性的无限贪婪结合在一起，就会应验马克思以前讲过的那句话：资本来到世间，从头到脚，每个毛孔都滴着血和肮脏的东西。每一位真正的企业家都应该对此保持警醒，不要被资本和金钱所俘虏，而要成为资本和金钱的主人。超脱于物外，方能不为物所役。”

钟成听尤正兴讲到很多资本机构正在介入星海时，忍不住拍案而起，看来卫亦兵的事情在他心里已经憋了很长时间了。

“老板，高层经营管理团队应该尽快明确下来，新的组织形式一旦确定下来，您就可以有更多时间处理战略问题了。”

“是啊。今后公司董事长的职位我想由华芳菲出任，她待人亲和，有大局观，善于和外界沟通，稳重大气，总是能在关键时刻力挽狂澜。她多次跟我说，我国不缺少科技致富的种子，而是缺少使种子成长的土壤，就是创新机制。要区别社会责任与个人成就欲望，加以疏导，使它们发挥积极的推动作用，让有社会责任者成为管理者，让有个人成就欲望者成为英雄和模范。最重要的是，一个企业长治久安的基础是接班人承认公司的核心价值观，并具有自我批判的能力。我觉得她的这些思想已经超越了我，所以她来做董事长是最合适的，我今后就安心地只做总裁。另外呢，毕胜、郑国伟、周军锋、胡江波、李国栋他们也可以进这个团队，都是在科兴工作十年以上的老员工，对公司有感情，对业务熟悉。本来我是希望你能加入进来，这样我就会更放心一些。”

“老板，其实我的个性您最了解。以前公司内敢于直言给您提建议甚至顶撞您的，除了华总，我也算一个，还有就是像周军锋这些后起之秀。我以后负责蓝军，是挺合适的，敢于说真话嘛，是不是？另外，老板，钟杰和扬帆最近怎么样了？他们也需要多锻炼才能成才啊。”

“钟杰这两年进步很大，不过还是需要多磨炼才行，当初我把他托付给你管教就是希望他能刻苦学习，不断提高自己，可是他那时候逆反心理太重。扬帆比她哥哥能吃苦，现在财务做得不错，不仅建立了全球统一的财务体系，包括组织架构、业务流程、财务制度和信息平台，而且正在推进全球账务系统的统一化和标准化，保证了全球的财务组织以更高的效率和更低的成本运作。丁爱萍整天在我面前夸她工作扎实，说一天都离不开她了。哈哈……”

“扬帆一直都很优秀，我相信她以后能承担更重要的任务。钟杰以后也不会差到哪儿去的，虎父无犬子嘛，哈哈……”

两人说到此处，不由相视大笑，完全没有注意到外面早就天色大亮。一顿普普通通的家常便饭，钟成和尤正兴竟然在不知不觉之中吃了整整一个夜晚。

深圳龙岗科兴基地，蓝天白云下，一座座精美的欧式建筑星罗棋布，一片片绿色的植被青翠欲滴，培训中心、研发中心、行政中心、生产中心、数据中心和员工公寓等建筑群各具特色，别具一格。餐厅、医院、商业街、健身室、图书室、游泳池、篮球场、公共停车场等生活设施一应俱全，体贴周到。基地中心位置是一个人工湖，湖面上碧波荡漾，成群的鱼儿在畅游，在嬉戏，在跳跃。

由于受到市场波动及业绩下滑的影响，气势宏大、环境怡人的科兴龙岗基地经过近六年的时间才终于全部建设完工。在这期间，科兴的员工已经克服各种困难分批分次转移到了龙岗基地工作。

行政中心三楼大会议室内，李国栋主持的国际业务部工作例会正在进行。

“钟总，我司能在荷兰斩获大单，取得欧洲市场的重大突破，多亏了杨浩宇的团队勇于创新的精神和敢于挑战的勇气。下面我让他来向您简要汇报一下。”

“很好，我正想做个详细的了解。小伙子，开始吧，看来你已经跃跃欲试了。”

钟成微笑着示意眼前年轻英俊、满脸充满期待神情的杨浩宇。

“钟总，不是跃跃欲试，真的是心里充满自豪，想和大家分享。我们中标的荷兰运营商一直经营不善，准备建设3G网络重新赢得市场。他们的机房空间很小，摆不下两台机柜，于是就去找合作多年的欧洲本地设备供应商亚诺公司，想开发一种小型机柜，以便放置3G机柜。但亚诺认为小型机柜开发成本太高，直接就予以拒绝。后来他们又去找欧洲另一家更大的供应商信立，结果也被拒绝。

“就在荷兰运营商走投无路的时候，我们欧洲市场拓展团队得知此事后特意登门拜访，他们就抱着试试看的态度答应与我们合作。我们调研完具体需求以后，提出了独创性的解决方案——分布式基站。就是把基站的室内部分做成类似分体式空调，体积只有机顶盒那么大，然后把基站的大部分功能放到室外。荷兰运营商对此有些半信半疑，一直追问我们的市场人员到底能否做到，我们的市场人员回答得斩钉截铁：可以做到！

“市场人员把需求反馈给公司征询意见时，有些员工表示反对，因为难度大，投入高，还有很多技术风险无法克服，万一达不到市场预期就几年内都翻不了身。最后问到我的意见时，我就说：没有什么可说的，必须做，不做就打不开欧洲市场的大门。结果就是，仅仅用了八个月，我们的分布式基站就研制成功，最终如愿以偿地取得了欧洲市场的重大突破。”

杨浩宇汇报的时候，禁不住有些眉飞色舞，甚至手舞足蹈。钟成一直微笑着，并没有中途打断他，而是在他汇报完后问道：

“浩宇，你当时做决定的时候，心里有多少把握？如果投入资源最终没有达到预期效果你会怎么想？”

“我当时就想，欧洲市场的门槛非常高，而且全球电信业的老大信立公司就在欧洲，如果不能抓住这次机会，我们不知道还需要多久才能进入欧洲，更不要说去打败信立了。我相信，只要大胆创新，敢拼敢上，就没有什么事是做不成的！再者说，如果最终没有取得预期的效果，投入打了水漂，那也是创新必须付出的代价。如果大家都因为担心和畏惧而不去创新，前怕狼后怕虎，瞻前顾后，左右摇摆，世界上很多伟大的创新都会死在萌芽状态，这个世界就不会有科技进步、经济和社会发展。所以，我觉得我的胆子应该更大一些，别人不敢做的我就要去做，失败了大不了从头再来。”

“很好。创新就是要冒风险的，不创新才是最大的风险。只要不犯同样的错误，我们就要鼓励大家勇于创新。”

“钟总，我性格比较直，胆子又大，说话做事可能有些分寸把握不到位。不少领导批评过我，可是我这个性格还很难改，还请您多包涵。”

“难得啊，在钟总面前总算谦虚了一回。哈哈。”李国栋忍不住笑着调侃了一下杨浩宇。

“每个人都有个性。我不是也被人说成脾气暴躁，不近人情吗？大胆做事，用心做事，坚持下去。趁青春年少，不要埋没了自己的才干。”

钟成带着欣赏的眼光看着杨浩宇，微笑着鼓励他。

“钟总，下面我们来汇报一下英国电信项目的进展情况，由研发的军锋总主讲。我先简单介绍一下有关背景。英国电信是欧洲领先的电信业务提供商之一，也是传统电信运营商战略转型中勇于创新的典范。基于全面改善顾客体验、满足用户综合信息通信服务的需求等多方面原因，其于2004年初公布了‘21世纪网络’白皮书，并在全球范围内甄选核心供应商。科兴现在已经进入甄选范围，刚刚接受了他们的采购认证考察团的全面认证。”

李国栋让周军锋主讲是因为周军锋是科兴接待英国电信采购认证考察的总协调人，全程陪同了他们的认证及考察，应该最有发言权。

“我就开门见山地说，这次我们能够进入像英国电信这样的国际主流运营商的备选供应商范围，是很了不起的重大突破。能够通过国际主流运营商全面而又严苛的采购认证，也是科兴这些年来大力推行管理变革的结果。这次采购认证就像一次全面‘体检’，采购认证考察团对我们在基础建设、硬件设施、生产能力、工作环境方面取得的成绩表示赞赏的同时，也对我们的内部管理提出了许多一针见血、中肯的批评。

“总的来说，我们这些年推行的集成研发管理项目、集成供应链管理项目、软件CMM（能力成熟度模型）体系等是这次认证的保障，就连我们龙岗基地现代化的办公环境和科研条件也是加分项。最终考察团认为我们已经基本满足要求，可以进入英国电信首选核心供应商的短名单之列。我们终于在和国际主流运营商的合作方面迈出了一大步。”周军锋汇报道。

“军锋说得很好。我们这些年为了夯实企业经营管理的基础，不惜‘削足适履’，在资金最紧张的时候都没有放弃，就是为了打造规范化、流程化的管理体系。这个管理体系不依赖于任何人，但是又制约并规范着任何人的工作。只有这样，我们才能实现无为而治，才能实现从必然王国走向自由王国。通过英国电信的采购认证只是万里长征的第一步，我们推动管理变革的决心任何时候都不能动摇。逆水行舟，不进则退。只要我们思想上稍微一松懈，很快就会退回到原来落后的状态。改变别人不容易，改变自己更难，而且更痛苦。但无论这个改变有多难多痛，我们都要舍得一身剐，将变革进行到底！”

这些年来，钟成在管理咨询项目上的巨额投入，以及对管理变革的执拗和执着，在公司内外引起了很多争议。尤其是网络泡沫破灭以后，战略判断的失误导致经营业绩下滑，他更是受到了广泛的质疑。对于所有的争议和质疑，钟成心里其实很清楚。变革和创新在中国漫长的历史长河中，一直都是天大的难题。搞不好就会引得群起攻击，搞得好也会引起无端非议，最后要么半途而废，要么物是人非，很少能够善始善终。钟成读过很多历史书，但他天生就是倔脾气，不信那个邪。不横下心来放手一搏，永远不知道最后的结果。在国内企业里，他愿意做第一个吃螃蟹的人。邓小平同志说过，改革开放胆子要大一些，敢于试验，不能像小脚女人一样。看准了的，就大胆地试，大胆地闯。这句醍醐灌顶的话，钟成一直牢牢地记在心里。

“钟总，非常赞同您所说的。目前世界上最大的移动通信网络公司之一——沃达丰也在跟我们洽谈合作。这次我们通过英国电信的认证考察，是一个极大的利好消息。我们现在非常有信心打开沃达丰的大门，与他们签订战略合作协议！”

李国栋的自信之情溢于言表，通过英国电信的认证在欧洲开了一个好头，其他运营商不可能不会考虑到影响，毕竟运营商之间也存在竞争关系。

“我补充一句，沃达丰在和我们谈判的过程中就对我们的分布式3G基站表现出了浓厚的兴趣，但是也存在半信半疑的态度。”

杨浩宇毕竟是分布式基站的第一发明人，忍不住插了一句。

“创新性的产品也要持续不断地加以改进，在技术指标和性能指标上都要精益求精，做到持续领先。欧洲都是老牌的资本主义国家，国家发展、历史文化、人才培育、科技水平等都有很强的根基，如果我们能通过分布式基站这个创新型的产品稳步占领欧洲市场，就意味着我们科兴的创新水平已经同步甚至领先于世界水平了。当然，我指的仅仅是分布式基站这个产品，并不是我们的所有产品。但是，只要有一款产品领先于世界，我相信就会有越来越多的产品同样可以领先于世界。所以说，创新是企业的核心竞争力。”钟成以前谈创新并不多，毕竟在创业时期，企业最大的目标就是活下去，现在他开始越来越重视创新，是因为他已经清晰地认识到，只有创新才能够让企业持续地活下去。“不过，创新是寂寞的，要有‘板凳敢坐十年冷’的精神和毅力，要勇于做一个孤独主义者。”说到这里，钟成意味深长地看了看周军锋和杨浩宇。

绿草如茵、幽雅寂静的龙岗基地中心湖边，钟成、华芳菲和胡江波三人一边沿着小径散步一边交流。

“把你们两位请到湖边散步不是躲清闲来了，而是我的思路忽然有些不顺畅，需要从办公室里走出来呼吸点新鲜空气，要不然脑袋都快爆炸了。”

钟成看似很轻松地给华芳菲和胡江波解释，却一直紧皱着眉头，显得心事重重。

“钟总，我知道您为何发愁。您是不是因为卫亦兵的星海公司准备上市的事情?”

华芳菲不愧是最理解钟成想法的人，一下子就说出了钟成的心事。

“还是我们的董事长厉害，我这点心事都瞒不过你。星海刚刚获得三家投资机构的联合投资，已经开始启动赴美上市的工作。他这是要和科兴对抗到底啊！如果他们上市成功，实力会极大增强，到时候就会成为科兴强有力的竞争对手。”钟成感叹时忽然停下脚步，转过头问右边的胡江波，“上海那家科兴内部创业公司侵犯我们知识产权的官司什么时候宣判?”

“所有和本案有关的调查和取证都已经结束，根据代理律师的意见，一个月左右就可以宣判。宣判以后就可以对星海及和星海类似的内部创业公司大肆侵犯我司知识产权的行为予以极大震慑。”

“现在看来只靠震慑已经不够了，我们必须用实际行动才能阻止他们的疯狂行为。”

华芳菲接过胡江波的话，补充了一句。

“这些人一旦和西方的基金公司搅在一起，就开始利欲熏心，胆大包天。他们不知道，这些西方基金公司都是不怀好意的。他们在美国的网络泡沫破灭中惨败，而后转向中国，以窃取或挖空科兴积累的知识产权、专利、人才等无形财富，来摆脱他们的困境。像卫亦兵那样聪明的人，怎么会看不懂这些呢？如此看来，他已经被资本挟持，铁了心要跟我们作对了。内部员工创业的底线是不损害科兴的利益。但是，有一部分人却违背了这个协定，星海就是其中的代表。在这个关键时刻，我们不能再百般忍让、委曲求全了，也不能再以个人感情代替组织利益了。华总说得对，我们必须用实际行动来阻止他们的疯狂行为，否则会有更多的人效仿他们，无所不用其极地损害科兴利益。”钟成坚定地说。

“钟总，我看这样，当务之急是要成立一个项目组，专门负责处理和星海有关的一切事务，阻止星海上市，迫使他们停止一切损害科兴利益的行为。我来做这个项目组的组长，江波做副组长，统筹协调一切内外事务。”

“华总，这次针对卫亦兵和星海网络的工作，必须由我负责。因为这件事是因为我当初的错误判断导致的，后来又由于我的感情用事，对他们的违规行为一再容忍。现在我已经下定决心，在公司整体利益面前，个人感情因素必须让位。此时如果我再不绝地反击，就会铸成大错，把科兴的未来白白葬送。谁造成的烂摊子谁收拾，星海这个烂摊子，还是我自己收拾吧。”

“好的。那我和江波就全力配合您。我想我们可以从以下几个方面开展工作：在市场和业务方面，我们可以利用和美国3C公司的合资公司这个平台，对标星海的市场专门做中低端市场，不惜一切代价抢夺星海的订单，而且要严格考核及追责。在人力资源方面，星海之前一直疯狂挖科兴的墙脚，现在我们反其道而行之，来个反挖脚，不惜重金吸引之前从科兴离职的员工重新回来。在专利技术方面，我们要发出正式的律师函予以严厉警告，同时适当公开他们侵犯我司知识产权的事实及法律后果。在资本层面，我们也可以拿星海的财务和知识产权等方面存在的隐患做些文章，让有些投资机构知难而退。这是一项很复杂而又很精细的工作，需要各个部门全力配合。”

华芳菲就是华芳菲，陪着钟成在湖边散步的时候就已经形成了清晰的工作框架，思考之细、逻辑之密让钟成不禁连连点头，紧皱的眉头也渐渐舒展开来。

“你们看，我们这个湖面和湖边的风景都很优美，很容易让人陶醉其中，流连忘返。不过，我总觉得还缺了些什么。华总，还是安排行政从国外购买几只黑天鹅放在湖里吧。”

“明白。您是想警醒大家，‘黑天鹅事件’随时都可能发生，我们一定要居安思危，保持高度的危机意识吗？”

“是的。世界变化太快，随时都有不可预料的风险出现，唯有惶者才能生存。就像我们科兴，黑天鹅随时都有可能从湖里飞起，任何时候都不能懈怠，不能膨胀，不能封闭。”

深夜时分，相比于白天的炎热和喧嚣，马尼拉这座洋溢着浓郁热带风情的历史名城此时却凉风习习，宁静平和。代越在床上翻来覆去一直睡不着，索性起床打开窗户，在凉爽的海风中呼吸新鲜空气。

代越这次失眠并不是遇到了难以解决的困难。他已经在马尼拉待了近一年，其间遇到的困难之多无法想象，但是他很少失眠，因为每天的工作强度都达到极限，刚躺下就会很快进入梦乡。这次失眠，其实是兴奋或者激动造成的。经过近一年的拼搏和努力，科兴即将拿下马尼拉的GSM大单，他怎么可能不心潮澎湃呢？

遥望着远处流光溢彩、椰影婆娑的马尼拉湾，近一年来的情形在脑海里不停地激荡翻滚，让他忽然有了呐喊的冲动。他感到嘴里有些咸丝丝的味道，用右手摸了一下脸，才发现自己早就已经泪流满面。

有着“热带花园城市”称号的马尼拉，是菲律宾的首都，历史悠久，经济繁荣，素有“亚洲的纽约”之名。从马尼拉到中国香港只需要飞行一个半小时，是距离科兴深圳总部最近的海外地区之一。

从1999年开始，科兴就开始拓展菲律宾市场，人员换了一批又一批，却始终没有打开菲律宾的大门。因为那个时候菲律宾的通信产业已经非常发达，电信渗透率高达45%，再加上长期和西方电信公司合作，使得菲律宾运营商对供应商的期望非常高，在每一次市场机会面前科兴都铩羽而归，一败再败。

2003年年底，因为科兴遇到前所未有的巨大危机，本着压缩预算、缩减开支的目的，科兴国际业务部无奈地决定关闭菲律宾代表处。

阴差阳错。2004年年初，作为GSM产品线国际行销部总工程师的代越出差途中经过马尼拉，决定逗留两天，深入了解一下菲律宾的市场情况。没有想到，当他进入科兴在马尼拉的办公室的时候，才发现小小的办公室里已经人去屋空，一片狼藉。科兴在马尼拉的本地秘书莎莉是一位年轻而又干练的姑娘，正忙着变卖办公室里的资产，为关闭代表处做善后工作。

“代总，为什么不再坚持一下？科兴在菲律宾是有市场的。”

莎莉看起来有些忧郁，用不太熟练的中文问道。

“这……我也认为应该再坚持坚持。”

“那就太好了！那样我们就不用再卖这些办公设备了，我也可以继续在科兴工作了。”

“可……可是，我还要向上面请示才可以。”

“那你赶快请示吧，我相信你可以办到的。”

望着莎莉充满期待的眼神，代越面色凝重地点了点头。其实，即使莎莉不说，他也已经决定要留在马尼拉。自从做GSM产品以来，代越经历过无数苦恼，多次挨批，但也深入一线，连续拿下了乌兹别克斯坦、印度、柬埔寨、越南、印尼等国外市场。尽管科兴在极力引导市场一线推广3G，但是经过国内小灵通PHS和CDMA产品两次被误导的经历以后，代越已经具备了独立思考的能力。正所谓“将在外，君命有所不受”，他越来越清晰地认识到，公司对3G市场乃至菲律宾市场的判断有误。如果没有2G通信，也就是GSM产品的坚实基础，即使3G通信发展起来，也不会有市场。因为，移动通信空中网络环境复杂，如果2G通信选择了一个供应商，3G通信再选择一个新的供应商，网络质量将会差到无法接受，用户并不会买运营商的账，运营商也不会如此糊涂。

代越决定给亚太地区部移动产品线总裁打电话，申请留在菲律宾工作。

“代越，菲律宾代表处以前多次反馈，说客户都是拿我们作为跟西方公司谈判的砝码，根本就没有诚意。在目前紧张的形势下，我们必须聚焦在有潜力的市场，你马上离开菲律宾，到你该去的地区。”

“李总，您听我讲一下留下的理由和依据，好不好？”

“我现在没有时间听。我再说一次，马上离开菲律宾，到最需要你的地方去！”

“李总，我再次请求留在菲律宾工作，请您批准。”

“好吧，我没有时间和你磨牙。你写个承诺书，就说留在菲律宾是你的个人决定，与任何人无关。就这样吧。”

挂了电话，代越心里也明白，留是留下了，不过如果市场开拓失败，他就只有卷铺盖走人了。

留下就要奋斗，哪怕是孤军奋战。接下来，代越连续参与了菲律宾几个大项目，但是结果依然是一败再败。不过，科兴的参与给了菲律宾客户一个明确的信号：科兴又回来了，而且已经发展得更好！这也是代越短时间内想要达到的目的。

菲律宾的移动电话普及率已经达到40%以上，业界普遍的判断是，在这样的市场2G已经没有必要再做，只有等待3G的市场机会。3G的未来灿烂无比，但是运营牌照迟迟未发，难道就只能无奈等待？况且2G都无法进入，3G就一定能进入吗？通过深入了解和调查，代越终于发现了市场机会。

菲律宾有三家移动运营商，其中两家占领了移动市场份额的95%以上。他们通过新颖的业务、廉价的短信和单向收费等方式吸引了大量客户，但是通话费用却非常高，每分钟话费超过一元人民币，因此用户不得不少打电话，而主要通过短信来沟通，很多用户都是典型的“拇指一族”。第三大运营商Sun（太阳）公司尽管成立时间最短，但是通过提供网内包月、无限通话的营销方式仅仅数月就吸引了上百万的用户来享受尽情通话的乐趣。

综合分析来看，Sun发展潜力很大，而且目前网络规模较小，客观上也非常需要科兴这样反应迅速的供应商来提供更加丰富的业务以及性价比更为优良的方案。因此，代越锁定了Sun作为市场突破的对象。

经过坚持不懈的努力，科兴终于拿到了Sun公司北吕宋地区的标书，但是对方只给了短短六天时间，而其他供应商此时都已经完成了标书。很明显，科兴是作为陪练的身份出现的，Sun公司并没有强烈的合作欲望。

既然机会来了，就要像狼一样扑上去，咬住了不松口。总部派人来了，大家龟缩在一个小小的办公室里夜以继日地写标书。正当节骨眼儿上，空调却忽然坏了，办公室里面热气腾腾，温度升至35摄氏度以上，代越只好对一直默默支持大家工作的莎莉说声抱歉，然后领着大家光着膀子干活，挥汗如雨，默默坚持。

正在此时，代越接到家里打来的电话，爷爷突然去世了。怎么办呢？从不抽烟的代越一个人抽了一盒烟，然后抹去脸颊上的眼泪，继续工作。

所有的努力都会有回报。大家通宵达旦做出来的标书，通过具有竞争力的商务条件和完善的技术方案很快让客户看到了科兴的价值。科兴终于进入客户重点考察的范围之中。

代越总算松了一口气。这时客户又给科兴增加了一个新的要求：提供整个首都马尼拉的设备搬迁方案，而且明天就要。也就是说，又要通宵加班，为客户提供全套技术方案和价格。看来这是一场拉锯战，考验大家的不仅是毅力，还有身体。

代越带领大家再次熬了一个不眠之夜，第二天早上8:30，准时向客户提交了厚厚的标书。随后的三个月里，每过一两天，客户就会提出新的要求，以及不同的报价模型和澄清要求，并逐渐将项目演进为一个包罗万象的Turnkey（交钥匙工程）项目，要求科兴以极快的速度响应，而且几乎每次都是同样的说法：明天就要。

就在忙得焦头烂额的时候，老婆打电话过来，说是得了急性阑尾炎，需要住院手术，问代越能不能回去陪床。

“亲爱的，现在项目正是最关键的阶段，如果我此时回去，有可能就会功亏一篑，我这两年的汗水也会付之东流。希望你能谅解，以后我会加倍补偿你。”

代越流着泪，给老婆打电话，希望能得到她的支持。

“老公，我能理解。你不用担心，我会想办法的。我希望你能签下这个合同，对得起自己的努力和坚持，也不辜负我对你的期待。”

“谢谢老婆的理解。我一定会拼到底！”

除了胜利，已经无路可走。代越只能默默地再一次为自己加油。

决战时刻，代越收到了一条令他无比兴奋的消息。历史上困扰科兴多年的国外融资问题通过科兴财务团队的努力终于得到解决，在中国出口信用保险公司的大力支持下，科兴获得了多家国外银行提供的买方信贷方案。这就意味着，科兴在菲律宾的项目可以向中国出口信用保险公司购买国家和政治险。

经过漫长的努力和等待之后，代越日思夜想的梦想终于实现了。

Sun公司最终授予科兴整个大马尼拉地区的GSM基站系统搬迁和新建工程，一共有600多个基站，多达6000多个载频。这个项目是科兴公司在全世界范围内承建的最大、密度最高的一个GSM本地网，创造了一个“科兴之最”。同时，Sun公司也授予了科兴下一代移动软交换系统、传输骨干网、宽带接入网络和接入服务器等多个项目。科兴马尼拉此役，最终大获全胜。

兴奋之余，大家也清楚地看到了项目实施存在的巨大困难。在一个1000多万人口的超级大城市要完成600多个高密度满负荷基站的搬迁和新建，而且工期非常紧张，恐怕对所有供应商而言都极具挑战性。科兴能否做到呢?

在简单而又欢快的庆功宴上，代越趁着酒兴，给大家讲了一个发生在甘肃兰州的故事：

2003年的青海省，一场无线通信争夺战正在激烈进行。中国移动和中国电信两大运营商都在比拼谁家的网络部署更快、批量放号更早，两边的客户项目经理都铆足了劲想比对手快一步，为他们提供基站建设服务的科兴当然不允许自己拖后腿。

现实条件十分严苛，大批的基站要部署在西宁市附近的山上。山上道路崎岖，完全不能通车，只能用当地的驴来运输。时间不等人，再难也要保质保量完成工作，于是负责青海市场的兰州代表处工程师们决定：就用驴子。于是他们雇用了大量的村民和驴子，一台一台驮着基站上山。跟村民们谈好的条件就是：现金结付，概不拖欠，概不赊账。每往返一次，村民们就收一次钱。红色的崭新钞票，驴子也看在眼里，似乎理解了，这只是一笔交易。一天下来，村民与科兴工程师们非常辛苦，但是驴子更辛苦，汗水都把驴毛浸透了。

天色渐晚，红色晚霞即将消失的时候，还差最后一些基站没有驮上去，这时不少村民都陆续回家去了。最后一头驴子下来的时候，留守等待的工程师老康和村民讲：今天的任务还没有完成，一定要运完，钱不是问题。村民面露难色：驴子实在是太累了，不行了。

见此情形，康工马上掏出双倍钞票。村民很难过地看了看驴子，但还是舍不得康工的钞票，思虑再三，缓缓地接过了钞票。

驴子看到主人接过了钱，看了一眼主人，又看了看康工，竟头也不回地冲着山上跑去，跑到山顶后直接跳下了悬崖。村民愣住了。康工也惊呆了。

短暂的震惊过后，工作还得继续。剩下的基站，康工和村民亲自抬上了山。一个基站重40公斤，一次山路往返600米，他们竟然咬着牙全部搬完了。

只是到了晚上，心情复杂的两个人，你看着我，我看着你，最后在村里小酒馆喝得酩酊大醉。

“这是真的吗？怎么可能呢？代总，你这是在开玩笑吧？”

莎莉听得很认真，但是最后也没听明白，跑到代越身边追问。

“我也是听同事酒后讲的，谁知道真假？不过，作为科兴人，再大的困难也不用怕，我们吃苦耐劳的奋斗精神，连素有倔脾气的毛驴都自叹不如，羞愧之下，只好跳崖。哈哈……来，大家干一杯！签单只是开始，项目实施成功才是最终的胜利。加油，战友们！”

项目正在紧张施工中，钟成独自一人坐飞机来到了马尼拉，而且一下飞机就直奔施工现场。在菲律宾项目落单之前，全球GSM市场几乎被西方公司垄断，科兴的产品只能应用到一些偏远地区。眼看着3G的呼声一天高过一天，科兴只有咬着牙坚持大力投入3G，希望在此市场中重新建立格局。菲律宾项目签单之后，钟成才发现，原来在海外的核心城市还有大量的市场机会。

飞赴菲律宾之前，钟成已经建议经营管理团队改变战略，重新重视GSM市场格局，在亚非拉国家和中国国内全力拓展GSM市场，为3G市场的未来奠定坚实的基础。

“钟总，您怎么一个人飞到马尼拉来了？您可要保重身体啊！”

代越乍一看到钟成出现在施工现场，不由得揉了揉眼睛。不会吧？老板怎么像神仙下凡一样出现在这里呢？不会是连续加班，精神恍惚，老眼昏花了吧？直到钟成用力地握住了他的手，代越才回过神来。

“我怎么就不能来呢？我若贪生怕死，就绝不会送你们上战场。代越啊，你立功了，这场仗你打得好。以后我要给你授奖牌，还要让你在大会主席台上介绍经验。”

“钟总，感谢您的关心。我想……我想等项目完工后，先回家看看。我已经一年多没回家了。”

“没问题。你为公司付出了很多，李国栋都告诉我了。感谢你，代越。我现在就给你放个假，明天和我一起回国。”

“项目还没完呢，我现在不能离开。我还是等项目结束再回去吧，那样我的心里会踏实些。钟总，请您理解。”

“哈哈，你还是一个有个性的人！当初吵着闹着要一个人留在马尼拉，现在让你回去探亲你还不乐意？好吧，我不强迫你，你自己决定。”

“好的。谢谢钟总。”

“谢我干什么？我应该感谢你们这些抛家舍业、孤身一人奋战在前线的战士，尤其是在亚洲、非洲、拉丁美洲等条件艰苦的地区。你们不顾个人安危，冒着生命危险，克服了战乱、疾病、飞机失事、水土不服等各种困难，屡败屡战，最终拿下一个又一个市场，攻城略地，值得我钟成钦佩啊！我要衷心感谢你们，谢谢大家了！”

钟成说到这里，双手抱拳，缓缓地转了一圈，再三向现场所有科兴的员工和合作方致敬。

大家不由得一起鼓起掌来。钟成却微笑着示意大家停下来。

“大家不要为我鼓掌，你们已经很辛苦了，再为我鼓掌只会消耗大家的体力。如果今天需要鼓掌，也应该是我为你们鼓掌，只有你们才值得拥有这么热烈的掌声，你们是英雄！”

不知道为什么，代越倾听钟成讲话的时候眼睛逐渐开始模糊，耳边竟然响起了上次海外市场誓师大会上那雄壮的歌声：

“雄赳赳，气昂昂，跨过太平洋……”

“徐征波，我记得你是1991年加入科兴的吧？”

龙岗基地咖啡馆内，钟成与刚成立不久的半导体公司负责人徐征波沟通。

“钟总，您记得很清楚。我是1991年加入科兴的，一来就建立了器件室，从事印刷电路板（PCB）设计和芯片设计工作。”

徐征波身材高大威武，但是为人处世却十分儒雅低调，说话的声音也不高不低。

“是啊，你来了之后我们首款具备自有知识产权的ASICZ（超大规模集成电路）诞生了，而且是一次流片成功，这也是科兴芯片事业的起点！”

“我很佩服钟总的魄力，当时的科兴才刚刚起步，生存问题还没解决呢，您竟然要砸钱搞芯片研发，很多人都觉得不可思议。”

“当时就觉得芯片虽小，意义重大，所以就千方百计把你请了过来。没想到你在很短时间内就开发出了我们的第一款芯片，降低了产品成本，提高了产品性能，这更加坚定了我的信心。”

“第一次流片的时候，因为费用高昂，我们就对自己说，必须一次成功，否则就可能没有下次了。当时资金很紧张，我们也能感受到。”

“你没有参与08数字程控交换机的研发，但是你为08机提供了安全可靠而且是自主研发的‘心脏’，只是为了保密的需要不为外人所知。所以你一直以来都是幕后英雄。”

“幕后英雄谈不上，只是尽力完成自己的职责。我记得，1993年我们开发的芯片，以很小的代价，在最后关头获得了电信局的入网证，由此促进科兴战略转型，进入利润丰厚的电信市场。”

“在先进技术上，西方国家针对我们的套路就是先封锁，将我们限制在一穷二白的境地。如果一旦压不住，就马上张开怀抱吸纳我们进入他们的阵营，把他们成熟的技术和产品任我们使用。热情的表象后面，是要把我们自己的产品扼杀在幼年期。”

“钟总，我和您有同感。其实我非常理解您为什么在1991年的时候就着手芯片的研发设计。我们不仅要未雨绸缪，而且要考虑一旦到了最坏的情况下企业如何生存。”

“前两年我们焦头烂额，差点崩溃。现在我们缓过来了，日子好过了，去年也相继成立了终端公司和芯片公司，就是要大胆进入新业务领域，大胆进行技术创新和商业模式创新。终端公司的业务一方面做手机等移动终端，同时也做机顶盒和会议电视。只有思想的突破才能带来机制的突破，只有机制的突破才能带来技术的突破。基础性的技术研究以前我们不太重视，当然也没有那个实力去重视。现在我们要开始重视，尤其是和思通的跨国官司，让我看清了西方国家的真面目。我们今后要重点投入基础性科学研究，要大胆鼓励技术创新。当然，我们不能盲目创新，要围绕我们的主航道去创新，确保我们的主航道畅行无阻。我们国家在基础性技术研究方面落后西方国家太多，只能从现在开始拼命追赶。”

“这是一项艰巨的任务，现在我们的人才储备还十分缺乏，除了何文涛和李挺两员大将之外，还需要补充很多人。”

“这样吧，我每年给你30亿元人民币的预算，你们尽快把队伍扩充至3000人。不过，我也有个要求，那就是半导体公司要尽快实现营收30亿元人民币的目标，你看怎么样？”

“钟总，我们的产品会覆盖无线网络、固定网络、数字媒体等领域的芯片及解决方案，包括安防芯片和手机芯片。我们会一边摸索一边聚焦，尽快完成公司目标。”

“不要太急功近利，也不要一开始就把战线拉那么长。你和何文涛、李挺商量一下，先从哪里下手，出个方案报到公司产品和解决方案委员会讨论通过。何文涛是位女中豪杰，很能干，要多加以历练。”

“好的，您放心。她的确很出色，我也很看好她。”

正在这时，钟成放在咖啡桌上的手机响了。钟成拿起手机看了看，摁下了接听键。

“钟总，我是李国栋。向您报告一下，我们已经正式成为英国电信首选的21世纪网络供应商，为其21世纪网络提供多业务网络接入部件和传输设备。另外，与沃达丰也正式签署了全球框架协议，正式成为沃达丰优选通信设备供应商。我们多年的努力和耕耘，终于在欧洲市场开花结果了。”

“祝贺你们！今天的成绩来之不易，我代表公司经营管理团队向你们表示热烈祝贺！这个消息告诉华总了吗？”

“我抑制不住激动的心情，首先告诉了您。我马上就跟华总汇报。”

“祝你们再接再厉，勇往直前，用优异的业绩证明自己。”

“钟总，我们有信心实现今年海外合同销售额超过国内合同销售额。请您放心。”

“李国栋，你先不要跟我吹牛。如果你们今年海外合同销售额超过了国内合同销售额，将是我们公司历史上的第一次，我和华总会给你们记上一大功。如果是吹牛皮，可是要挨批的。”

钟成一直在关注着国内和国外的业绩报表，他也看到国内市场和国际市场的数字一直在你追我赶。他这也是为了刺激一下李国栋，希望他真能实现自己的目标。

“军中无戏言，我向您立下军令状！”

“哈哈，我看你李国栋和杨浩宇一样，都是敢说敢做的主儿。好吧，我静候你的佳音，年底算账。”

钟成放下手机，见徐征波正笑眯眯地看着自己，忽然有了一个主意。

“征波，英国ARM公司是全球领先的半导体知识产权提供商，总部就在英国剑桥。他们自己不制造芯片，只将芯片的设计方案授权给其他公司，由它们来生产。这个你比我更清楚，你要积极想办法促进我们公司与ARM公司的合作，这样我们就不至于在关键时刻受别人的制约了，是不是?”

“钟总，ARM处理器的设计方式很好，功率非常小，这使得它们非常适合用于个人电子设备。如果我们下一步进入手机芯片领域，与ARM合作无疑会节省大量的时间和资源。”

“我们要坚持市场导向的创新，因此不得不考虑效率问题，毕竟市场是不等人的。从长远来看，自主创新是方向；从现实来看，还是要坚持拿来主义，兼容并蓄，海纳百川。等技术积累到一定程度，我们就有机会领先全球。所以，这是一个短期生存和长期发展的辩证问题，我们不能僵化，也不能封闭自己，要大胆地开放，开放，再开放，吸收全世界最顶尖最领先的前沿技术，这样才能避免闭门造车，避免与世界脱轨，避免被人家越甩越远，望洋兴叹。”

“我赞成您的看法。这样我们会少走很多弯路，短期来看是投入一定资源，长期来看却是节省了更多的资源。”

“我刚才有个想法。你到公司这么久，一直在做基础研究，做无名英雄。我和华总还有李国栋商议一下，把你派到欧洲去吧，做欧洲地区产品线总裁。半导体公司的负责人你还兼着，主要是把握战略问题。这样一来，你不仅可以去欧洲接触我们最广阔也是最发达的海外市场，而且可以近距离向ARM这样的公司学习，进一步拓展我们芯片公司的国际化视野。”

听钟成讲到这里，一向低调稳重的徐征波竟然激动地站了起来，有些结巴地说：“钟总，我刚才听到欧洲市场刚刚取得重大突破，这是国栋他们屡败屡战、坚持不懈才好不容易打下的江山。我这时候去不就成了摘桃子了吗？这样对他们似乎不太公平吧？”

“征波，你先坐下。你为人处世一向稳重，这些年来心态一直波澜不惊，外界都知道我们的08机项目团队是科兴的功勋团队，其实你也是这个功勋团队的一员，只是甘于隐身幕后，这就是你的定力。所以你去负责我们最有前途，也是最发达的市场也是应该的。另外，目前欧洲地区部是李国栋兼任，欧洲市场一旦取得突破，全球市场一定会有更大的突破，那样他可就忙不过来了。我这是给他输送优秀人才，他还要好好感谢我才对呢。还有最重要的一点就是，你去欧洲不仅是去扩大欧洲市场的战果，而且还要想尽一切办法，尽快让我们自己的芯片开花结果。小小的芯片就是我们的心脏，心脏一旦出问题，就是生死存亡的问题。别看现在我们和西方公司还相安无事，可一旦爆发冲突，芯片就会成为我们最大的心病。这是事关全局、事关生死存亡的战略问题，我们不能以个人得失去衡量。我相信科兴人都有这个全局观和战略意识。”

“钟总，我明白了，我服从组织的安排。”

徐征波重新坐下来，瞬间就感到重任在肩，一向心静如水的他竟然有些激动不已。

第九章　惨胜如败

北京中关村软件园内，刚刚落成不久的星海大厦9层西北角一间宽敞的办公室内，一脸愁容的卫亦兵仰躺在宽大的老板椅上，微闭着眼睛，左手不停地揉着太阳穴。一向很少摘下的眼镜歪歪斜斜地放在办公桌上，似乎正在无奈地看着曾经豪情万丈、意气风发的主人。

其实，卫亦兵搬到这间豪华办公室的时间还不到一个月。创业以来，他一直在软件园内租办公室办公，租公寓居住。每天早晨，他总是骑着一辆半新不旧的自行车第一个来到公司，有时候保洁员还没上班，他就已经开始办公了。每天晚上，他总是最后一个离开办公室，骑着自行车返回公寓。那个时候他没有独立的办公室，只是在大办公区的一个角落里增加了一个大隔断。

骑自行车上下班，不设独立办公室，这两个习惯他一直坚持了五年，直到去年星海大厦正式启用，他在投资人的多次要求下，才购买了专车，设立了独立办公室。

“卫总，您就是做做样子也要有自己的专车和独立的办公室，要不然谁以后敢给您投资？上市以后谁敢买您的股票？”

“您能不能配合一下我们的工作？我们这些做投行的也是混碗饭吃。您可要高抬贵手啊，卫总。”

不过，每天第一个到公司上班、最后一个从公司下班的习惯，他直到现在还保持着。只有在办公室里，他才能找到存在感，才能心里踏实一些，否则，他就会感到无边无际的压力如滚滚乌云压顶，让他透不过气来，让他感到将要窒息一样的恐惧。

卫亦兵逐渐对钟成有了更多的理解和同情。刚从校门出来就被火箭式提拔为科兴常务副总裁的时候，他对钟成的知遇之恩充满了感激之情。当他在研发部负责人的位置上运筹帷幄、指挥若定的时候，他对自己工作和奋斗的平台非常认可，因为在这个平台上有的是信任、挑战、机遇和分享胜利的喜悦。但是当他从研发部的位置上被调整到其他岗位的时候，他开始有了失落感和委屈感。随后的多次职位调整，都让他的心理承受力一次又一次接受挑战。从学校到社会，他用最短的时间走到了人生巅峰，又从巅峰跌落下来，巨大的心理落差让他感觉自己受到了羞辱，受到了冷落，受到了不公正的待遇。在那个时候，他对钟成的感激与尊重已经逐渐减弱，取而代之的是不满和怨言。

离开科兴，独自去闯荡江湖是他思考了很长时间的选择。他需要一个自己的舞台来证明自己。别人提供的舞台再华丽，最终还是别人的。他实在不愿意再忍受别人的摆布。他是技术天才，有着敏锐的技术嗅觉，有着精准的技术判断，有着一系列成功的光环，他不想再做笼中鸟，而是要破笼而出，像雄鹰那样自由自在地翱翔蓝天。

刚开始决定创业的时候，他从来就没有想过会与老东家为敌。当他提出内部创业的建议而被钟成所认可，又在五洲宾馆隆重为他送行时，卫亦兵心中对科兴、对钟成再次充满了感激之情，他在送行现场发表的个人声明是发自肺腑的，他从来就没有想过要背叛自己的承诺。

可是，后来怎么就一步一步地走到与科兴分道扬镳，甚至拔刀相向了呢？卫亦兵闭着眼睛，脑海里浮现出一幅幅似曾相识的画面。

是因为从2001年以来科兴就受累于误判小灵通、3G牌照缓发、与思通的跨国官司等一系列事件而陷入内忧外患、风雨飘摇的境地吗？

是因为创业初期困难重重，自己在多个创业伙伴的多次劝说之下，无奈背叛自己的诺言，转而去挖科兴旧部，推出与科兴有竞争关系的产品吗？

是因为风险投资进入星海以后，在资本的强力推动下，自己一而再再而三地违背当初的承诺，不惜与科兴开始了激烈的市场争夺战和人才争夺战吗？

记得在科兴时，钟成一再强调科兴的最高目标是活下去，最低目标也是活下去。自己做的这一切，不也是为了让亲手创办的星海活下去吗？可是，现在他卫亦兵怎么就成了“忘恩负义的叛徒”“不讲诚信的小人”“商业规范的破坏者”呢？

其实，对于这些攻击卫亦兵个人形象的言论，他并不是没有反思过。创业六年以来，他逐渐发现了过去没有发现的很多东西。比如说人的欲望是无限的，贪婪是人的本性。他和他的创业伙伴们一样，总是为自己找很多借口，去一点一点地突破当初设立的原则或者底线，而且一发而不可收。刚开始创业的时候，卫亦兵有着清晰的目标，也有明确的底线，那就是遵守自己的创业声明，坚决不做损害老东家科兴的行为。可是架不住创业伙伴们的一再劝说，他后来干脆把这些束缚都抛到九霄云外了。现在想想，创业伙伴们只是外因，真正让自己发生变化的还是内因，是自己脆弱的内心在欲望面前不堪一击，坚守多年的底线才会土崩瓦解。后来在基金和投行等资本的推动下，他几乎孤注一掷，全面与科兴为敌，偷技术、挖人才、抢市场，近乎疯狂地去吞噬科兴摇摇欲坠的身躯，和残暴凶狠的野狼又有什么区别？对了，钟成不是一直在科兴强调“狼性精神”吗？自己这些疯狂的所作所为是不是也受了“狼性精神”的影响呢？或者说内心深处压抑太久的情绪不断扭曲变形从而产生了一种对历史记忆的报复性快感？

自从科兴与思通的官司和解以后，尤其是科兴在欧洲市场取得重大突破以后，对钟成非常熟悉的卫亦兵就越来越明确地感受到，钟成已经走出了痛苦和彷徨的幽谷，拨开了自我怀疑、自我否定的迷雾，他像雄壮的狮子一样重新站立在了广袤的草原上，雄视天下。

意识到这一点的卫亦兵浑身的汗毛都竖立了起来。他不停地游说投资人，不停地接触潜在的买家，不停地为团队开会打气，拼命为星海的生存上下奔走。

就在卫亦兵为星海能够“活下去”而绞尽脑汁的时候，他的三个在科兴时期的同事，被广东省深圳市中级人民法院判处两到三年的有期徒刑，原因是侵犯了他们共同的老东家科兴的知识产权。而卫亦兵创建的星海，是聚集科兴离职员工最多的科技公司，危险无疑也是最大的。

现在，卫亦兵的办公桌上，正摆着科兴发给星海的律师函。律师函的内容很简单，总共不到一千个字，但措辞相当强硬，要求星海公司尽快解释对科兴多项产品的知识产权侵权问题，如若不然，将诉诸法律。

卫亦兵深知这封律师函意味着什么，别说星海上市之路无望，估计就连被并购这条路也走不通了。没有买家会并购一家有巨大法律风险的公司。

果然，意料之中的事情随后就纷至沓来：基金撤出，内控混乱，高层动荡，基层不稳，业务停滞，研发拖期……就连已经签订收购意向书的西方跨国公司也选择了退出。到了这个地步，星海的所有生存之门似乎都已经关闭了。

“活下去，活下去。怎么才能活下去呢?”

卫亦兵皱着眉头，闭着眼睛，自言自语道。

事已至此，卫亦兵已经彻底走投无路。但是，星海还有一千多名员工，他们怎么办呢?

卫亦兵一下子从椅子上坐起来，戴上眼镜，拿起签字笔，在洁白的稿纸上伏案疾书。

除了写信，他还能有什么办法呢?

钟成放下手中的信，走到办公室的窗户边，望着碧波荡漾的天鹅湖中几只游来游去的黑天鹅，长长地叹了一口气。

“钟总，丁总过来了。”杨凌轻轻敲了敲门，提醒钟成。

“爱萍，来，坐下谈。”钟成回过身来，招呼丁爱萍坐在沙发上。

“钟总，去年我们的国外销售额超过了国内销售额，今年以来海外市场的订单越来越多，而这些订单都要通过香港公司经手，因此香港公司的财务管理必须要迅速提高水平，以防出现差错，我想尽快选派一名经验丰富、能力出众的人去做财务总监。”

“加强香港公司的财务管理非常有必要，你和人力资源部黄志明商议一下，选拔一名强将过去。要严把任职资格关，还要考察过去的绩效和综合评定。”

“钟总，我来单独找您就是有个想法想听听您的意见。扬帆在销售融资、资金管理、财务管理等几个部门都历练过，而且在财务科目统一、编码统一、制度统一、流程统一的标准化和信息化工作中立下了汗马功劳。我以前就给您说过，她现在可是我们财务体系中的栋梁之材，我的工作都离不开她。现在呢，扬帆还缺乏在一个实体公司做财务负责人的经历，如果能有这样的阅历，会使她的视野更开阔，管理思想更系统化，以后就可以独立担当大任。香港公司在我们公司位置特殊，战略意义重大，一般人派过去难以担此重任，只有扬帆最为合适。如果综合考虑，我建议派扬帆去香港公司担任首席财务官，您看如何？”

“爱萍，扬帆爱学习，能吃苦，我是了解的。但是她还年轻，香港是一个国际化的大都市，她可能很难胜任。再说了，现在很多管理层都知道她是我的女儿，把她派到香港去，大家会怎么想呢？会不会认为我任人唯亲呢？这样一来，反而让我和扬帆都背负了不该背负的东西。我的意见是，如果内部没有合适的人选，可以考虑在香港本地招聘一位有国际化背景的专业财务人士，我们这时候在香港需要有经验的专家，而不是去锻炼学习的年轻人。”钟成一听丁爱萍的建议就连连摇头，他更倾向于在香港招聘本地化的专业人才。

“钟总，您的格局、胸怀和思想我是一直非常钦佩的。但是，如果扬帆不是您的女儿，我给她一个锻炼的机会您还会阻拦吗？何况，扬帆的业绩是她自己努力的结果，这些年来她从来没有在任何人面前显露过你们的关系。现在这个社会，人心越来越浮躁，越来越势利，人情越来越淡薄。很多年轻人不思进取，追求享乐，爱慕虚荣，甚至有些女孩子不惜拿自己的身体去做交易，就是因为好逸恶劳、贪图享受才自甘堕落。扬帆虽然年轻，但做事努力，热爱学习，勇于挑战自己，且为人低调，不愧是您的女儿，是我们财务系统年轻人中的佼佼者。我们不能任人唯亲，而是要任人唯贤。古时候还讲究'举贤不避亲'呢，到了现代社会，像您这样有思想、有魄力的企业家，怎么会拘泥于这样的外在形式呢？如果您非要避嫌，对扬帆来说不是太不公平了吗？我希望您能再考虑考虑，这可关系到一个年轻人的职业生涯啊。况且我也老了，精力已经大不如以前，必须要考虑培养年轻人。"

"这……这样吧，你和黄志明按照公司的制度和流程处理吧，我既不反对，也不支持，一切决定由你们业务部门和人力资源管理部门共同商讨。我只要求你们不要考虑我的个人因素，一切从公司大局出发，从公司长远发展出发，并且要经过经营管理团队的同意，我才会签署这个任命。"

钟成没想到竟然被平时不善言谈的丁爱萍说得哑口无言，面对眼前这位已经白发丛生，跟自己共事近二十年，始终不离不弃的创业伙伴，他只有选择妥协。

送走丁爱萍，看着办公桌上摊开的信，钟成把杨凌叫进来，让她看看华芳菲在不在办公室。华芳菲的办公室和钟成的办公室在同一个楼层，只是一个在西南角，一个在东南角。过了一会儿，杨凌回来说华总在办公室，马上就可以过来。

华芳菲一走进钟成的办公室，钟成就把桌上的信拿起来，面无表情地对她说："华总，你猜猜，这是谁来的信？"

“这个时候把我叫过来只是为了看一封信？谁会在这个时候不打电话沟通而要通过写信呢？呵呵，我猜是卫亦兵吧？”华芳菲第一时间就想到了卫亦兵。他现在要么束手就擒，要么眼看着星海关门解散，必须要有所选择了。

“他在信里一再给我解释是因为盲目和贪婪才违背了自己当初的诺言，做了一些损害科兴利益的事。他是一时利欲熏心，被利益绑架、被兄弟绑架、被资本绑架才酿成大错并一错再错。他的错误行为也是迫不得已，是为了能让星海活下去，能让星海的员工们看到未来。现在他只希望科兴能并购星海，让科兴的离职员工们重新回到老东家的怀抱。至于他，只要科兴收购星海并且保证现有员工队伍不解散，他什么条件都可以答应。你说说，我们应该怎么办？”

钟成一只手倒背着，另一只手把信递给华芳菲。

“这个才气冲天、傲气逼人的小天才终于向您低头了。我说不清楚这到底应该欢庆呢还是应该悲痛。于理来说，这些年卫亦兵和他的团队对科兴造成了很大的伤害，不仅侵犯科兴的知识产权，抢夺科兴的市场份额，蛊惑科兴的研发团队，而且还大肆造谣，制造舆论，动摇科兴的军心，科兴实在没有理由再招安这样一支叛军。不过，于情来说，星海的主要骨干，包括卫亦兵在内，几乎都是科兴的老员工，只是被欲望冲昏了头脑，才做出许多傻事来。他们还很年轻，未来的路还很长，经历过这一劫，若能痛定思痛，重新来过，我们也不应该赶尽杀绝。”

华芳菲看完卫亦兵写给钟成的信，不禁大发感慨。年轻人，早知如此，你又何必当初？

“我和你的想法一样，刚看完信的时候气得差点把信给撕掉。就像刚才丁爱萍所说的，现在的年轻人，脑子里到底在想什么？还有什么不敢做的吗？他还有脸说什么要活下去？为了活下去就可以不讲诚信，践踏原则和底线，毫无敬畏之心了吗？如果为了活下去就可以藐视一切公序良俗，违背法律和道德原则，毫无做人底线，丧失敬畏之心，那还不如死了的好。司马迁说过，人固有一死，或重于泰山，或轻于鸿毛。还有诗写过，有的人活着，他已经死了。有的人死了，他还活着。活下去一定要建立在原则和底线的基础上，否则就是行尸走肉，生不如死。”

钟成对卫亦兵信里多次提到的“活下去”三个字很生气，卫亦兵还说“活下去”这个词的意义是在科兴时从钟成这里学来的，更让钟成觉得卫亦兵是在歪曲或者曲解这三个字。

“钟总，您也别为了这件事生气。您是希望星海关门呢，还是重新让他们回来？”

“生气归生气，愤怒归愤怒，都不能解决问题。星海这些年也取得了一些成绩，特别是在数据通信领域，如果任由他们倒闭，让这些人流落江湖，也是中国通信业的损失。这些年轻人性情冲动，好大喜功，做事顾头不顾腚，但也都是一腔热血，激情满怀，一次做错了事情，也不能一棍子打死，还是要再给他们一些机会，让他们在挫折和磨炼中成长。华总，我看由周军锋牵头组成一个小组来与卫亦兵谈判，把星海的核心业务收购过来，包括卫亦兵在内。我只有一个条件，就是收购完成后，卫亦兵必须要在科兴工作至少三年。你看怎么样？”

“我和您意见一致，毕竟星海的大部分骨干都是科兴过去的，我们不能让他们流落街头，还是敞开我们温暖的怀抱，欢迎他们再次归队，重回家园。浪子回头金不换。我们不纠结过去，只放眼未来。”

“说得好。你把我们的意见提交经营管理团队讨论通过后，马上执行。”

作为新任中央研究部总裁，周军锋要和自己以前的顶头上司卫亦兵谈判，虽然他一向是敢说敢为、快人快语的直筒子脾气，还是感到压力很大。毕竟，卫亦兵在科兴，绝对是一个传奇式的人物。

让他感到意外的是，整个谈判过程中，卫亦兵一直很少说话，基本上都是由星海的副总裁，同样也是从科兴离职的研发骨干李鹏翔来谈。谈判过程也异常顺利，双方对于收购价格和人员安置都没有大的分歧，卫亦兵对必须在科兴工作三年的条件也没有表示异议，只是要求现在务必要保密，必须等到收购完成才能公开。

按照双方的约定，要由科兴的高层出面先和星海的高层管理者做一次交流和沟通，以免在并购过程中出现不和谐的声音，影响并购的进度。周军锋请示过钟成以后，钟成同意亲自去北京和星海的高层管理者进行座谈。

亮马桥附近一家五星级酒店的会议室里，卫亦兵和李鹏翔等星海副总裁级以上高层共八人面色凝重，沉默不语地坐在会议桌的一侧。没有人想说话，也没有人知道应该说什么，只是在等待钟成的到来。

就在卫亦兵等人心情忐忑的时候，钟成准时出现在会议室的门口，陪同他的只有周军锋一人。

“钟总好。”卫亦兵等人不约而同地站了起来，向钟成问好。大家并没有提前约定，因此声音也高低不一，参差不齐。

“大家好。我们真是有缘分，又见面了。”钟成和周军锋一起坐下，微笑看着大家，“看来星海的主要管理层都是科兴培养出来的啊，哈哈。”钟成挨个儿看了一下大家，发现对面星海的管理层竟然都是从科兴离职的。

“钟总，谢谢您没有拒绝我在信里给您提的建议。星海终于能活下去了。”

卫亦兵说话的时候，并没有看着钟成，眼神有些飘忽不定。

“不是随随便便、浑浑噩噩地活下去，而是要堂堂正正、顶天立地地活下去，否则，活着和死去又有什么区别呢？康德曾经说过：‘世界上只有两样东西让我敬畏，一个是我头顶的灿烂星空，另一个是我心中永恒的道德行为准则。’我们任何时候都不能失去对这个世界的热爱之心和敬畏之心，否则我们的心里就是空荡荡的。”

卫亦兵听出来钟成话里有话，可是他也不知道该怎么回答，只能讪讪地笑了笑。

“下面我们就言归正传。我代表科兴与你们是第二次握手了，首先这次我是受董事长华芳菲委托而来的，是真诚欢迎你们回来的，如果我们都是真诚地对待这次握手，未来是能合作起来做更大一点的事情的。不要看眼前，不要背负太多沉重的过去，要看未来、看发展。在历史的长河中有点矛盾、有点分歧，是可以理解的，分分合合也是历史的规律，如果把这个规律变成沉重的包袱，是不能做成大事的。患难夫妻也会有生生死死、恩恩怨怨。只要大家是真诚的，所有问题都可以解决。”

“钟总，您和科兴真的不会计较我们的过去吗？”

李鹏翔早期是科兴光传输研发团队中的骨干，后来选择内部创业，在经营困难的时候被卫亦兵的星海收购。他这个问题其实就是想让钟成在公开场合做个承诺，以后不会给他们这些挖过科兴墙脚的人穿小鞋。

“你们开始创业时，只要不伤害科兴，我们是支持和理解的。当然你们在风险投资的推动下，所做的事对科兴造成了伤害，我们只好做出反应，但是矛头也不是对准你们的。2001年至2002年科兴处在内外交困、濒于崩溃的边缘。你们走的时候，科兴是十分虚弱的，面临着很大的压力。包括内部许多人，仿效你们推动公司的分裂，偷盗技术及商业秘密。当然真正的始作俑者是西方的资本力量和基金公司，这些基金在美国的网络泡沫破灭中惨败后，转向中国，以挖空和窃取科兴积累的无形财富，来摆脱他们的困境。

“我们感觉到了西方基金公司的力量与巨大的威胁，如果我们放弃竞争只有死路一条。如果西方资本和基金在中国获得全面胜利，那么对中国的高科技是一场灾难，它波及的就不止科兴一家了。我们没有退路，只有坚决和西方的基金公司做斗争。当然也要面对竞争对手的利用及挤压。因此，较大地挫伤了你们，为此我要表达我的歉意。这两年我们对你们的竞争力度是大了一些，对你们下手重了一些，因为在这种情况下，为了我们自己活下去，不竞争也无路可走，这就对不起你们了，希望你们谅解。不过科兴逐鹿中原，也是惨胜如败。但愿我们能摒弃过去，面向未来，取得双赢。”

“钟总，往事不堪回首，就像您说的，我们要摒弃过去，面向未来。”

李鹏翔刚才向钟成提的问题没有得到正面回答，忍不住又插了一句话。

“这六年多来，没有你们离开公司，我们还发现不了公司存在这么多严重的问题。你们走的时候，我们快崩溃了，那时好像只要是在科兴待着的人，都被认为是很奇怪的，好像没离开科兴的人，反而是不正常的。我曾说过我们的队伍要好好教育一下，幸亏我们也没有太急躁，使内部矛盾激化，而是通过这几年的调整逐步稳定下来了。”

钟成说到这里，环视了一下会议桌对面每个人的表情，知道他们其实最想听什么。

“我们之间真正的出路是重新走向合作，我代表科兴经营管理团队表态，会真诚地处理这个问题。不要担心会算计你们，我们会合理地给你们安排职位，不光是几个，而是全部。我们认真地来探讨合作的问题，构建我们真正的成功。

“不一定要说你们输了，我们赢了，应该说我们是双方都赢了。如果科兴容不下你们，何以容天下？何以容得下其他公司？经历过凤凰涅槃以后，科兴现在正处于一个大发展时期，我相信，我们的合作一定会很有前途的！”

卫亦兵和李鹏翔一样，此前一直忐忑不安的心终于可以平静下来了。钟成的表态无疑意味着星海的命运已经确定下来，那就是重新回到科兴的怀抱。他不知道应该如何表达此时此刻的心情，但是他现在必须要表态，因为他还在代表星海与科兴谈判。

“钟总，此时此刻我有千言万语，心中却翻江倒海，五味杂陈。正如您所说，我们一定面向未来，取得双赢。”

“卫总，您曾经是我的领导，我也一向很敬重您。对于这次收购，钟总说过，科兴收购星海不仅因为其资产和技术，更是因为人才，尤其是卫亦兵这样的人才非常难得。钟总还是希望卫总能重回科兴，大展身手啊！”

周军锋心里藏不住东西，干脆当着钟成和卫亦兵的面就把钟成的想法说了出来，希望卫亦兵能了解钟成对他一直都很认可。

“谢谢钟总一直以来的认可与提携，也谢谢周总的支持。亦兵会永远铭记在心。”

钟成神色平静地看着卫亦兵，意味深长地说：“亦兵，愿你再归来，雄心不减！”

2006年6月初，科兴与星海达成收购意向协议并签署谅解备忘录。根据谅解备忘录，星海转让给科兴的资产和业务包括路由器、以太网交换机、光网络、综合接入的资产、人员、业务及与业务有关的所有知识产权。9月中旬，卫亦兵重新回到深圳龙岗科兴公司总部，出任副总裁。

一场多方利益博弈的师徒恩怨就此落下了帷幕。“古今多少事，都付笑谈中”，历史终于掀开了新的一页。

正所谓“家家有本难念的经”，号称世界第一大通信运营商的沃达丰也会遇到难题。在西班牙主网业务的竞争中，沃达丰竟然输给了一家本地运营商，虽然颜面扫地，却也无计可施。

无奈之下，沃达丰只好派人主动联系了科兴的欧洲业务人员，询问有没有更好的解决方案。

“我们有创新产品分布式基站，可以降低产品生命周期成本30%以上，是对传统基站模式的创新，可以大幅度提升3G网络的盈利能力，在性能指标上远远优于竞争对手，肯定能解决沃达丰现在的问题。”

已经成为欧洲区产品线总裁的杨浩宇信心十足地回答对方。

“和传统基站相比，分布式基站到底有哪些创新点？”

“分布式基站彻底改变了传统基站的建设模式，我们把传统的鸿基站设备按照功能划分为两个功能模块，射频单元与基带单元之间通过光纤连接，形成全新的分布式基站解决方案。我们的基站解决方案，让射频单元不再受限于机房环境，可以放置于任意地点，通过抱杆、挂墙等方式灵活安装，实现零机房建网，原有站址可实现100%重用。相比传统解决方案，分布式基站设备体积减小到传统宏基站的十分之一，重量减小到十五分之一，所有部件可以通过手拎到达现场，工程部署不再费时费力。”

“听起来很有创新性。不过，你们可要把握好这次难得的机会，我们只给你们一次机会。”听得出来，沃达丰的员工骨子里还是不太相信中国的产品。

“请尽管放心，肯定没有问题!”杨浩宇回答得斩钉截铁。

作为分布式基站的研发负责人，杨浩宇对这款产品有着很足的底气。果不其然，一开始还有些傲慢的沃达丰，经过综合考虑还是选用了分布式基站，将西班牙子网30%的份额给了科兴，最终沃达丰在技术指标和经营指标上都超过了竞争对手，取得了西班牙市场竞争的胜利。

借助于沃达丰在欧洲的强大影响力，这单合同让科兴在欧洲知名度大增。在西方通信巨头垄断的欧洲通信市场上，科兴凭借创新型的分布式基站终于有了一席之地。除了欧洲，在其他地方，科兴的分布式基站也广受欢迎。例如，日本光纤资源丰富，网络传输发达，机房租赁成本很高，用科兴的分布式基站建设通信网络，能够节省80%的机房租赁成本和传输成本。

“我们不能满足于现有的技术水平，要马上着手开发第四代分布式基站，彻底超越我们在欧洲的竞争对手。这是我们绝佳的机会，千万不能错过。”凭着多年的技术嗅觉和对欧洲市场的了解，杨浩宇认为这是一个千载难逢的良机。

“杨总，这种尝试我们之前从未有过，如果失败了，对于刚刚在欧洲打开局面的科兴而言，将是一个重创，有可能让我们一夜回到解放前。”

产品部的其他高管都觉得此举过于冒险，都不太认同如此激进的基站升级方案。杨浩宇偏不信这个，不停地给相关负责人打电话，询问他们的意见，没想到，他们都认为这个方案风险难度很高，不建议去做。

“如果没有釜底抽薪的勇气，放手搏一次，我们将永远不可能超越欧洲的竞争对手，打下来的市场也不稳固，迟早也会被对手抢了去。开发四代基站的事情就这么定了，出了任何问题由我负责！”

产品部的同事们都知道，杨浩宇一直就是这个脾气，只要他认准的事情，肯定就会豁出去干到底，十头牛也拉不回来。大家心里虽然有意见，行动还是很迅速，立刻开始着手第四代分布式基站的开发。

只是大家都在心里嘀咕，向来自信心爆棚的杨浩宇这一次还能成功吗？

碧蓝的天空中飘着朵朵白云，科兴龙岗基地到处绿草如茵，鲜花盛开，一派春光明媚。新成立的科兴大学阶梯教室内，全球400多位高级管理者齐聚一堂，参加一年一度的干部工作会议。

“政治路线确定之后，干部就是决定的因素。”钟成对毛泽东的这句话理解很深。科兴过去在干部管理上，有过成功的经验，也有过失败的教训，每年的干部工作会议就是一次对干部工作思路的系统性梳理和审视。

“我们现在可以说已经度过了冬天，暂时消除了危机，市场形势越来越好，但是并不代表以后就不会再有危机。只有居安思危，时刻保持危机意识才能确保不浪费每一次危机带来的机会。海外市场经过多年的拓展，已奠定了一定的基础，但目前缺少市场嗅觉敏锐、能发现机会的主管。而高级干部由于具有多年的市场拓展经验，具备了发现机会、挖掘机会的能力和经验，如果有一批嗅觉敏锐的高级干部充实到海外一线市场，就能为海外市场带来事半功倍的效果。语言不是高级干部拓展海外市场的障碍，我们借助翻译同样能抓住市场的机会。国外公司里拓展中国市场的第一代、第二代主管基本没有懂中文的，但他们照样在中国市场取得了成功。所以我提议高级干部要克服困难，带头奔赴海外市场。”

李国栋在发言中希望高级干部能够主动奔赴海外市场，乘势扩大海外市场的战果。

“作为管理干部，我们是否真的承担起了公司交给我们的职责？有些干部不关注客户满意度的提高，不围着客户的需求转，眼睛却盯着上司的脸，唯唯诺诺，揣测领导的喜好做事。这是我们最要命的问题。有些干部遇事不敢做主，事事请示汇报，把责任和压力都丢给上级，自己当二传手，没有承担起干部应该承担的责任。有些干部表面上很民主，事事开会，讨论，不停地调研，实际上是把责任推给其他人，其结果是人人都负责，人人都不负责。有些干部人云亦云，不敢讲真话、反映真实问题，追求人安我安，充当和事佬，大家你不戳我，我不戳你，只要能够相安无事，哪管市场上客户的抱怨？

“现在还有一个现象需要我们警惕，那就是很多干部怕犯错误，不敢创新。新的市场环境下，更需要干部在具体的工作方法方式上勤思考，不断创新。如果仍墨守成规，还在原地找奶酪，恐怕只能饿肚皮。各级干部不敢做决策，不敢承担责任，是集体前进中最大的危险。原地不动，可以让我们个人少犯错误，但却会断送整个集体的前途。过分地平衡风险，也会让团队分散精力，浪费资源而收获甚少。只有各级干部勇敢地站出来，将公司发展的重担扛在肩上，以公司发展为己任，勇挑责任，勇于创新，才能确保公司持续健康地发展。”

黄志明调任到人力资源部以来，做了大量的调查和分析，这次在干部会议上的发言是他深入干部群体中调查研究的结果。

“我们真正的干部政策是灰色一点，桥归桥，路归路，不要把功过搅在一起。不要疾恶如仇，黑白分明。干部有些想法或存在一些问题很正常，没有人没有问题。我们要加强在思想道德品质上对干部的考核，对干部严要求。当干部就要有献身精神，就要有严格约束自己、宽以待人的品质。任何腐败都会使我们丧失战斗力，直至公司走向死亡。

“公司将加强全体员工的诚信教育。诚信的本质在于责任，一个有使命感、责任心的员工，是不会否认诚信文化的。科兴十几年来取得的成就只有两个字——诚信。对客户的诚信，对社会、政府的诚信，对员工的诚信。诚信文化是公司最重要的无形资产。尽管公司不断有人，包括极个别高级干部，背离诚信，做出一些令人痛心的事，但公司员工中的绝大多数，是相信这一文化的。这种诚信文化创造的价值是取之不尽，用之不竭的。公司要建立员工的诚信档案，为选拔培养更多的优秀干部打下基础。”

钟成这次的发言比较简短，他一直在认真听取其他与会者的发言，并记录下了很多要点。按照会议流程，最后一位发言的是董事长华芳菲，钟成因此特意压缩了自己的发言时间。

会议已经连续开了四天，今天是闭幕会议。四天以来，大家集体研究了以客户需求为导向的流程化的组织结构设计，以及如何考核和选拔干部，还有干部管理中正面和负面的经典案例。在讨论环节，大家对一些问题进行了激烈的争论，甚至吵得面红耳赤。有的与会者拍了桌子，还有的与会者骂了娘，不过，到了晚餐的时候，大家又欢声笑语，亲密如常。

“这次干部工作大会，将进一步推动以满足客户需求为导向的流程化组织结构设计与改革，精简机构，精简管理干部，推动以责任结果为导向的考核机制，明确科兴的待遇体系是基于贡献。这些必将为科兴的下一步发展打下良好的基础。

“我们在组织改革，以及干部设置上，也要注意灰度，要有弹性。不要走极端，不要一味地追求低潮时期的合理化，而高潮到来时望洋兴叹，成了一个叶公好龙的案例。要坚持实事求是，坚持合理的弹性，以免不适应3G时代的浪涌，以及不能收放有序。我们既反对教条主义，也反对经验主义。

“领袖是自己悟出来的，是在实践中磨炼出来的，培训是培训不出来的。因此，自我改造是最重要的方法。个人的前途命运是掌握在自己手里的。你最大的敌人就是你自己，说的也就是这个意思。这就是人才的四象限图。大家时刻要铭记：小胜靠智，大胜在德。”

华芳菲最后做了会议总结，科兴2007年度的干部工作大会在群情激昂的热烈气氛中顺利结束。初春时节，万物生长。这场春天里的干部大会，将会给科兴带来什么变化呢？

“各位，第十届全国人大常委会刚刚通过了新的劳动法，将于2008年1月1日起正式实施。新的法规中关于无固定期限劳动合同的规定与我们公司一直实行的人力资源政策有明显冲突。”

黄志明和人力资源部负责劳动合同的同事在会议室一起向钟成和经营管理团队的领导们汇报最新出现的情况。

“有冲突？有什么冲突？”

周军锋一听和法律有冲突，忍不住问道。

“我们的人力资源政策是：不搞终身雇用制，但这不等于不能终身在科兴工作。我们主张自由雇用制，但不脱离中国的实际。新的劳动法规定：满足连续工作满十年，连续订立两次固定期限劳动合同时，必须签订无固定期限劳动合同，而且还规定了惩罚条款。”

“国家出台法律应该从企业和员工双方的利益来考虑。如果企业活不下去了，员工即使签了无固定期限劳动合同，还不是要重新找工作吗？这个规定还真的有点不好理解。”周军锋说道。

“我们经营企业有个重要的前提，就是必须合法，这是企业生存的底线。企业的规章制度必须符合国家法律，不能和法律冲突，必须遵守法律。但是，在全球化经营环境下，公司内部管理必须持续保持激活状态，任何时候我们都不能放弃艰苦奋斗。不断清除影响公司内部活力和创新机制的东西，才能在激烈的国际化竞争中存活下去。黄志明，你们要尽快研究劳动合同法与科兴现行人力资源政策的冲突及应对举措，记住，一定要在合法的前提下进行。”

其实，钟成已经敏锐地感受到科兴所面临的巨大挑战。科兴能够走到今天，依赖的就是创新性的企业文化、企业机制和制度流程，让企业内部一直处于激活状态，保持着奋斗的动力和激情。如果为了符合劳动合同法，改变了公司赖以生存发展的机制与活力，所带来的危险无疑是巨大的，甚至会使科兴多年来的成长与发展毁于一旦。但是，无论如何，钟成也不会去做违法的事情。这是他做人做事的底线，任何情况下都不会去突破。既要遵纪守法，又不能损害科兴文化、机制与制度，这就是钟成思虑再三后做出的艰难抉择。

“人力资源部要组织一定层级的干部和骨干员工，进行认真学习和理解，并采取积极措施，贯彻执行劳动合同法，规范企业用工制度，建立富有竞争力的用人制度。企业必须在遵从国家法律的前提下，思考如何使自己的内部机制具有竞争力和活力，否则我们就会在激烈的全球化竞争中落后，甚至死掉。只有企业活下去，员工的长远利益才能得到保障。企业活下去，才能为国家缴纳更多的税，创造更多的就业机会，履行好企业的社会责任。科兴要努力活着，成为国家的财富，而不是包袱。科兴走到今天，靠的是这种奋斗精神和内部永远处于激活状态的机制。所以，无论多难，我们都要想办法合理合法地解决这个问题。一切为了活下去，一切为了核心竞争力，一切为了合法合规。”

钟成不知道人力资源部能不能想出一个合理合法的方案来解决这个突如其来的问题。但是，领导者最重要的职责是决策，每一项重大决策，都是对领导者的巨大考验，他只能如此决策。

一个月以后，经营管理会议讨论并通过了人力资源部提出的人力资源变革方案。主要内容就是在公司工作超过八年的老员工先“集体大辞职”，然后再“集体大求职”，最后是“集体大竞岗”。具体实施步骤是：符合条件的员工向公司提交自愿离职申请，并获得科兴公司相应的补偿，补偿方案为“N+1”（工作年限 +1）模式，再乘以自愿离职员工当年的平均收入。然后这些员工再次求职、竞聘、上岗，重新签订新的劳动合同。重新上岗后，这些员工以前入职时的工号被停用，重新启用新的工号。

方案实施以后，近7000名员工参加了先辞职再竞聘上岗的变革，除了约百名员工因各种原因不再竞聘外，其他员工全部实现了重新上岗。就连钟成本人也参加了这个大辞职活动。制度面前，人人平等，企业的创始人也不能例外。

不过，经过科兴董事会多次的挽留和协商，钟成被继续聘任为公司总裁，没有实现他退休的愿望。

这次被外界高度关注并过度解读的员工集体大辞职活动，其实在科兴内部进行得井然有序，如静水潜流，波澜不惊，没有和任何员工发生矛盾和冲突。科兴为此累计支出的补偿总额达到20亿元人民币。

“自 2002 年以来，公司为了避免濒临崩溃，进行了一系列内部管理机制和人力资源的变革，其目的就是提升竞争活力，适应外部压力和挑战，构筑面向未来可持续发展的基础。公司始终认为，努力工作、认真负责的员工是公司的财富。公司也一直努力为员工创造更好的工作环境和保障条件。只要我们遵守国家法律，内部机制是健康的、有活力的、和谐的，只要我们认真服务好客户，努力工作，把自己的事办好，活下去，多向国家和政府纳税，就是对社会最大的贡献。公司将不断根据法律法规的要求，审视公司内的各类聘用关系，继续梳理、规范和完善员工的聘用关系。这次人力资源变革将和市场部集体大辞职活动、过冬时部分干部自愿降薪活动一样，永载科兴发展史册。”

在年底召开的经营管理会议上，钟成面色凝重地对2007年集体大辞职活动做了简短而有力的总结。谁又能了解，刚刚过去的这段时间，钟成背负了多大的心理负担？科兴当时的做法被外界普遍质疑是在规避新劳动合同法实施的风险，假如有员工因对补偿金的标准不满等将科兴告上法庭，这件事情将持续成为社会关注的焦点。假如有其他企业继续效仿这种做法，科兴作为始作俑者，也难以走出舆论的旋涡。如果这些情况出现，无疑会对科兴苦苦构筑起来的企业形象构成严重伤害，甚至会让科兴的生产经营活动无法正常运转，生死存亡就在转眼之间。钟成在这种痛苦的煎熬中一度无法自拔，当时提出辞职和退休的申请也是实在无法排解巨大的压力，只能选择退出。幸运的是，他又一次熬过来了。科兴又一次活下来了。

对钟成来说，刚刚过去的2007年注定是一个不平凡的年度。科兴销售额顺利突破了1000亿元人民币大关，而且海外市场的份额竟然达到70%以上。

不过，钟成没有时间去感受这一历史性业绩带来的喜悦。面对着尤正兴代表的蓝军提交的终端市场分析报告，钟成陷入了沉思。自从2003年终端公司正式成立以来，一直就没有多大起色，钟成深思熟虑以后，提议复制以前出售汇通公司和科三（科兴与3C公司的合资公司）的经验，将终端公司的股份出售给同行或者投资基金，避免在非核心业务上分散资源和精力。

其实，自从创立科兴以来钟成就坚持聚焦通信业务的战略，不在非核心业务上分散资源，只专注于主业，集中优势兵力歼灭敌人，这也是科兴这些年来保持快速发展的原因之一。

这些年来，在多人的建议下，他也不是没有尝试过多元化战略，扩大产品线，延伸服务领域，以促进各个领域的协同性。早在1998年年底，科兴的话机事业部就推出了高档无绳电话机，电话机配合程控交换机在中国电信进行销售，但是没有想到却成了一个笑话。由于各种原因，无绳电话机的生产采取了外包模式，管理不善，质量非常差，平时就各种信号不通，遇到打雷天更是要命，打一次雷就坏一批电话机。当时产品出来以后为了迅速增加知名度，被当作礼品给客户送过，结果导致客户纷纷投诉，怨声载道。后来在员工内部也搞过促销，号召科兴员工买无绳电话机，过年回家送给父母。结果很多员工兴冲冲地买了电话机带回家，却带回了满肚子的火气。

一气之下，钟成下决心关闭了话机事业部，并发誓只聚焦通信主业，不再涉足终端业务。没想到后来，他一直押宝的GSM业务进展缓慢，被忽视的CDMA业务却成全了竞争对手。还有，由于对3G业务的牌照发放时间过于乐观，导致错失小灵通市场。这两大战略误判不仅让科兴差点崩溃，而且让竞争对手迎头赶上，科兴原有的竞争优势几乎荡然无存。

还有一个意想不到的事情就是，钟成曾经发誓不做的终端市场，近几年来增长非常迅速，一批国产品牌迅速发展起来，在国外品牌林立的手机市场中硬是杀出了一条血路，站稳了脚跟。

反思了很长时间的钟成对自己过去的固执进行了自我批评，对曾经粗暴地否决业务部门多次提出的手机项目立项也做了公开检讨，并于2003年下决心成立了终端公司。但是五年以来，终端公司除了开发过几款小灵通手机，就是为国外公司贴牌，成了“食之无味、弃之可惜”的鸡肋。尤其是中国电信刚刚获得中国联通的CDMA网络，对小灵通投入越来越低，小灵通业务退出市场只是时间问题，因此，钟成在经营管理会议中提出复制以往的经验，出售终端公司，大家都表示赞成。

在即将和收购方签订协议的时候，尤正兴负责的蓝军在分析报告里提出了反对的意见。报告中用大量的数据和分析指出：未来社会将进入万物互联的时代，电信行业必是“云（云计算）—管（网络管道）—端（终端）”三位一体的模式，终端将决定消费者的终极需求，这也是未来科兴发展的命脉所在。

这份分析报告，钟成已经看了不下三遍。报告里指出，美国苹果公司2007年发布的第一代iPhone手机，彻底改变了手机和消费电子产品的世界。不久前，史蒂夫·乔布斯领导下的苹果推出了首款可以支持第三方应用程序的iPhone机型，开启了移动互联网全生态模式，给用户在智能终端上带来了无限可能，为该公司在未来十年的爆发性增长奠定了平台基础。可以预见，苹果手机的普及，将会导致大量移动应用程序的出现，互联网的发展也将进入移动互联网时代，智能手机市场将会迎来大爆发时期。

对于终端设备，钟成以前有一个基本的判断，那就是技术含量不高，门槛较低，竞争非常激烈，而且还要投入大量的人力物力。此外，客户需求多种多样，千变万化，难伺候还费力不讨好。所以，与其分出精力去做终端，不如把精力都用在关键通信设备上，形成核心竞争力。有时候一个人静下心来，闭目冥想，钟成会隐隐感觉到自己骨子里有种技术情结，当年孤注一掷投资研发程控交换机就是这种情结的映射。后来他固执地选择GSM而放弃CDMA的时候，选择3G而对PHS“小灵通”不屑一顾的时候，都有这种追求技术先进的心理在引导他做出决策。问题是这样的决策在哪里出错了呢？追求技术的先进性有什么错呢？问题出在了没有考虑客户的真实需求。客户为什么没有选择技术更先进的产品呢？他们当然有自己的考虑。只是钟成过去的决策，没有完全站在客户的角度去思考问题，而是想当然地认为客户会和自己持有相同的想法。看来，以客户为中心，就要先从了解客户的需求开始，进而满足客户的需求，才能为客户创造价值。作为企业，找不到客户的痛点，一味地追求技术的先进性，一定会碰得头破血流。这是客户给钟成敲响的警钟。

不过，钟成其实并不认为自己当初的选择是错误的，比如小灵通，它其实是钻了政策的空子，打了个擦边球，很快就会退出市场。3G的投入很大，周期很长，但他相信一定会有市场。技术的创新和发展是历史大趋势，也是人类社会发展的要求。作为企业创始人，他有时候无比纠结。对创新性技术的投入，很难界定边界。不投入就不会出现先进技术，投入过大又会危及企业生存。作为一家信息通信技术企业，想要实现一直活下去的目标其实并不容易。

为什么一遇到问题就想着要把终端公司卖了呢？其实就是经验主义。因为之前在汇通公司和科三公司的出售上尝到了甜头，所以一遇到问题就会想到找个好买家卖个好价钱，解决了问题还不影响核心业务，既简单又省事。不过这样下去，估计很多公司都不愿意再与科兴合作，因为与科兴的合作都不会长久。看来，卖企业这个方式也需要反思，科兴不能陷入以自我为中心的思维误区里面，到最后反被同行们所孤立。

决策是企业管理中最难的事情，考验的是管理者的智慧和勇气，还有格局与魄力。钟成现在深深体会到，领导者的决策能力，可以决定一家企业的生死存亡。要提高决策能力，只有放下面子，放下身段，打破思维定式，坚持自我批判，坚持创新，提升认知能力和判断能力。

想到这里，钟成拨通了尤正兴的电话。

“正兴，你到我办公室来一下，我们好好聊一聊你的蓝军报告，我们要在经营管理会议上重新考虑终端公司的方向和规划。”

“好的。老板。”

“你要做好准备，聊不出个子丑寅卯，我们就聊他个通宵。”

“放心吧，老板。我做好了充分准备，肯定能说服您。”

“哈哈。看来，这次我又错了。”

很少有人能理解杨浩宇为什么敢于不顾那么多人的反对，冒着风险拍板决定科兴第四代分布式基站的研发。徐征波来欧洲之前，也很不理解，但是来到欧洲以后，他很快就理解了杨浩宇的苦衷。

徐征波知道，科兴征战海外市场的道路异常艰辛，不仅仅要忍受战乱、疾病、瘟疫和贫困等方面的痛苦，还要忍受文化的差异、客户的不信任，甚至是刻意的刁难。

“海外将士们吃过的苦头，只有经历过的人才深有体会，刻骨铭心。”

英国伦敦国王十字区街头的一家咖啡馆里，杨浩宇端着咖啡杯对徐征波这样说。徐征波也很清楚，欧洲是GSM、3G技术发源地，当时四家电信设备巨头虎踞龙盘。科兴进入欧洲市场时，欧洲人将科兴当作一家骗子公司，不给半点机会。

“在我的印象中，那时的欧洲竞争对手像大山一样，压得我们喘不过气来，只有无边的绝望。也就是在绝望之中，我开始认识到，唯有在技术创新和产品质量上超过他们，我们才有机会叩开欧洲市场的大门。”

“荷兰运营商那件事，的确是让人很气愤！如果不是沃达丰的出现，欧洲市场估计到现在还大门紧闭。”

徐征波提到荷兰运营商的事情时，杨浩宇的内心开始隐隐作痛。

“这件事情对我刺激很大。我敢于不计后果决定研发第四代基站也有这个因素在内。我们好不容易利用分布式基站拿下合同，结果这家运营商很快就被并购了，并购方随即做了一个决定，全网放弃我们的设备。逻辑很简单——无线网络不是设备做得漂亮就可以，关键得有用户，很多人用起来不出问题才可以。所以，人家没有给我们的分布式基站试验的机会，认为是一个巨大的冒险。”杨浩宇说到这里，声音有些低沉，眼角有些湿润，“你要知道，当年我们的一个兄弟像孤魂野鬼一样，在欧洲飘荡了两三年，才拓展下荷兰这个项目。拿下订单那天，他号啕大哭，当时我都替他担心，他的神经是不是出了问题？一个大男人怎么会哭成那个熊样？可是，我们的市场一线人员、研发人员、交付人员，费尽千辛万苦才盘下的一个项目，说没就没了。说实话，这件事是我心中的一根刺，这么长时间了，到现在都拔不出来。”

“我现在理解你为什么要冒这么大风险去做一个无法预料后果的决

策了，换作是我，我也会这样做。”

徐征波和杨浩宇一样，都是血气方刚的汉子，只是两人的外在表现方式不同而已。

“获得了沃达丰的认可以后，我们在欧洲市场已经开始陆续斩获大单，但是一直无法和欧洲最大的竞争对手抗衡。要想在欧洲站住脚，只有用与竞争对手完全不一样的技术架构，去做革命性的创新，使产品升级换代。这条路之前没有人走过，我当时就想我们可不可以走一走。当时我正在和同事一起爬山，爬了五个多小时，问了很多人的意见，打了十几个电话，反馈都是大同小异——成本太高，技术风险太大，一旦达不到市场预期，很难再翻身。我当时忍不住爆了粗口，必须做，不做在欧洲永无翻身之日，所有的责任由我来扛！哈哈，他们也没办法，只好去做了。”

“现在好了，第四代基站终于研制成功了，真可谓‘不鸣则已，一鸣惊人’，我们在技术上的优势非常明显。竞争对手需要在基站上插12块板子才能用，我们的只需要插3块，这是技术上的重大创新和突破。现在欧洲很多主流运营商都开始向我们伸出了橄榄枝。这一次我们终于在核心技术上超越了最大的竞争对手，欧洲市场的份额每天都在快速上升。欧洲地区部的同事们都要感谢你啊，老杨。”

徐征波以前对杨浩宇并不是太了解。杨浩宇是科兴中央研究部无线业务部的负责人，最早是GSM产品线的骨干成员，而徐征波一直负责基础研究部，工作上的交集并不多。

“徐总，我从不向困难低头，也不怕冒风险，就是咽不下这口气。我的态度依然是，分布式基站还要持续投入研发，持续改进性能，持续技术创新，为下一代无线通信奠定基础。我们一定能成为世界无线通信领域的老大，甚至是全球通信领域的老大！”

“老杨，都说你爱吹牛，我还就爱听你吹牛。因为你以前吹的牛，现在不都实现了吗？哈哈……”

“好啊，那我以后还要继续吹。哈哈……”

第十章　厚积薄发

“钟总，我们刚买了一辆加长的奔驰车，是专门为接待各国元首及重要客户准备的。好贵啊，要不是有的国外客户提出这样的要求，我们是真舍不得买啊。”

“是吗？周军锋，你见过加长的奔驰车吗？我们一起去看看，我也很好奇，加长车怎么这么贵。”

“好啊，跟您去长长见识。”

客户工程部的负责人刘路见钟成和周军锋都很感兴趣，就一边领着他俩走，一边向他们介绍。

“我们现在的国外客户越来越多，买了十多辆奔驰都不够用的。有些国家的客户特别喜欢加长奔驰，尤其是非洲的一些客户，跟我们要求要用加长奔驰接待，气派而且舒适。”

“谁不喜欢坐豪华车？但多贵啊。要不是客户的要求，我不会允许你们买这么贵的车。我那辆老标致车，不也开了好多年嘛。”

三人到了地下车库，看见一辆崭新的奔驰车正停在那里，车身比普通奔驰略长，修长的线条尽显其端庄优雅，后排的空间非常宽裕，给人感觉沉稳又不失庄重，舒适而又不显奢华。

“比普通奔驰也没有长多少嘛。这也太贵了吧?”

钟成背着手站在车旁，脸上露出很心疼的表情。

“钟总，这款车是身份的象征，能坐得起的人是不会在乎钱的，哪像您平时那么抠，连辆好车都不舍得给自己买。”

周军锋不失时机地调侃了一下钟成，说完自己就忍不住乐了。

“对自己可以抠一点，对客户可不能抠，我们要重视客户体验，不仅是产品性能，还有服务水平。对员工我也没有抠过，跟员工太计较最后吃亏的还是公司。”

“您呀，对别人都很大方，就是对自己抠。谁让您小时候老挨饿呢，苦日子过习惯了。”

周军锋说这话一点也没有调侃的意思，他知道钟成一向俭朴，对吃穿住行都满不在乎。

“由俭入奢易，由奢入俭难。我们还在创业阶段，千万不能掉以轻心，要时刻保持危机意识。对了，国家知识产权局的会谁去做汇报?”

“是战略规划部的徐俊，他正在准备资料。”

“加长车也看完了，叫上徐俊，我们一起开一个关于技术开发和知识产权的会议，大家一起回顾并梳理一下，定一定下一步的策略。”

“老板，我还有一个好消息要告诉您。我国3G牌照的发放时间很快就要出来了，据来自各大运营商的消息，国务院近期会专门开会讨论此事。”

“再不发放牌照，我们国家自己提出的3G标准TD-SCDMA也会无用武之地。国外的3G建设都快接近尾声了，我们的4G（LTE）技术也已经成熟，已经开始在欧洲市场推广。”

“老板，据徐征波说，明年1月北欧最大的电信运营商会和我们签署全球第一份LTE（4G）商业合同。另外，我们会在明年2月的巴塞罗那世界移动大会上，展示世界上首个为移动运营商设计的一体化4G系统，这标志着我们已经在4G技术上达到全球先进水平。”

“迟到总比不到好。我们就等着中国的3G牌照发放了。”

“您这可真是望眼欲穿啊。”

2008年阳历最后一天，一则简短的新闻让中国3G立刻成为万众瞩目的焦点：国务院常务会议讨论并原则通过了3G牌照的发放和对中国3G标准TD-SCDMA扶持问题，3G牌照将在2009年1月择机发放。

终于等到你，还好没放弃。这姗姗来迟的消息，对钟成来说已经等得太久太久了。关于3G牌照发放问题长达数年的争论让投入巨大的科兴几次濒临崩溃的边缘，历经磨难，遍尝辛酸，终于迎来了国内3G时代的大幕正式开启。

如果事情有最坏的可能，不管这种可能性有多小，它总会发生。这就是神奇的墨菲定律。对于科兴驻土耳其代表处代表陈晓来说，以前他对这个定律多少还有些怀疑，现在却发现它已经应验了。

刚刚获得通知，在土耳其电信网络改造项目招标中，科兴出局，另一家“友商”——钟成最近在科兴内部严格要求，对所有竞争对手必须要保持足够的尊重，只能称呼为“友商”——独家中标。

“这怎么可能呢?”陈晓情绪有些失控，把手里厚厚的资料重重地摔在会议桌上。

土耳其位于风光迷人的地中海沿岸，横跨欧亚两洲，历史悠久，资源丰富，是世界各大通信设备供应商的必争之地，也是科兴的战略市场。

科兴自2000年开始就大力拓展土耳其市场，多年耕耘，却始终没有结果。直到2008年年初，土耳其电信决定对其固定网络通信设备进行升级改造。

作为土耳其唯一的固网运营商，土耳其电信交换机装机容量达到2100万线，全部为传统程控交换机设备。由于设备老旧，每年土耳其电信的电费支出，包括设备、空调、电池等所有耗电，竟然高达4000万美元。经过土耳其电信董事会研究，决定全网进行改造。

对陈晓来说，这是一个绝佳的机会。网络改造肯定不能再回到传统的程控交换机时代，只能采用NGN（下一代网络）软交换来进行网改，科兴的NGN产品近年来一直稳居全球出货量第一，有很强的竞争优势。他马上向总部汇报情况，总部根据客户背景、市场背景和项目背景，立刻将这个项目列为固网网络改造重大项目，专门成立了跨部门的项目组，整合资源，全力以赴。

土耳其电信先邀请了七家通信设备供应商进行技术测试，各家供应商“八仙过海，各显神通”，终于通过了测试关，项目开始正式发标。

在技术标方面，科兴的优势非常明显。商务标方面，七家公司只有一家喊出来要不惜代价拿下合同，是科兴最强劲的对手，另外还有两家有与科兴抗衡的实力。不过项目组分析认为，土耳其电信不可能只让一家公司中标，至少应该有两家同时中标。

递交标书的前一天晚上，陈晓和项目组的同事们一直工作到次日凌晨，而且为了保险起见，在最后一刻又在公司授权的范围内再次调低了投标价格，才放松心情倒头睡去。

公开唱标的时刻终于来临，果然不出所料，势在必得的那家友商的投标价格竟然比其他公司价格低了一半，科兴的价格排在第二，排在第三的友商价格仅比科兴多出0.5%。幸亏昨晚最后一刻的降价，否则科兴就要排在第三位了。

陈晓和项目团队在现场一片欢腾，在他们看来，科兴的技术和商务配合得简直完美无缺，几乎是稳操胜券。

“陈总，从客户内部得到信息，客户将向董事会推荐科兴和价格排在第三位的友商，势在必得的友商因为技术原因最后出局。”

“太好了。你再仔细落实一下，信息是不是有误。”

客户代表兴奋地在深夜给陈晓打来电话，陈晓喜出望外，差点没从床上跳起来。

距离渴望已久的胜利还有一步之遥，怎么能不让人激动万分?

很快土耳其电信最终招标结果公布：势在必得的那家友商竟然独家中标。

浪漫的土耳其依然风轻云淡，晴空万里，陈晓和项目组成员们却感觉一步踏空，直接跌入寒气逼人的冰窖。

这么多年的努力和付出，这么长时间的坚守和投入，难道再一次付诸东流了吗?作为多年的老销售，他不知道项目背后发生了什么事，但是他很清楚，一定发生了什么事。无论如何，科兴竟然在NGN项目中出局，而且是耕耘了多年的土耳其，这让陈晓不能接受，甚至无法面对。

“就这样承认自己失败了吗?”

陈晓看着同事们多日以来熬得通红的眼睛，百感交集却欲哭无泪。绝对不能放弃，一定要想办法绝地反击!

就在陈晓和同事们苦思良策的时候，消息再度传来，土耳其电信因为对项目的规划存在不足，很可能终止网络改造项目，维持原有网络架构不变。

“赵总，我们项目组经过分析后判断，土耳其电信不可能终止网络改造项目，首先是每年4000万美元的电费支出已经让他们不堪重负；其次他们已经有明确的裁员计划，未来三到五年内将裁去现有员工的一半；最关键的一点是目前已经没有主流厂商再生产传统的程控交换机，如果不进行网络改造升级，土耳其电信就买不到设备进行替换或更新。因此，我们综合判断，土耳其电信宣布中标的友商虽然因为价格原因中标，但技术方案存在缺陷，再加上土耳其电信这次网络改造的规划本身同样存在问题，所以才放出风来终止该项目。”

“陈晓，你们的分析有道理。你们的态度是对的，只要还没有结束就不要放弃。你们现在就要制定一个绝地反击的计划。”

地区部的领导认同陈晓的分析，虽然他认为这个项目很复杂，涉及的因素很多，有些可能还没有浮出水面，但是，就这样无奈地接受一个尴尬的局面，会造成永久的遗憾。

陈晓和项目组成员们决定从头再来，重新审视土耳其电信的这次网络改造招标。从招标文件开始，先弄清楚客户的真正需求是什么。

果然，从客户发的标书内容可以初步判断，客户其实对如何网络改造还没有想清楚。虽然他们制定了四年完成网改的目标，但目标网络架构如何？具体如何实施？第一步干什么，第二步干什么？在实施的过程中需要哪些部门配合？……在这些关键问题都没有考虑清楚的情况下，匆忙上马网改项目，怪不得土耳其电信骑虎难下了。

“在客户的需求和规划没有明确之前，如果能够指导他们进一步完善和提升，可能就是我们科兴翻盘的唯一机会。”项目组成员、地区部核心网主管闫敏经过细致的分析后对陈晓说，“我们先把角色转变一下，替客户做一回网络规划专家。”

“小闫，你这个想法很好。可是为客户做网络规划，他们又不提供给我们必要的资料信息，谈何容易？”

“那我们就发动大家，通过各种渠道收集客户现有网络的资料，我们再去发现问题。”

别看闫敏看起来柔柔弱弱，典型的南方娇小女子，做起事来却毫不含糊。经过收集资料、分析、讨论，很快就做出了客户需要的目标网络架构。目标网络不仅仅包括核心网，还包括IP（网络互联协议）承载网、传输网、接入网，以及信令网等全网的网络结构。最后再结合客户的网改计划，给出网改的步骤建议，甚至做出了工程割接的具体演示步骤。经过十多个日日夜夜，整个网络规划方案经过多次讨论，多次修改，加上整理的各种基础数据，最后打印出来竟然有上百页。

“小闫，了不起，你让我们这些男人都自愧不如，刮目相看！”

陈晓情不自禁地为闫敏竖起了大拇指。项目组成员也热烈地为这位从校园出来不久，看起来很不起眼的姑娘鼓掌。

“什么男人女人的。我们现在是女人像男人一样工作，男人像牲口一样工作，不都是奋斗者吗，怎么还分男人女人啊？”

闫敏性格开朗，平常总乐呵呵的，喜欢开玩笑。

网络规划递交给土耳其电信以后，对方很快就有了反馈。

“土耳其电信对科兴项目组表示遗憾，说他们其实还是很希望与科兴合作，希望我们不要放弃，但同时表示董事会的决策无法更改。如果科兴希望继续参与，必须同时满足以下条件：一、价格不能高于中标厂家；二、不能新增他们的预算。”

“这怎么可能？第一个条件我可以理解，第二个条件是什么意思？让我们无中生有吗？”

负责土耳其电信的客户代表刚把客户的反馈说完，闫敏就忍不住问了一句。

“别急嘛。他们最后还特意说了一句，土耳其电信现在有很多项目正在进行，可以在其他项目中考虑曲线购买我们的NGN产品。”

“也可以理解为组合销售。这说明客户认可了我们的网络规划，又想避开上次招标的决定，才想出来这么富有创意的方法。”

陈晓一下子就理解了客户背后的意图。看来，科兴翻盘的可能性很大。

继续玩命地做方案，减少设备配置，采用新技术组合，降低办公设备的数量……精打细算，绞尽脑汁，终于可以把价格降下来了。第二个条件更难了，不仅是预算问题，而且是客户的预算问题。项目组赶紧收集所有的项目信息，只要科兴能够参与的项目都仔仔细细地梳理了一遍，几个不眠之夜过去，终于凑齐了预算数目。

方案递上去，土耳其电信很快就给科兴的客户代表做出了反馈。

“客户让我们继续降价，因为我们本来就已经出局了，不降价他们没办法向上面交代。只要我们继续降价，他们可以考虑增加预算，甚至可以考虑把全网的网改事实上都交给我们来做。”

听得出来，客户代表的心情有些激动，对方的这个承诺让他有些不知所措。

陈晓虽然也很兴奋，但是对方的这个承诺毕竟只是口头承诺，总部会因为这样的承诺就不惜代价，甚至亏本也要争夺这个项目吗？

“陈晓，你们还是要谨慎，毕竟友商中标在前。客户的这个承诺很有可能有问题，你们可以先把独家承建的要求写进协议，然后再考虑价格问题，最后再跟客户确认一下。”

地区部领导的提醒不是没有道理，毕竟这个客户一直都是把科兴当作陪跑者来看待的。

不过，有问题的同时不也同样意味着有希望吗？只要有1%的希望存在，就要付出120%的努力。陈晓再次给项目组的同事们加油打气，不拼到最后，就不会笑到最后。

继续拼，拼到底。

果不其然，客户对科兴递上去的协议勃然大怒：“谁说让你们独家承建了？你们是出局者，怎么可能独家承建？”

这下陈晓有些傻眼了。他可是按照独家承建的方式向公司申请了特别优惠价格，客户不承认，这协议怎么签呢？

备受煎熬的一天过去了。客户突然约见了科兴在土耳其的本地员工，要求科兴马上发两台设备来，不做测试，直接割接，看看效果。

原来，友商的设备要通过全部的测试之后才能割接，而这个过程少则半年，多则一年，土耳其电信董事会无法接受这么长时间的安排。科兴的设备在客户机房已经不间断地测试了两年多，一直运行稳定。

事情至此，忽然峰回路转，柳暗花明。科兴最终如愿以偿，实现了NGN产品在土耳其电信的重大突破，为3G产品在该地区的大规模商用开了一个好头。

“来土耳其已经三年了，并没有感受到土耳其的浪漫，这一时刻，我才明白，所谓的浪漫其实就是长期不懈的坚守。”

庆功晚宴上，闫敏简短而又略带抒情的总结其实就是陈晓和项目组成员共同的心声。

科兴龙岗基地研发大楼会议室，技术开发与知识产权讨论会正在召开，除了科兴经营管理团队的成员以外，中央研究部、战略规划部和知识产权部的主要负责人全部到会。

会议先由中央研究部分管领导周军锋发言：

“一直以来，我们每年坚持将销售收入的10%投入在研发上，尤其是最近几年，有超过25000名员工从事研发工作，资金投入都维持在每年近百亿元。但是，经过二十年的艰苦奋斗，迄今为止，科兴还没有一项原创性的产品发明，主要做的只是在西方公司的成果上进行一些功能、特性上的改进和集成能力的提升，更多的是表现在工程设计、工程实现方面的技术进步，与国外竞争对手几十年，甚至上百年的积累相比还存在很大差距。对于我们所缺少的核心技术，科兴主要通过购买的方式和支付专利许可费的方式。

“现在我们的3G产品已经逐步打开了国际市场，国内市场也开始启动。我们的4G产品已经在世界移动大会上成功发布，并开始部署5G产品的研发。回首过去，放眼未来，新的时代即将来临，我们也要逐步调整技术开发战略，加大基础技术的研究，加大自主创新的力度，争取早日实现从跟跑到领跑的超越。”

周军锋前边的发言是对过去的总结，也是给所有与会者的一种警醒。一家销售额一千多亿元的高科技公司竟然没有一项原创性的发明，想想都觉得后背直冒冷汗。最后的发言则是自己长期以来的一种期望，他也没有和钟成具体沟通过，只是连自己都觉得到了推动技术创新的时候。

“我们历来尊重别人的知识成果和知识产权，同时也注意保护自己的知识产权。我们与众多西方公司按照国际惯例达成有关知识产权谈判和交叉许可，在多个领域、多个产品与相应的厂商通过支付许可费的方式达成了交叉许可协议。我们很早就充分意识到必须在知识产权方面融入国际市场，因为知识产权是国际市场的入场券，没有它，高科技产品就难以进入国际市场。

“虽然我们每年按销售收入的10%以上投入研究开发，在研究经费的数目上缩小了与西方公司的差距，也在知识产权数量上逐步缩小差距；虽然目前我们已有一万多项知识产权，但相对世界上很多国家几十年的积累仍是微不足道的。知识产权投入是一项战略性投入，它不像产品开发那样快，在一到两年时间内就看到其效果，而是需要一个长期的、持续不断的积累过程。我们在上一年度，全年共递交1737件知识产权专利申请，根据世界知识产权组织的统计，在2008年专利申请公司(人)排名榜上排名第一，其中LTE（4G）专利数占全球10%以上。”

知识产权部部长宋京亲自处理过很多国外和国内的知识产权纠纷，

在科兴最早向卫亦兵提议设立知识产权部，一直在各个场合强调知识产权的重要性。

“在技术上我们还是需要韬光养晦。必须承认国际厂商领先了许多，这种巨大的差距是历史形成的。一方面，由于发达国家创新机制的支持，普及了创新的社会化，技术获取相对容易；另一方面，还在我们的创始时期起步阶段，国外有些专利就已经形成了，无论是系统实现原理的还是技术实现细节的，国际厂商已经领先很多了。我们今后必须在技术创新上加大力度，但是也要坚持在功能、特性、工程实现技术等方面加强投入，继续反对盲目创新、反对小农意识、反对自我封闭、反对闭门造车，坚持合作与自研并重，在把握行业发展趋势的同时顺应业界的潮流、顺应相应的规则，厚积薄发、投放有序、广泛合作、优势互补，共同推进行业的发展和进步，构建良好的商业发展环境。

“当然，就像刚才周总提到的，我们至今没有一项原创性的发明，这其实也是我们最大的软肋，不能不加以重视。一家国际化的高科技公司没有原创性的发明，在竞争激烈的信息通信市场如何长期生存？人无远虑，必有近忧。现在是到了我们深入思考并做出规划的时候了。”

徐俊最早是科兴08程控交换机软件研发出身，骨子里有种技术情结，因此也提议要重视原创性技术创新。

“在中国，在高新技术领域做一个国际化的企业，开拓全球市场，我们没有任何经验可以借鉴，完全靠摸索，在市场中摸爬滚打，在残酷的竞争中学习。中国高科技企业的成长之路注定充满坎坷与荆棘。选择了这条道路的人生注定艰辛而劳碌，但同时也更有价值。

“当我们走出国门拓展国际市场时，放眼一望，所能看得到的良田沃土，早已被西方公司抢占一空，只有在那些偏远、动乱、自然环境恶劣的地区，他们动作稍慢，投入稍小，我们才有一线机会。为了抓住这最后的机会，1996年开始，众多科兴员工离别故土，远离亲情，奔赴海外，无论是在疾病肆虐的非洲，还是在硝烟未散的伊拉克，或者海啸灾后的印尼，以及地震后的阿尔及利亚……到处都可以看到科兴人奋斗的身影。我们有员工在高原缺氧地带开局，爬雪山，越丛林，徒步行走了八天，为服务客户无怨无悔。有员工在国外遭歹徒袭击头上缝了30多针，康复后又投入工作。有员工在宿舍睡觉，半夜歹徒破门而入拿枪顶着他们进行抢劫。我们在拉美某地的班车也遭遇过歹徒持枪抢劫，全车人被抢。即使是货物运送，也经常需要雇用特殊人员护卫。有员工在飞机失事中幸存，惊魂未定又救助他人，赢得当地政府和人民的尊敬。也有员工在恐怖爆炸中受伤，或几度患疟疾，康复后继续坚守岗位。在一些国家，我们有70%的中国籍员工得过疟疾。我们还有三名年轻的非洲籍优秀员工在出差途中因飞机失事不幸罹难，永远地离开了我们……

“大家刚才都提到了要加大技术创新。我也提议今后要加大技术创新，加大对基础性技术以及前沿性技术的研究，不过，创新是要有理论基础的。如果没有理论的创新，就没有深度投资，很难成就大产业。理论上要想有突破，首先一定要保护知识产权，才会带来投资的积极性和创新的动力。美国之所以这么厉害，因为它严格保护知识产权，这样美国的创新环境才特别好，容易出现大公司。科技创新，尤其重视知识产权保护，要重视教育。特别是农村中、小学教育，给教师体面的工资和社会尊重，无论如何，孩子才是祖国的未来。”

钟成一直在聆听大家的发言，而且若有所思，然后在笔记本上写下几行文字。他在发言中既反思了自己决策中存在的问题，也表达了对科兴员工的敬意，让与会者们不禁有些动容。为了活下去，科兴人二十余年来筚路蓝缕，风雨兼程，一路磕磕绊绊，终于跨出国门，走向全球，经历了多少苦难？品尝过多少辛酸？忍受了多少孤独？跨越过多少绝望？

“我们在手机业务上一波三折，走过很多弯路，还差点卖掉相关公司。以后到底怎么做，我想听听你们的意见。毕胜，终端公司的情况你来介绍一下，我们今天深入地讨论讨论，定个方向。”

2011年年初，一个平常的周末，钟成召集公司高管和终端公司主要干部研讨终端公司的战略和业务问题。自从听了尤正兴代表蓝军提出的建议以后，经过经营管理团队讨论，终端公司最终得以保留，但是至今业务依然没有大的起色。

“正如钟总所说，终端业务在我司一直处于变化和波折之中，几次被砍掉，还差点被卖掉，截至目前一直没有找到真正的定位和方向。早期的无绳电话机是一个教训，又错过了我国国产手机的第一波热潮，后来为了弥补我们在小灵通业务上的失误，开始做小灵通手机，很快市场占有率达到25%以上，打破了我司不做终端产品的限制，终于成立了终端公司。

“最初我们在开发3G的时候，没想自己做手机，只想专注在系统上，但很快发现这样行不通。因为欧洲主要运营商早在2000年就高价拿到了3G牌照，他们急切需要大量3G手机来发展业务。科兴想进入欧洲市场，为运营商定制3G手机是绝好的切入点。直到现在，我们的手机基本都是以定制形式销售给运营商，不直接卖给消费者，也很少广告宣传，故而鲜为人知。我们定制的商业模式有两种：一是客户承诺销售量，手机就打客户的标识，没有我们的；二是手机上打客户和科兴双标识，在这种情况下，每台手机科兴就要给客户宣传补贴。

“不过，为运营商定制是个苦力活。做一款手机，净利润率大概只有5个点。客户提供市场预测，很多物料需要提前三个月下单。如果市场预测不精准，物料就可能砸在我们手里。更何况，当年大家预测的那些3G撒手锏业务，如可视电话业务，从来都没有真正落地过，那些高价买了3G牌照的运营商大幅裁员应对危机。最终这些压力都传递到了我们这些供应商身上，苦不堪言。

“直到2007年乔布斯推出苹果手机，引领了智能手机革命，App（应用程序）模式随后成熟，3G业务才真正变成了有利可图的业务，移动运营商也开始盈利并大赚特赚，3G手机的需求量开始猛增，市场缺口很大。在目前的情况下，我提议公司应当重新考虑终端公司的战略和业务，包括选拔一位年轻的干部来负责终端业务，毕竟终端业务是面向广大消费者的，和我们以前做的面向运营商和企业的业务有很大的差异。年轻人更容易实现这种转变，也更具活力和创新精神。”

毕胜在发言时回顾了一下终端产品在科兴一波三折的曲折经历，同时也提出了自己对终端产品未来发展的意见和建议。他领导终端产品多年，终端产品没有做好，他一直在进行自我反思。

接着毕胜的发言，钟成说：“我几次没有批准手机研发的立项主要是受无绳电话机失败的影响，还有就是我曾经带团队到欧洲最大的手机生产企业去考察，发现要做好手机业务需要大量的资源投入，因为他们仅研发人员就有5000多人。对于当年的科兴来说，分散有限的资源实在是过于冒险，因此迟迟没有下定决心。包括小灵通业务，我当年坚决不去做不仅因为其技术落后，而且我考虑小灵通无法向3G技术演进，本身就是有天然缺陷的技术，怎么可能会有市场？但是，现在证明我当时的判断出了问题，犯了错误，只是大家碍于我的面子不说而已。我在此也要自我批判，自我反省，否则还有可能重蹈覆辙。

“在此我也和大家谈谈面子的问题。以前，我父亲经常给我说，面子是给狗吃的。为什么呢？他是一个知识分子，‘文革’时被扣上臭老九的帽子，身陷囹圄，经常被推到大街上游行示众，头上戴着高帽子，脸上被涂抹得漆黑，哪里还有一点点做人的面子。但是他一直咬牙坚持，无论如何也要活下去。出狱后继续做中学校长，一直干到七十五岁才退休。

“一个人内心强大的表现是经得起批评，真金不怕火炼。世界上肯定会有不同意见，我们一定要有战略自信，这个自信首先是不怕别人批评。我们要的是成功，面子是虚的，不能当饭吃，面子是给狗吃的。你想进步吗？放下面子就会进步。没有本事的人才会处处在乎面子。只有洞悉人性，并超越人性的缺点，提升自我的认知水平，包括虚荣、自大、自卑、浮夸以及惰怠的心理等，战胜自我，才有可能最终成功。一句话，不要脸的人，才能进步。我就是那个不要脸的人，我虚心承认我的错误，也希望大家今后不要在意我的面子，该批评的要批评，该指正的要指正，只有这样，我们的事业才会长青。”

钟成这段话，的确是有感而发。终端业务生生死死、起起伏伏这些年，不仅反映了科兴九死一生的企业发展史，也折射出了钟成的心理状态及认知水平的变化。最可怕的不是一个人的能力不够强大，而是对自我的认知出现偏差。盲目而封闭，自负而狂妄，最终必将自取灭亡。就像皇帝的新装一样，皇帝刚开始时是知道自己没有穿衣服的，当所有人都违心地赞美或者刻意地奉承他所谓的“新装”时，他如果一直没有勇气揭穿这个美丽的谎言，就会认为自己的确穿着华贵的“新装”，直到勇敢的人站出来让真相大白于天下，他也因此成为天下最大的笑话。这就是人性真实而又残忍的另一面。

“事实上，任何人都会犯错误。这是人性的局限，也是认知的局限。犯错误并没什么，怕就怕犯了错误不敢承认，甚至还要诿过于人，百般掩饰，生怕自己丢了面子，伤了自尊，丧失了权威性，没法带团队。钟总刚才说的话我非常认同。只有内心软弱、没有本事的人才死要面子，不敢承认错误，不敢接受批评。钟总以前就说过，这个世界上没有十全十美的人，从泥坑里爬出来的才是圣人。内心强大、自信自省的人从来都不掩饰错误，而是善于反思和总结，不断提升自己，赢得别人发自内心的尊重和认同。钟总刚才的自我批评，其实我们也都应该做。我们每个人都应当勇于剖析自己，自我批判，持续进步，才能完善自我，融入无我，实现大我。”

华芳菲作为董事长，对钟成今天在会上的自我批评心领神会，她也需要站出来，和大家一起反省，激发起核心团队的活力、潜力和协作力。

“钟总，蓝军刚成立时，您就说过，为了能够活下去，蓝军要想象出所有科兴可能被打败的场景，要想尽办法来否定红军。蓝军可以虚拟各种对抗性声音，模拟各种对抗性场景，模拟各种可能发生的信号，通过自我批判、警告警醒等使科兴保持危机意识。因为最安逸的时刻，往往也会埋藏下最致命的隐患。今天，我代表蓝军再次提议，终端公司不能再做定制化的贴牌机，而是要更坚定地开放，建立自己的品牌，做出自己的高端手机，抢占移动互联网的巨大市场。同时，也请经营管理团队进行讨论。”

尤正兴近一段时期带领蓝军一直在研究终端市场的业务状况和发展趋势，对未来终端市场的巨大潜力有了更深层的认识，而且也把报告提交给了钟成做决策参考。

“钟总，我赞成尤总的提议。未来云–管–端的业务形态已经呼之欲出，我们不能再错过这个机会。不过，我有个提议，既然我们的终端业务要起飞，就不仅要着眼于3G业务，而且也要布局4G业务，甚至是5G业务。无线通信的技术演进和迭代的速度越来越快，未来的应用场景一定会对高带宽、低延时和广连接等提出更高的需求，手持终端就是数量最大的应用场景，市场潜力不可低估。另外，毕总刚才也提过，就是终端公司负责人的问题。毕总现在不仅负责终端业务，而且还负责公司的投资、合作等战略性业务，精力跟不上，因此，我赞成终端公司的负责人应该找一位有能力、有想法、有冲劲的年轻人来担任。”

周军锋也认为，科兴以前主要是面向运营商和大型企业的2B业务模式，终端却是面向广大消费者的2C业务模式，确实需要选拔一位有创新力的年轻人来担任负责人。毕竟，当今最大的通信设备公司信立希望同时做好2B的系统和2C的终端的努力已经失败，可谓前车之鉴。

“时过境迁，今非昔比，我们必须要跟上时代的步伐，绝对不能犯同样的错误。我同意阿正的提议，终端公司今后要面对更大的市场，要开放创新，建立自己的品牌，在消费者市场中闯出一条血路来。关于负责人的问题，我们以前习惯了做系统，为运营商服务，所以不用让老百姓知道我们的存在。以后做终端，所有老百姓都是我们的潜在客户，我们不能再像老黄牛一样默默无闻地耕地，而是一边干活还要一边吆喝，像走街串巷的货郎一样去摇拨浪鼓，如果不转变过去的思维模式，不大胆创新求变，还是穿新鞋走老路，最后肯定会走进死胡同。

“黄志明今天也在，我们就把终端公司的战略定位和新的负责人都定下来如何？不违反我们的管理流程吧？在座的大家都可以对终端公司的战略转变提意见，也可以提名新的负责人，我们集体讨论，最终由经营管理团队决策。董事长，可不可以？”

负责人力资源管理的黄志明点了点头，表示同意。华芳菲了解钟成的性格，一直就是急脾气，认准的事情就想尽快做个决断，马上就去执行落实，她立刻扭头对钟成说：

“终端公司的问题是件大事，不能再拖拖拉拉，今天就讨论决定吧。”

有了钟成的自我批判在先，大家的积极性非常高，七嘴八舌讨论得非常热烈，最后绝大多数人同意终端公司的战略转型。在新任负责人问题上，毕胜、周军锋、胡江波、黄志明、丁爱萍等人纷纷提出了自己的建议，而且简短地说明了举荐的理由。没有想到的是，大家提的人选各不相同，而且理由也都很充分，因此互相之间争论得很激烈，短时间内很难达成共识。

钟成听完大家的意见后，面色平静地说：

“除了董事长，你们都表达了意见，也提议了人选，我也不例外。

我今天也提议一名终端公司的负责人，他就是杨浩宇，你们来讨论一下。从今天开始，我希望你们有意见就大声地表达出来，不要嘀嘀咕咕。我有那么可怕吗？我有那么小肚鸡肠吗？谁敢于和我争辩说明谁有胆量，有思路。如果你把经营管理团队都说服了，说明你有能力，有本事。我们以后需要有担当、有责任心、有格局的干部队伍，只有这样的干部队伍才能让我们走得更远。”

“杨总现在可是欧洲地区部总裁，欧洲可是公司最大的海外市场、大粮仓，老板把他调到终端公司来，不是大材小用吗？”

“浩宇是有些能力，不过不够沉稳，喜欢出风头，有时候还满嘴跑火车，顾头不顾腚，能担此重任吗？”

与会者们听到钟成提议杨浩宇，不禁有些骚动，大家议论纷纷，各种意见都有。

“我们以后就需要有格局、有视野、有抱负、有心胸的干部，不要怕犯错误，不要求全责备，我们宁可选拔有缺点的战士，也不要完美的苍蝇。我请大家记住，将军是打出来的，不是选出来的，更不是任命出来的。

“杨浩宇是分布式基站的第一发明人，能力和战功都很突出，再加上年轻有活力，创新意识强，是不错的人选。不过，抽调我们最重要的战略市场欧洲地区的负责人去开拓一项新业务，会不会得不偿失呢？”

周军锋对杨浩宇比较熟悉，毕竟是从无线研发团队出来的，在一起工作多年，彼此都很了解。

“钟总，我也有这个顾虑。欧洲市场是我们的头等战略市场，正是乘胜追击的时候，临阵换将是不是不妥当？”

毕胜也有这个顾虑，他负责终端业务多年，深知做好终端市场的难度很大，如果杨浩宇在这里折戟沉沙，对公司损失更大。

“蓝军的报告我反复看了很多遍，既然未来终端业务对于我们的意义是战略性的，那我们就要战略性地投入，集中优势兵力，迅速打开一个突破口。不要顾虑过多，也不要纠缠，就是派出一员虎将，带领一支嗷嗷叫的生力军，扑上去，咬住它，直到把它吞下去。我们在终端市场已经丧失了很多机会，在战略上一直左右摇摆，游移不定，下不了决心。现在我们终于下决心要做，就要做到最好，否则就不要浪费资源，干脆不做。这就像打仗一样，要在战略上藐视敌人，战术上重视敌人。我们要的就是这种战略上的决心和气势。至于欧洲市场，我们已经和绝大多数主流运营商开始合作，4G业务也在稳步上升，英国《经济学人》杂志还把2010年度公司创新大奖颁给了科兴。到目前为止，我们已经囊获了全球六大4G顶级奖项，市场基础已经比较牢固，即使浩宇调任，业务也不会再受影响。浩宇是员虎将，有勇有谋，就适合开疆拓土，让他在成熟市场待着，说不定还憋得难受呢，还是让他到一线冲锋陷阵的好。”

钟成的这番话其实已经思考了很久，在终端业务的决策上，他一直非常犹豫，心里也非常矛盾，有些患得患失，但是一旦做出决定，他就要全力以赴去夺取胜利。

“我赞成杨浩宇负责终端业务，他最适合打硬仗，以他的能力和谋略，一定能让我们的终端业务后来者居上。”

胡江波在山东代表处的时候就和杨浩宇一起工作过，后来在国内GSM业务拓展时也经常打交道，对他的能力和个性都很清楚，一直认为他是员猛将。

其实在钟成说出他推荐杨浩宇的理由之后，大家就已经理解了他的战略意图。终端本来就已经失去了最好的发展机会，和主要竞争对手相比，已经被远远地拉开差距，如果不派出一员猛将，杀出一条血路，可以说基本没有希望。至于杨浩宇能否力挽狂澜，让实际上已经形同鸡肋的终端业务焕发新的生命活力，与科兴的其他业务并驾齐驱，谁也没有切实的把握。不过，大家都很了解钟成的魄力，只要认准的事情，就一定会拼到底。

“何文涛和李挺也在，你们做的低端智能手机芯片不成功，就当交了学费了。如果我们自己的手机不用，手机芯片是发展不起来的。我看这样，把手机芯片从芯片公司转移到终端公司来做，终端公司把芯片公司的前期投入核算一下，内部结清费用，等手机芯片做出来以后，再讨论手机芯片的归属。”

“钟总，我们内部也进行了反思，第一款手机芯片之所以失败，就是我们只留意了外部市场的低端智能手机一揽子解决方案，没有考虑到终端公司的需求，再加上产品本身也不成熟，因此推出之后没有市场。这个教训很深刻，我们最近一直在总结和反思。”

何文涛身材苗条，面容清秀，微烫短发，金色的眼镜框后面一双大眼睛晶莹透彻，如幽谷中的潭水一样，深邃而又纯净。

“大家都看过美国电影《2012》吧？这是一部关于地球毁灭的灾难电影，我看了好几遍，每次看都有不同的感受。当滔天的洪水席卷地球时，只有诺亚方舟可以让幸存的人们躲过惊天浩劫，人类才可以继续繁衍和发展。对于企业来说，衰退和破产都是不可避免的，这是常识，也是规律。我们所能做的，就是通过创新、奋斗和坚守，不断地延长企业的生命，最起码也要做到，不让我们亲手创建的企业毁在我们这一代人手里，并为下一代人夯实生存和发展的基础，让我们的接班人能够在这条道路上继续活下去，走下去。只顾眼前，不顾长远是短视的表现。只顾本位，不顾全局是狭隘的表现。只顾自己，不顾后代是自私的表现。随着科技的进一步发展，以后信息爆炸会像数字洪水一样，科兴想生存下来必须造‘诺亚方舟’，要投入重金聚焦基础研究和前沿技术研究，持续加大技术创新力度，成立各种研究室去研究下一代通信技术、云计算、音频视频分析、人工智能、机器学习等最前沿的技术，面向未来五到十年的技术发展趋势，做到引领技术潮流，推动社会发展，才不至于被洪水吞没，才能一代又一代地活下去。何文涛，我们的芯片研发才刚刚开始，不要怕交学费，要解放思想，勇于创新，开放合作，我相信你们，也坚信你们未来一定会摘取美丽的胜利之花。”

“钟总，我们理解您的战略意图，也一定不会辜负您的期望。”

优雅干练的何文涛注视着钟成，明亮的眼睛里闪耀出无比自信的光芒。

“爱萍，和美国咨询公司合作的集成财务服务的项目进展如何？现在我们的海外市场的份额占比越来越多，订单越来越多，有时候都不清楚这些订单到底赚不赚钱，这可是很要命的事情啊。”

钟成对科兴所有的管理变革项目都非常重视，几乎每天都要了解每个项目的进展。早上一到办公室，他就给丁爱萍打电话询问财经管理变革项目的实施进度。

“钟总，我们正准备把集成财务服务的项目进展向经营管理团队做个汇报。这个项目的定位是为各级经营组织提供更完善、更准确、更有价值的财务数据，促使科兴持续为客户提供高品质的综合解决方案。说实话，我这个年纪，真是有些力不从心。幸亏我们把扬帆从香港公司调回了总部，让她负责这个项目，真是选对了人。”

丁爱萍很欣赏郑扬帆的工作能力，一有机会就在钟成面前夸她。她还真不是有意去夸，就是自己心里想啥就说啥。

“据说她拒绝咨询公司像服务其他本土公司那样为科兴配置中国顾问，而是要求专业的外籍顾问直接指导我们的员工，还是有几分胆量的，敢于直接和国际一流的专业顾问交流，初生牛犊不怕虎，哈哈。”

“扬帆的观点是我们需要的是原汁原味的跨国公司经验，而不是经过本地调整之后的方法。否则，我们就无法学到真正的精髓，而是经过简化甚至变形后的二手货，那我们的学费不就白交了吗?”

“我们的目标是要通过财经系统的管理变革项目，培养出大量优秀的财务总监，把规范的财务流程植入科兴公司的整个运营流程，实现收入与利润的平衡发展，促使科兴营收稳步增长。财经的变革就是公司的变革，不是财务系统的变革。你们要在这个高度来推动实施管理变革，这件事情事关公司的生存与发展，必须要给予高度的重视。”

“在过去科兴全球账务系统统一化和标准化建设中，扬帆主导建立了五个账务共享中心，可以覆盖和支撑全球的会计核算工作，而且还建成了我们的全球集中支付中心。现在的集成财务服务项目，扬帆做起来得心应手，而且还有很多思考和感悟，真的是越来越让人刮目相看。”

“爱萍，她还是个孩子，仍然需要多加锻炼，不能犯少年得志、不知天高地厚的毛病。对了，前几天董事长说我们今年的销售额要超过

2000亿元，你看有多大把握？”

“从现在的数据来看，应该有足够的把握，因为海外市场的销售额增长很快，几乎占到了总数的70%。钟总，这也是我来找您沟通的原因。跟您一起创业时，我就是一个普通的财务会计，没有高学历，也没有大公司背景，就是想着跟您一起做事，有饭吃，有奔头，肯定能活下去。真是做梦也没想到，我现在竟然成了一家上千亿规模企业的财务负责人，而且是一家国外收入超过国内收入的国际化企业。现在科兴正面临着前所未有的发展机遇，需要具备国际化视野和职业化素质的专业人才，而我年龄越来越大，学习力逐渐在减弱，对新知识和新事物的理解越来越慢，这样下去就会成为公司发展的阻碍。我想先跟您沟通一下，辞去公司CFO（首席财务官）的职务，让更优秀的年轻人来接替我的工作，我可以去做一些力所能及的工作，也可以退休回家，养养花，种种草，自得其乐。”

“爱萍，你怎么会突然提起退休的话题？现在公司刚刚度过寒冬，业务还在爬坡阶段，管理上也存在很多问题，尤其是治理体系和创新体系，需要不断去摸着石头过河。我们为什么花这么大的代价去请世界上顶级的咨询公司？不就是为了补齐我们的短板，完善内部管理体系嘛。要说想退休，我第一次知道自己患了癌症时，就想过要退休。后来有好几次危机，我都想过要退休，要安度晚年，可后来不都咬着牙撑过来了吗？我相信你也可以撑下去的。”

“钟总，我真的很想一直干下去，但是我的确到了自己能力的极限，继续在这个位置上待着，只能拖公司的后腿，而且还阻碍年轻人的成长。前几天胡江波也和我谈过，感觉自己已经遇到了职业发展的瓶颈，应该主动给年轻人让位，做点适合自己的工作。长江后浪推前浪，我对自己还是有自知之明的，必须要给年轻人让路。您和我不一样，您是公司的灵魂和支柱，谋划的是全局、战略和未来，而不是具体的大事小情。没有您掌舵，就怕这艘联合战舰会迷失方向啊。”

“每个人都会老去，这是自然规律，没有人能够违背。但是事业不会，如果我们能够培养出优秀的接班人，事业就会一代接一代地传承下去。人的生命是有限的，但是事业的生命是无限的。为了我们的事业，我也已经做好了随时退休的准备。只是，现在我还有点不放心，尤其是我们的组织体系和治理结构，还存在着很大的隐患。我和咨询公司谈了很多次，他们也给了我很多建议。给我们做组织体系建设咨询的顾问近期要给经营管理团队做一个方案汇报，你的事情还是等这次汇报以后再定吧，我们也听一听外部专家的建议，好不好？”

“扬帆刚到公司时，很少有人知道她和您的关系，不过相貌却无法掩饰，她的长相酷似您，因此有些员工已经在猜测她的身份。扬帆曾经跟我说过，您曾经告诫她：讲一句谎话就要用十句来掩盖它，平凡人的能力就是讲真话。因此她既不能公开表明身份，也不能坚决予以否认，只能通过低调为人和努力工作来得到大家的认同。我也是个平凡人，也要讲真话。扬帆真的很优秀，不要因为她是您的女儿就埋没了她。花无重开日，人无再少年。不让有才华的年轻人有遗憾，我们离开这个世界的时候才能没有遗憾，才能无悔而心安。您是有思想的人，有大智慧的企业家，请一定要好好考虑我的建议。”

“爱萍，我们共事二十多年，荣辱与共，同甘共苦才走到今天，怎么还给我戴上高帽了？我一定会好好考虑你的建议。时光如梭，岁月如流，我们一天天在变老，必须要对科兴的未来早做打算，未雨绸缪，否则，我们都没办法安心退休。”

放下电话，钟成想着丁爱萍刚才在电话里提的建议，不禁陷入沉思之中。

“听说了吗？老板准备逼走董事长华芳菲，要给他儿子钟杰接班铺路。”

“不可能啊！钟杰没有在一个大部门工作过，靠什么服众？他要是接班，公司不关门才怪呢！”

“很多媒体都报道了，说老板要逼走创业元老，为传位给儿子扫清障碍。公司有些高管也这么说。”

“老板总是刻意低调，这些年来不接受媒体采访，给外界的感觉太神秘，有误解和传言也很正常。你说公司高管中也有人说，是你亲耳听到的吗？”

“我也是听另一个同事说的，他说和那位高管有多年交情，人家也是在酒后才不小心透露出来的，还嘱咐他不要外传。”

“还不要外传，这都传得满天飞了，也没见公司有人出来辟谣。”

“这不正是老板的特点吗？对外界所有的传言，无论是好的还是坏的，从来都是不闻不问，不理不睬。”

“这说明咱老板有定力。清者自清，浊者自浊。这种事越上心越复杂，不闻不问，反而很快就会烟消云散。”

“但愿如此吧。”

…………

在传言四起和众说纷纭之中，科兴公司董事会于2011年年末进行改选。原财务负责人丁爱萍退出董事会，并不再担任首席财务官职务，改任首席健康与安全官。胡江波退出董事会，改任公司战略顾问。郑扬帆首次进入董事会担任董事，并担任科兴公司首席财务官。原董事会其他成员没有变化，华芳菲继续担任董事长，钟成继续担任总裁。

以经营管理团队会议为基础的轮值主席制度经过两个循环，变为轮值副董事长制度，轮值副董事长由三名副董事长轮流担任，轮值期依然是每人半年。轮值副董事长在轮值期间作为公司经营管理以及危机管理的最高责任人，对公司生存发展负责。轮值副董事长负责召集和主持公司经营管理会议，在日常管理决策过程中，将履行职责的情况及时向董事会成员、监事会成员通报。

紧接着，科兴在龙岗基地召开了全球市场大会。分布在世界各地的地区部、代表处、办事处的销售主管和客户经理，共一千多人参加了这次大会。

这次大会为期一周，主要是以案例研讨和业务培训为主。会议的第一天，就是一场别开生面的“重大项目反思会”，会议由董事长华芳菲主持，包括钟成在内的科兴各主要业务部门的主管全部参加。这次会议不比寻常，每一位与会者的表情都很凝重，会场除了发言者低沉的声音之外，没有一丝杂音，显得异乎寻常地安静。

这次会议的起因是科兴的重要客户马来西亚通信公司总裁写给科兴董事长华芳菲的一封投诉信。几个月以前，华芳菲刚刚去马来西亚拜访了马来西亚通信公司的总裁及董事会主席，并协调资源，保障了科兴会议电视系统的按时交付，得到了客户的高度赞扬。短短几个月的时间，事情就发生了翻天覆地的逆转，的确让人匪夷所思。

这是一封充满了失望和愤怒之情的投诉信，礼貌的用词背后，字里行间都透露出客户的无奈和不满，令科兴人痛心疾首。

“非常遗憾，在过去几个月中，科兴的表现并没有达到我对于一个国际大公司的专业标准的期望。过去几个月里，多个问题引起我们管理团队的高度关注和忧虑。”

没有解决方案就对外销售产品，而不管最终能否向客户交付；向客户承诺的功能没有流程支撑，客户需求竟然都被遗漏；交付时没有未雨绸缪，一边交付一边漏洞百出；一线向后方呼唤炮火，千呼万唤都得不到回应和支撑……这些触目惊心的问题，如果不是因为客户忍无可忍，直接向董事长华芳菲投诉，也许依然得不到妥善处理。这样一封言辞犀利的投诉邮件在发给华芳菲的同时也抄送给了科兴很多高层干部，但因为华芳菲出国访问而在长达五天的时间内竟无人回复或响应，直到华芳菲回国后看到邮件，亲自多方督促才开始处理。

“客户的投诉邮件发出五天后没有任何人回复，也没有任何一个人到现场。我们有些销售人员眼睛中的客户就像猎物，他们只关注与销售有关的话题，只管销售不管交付。各级主管关注的焦点不是解决问题，而是关注如何回复邮件，这是严重的本末倒置！让我感觉特别不舒服的是，很多东西我要从客户的嘴里才知道，因为我们自己的人在拼命捂盖子，掩饰问题。

“我们发起这次‘我们还是以客户为中心吗？’反思运动，就是让大家认真思考一下，‘以客户为中心’在我们的脑子里是否真的扎下了根。我们能做到真诚地倾听客户的需求，认真地体会客户的感知吗？我们曾经引以为豪的方法、流程、工具、组织架构在市场的新需求下变得如此苍白无力，未来的竞争中，我们还能帮助客户实现其价值吗？能真正成就客户吗？我们要对这次事件展开全面讨论和深刻检讨。尤其是思想上要引起重视，彻底转变。思想通了，才能一通而百通。如何真正做到以客户为中心？到底什么才是艰苦奋斗？”

华芳菲说话的语气异常严厉，犀利的眼神冷冷地环视着所有参会的人，目光所及之处，不少干部都面露愧色，低下了头。

所有和马来西亚通信事件相关的主管，包括周军锋、李国栋、徐征波等高层领导都进行了深刻的反思。

“公司大了，我们对客户的态度也在发生变化。小公司时候的诚惶诚恐就说不上了，大家甚至可以云淡风轻地谈论我们存在的问题，一副满不在乎的态度。”

“我们还有一个问题，就是听不进客户的需求，总是以我为主，总想说服客户接受我们的产品，最后被逼得没办法，才会去听客户的需求，这方面的例子有很多。主观上是思想和态度存在问题，对网上问题及客户的声音已经麻木了，不理解、不虚心听取客户的商业需求，常常以居高临下的态度，试图说服客户接受我们的产品和解决方案；同时存在严重的重项目获取、轻交付承诺的情况。”

“最近，我见了六位客户。客户对我说，你们科兴人现在见我们一次，教育我们一次，见到我们就讲沃达丰怎么怎么样，讲英国电信怎么怎么样，对客户的态度非常傲慢。”

“一两个项目时我们还可以安静地聆听客户的需求。项目多了，大家用技术、工具、经验、模板、策略就把项目拿下来了，成就感挺高，而对客户的售后、牵引等开始疏忽甚至麻痹。”

“随着公司实力增强，客户期望我们能够协助他们实现商业成功。但我们一直站在‘我给你这行不行，我给你那行不行’的角度来做事，心理上就没有从端到端的角度，通过集成的解决方案、交付、运营保证客户商业成功。”

“当客户出现困难的时候，我并没有把客户的优先级放在第一位，脑子里还在想着手边没处理完的紧急事情，暴露了内心里在交付问题上没有真正急客户所急。”

“华总第一次就马来西亚通信事件给我打电话时，我确实吓了一跳，下意识地开始自我保护。我说：‘我的问题已经解决完了，需要的话我可以去。’其实就是不愿去承担责任。目前我们公司有很多这样的现象：怕暴露问题，怕承担责任，遇到问题首先撇清自己，部门墙变厚，协作性变差……这些问题以前也有，但近几年团队快速扩张，可能问题暴露得更多一些。我们主管以前在硬的方面投入精力比较多，譬如对流程和制度的建设关注比较多，抓业务、抓项目管理也比较多，但我们对软的方面关注比较少，特别是在文化和价值观的传承方面投入的精力就少很多。如何真正让整个组织以客户为中心，而不是以领导为中心、以自我为中心，这一点也很重要。制度和流程建设是让你不能犯错，文化和价值观能让你不愿意犯错。考核牵引很重要，但光靠考核、靠指标、靠流程不能完全解决意识和认识方面的问题。在软的方面，特别是企业文化、价值观传承方面，需要我们大家深入思考。”

“交付是最重要的，尽管大会小会上都说，但是反思这个问题，我还只是在口头上去说，没有真正落实在行动里面，把交付作为日常管理或日常行动的一部分，对关键问题真正去落实。很多从一线提拔的主管，都是拼命干起来的，对于如何组织公司的重大项目的交付、如何与客户进行组织匹配、怎样在客户网络中担当领导者角色、怎样做好内部项目群的协同，都没经验。”

…………

大家对马来西亚通信事件进行了复盘和总结，从自身找问题，溯根源，提出改进建议。虽然剖析自己、承认错误、承担责任让每个人的心情都有些沉重，但是问题却越挖越多，的确令人触目惊心。

“公司在长期艰难曲折的历程中，终于悟出了‘以客户为中心，以奋斗者为本’的文化，这是我们一切工作的魂。我们要深刻地认识它，理解它。我们不能嘴里喊着口号，心里却把客户当成猎物，而不是当作我们的衣食父母。你们对待父母就是这样吗？如果是这样的话，你们就是不肖子孙，不配做人。

“如果我们心中对客户没有宗教式的敬畏，又怎么可能做到与他们风雨同舟，荣辱与共？如果我们这次下定决心把脓包捅破了，下定决心整改好了，我们就还有巨大的市场机会。如果我们进一步把案例学好了，把组织整合好了，把流程整合好了，把干部整合好了，综合的专家培养出来了，这个世界除了我们谁还能胜利？以客户为中心，可以成为天才。以领导为中心，就会成为奴才。以自我为中心，则会变成蠢才。危机无处不在，随时都会像洪水猛兽般扑过来吞噬我们。警钟长鸣，大家到了该清醒的时候了。”

钟成的发言很简短，却如冰水浇头，让大家从业绩增长的沾沾自喜中冷静下来。又如尖刀一般锋利，彻底地刺破了大家内心深处的傲慢和虚荣。

“科兴会不会成为下一个美联航？我们认为最宝贵的财富就是客户，一定要尊重客户。我们以客户为中心的文化，必须要坚持下去，什么时候都要不忘初心。”

第十一章　诺亚方舟

杨浩宇喜欢爬山，特别是深圳东部的梧桐山。

作为深圳市第一高峰的梧桐山不仅风景秀丽，山高林密，而且还是深圳河的发源地。梧桐山主峰有很多山泉，山里溪涧幽邃，源源不断地汇入天池，然后顺着山谷奔腾而下，形成了气势磅礴的瀑布群，雨季时瀑布一泻百米，声势浩大，激起千层波浪，涌出万朵水花，犹如仙境。

梧桐山上有很多梧桐树。中国古代常把梧桐和凤凰联系在一起。如《庄子·秋水篇》中写道："南方有鸟，其名鹓雏，子知之乎？夫鹓雏发于南海而飞于北海，非梧桐不止。"意思是说凤凰从南海飞到北海，只在梧桐树上才落下。杨浩宇大学毕业时，怀着对未来的美好畅想来到深圳这片热土，加入当时还没有什么名气的科兴，从一名普通的研发工程师做起，直到被任命为科兴终端公司的总裁。在他看来，深圳就是人才最好的落脚地，科兴就是自己最好的梧桐树。

"老杨，等我一下。我有点喘不过气了。"终端公司副总裁陈华气喘吁吁地喊。他身材有些胖，爬山比较吃力。

"坚持住，我相信你没问题。我到山顶上等你。"杨浩宇满头大汗，但是脚步却没有停，继续沿着台阶奋力往上爬。

杨浩宇没有想到钟成会提议让他担任终端公司的总裁。他很清楚，过去终端一直处在一个很尴尬的境地，已经被遗忘多年，即使被重新拾起，也是一个边缘化的角色。让他从科兴最具战略性的欧洲市场撤出来，去接手半死不活的终端公司，他有些想不通。可是，既然是钟成的提议，他还是接受了新的职务。

回到深圳以后，钟成特意和杨浩宇沟通了一上午。杨浩宇记得，刚进钟成办公室的时候，他的心情非常复杂，走路也慢吞吞的。从钟成办公室出来的时候，他竟然昂首挺胸，脚步轻盈。

爬到了山顶，迎着清凉的山风，杨浩宇顿时感觉神清气爽。驻足远望，西边是高楼林立的深圳市区，南边是与梧桐山遥相对峙的香港大雾山，东南边就是烟波浩渺、海天一色的大鹏湾。

“会当凌绝顶，一览众山小。”杨浩宇触景生情，不禁吟诵起唐朝诗人杜甫的名篇《望岳》来。

“老杨，又诗兴大发了？你也来一首我欣赏欣赏？”陈华刚爬到山顶，就听见杨浩宇在吟诵诗句，忍不住调侃他。

“我哪有什么诗性，我是心中郁闷啊。这你还不清楚吗？”

“又在想刚推出的智能双核手机的事情？虽然国内销量不好，国外还是可以的嘛。”

“今天为什么叫你来爬山？因为我压力山大啊。我在钟总面前夸下过海口，一定要把终端公司做到世界前三名的位置，谁承想出师不利，费尽心血的第一款智能双核手机就折戟沉沙了。”

“老杨，我还记得你刚到终端公司的时候，第一次给我们开会，先是笑逐颜开地讲了一通在欧洲如何成功销售分布式基站的经验，然后翻历史居然翻到了当年如何手把手指导武汉一家公司做业务，一不小心让老板夫妻成了湖北首富。你当时兴高采烈，唾沫四溅，我们笑得前仰后合。等到兴头过去，才开始讨论正事。至于到底讨论了什么正事，我却彻底忘了。哈哈……”

“我那时还没有从在欧洲卖系统的状态中调整过来，满脑子都是如何说服运营商。陈华，你跟我说实话，我是不是还没从过去的惯性思维里走出来呢?”

“说实话，你到终端公司以后，还是做了很多实事的。比如你一上任就砍掉了全部的功能手机，加速了研发平台的建设，手机芯片也推出了重量级的产品，与大电商的合作也开始找到了做渠道的感觉。这些措施都很得当，为以后终端公司的发展奠定了扎实的基础。”

陈华是毕胜主管终端业务时从友商那里费尽心机挖过来的，有多年的跨国公司工作经历，在终端领域经验丰富，不过来到科兴以后还没有找到感觉，因为科兴对终端的战略一直处于摇摆不定的状态。

“陈华，你是这方面的行家，你可别净拣好听的说。我老杨虽然一直比较狂放，但是心胸还是有的。你心里想什么就说什么，就当我向你请教了，怎么样?”

杨浩宇虽然有时候看起来大大咧咧的，其实心思还是蛮细的。他明白陈华的顾虑，毕竟作为一名空降的高管，对科兴的内部情况还不够了解，因此各方面都会有些谨慎。

“老杨，我很欣赏你工作起来的那个劲头，总是带着满满的激情和自信，不知不觉中就会感染我们一大片人。不过，你有时候说话会比较随意，总说些豪言壮语的，让大家觉得有点吹牛的意思。但是我和你相处了一段时间才发现，你并没有吹牛，你嘴上说的就是你心里想的，而且你只要说了就会努力去做到，这其实是一种目标激励的方法，既激励自己，也激励别人。是不是这样？”

“哈哈。这么短的时间，你就把我琢磨透了，果然是做消费者业务的行家，专门琢磨顾客的心理。你今天就给我提一提建议吧，我请你来爬山就是想向你请教的。”

“好一个老杨，我还以为你是带我养成锻炼身体的好习惯，帮我瘦身减肥呢！原来另有目的。不过，我本来就整理了一份建议报告，正准备在合适的时候交给你。既然你提出来了，我今天就把大概意思给你说说。首先，终端公司的组织结构没有真正理顺，从管理团队到基层员工的思想没有真正从运营商思维模式转变为消费者思维模式。直言不讳地说，就是你和管理团队的思维模式也不在一条道上，因此你有时候也颇为恼火。其次是产品策略出了问题。我们可能以为精品、高价格和高利润率之间可以画等号，于是不惜血本地开发了只有7.69毫米厚度的 P1手机和号称宇宙最强机的D1手机，但是由于定价过高，供应链又出了问题，错过了最佳上市时间，结果这两款我们寄予厚望的高端手机的销量都不太理想。反倒是中端的部分机型以及低端的千元智能机卖得不错。最后是营销出了问题，投放的广告都没能够抓住消费者的心理，勾起他们的购买欲。手机粉丝俱乐部的组织有了改善，但是离优秀还有很大差距。渠道方面与电商的合作并不那么积极，线下手机品牌店的建设也进展较慢，这些都使得科兴手机仍然没有在消费者心中留下足够深刻的印象。”

“你说的这些我都认可，也都理解。这些错误就是从运营商业务转到消费者业务的过程中必须交的学费，教训都很深刻，需要全面反思。其实钟总一直对终端业务有着很清醒的认识，他说与电信系统设备业务相比，科兴手机业务仍然缺乏足够的核心竞争力。因此长期来看，科兴终端未必能好到天上去。”

“钟总是个有思想的企业家，头脑非常冷静，而且非常清醒。其实现在智能手机的竞争已经转向了垂直整合的竞争，只有在芯片、主板、屏幕、操作系统、界面、渠道、生态系统七个关键点均拥有超强能力的手机厂商，才有可能在未来的竞争中胜出。你仔细想想，苹果和三星这两大巨头不正是这样做的吗?”

“是啊。如果用你这个理论来分析科兴手机的竞争力，就会发现我们的短板还是挺多的：对手机屏幕缺乏足够控制力，操作系统也非我们所长，生态系统的建设更是还没有入门。我们最多只能在芯片、主板、界面、渠道这四个关键点上具备比较优势，但是这显然还不足以让我们能够打败苹果或者三星，成为全球手机行业的王者。”

“老杨，你也不要压力太大，要做好打持久战的准备，暂时受点挫折也不要在意。只要我们认准了这个目标，胜利早晚都会到来的。钟总不是说过吗，牛皮还是要吹的，万一要是实现了呢!”

“陈华，不是万一，而是必须。我杨浩宇说过的话，一定能够实现。梧桐山和大鹏湾可以做证，我会让你看到这一天的。”

杨浩宇双手叉在腰间，眺望着远处波光粼粼的大鹏湾，一字一句地说道。

“钟总，2012实验室最近招聘了很多优秀的人才，有从国外留学回来的，也有香港的大学教授，还有在国际上已经颇有声望的科学家。他们希望您方便的时候能去跟大家座谈一下，以便更了解您的战略意图和公司的企业文化，您看是否方便？”

何文涛现在不仅是芯片公司的负责人，而且还兼管着2012实验室的日常事务，平时非常忙碌，很多重要的会议上都能看到她的身影。

“我看过他们的介绍，都是技术专家和科学家，我哪有资格在他们面前指手画脚？我不懂技术，也不懂管理，恐怕他们的问题我都回答不了，只会出洋相，还是让周军锋去跟大家座谈吧。”

钟成苦笑着对何文涛连连摆手，看起来真担心会被大家的问题给问住了。

“钟总，您虽然不懂技术，也不懂管理，但是您能输出思想，制定战略，把握方向，这可是那些专家最关注的问题。如果跟这些技术专家谈技术，我也甘拜下风，自愧不如。他们本来就是技术专家，不会跟您谈技术的，他们想和您沟通的是公司的战略和方向，您不去讲，谁还能去讲呢？这件事，您是推不掉的。”

周军锋本来性子就直，而且跟钟成一样是个急脾气，说话也很少拐弯抹角，当场就把钟成的提议给挡了回去，不留任何余地。

华芳菲看看周军锋，又看看钟成，忍不住笑了起来。毕胜也觉得周军锋的话说得滴水不漏，钟成看来是推不掉了，的确有些好笑。

“军锋这张嘴啊，我是比不过了。我看这样吧，文涛去组织一下，开个座谈会，我也不讲，让大家提问题，我来回答。如果我被大家问住了，就由周军锋和何文涛回答，通过这种你问我答的形式，直截了当，可以避免话题过于分散，扯得太远，耽误他们宝贵的时间。”

“好的。这种形式很新颖，我马上去安排。”何文涛回应道。

早晨8点半，钟成已经到了科兴龙岗基地科研大楼九层会议室。与2012实验室的专家座谈会9点开始，他特意提前半小时赶到，然后站在会议室门口。

陆续有人到来，钟成热情地向大家打招呼，引导大家进入会议室就坐，忙得不亦乐乎。

“请问您是会议室管理员吗？我怎么看您有点面熟呢？”

“我是钟成，请大家多指教。”

“原来您就是钟总啊，怪不得看着这么面熟呢。真是不好意思，把您当会议室管理员了。”

“哈哈，我就是打杂的，什么活都可以干，你们有什么地方需要我，就联系我。”

周军锋和何文涛也很快赶到了，看到钟成正在会议室门口站着做引导员，有些哭笑不得，只好也站在钟成旁边。

会议在9点钟准时开始，钟成坐在主席台中间，旁边分别是周军锋和何文涛。台下立刻有些骚动，有人感到不可思议。

“刚才我已经和大家都认识了。今天大家可以向我提问任何你们关心的问题，我会尽我所能来回答。我不是专家，和专家沟通我本来就有压力，可能你们提到的很多敏感问题我都回答不清楚，如果我回答不清楚的就叫我身边的两位专家来回答，或者是你们中间有人来替我回答。现在咱们开始开会，看看大家有什么问题。”

“钟总您好，我来自诺亚方舟实验室，之前是香港科技大学的教授。我们都知道，我们中国直到现在还没有产生一个诺贝尔奖，为什么？是因为缺乏创新吗？”

第一个站出来提问的是一位中年学者，头发花白，面容清秀，厚厚的眼镜片后一双眼睛炯炯有神。

“我先不讲诺贝尔奖。创新的最终目的是为人类创造价值，中国缺乏创新是因为缺少土壤，这个土壤就是产权保护制度。没有产权保护，创新的冲动就会受抑制。还有就是中国缺少宽容。你们看，现在在网上，有些人专往优秀的人身上吐口水，那优秀的人还敢优秀吗？我们没有清晰的产权保护制度，没有一种宽容的精神，所以在创新问题上是有障碍的。在美国有严格的知识产权保护制度，你是不能抄袭的，你抄袭了就罚你几十亿美金。这么严格的保护制度，谁都知道不能随便侵犯他人。实际上保护知识产权是我们自己的需要，而不是别人用来打压我们的手段。技术创新不是一个急功近利的问题，一个理论的突破，构成社会价值贡献可能需要二三十年。

“‘文革’那个时候，还觉得谁读书，谁愚蠢，所以如果我们今天把心平静下来，踏踏实实做点事，也可能四五十年以后就有希望了。但是我们现在平静不下来。为什么呢？幸好你是香港的大学教授而不是内地的大学教授，否则你要比论文数量，你又产不出这么多来，就只能去抄袭，你去抄袭论文还能期望什么诺贝尔奖呢？不可能嘛，因此我们必须要改变学术环境。”

钟成对这个问题有些诧异，毕竟关于诺贝尔奖是一个非常宽泛的问题，与企业的联系也不是很大。但他还是耐心地回答了这个问题，同时还和这位教授开了个玩笑。

又一位科学家提问。“我来自诺亚方舟实验室，担任首席科学家一职，三个月前加入公司，非常荣幸能够在您和其他领导的带领下工作。科兴如果想在下一个阶段中有大的作为，创新力是不可缺少的，请问您觉得怎样才能使科兴更具创新力？”

“在我们公司的创新问题上，一定要强调价值理论，不是为了创新而创新，一定是为了创造价值。最关键的一点是，我们一定要耐得住寂寞，板凳要坐十年冷。特别是基础研究。中国过去有两个痛苦的灵魂，以前说最痛苦的灵魂是鲁迅，现在往前走一步，王国维也是中国最痛苦的灵魂之一。王国维讲哲学才能改变中国，今天来看确实是这样的。英国、美国、日本、法国、德国及整个欧洲社会，他们在哲学体系上搞清楚了。他们国家几百年没有动乱过。我们的政策一会儿左，一会儿右，就是从上到下我们的价值观没有统一，哲学观点没有统一。今天重新纪念王国维是来源于王国维这句话，是因为他对中国洋务运动的批判，中国应该先搞哲学，来改造人们的思想，国家才能有新的体制和机制产生。在看待历史问题的时候，特别是做基础科学的人，更多要看到你们对未来产生的历史价值和贡献。不要为一时半会儿有没有光荣和功勋去计较。你们要为千秋万代、为中华民族做出历史贡献。”

一位科学家起身道：“我来自芯片公司。我想问一个关于氛围的问题，我们在面向未来和自主创新的时候应该特别强调科学民主的精神，但是长期以来科兴公司属于思想高度对齐、执行力强的管理风格，这二者之间是有一些矛盾的。我想请问您对于2012实验室的组织氛围的梦想是什么？基于这个梦想，您对管理者和专家分别有哪些期望？”

“关于自主创新的问题，要从辩证的角度来看待。如果我们处在一个开放的环境里，自主创新很容易陷入熵死里面，成为一个封闭系统。我们为什么要排外？我们能什么都做得比别人好吗？为什么一定要自主创新？除非是我们被封闭了，没有办法从外部获得任何资源，被逼上梁山，才有必要背水一战，去做自主创新。否则，就会白白浪费宝贵的时间和资源，得不偿失。我们在创新的过程中强调只做我们有优势的部分，别的部分我们应该更多地加强开放与合作，只有这样我们才可能构建真正的战略力量。我们非常支持异军突起，但要在公司的主航道上才好。我们一定要避免建立封闭系统。我们一定要建立一个开放的体系，特别是硬件体系更要开放。”

别看2012实验室里都是技术专家、学者或者教授，大家提问却非常积极，互动也很热烈，根本不像整天闷在实验室里的人。来自诺亚方舟实验室、材料实验室、图灵开发部、终端操作系统开发部、芯片开发部、技术规划部等各个部门的负责人和首席科学家们争先恐后地提问，涉及技术创新和基础研究的很多方面。

钟成刚开始的时候还有些放不开，回答比较敏感的问题时还有些绕圈子，王顾左右而言他，后来随着现场气氛越来越热烈，他也越来越放得开，谈笑风生，妙语连珠，不时引起在座的各位专家哄堂大笑。

“钟总您好。我是网络芯片部的，2005年从美国回来加入科兴，到现在已经七个年头了。刚才钟总也提到，美国高科技产业的蓬勃发展主要靠知识产权保护和风险投资。现在我们看到芯片的投资资金量越来越大，可是我们过去的芯片投资主要靠产品线，产品线当前盈利的压力特别大，所以在短期看不到明显收益的芯片上，投资者越来越犹豫。请问钟总能不能在这方面给我们一些指导，在没有风险投资的情况下，我们怎样来平衡这个短期投资和长期利益之间的矛盾?”

“在短期投资和长期利益上没有看得很清楚的人，实际上他就不是将军。将军就要有战略意识，没有战略意识怎么叫将军呢？这是第一个问题。第二个问题又要讲到耗散结构，科兴公司实际上是处在一个相对较好的时期，要加大投入，把这些优势耗散掉，形成新的优势。整个社会都在衰退，经济可能会循环衰退，我们虽然跟自己过去相比下降了，但和旁边相比，活得很滋润，我们今年的纯利润会在20亿到30亿美金。因此，对未来的投资不能手软。不敢用钱是因为我们缺少领袖，缺少将军，缺少对未来的战略。我们不能只指望英明领导，我们要共同来推动发展，这就要求大家都具备战略眼光。”

专家们依然在很踊跃地提问，问的问题也越来越宽泛，不知不觉就已经到了中午12点半了。周军锋知道钟成下午还有重要的客户接待任务，连忙向他示意时间到了。

“公司运转依靠两个轮子，一个轮子是商业模式，另一个轮子是技术创新。我们今天主要讨论的是技术创新这个轮子，当然也涉及了商业模式问题。今天我和各位专家座谈，你们的有些问题我回答不出来，不是我的耻辱，而是我的光荣。为什么呢？我容忍你比我厉害，就是我的光荣。不可否认，个人的力量很重要，比如某个人提出的战略性观点或理论突破，但突破以后，他就又和普通人一样了。当前人类社会知识的发展速度，远远超越了过往的任何一个时代，因此只有依靠集体力量我们才会有未来。2012实验室就是未来能够拯救我们的诺亚方舟，我对大家无比信任，充满信心。”

钟成看到周军锋的提示以后，马上简短地做了个总结，站起身来向大家深深地鞠了一躬。周军锋和何文涛也跟着钟成向大家鞠躬致谢。专家们都齐刷刷地站了起来，一起用掌声欢送钟成走出会议室。

“变化太大了，简直不可思议。科兴的发展真的是一个奇迹。”

“陈教授，我们当年请你们来起草《科兴基本法》的时候，其实还没有明确的方向，处于一片混沌之中。虽然取得了一些成绩，但是每一步走得都胆战心惊，所以才想用基本法的形式来帮我们走出混沌。”

时隔多年后，当年起草《科兴基本法》的首席专家陈思仁教授、秦政教授一行兴致勃勃地再访科兴。钟成、华芳菲、毕胜和黄志明等人一起陪同他们在龙岗基地科兴大学参观。科兴大学是一个系列建筑群，分为教学区和生活区，在龙岗基地中设施最为完善，建造成本最高，风格独具，就是为了给大家提供最舒适的学习环境。

“现在的科兴大学与当年的石岩湖培训中心来比，真是不可同日而语。钟总对培训和教育，从来都是不遗余力，令人佩服。”陈思仁感叹不已，对钟成说。

“我对科兴大学的要求是，一定要办得不像大学。因为我们的学员都接受过系统的正规教育，科兴大学的特色必须是训战结合，赋予学员专业作战的能力，要成为培养将军的摇篮。我们整个团队不仅要努力奋斗，而且还要掌握奋斗的方法，光有干劲没有能力的奋斗就是瞎折腾，最终是没有结果的。”钟成说。

“《科兴基本法》只是科兴发展历程中阶段性的需求，从长远来看，只有不断解放思想、勇于创新的企业才会看得更高，走得更远。钟总是有哲学思想的企业家，一定会带领科兴从胜利走向胜利。”陈思仁说道。

“陈教授，我其实也是一个思想保守的人，很多时候过于谨慎，是现实给了我们很多教训，让我们不得不拥抱变化，不得不大胆创新。我们原来说过永远不进入信息服务业，现在我们的终端公司今年的目标就是要发货6000万台，比上一年翻一番。是残酷的现实一次又一次教训了我们，为了能够活下去，为了生存，我们只能努力跟上形势的变化。”

“董事会领导下的轮值总裁制度是个大胆的尝试，钟总可否给我们分享一下，怎么会想到在科兴建立这个制度？”陈思仁有几分不解地问钟成。

钟成道：“科兴是一个以技术为中心的企业，除了知识与客户的认同，我们一无所有。由于技术的多变性、市场的波动性，我们采用了一个小团队来行使总裁职能。科兴的董事会明确不以股东利益最大化为目标，也不以其利益相关者利益最大化为原则，而坚持以客户利益为核心的价值观，驱动员工努力奋斗。我们授权一群聪明人做轮值总裁，让他们在一定的边界内，面对多变世界有权力做出决策。这就是轮值总裁制度。

“过去的传统是授权于一个人，因此公司命运就系在这一个人身上。成也萧何，败也萧何。非常多的经验证明了这是有极大风险的。传统的总裁为了不辜负股东的期望，日理万机地为季度、年度经营结果负责，连一个小的缝隙时间都没有。他有什么时间学习充电？有什么时间来研究未来？陷在事务之中，怎么能成功？科兴的轮值总裁制度是由一个小团队组成，由于和而不同，能带领企业不断地快速适应环境的变化。他们的决策是集体做出的，也避免了个人过分偏执带来的公司僵化，同时也可以规避意外风险带来的公司运作的不确定性。”

“就是要废除一言堂，实行民主集中决策，以化解个人决策带来的巨大风险。钟总真是让人佩服至极。竟然有如此宽广的胸怀和远大的格局，在取得如此辉煌的成就之后，还能保持清醒的头脑。外界现在对您都是各种神化，您这是自己逼着自己重返人间啊。”陈思仁豁然开朗，兴奋地说。

“人无完人，谁都会犯错误，永远正确的人根本不存在，这是人性决定的。如果我不能清醒地意识到这一点，永远想把权力牢牢地控制在自己手里，可能就会把科兴带到万劫不复之地。成也一人，败也一人。永远走不出人性的藩篱和历史的怪圈。”

“包括您提出的灰度哲学，也饱含着深厚的哲学思想，不是一般人随随便便就能悟出来的，也不是一般人随随便便就能理解的。我就听到过好几种解读，似乎都各有道理，但总觉得又似是而非，还请您指点迷津啊。”陈思仁很诚恳地看着钟成说。

“指点迷津我可谈不上。我提出这个思想也是因为在工作中遇到了很多的难题，尤其是关于人的问题。企业家不能走极端。科兴的管理者们如果成天拿着放大镜去检视、苛评每一位科兴人，他们一定会神经错乱，科兴也一定会早早四分五裂。每日每时面对人性万花筒的管理者们必须既拥有坚强的神经，又具备宽大的胸怀。一个领导人最重要的素质就是能够把握方向和节奏。把握正确的前进方向，掌握好前进的节奏，是领导艺术，而不是技能和方法问题。其中的关键，就是要学会妥协与宽容。”

一行人在园区内边走边聊，一会儿就走到了湖边。陈思仁不禁停下了脚步，惊讶地叫道：“湖里竟然还有黑天鹅在游？很少见啊。”

“这是钟总特意安排从国外高价买回来的，主要是为了让大家保持危机意识，对难以预测的‘黑天鹅事件’提高警惕。”华芳菲笑着对陈思仁解释。

“就算在享受美景的时候也要保持危机感，因为‘黑天鹅事件’随时都有可能发生。钟总居安思危，忧患意识令人赞叹。”秦政教授忍不住对钟成竖起了大拇指。

“我是从大山里走出来的穷孩子，吃了太多苦，挨了太多饿，最大的愿望就是能够活下去，所以时时刻刻都有危机感。”

“钟总，我和陈教授在来的路上就在探讨，科兴成功背后的秘诀到底是什么？后来我们总结了这样一句话，就是‘一个突破、两个洞悉、三个投入、四个坚持’，不知道是不是抓住了科兴创新的核心内涵？北京有家企业管理杂志最近搞了个企业创新论坛，知道我曾经为科兴做过咨询，想邀请我去做一个演讲。我草拟了一份演讲稿，还请您不吝赐教。”

秦政说着，从手提包里拿出一份打印好的演讲稿，双手递给了钟成。

钟成有些意外，不过还是接过演讲稿，认真地看了起来。这篇文章并不长，但是钟成看得却很认真。

半晌，他抬起头，说：“秦老师，你写得很好。不过，我觉得科兴也罢，我本人也罢，真的没有你写的那么好。科兴还存在很多问题，我本人也有一大堆的毛病。他们只是照顾我年龄大，才不好意思顶撞我。如果用一个字概括科兴为什么能够走到今天，我认为是傻。认准方向傻干、傻付出、傻投入。我们就是一群傻子。这么多年来，经历了无数次股票大涨和房地产疯涨，经历了无数的诱惑和刺激，我们都没有去上市，也没有去做房地产，为什么？因为我们傻，只能专心致志地做一件事，到现在还没有做好，所以一直诚惶诚恐，战战兢兢，要千方百计活下去。”

“钟总，您就不要太谦虚了。在别人眼里，我们是管理专家，在我们眼里，您才是真正的管理专家，而且是大师级的专家。外界都把您称为卓越的人性管理大师，认为科兴的成功靠的不是技术，不是市场，更不是资源，而是对人性的洞察和驾驭。我看啊，说得很有道理，‘人性管理大师’这个称呼您当之无愧。哈哈。”陈思仁教授和钟成年龄相仿，两人脾气性格也很合得来，说话自然就显得轻松随意。

“你们都是专家，可不能给我灌迷魂汤啊。我自己能吃几碗干饭我很清楚，不然被你们这样一忽悠，再戴顶高帽，还不飘飘然而不知所以然啦。好在科兴从上到下都是大傻瓜，包括我在内。为什么呢？好不好都使劲干。这个社会不需要太多聪明人，如果满社会都是聪明人，谁来种粮食？如果没有人踏踏实实种粮食，大家只能去喝西北风，不就全乱套了吗？两位专家，是不是这样？”

“哈哈……”

大家你看看我，我看看你，都忍不住哈哈大笑起来。

第十二章　勇立潮头

一直以乐天派自居的杨浩宇最近心情有点郁闷，他阴沉着脸，一副气呼呼的表情，看着谁都不顺眼。

“老陈，我真想骂人。”他对坐在他办公室里的陈华说。

“我也想骂人，可是骂谁呢？还是骂我们自己不争气吧。”

陈华也没有好气，直接就把杨浩宇顶了回去。

刚刚结束的年终大会上，科兴首席财务官郑扬帆公布了科兴2012年财报。2012年，科兴实现全球销售收入2202亿元，净利润153.8亿元人民币，同比增长32%。仅仅用了四年的时间就轻松跨过了2000亿元的门槛，会议现场顿时响起一片欢呼声。更为难得的是，科兴与世界排名第一的电信设备巨头信立公司的营收差距已经不到4亿美元。在净利润方面，科兴已经大幅度超越信立。

亮丽的成绩后面，短板也在显现。科兴的终端业务尽管有所增长，但智能手机出货量仅为3200万台，距离2012年年初设定的6000万台的出货目标，仅完成了一半，不能不让人叹息。

在大家的一片欢呼声中，杨浩宇却感到无比痛苦。他太需要一场胜利来证明自己的能力，可是一年过去了，他依然没有等来这场久违的胜利。

终端业务因为没有实现年初承诺，杨浩宇、陈华等消费者事业部的高管年终奖均为零，并集体上台领取了“从零起飞奖”。其实，年终奖是杨浩宇和陈华等人主动放弃的，他们需要破釜沉舟，背水一战，去夺取最后的胜利。

“我很兴奋给他们颁发了‘从零起飞奖’，因为他们都是在做出重大贡献后自愿放弃年终奖的，他们的这种行为就是英雄行为。英雄的他们和我们刚才获奖的那些人，再加上公司全体员工一起努力，我们除了胜利还有什么路可走？

“公司2012年年度奖金总额比2011年提升了38%，在这种好的形势下，这些高层领导自愿放弃年终奖，领取‘从零起飞奖’，体现了他们勇于担当的品质，这些火车头会更好地牵引我们前进！”

钟成在颁发“从零起飞奖”后发表讲话，鼓励大家将来实现更大的起飞。颁奖现场的背景板上是我国第一代舰载机歼-15战斗机正从我国第一艘航空母舰“辽宁号”甲板上起飞的巨幅图片，图片的中间，写着“责任·贡献·荣誉”六个大字。

2012年中国首架舰载战斗机歼-15在“辽宁号”上首次成功起飞，军人出身的钟成听到这个消息后非常振奋，特意选用了歼-15战斗机模型作为“从零起飞奖”的奖品，鼓励大家不畏艰险，从零起飞，越飞越高。

杨浩宇从钟成手里接过奖品的时候，脸上露出一丝苦笑。钟成用力拍了拍杨浩宇的肩膀，大声说：“其实在过去的一年里，终端公司取得了巨大的进步。不要有心理负担，你一定可以飞得更高！”

别看杨浩宇整天大大咧咧的，上身穿休闲西装，脚上穿着布鞋，一副特立独行的派头，但听到钟成充满信任和鼓励的话语之后，他差点当场就流下眼泪。如果不是台下坐着很多同事，他真的有些控制不住。

“我的痛苦主要来自内部的反对声，很多异议，很多噪音，所以我压力非常大。”

“老杨，你当时在网络上把我们的手机和友商的做技术指标对比，其实是一个不错的营销手段，可以快速提高我们品牌的知名度，没想到却引起了那么多的非议。当时我真是不理解，现在终于明白了。因为我们很多高层管理者还沉浸在2B（企业用户）的商业思维里。”

“老陈，科兴手机现在最重要的，其实不是战胜任何一个友商，而是需要一个战胜自己的过程。”

“听说很多人给钟总建议让你下课，钟总都力排众议，坚定地挺了你。老板也很难啊。”

“这些我知道。如果不是钟总的信任和支持，我早就给免职了。所以我现在压力很大，心里很痛苦，很委屈，总是担心辜负了钟总的信任。最近一段时间连续失眠，真是都快崩溃了。”

“钟总挺你，我也挺你。你自己要挺住，相信我们，一定会飞得更高，飞得更远。来，加油！”

陈华说着，伸出手去紧紧握住了杨浩宇的手。杨浩宇也伸出手紧紧握住了陈华的手。

“好兄弟。我相信总有一天，我们会在胜利的乐曲中举杯相庆，开怀畅饮！”

“老爸，您每天都忙得团团转，还是歇会儿，让我来做饭吧。”

“老钟、扬帆，你们爷儿俩难得有闲下来的时候，都去客厅喝茶去，好好聊聊天。今天我来给你们爷儿俩做顿好吃的。”

“那就有劳夫人。扬帆最喜欢吃的酸汤鱼我已经做好了。”

周日晚上，郑扬帆刚从英国出差回来，就拎着一大包从国外带回来的礼物去看望父亲。钟成也有一段时间没有和郑扬帆在家里吃顿饭了，于是立刻系上围裙，抡起大勺，亲自下厨为女儿做饭。夏洁这时候怎么会让钟成再下厨房呢，立刻到厨房替下了钟成，让他们爷儿俩去客厅喝茶聊天。

“扬帆，看看你，最近瘦了不少。是不是不习惯欧洲那边的饮食？”

钟成细心地端详着郑扬帆的面容，眼神里充满了关爱和温情。

“最近在欧洲连续去了好几个国家，睡眠不太好。您不用担心我，我还年轻，您多注意自己的身体。”

郑扬帆显然还处在倒时差的状态，白皙的脸上有几分疲惫，不过依然透露出满满的自信。

“欧洲那边的工作怎么样？有什么问题吗？”

“我们的全球财务风险控制中心刚刚在英国伦敦成立，可以有效监管科兴全球财务运营风险，确保财经业务规范、高效、低风险地运行，以后您就不用再担心海外订单不赚钱了。另外，我听欧洲地区部的同事说，物流中心在匈牙利已经正式投入运营，可以辐射欧洲、中亚、中东、非洲国家，以后我们对客户的交付能力会大大增强。”

“我一直在强调，人力资源管理必须要懂业务。财务也一样，必须要懂业务，如果不懂业务，只能提供低价值的会计服务。当然，业务也要懂财务，懂人力资源管理。你们要有序开展财经和业务的干部互换及通融，打造混凝土结构的作战组织，才能高效、及时、稳健地抓住机会，在积极进攻中实现稳健经营的目标，使公司大力推行的LTC（从线索到现金的企业运营管理）、IFS（集成财经服务）能真正发挥作用。”

“爸爸，我们请国外咨询公司做的LTC和IFS管理体系已经开始正常运营，不仅提高了效率，而且降低了风险，效果非常显著。看来，我们这么多年的投入终于有了收获。”

“扬帆，你从小就爱学习，肯吃苦，自信而且阳光，这些都是你的优势。不过，你现在已经进入公司的核心管理层，必须要更加严格要求自己，对上要敬重，对下要宽容，对己要自律。尤其是对待同事和下属，不要颐指气使，更不要盛气凌人。既要学会做事，也要学会做人。”

“爸爸，您是知道的，我从小就跟爷爷奶奶在一起，爷爷和奶奶都是教师，很早就教我要自立自强。我真的不想在您的光环下生活，更不想在工作中让别人知道我是您的女儿。我从银行出来以后本来是想出国留学的，结果签证没有批下来。是您说出国总要学点谋生技能，积累社会阅历，而社会阅历的第一条是对人要有认识，打杂的经历有助于积累这些经验，所以才安排我到科兴打杂，从接电话开始做起。”

郑扬帆回想起往事的时候，脸上一直保持着从容的微笑。起步虽然艰难，但是却让她茁壮成长。

“我那个时候也不知道科兴能不能活下去，自己是不是经商的材料。如果你出国以后遇到困难，只能依靠自己，所以我就想你要先学会谋生的技能，才能在一个陌生的世界里更好地生存。”钟成弯下身子给郑扬帆倒了一杯水，递到她的手上，“爸爸这一辈子吃了很多苦，也让你们跟着爸爸吃了很多苦。”

“当时公司的总机足足有一张办公桌那么大。每当电话进来，红红绿绿的信号灯就会不停闪烁。手忙脚乱的我曾经转错过很多电话，好在许丽姐一直鼓励我，手把手地教我，我才学会。谁能想到，我拿到学校的录取通知书去签证的时候，却被认为有移民倾向而遭到拒签。没办法，我只好放弃出国留学的梦想，安心地做起了电话接线员。”

“那个时候几乎没有人知道你是我的女儿，我也没有关照过你，就是想让你在基层真正得到锻炼。”

“您还记得我第一次去莫斯科参加展会吗？领导让我和另外一个同事去把美金兑换成卢布。我们没有经验，直接拿着一沓美金就去街边的银行兑换。当好几十捆卢布从窗口里塞出来时，我们俩第一次感受到汇率的效应，哪里敢站在街边点数，抱起来就往宾馆狂奔。回到房间锁好门，仔细点数才发现少了100美金的卢布。所幸领导理解我们当时所处的环境，并没有过多批评我们，还嘱咐我们多注意安全。”

“怎么这件事没有人告诉我啊？你还是第一次告诉我呢。当时是行政部门推荐你去参展的，我也没有阻拦。没想到你还有这么惊险的经历。”

“在那段繁忙、青涩的时光里，大家给了我很多的温暖与包容，如丝丝涓流融入心底，让我至今记忆犹新。二十多年来，一批批来自五湖四海的年轻人与公司共同成长，公司包容了我们的懵懂、稚嫩、固执，甚至失误。在无数将士沙场鏖战毫不退缩的背后，包容始终是抹不掉的底色。”

“现在你能理解爸爸为什么要讲灰度哲学了吧？”

“苹果联合创始人沃兹尼亚克曾说过，我们的世界并不是一个非黑即白的世界，这个世界是灰度的。灰度就意味着我们不能有偏见，也不能走极端，要时刻以超越情绪的理智尺度来衡量每一个人，评判每一个人。任何时候都不要轻易下结论。”

“对人讲灰度，对事讲流程。或许我们还不知道什么是正确的，但是我们一定要知道什么是错误的，在错误的边界之外，我们就一定能够走向正确的方向。坚定不移地找到正确方向源自灰度、妥协与宽容。”

钟成刚开始的时候还担心年纪尚轻的女儿能否真正理解灰度哲学的含义，他自己也是在碰得头破血流以后，才从过去惨痛的教训中悟出来这个珍贵的道理。不过，他看着眼前的女儿，自信而且从容，端庄而又稳重，气质高雅，谈吐自如，心里感到莫大的欣慰，脸上浮现出慈爱的笑容。

“你们爷儿俩啊，好不容易有机会聊家常，怎么又谈起工作来了？还嫌不累啊。扬帆，帮我收拾一下餐桌，我们丰盛的晚宴马上就要开始了，专门为你接风洗尘。对了，扬帆，你来的时候叫你哥了吗？他前两天刚来过一次。”

夏洁穿着围裙，端着两盘菜从厨房里出来，热得满头汗，脸上红扑扑的。

“夏姨，真是辛苦您了。我来的时候给我哥打过电话，他在外地出差呢。等下次我们一起过来看您。”

“夫人做的菜好香啊。扬帆，我们不谈工作了，这么多好菜，你可要多吃点。”

“爸，我可不敢吃太胖，吃胖了您老叫我小胖猪。”

郑扬帆调皮地冲着钟成吐了吐舌头，做了个小猪的姿势。

“以后不再叫你小猪了，你已经长大了，不再是爸爸的小棉袄了。”

光着双脚走在沙滩上，杨浩宇感觉到一种久违的童年的感觉。夕阳西下，天边飘荡的朵朵白云，远处连绵不断的青山，以及眼前金沙湾里荡漾起伏的海水，都似乎染上了一层金黄色，让他想起了小时候放学回家时陪伴他的绚烂晚霞。

杨浩宇小时候家里很穷，父母每天都在田间地头辛勤劳作，面朝黄土背朝天，生活却依然一贫如洗。学校离家很远，要走很长时间的山路。他经常一个人吹着口哨往返于家和学校之间。村里很多孩子小学没毕业就辍学了，不是他们不想读书，而是要帮着家里干农活。杨浩宇的父母虽然没有多少文化，但是都有一个铁定的主意，那就是无论如何也要让他坚持上学。

“小宇，不好好上学你就一辈子走不出这个山沟沟。只要你愿意读书，我们就想尽一切办法供你。回家不用帮我们干活，要好好写作业。只要能考个好成绩，比什么都强。”

每天杨浩宇吃完晚饭，父亲和母亲就坐在他身边，给他讲外面的故事，鼓励他好好读书。其实，父亲也没见过多少世面，母亲甚至连他们的镇子都没有走出去过。

他从小就穿着母亲给他缝制的布鞋去上学，风里来雨里去，夏天下雨的时候他宁愿光着脚走路也不让鞋子湿了。上体育课时因为他穿着布鞋，老师还特意把父亲叫去，让给他买一双运动鞋，否则运动时容易伤到脚。父亲回家以后，抽了半夜烟袋，第二天去镇上卖了家里仅有的一只羊，给他买了一双球鞋。

直到现在，杨浩宇还清楚地记得那天晚上，昏暗的房间里，父亲的烟袋锅里点燃的烟叶一会儿明一会儿暗，伴随着父亲的咳嗽声，持续了很长时间，直到他沉沉睡去。

“要好好学习，永远争第一。”父亲把崭新的球鞋放在他的手上，嘶哑着嗓子对他说。

父亲的话就像烙印一样留在了他的心里，他这辈子都不会忘记。大学毕业以后，他孤身一人奔赴深圳闯荡，加入科兴，迅速地成长为管理者。但是，一直对自己充满自信的他，现在却开始感到迷茫，感到无能为力。

“我是不是哪里错了？只想争第一，却没有深入地研究消费者业务的特点？卖设备和卖手机毕竟不是一回事，我太盲目自信了。”

杨浩宇一边踩着温暖的沙子慢慢向前走，一边在心里思索。

“对啊。新的业务都有一个学习和熟悉的过程。我是有点太急于求成了。要向友商学习，借鉴友商的成功之处，才能少走弯路，才能超越他们。”杨浩宇忽然响起母亲曾经说过的一句话：

“孩子，学习不仅要用功，而且还要扎实。路要一步一步走，饭要一口一口吃。你不能还没长出翅膀呢，就老想着飞到天上去。”

天色逐渐暗了下来，四周五颜六色的灯光开始亮了起来。绚丽的灯光映照着无边无际的海水，像神奇的精灵一样在不停地跳跃。杨浩宇望着眼前美丽的夜景，心里忽然豁然开朗。

“老陈，明天上午开个会，消费者业务的主要负责人都要参加，我们好好研究一下友商的打法。”

杨浩宇立刻拿出手机，兴奋地给陈华打电话。

第二天，杨浩宇和陈华带着科兴消费者业务部的十几名主要负责人整整研讨了一天，大家对市场上销量排在前三名的手机品牌都仔细地做了分析，尤其是对几款“爆红”的产品做了深入研讨。大家畅所欲言，各抒己见，甚至多次争辩，吵得不可开交。

“现在已经进入互联网时代，友商都说了，如果站在风口上，猪都能飞上天。只要借势而为，顺应天意，做事哪有不成之理？我们也要强化互联网营销，否则就失去了宝贵的窗口期。”

“我们可以乘风而起，也要清楚风总有停下来的时候，到时候飞上天的猪还是会落在地上，摔个半死不活。任何时候都不能忽视了产品品质。友商成功的模式其实很简单，在产品设计上，硬件与软件自主研发，制造以订单方式交由代工厂生产，利用互联网进行销售，以轻公司的方式进行快速迭代运作。但是他们的客户群主要是低收入人群，因此轻视设计，不能悉心听取用户意见，在设计、质量、售后服务等各方面有很多短板。互联网是一面放大镜，放大了品牌效应的同时，也放大了缺陷的效应，这是互联网传播的特性，我们不能不注意这方面的问题。”

“我们公司专注技术研发多年，拥有一流的研发团队、完整的产品专利体系、扎实的研发能力、完善的供应链系统，而且深耕制造业多年，从设计到研发、制造、供应链、品控、渠道、售后服务都可把控，拥有完美的闭环，我们的强项就是产品品质。这一点无论如何都不能丢。至于互联网思维嘛，我认为互联网思维实际上就是一个悬在空中的虚无概念，是一些企业老板为了标榜自己特立独行，为给自己造神所打造的一个梦幻概念。互联网思维并没有解决产品销售的根本问题，只有回归制造业，提倡匠人精神，精益求精，稳扎稳打，才是一个企业的立身之本。”

“搞过产品的都知道，产品是1，营销是0，前面有了1，后边放多少个0，都是对1的放大。如果0在前，后边有再多的1，最终的结果也是个0。所以，只有产品质量可靠，用户体验良好，再加上强大的销售渠道，才是我们的成功法宝。”

“其实大家也不用吵，我们完全可以搞多品牌战略嘛！搞一个低端品牌，去和这些市场上炒得火热的产品去贴身肉搏，也去搞互联网营销，甚至可以直接模仿其他友商的打法，以其人之道还治其人之身。然后我们再继续我们以前的中高端品牌路线，越高端越时尚越好，最好是能打造出一款国产高端品牌，弥补我们国产手机一直没有高端品牌的缺憾。我以前和陈华的思路是一致的，就是手机行业已经品牌林立，必须要走中高端路线才能杀出一条血路，树立自己的品牌，否则就如大浪淘沙一样早晚会被市场所淘汰。但是，做中高端品牌需要过程，需要投入，更需要契机。我们不能一直等待下去，要虚心向友商学习，借鉴他们的成功经验，同时也要坚持我们自己的品牌战略，低端、中端、高端三箭齐发，目标依然不变：永远争第一。”

杨浩宇一直要求大家开会时必须说出自己真实的想法，有不同意见也可以当场争论，但是一旦决定下来的事，就必须不折不扣地去执行。这一点，他是向钟成学来的。钟成近期多次讲过，如果开会的时候没有不同意见，就说明这个会开得没有任何意义，白白浪费了大家宝贵的时间，就是走过场，搞形式主义，科兴要坚决杜绝这样浪费时间的会。大家争论得越厉害，杨浩宇的思路就会越清晰，很多原来的思维定式、认知误区在大家激烈的争论中自然而然就消解了。

“真理越辩越明。今天听了大家的意见，我豁然开朗。我过去一直在外企工作，外企在终端领域一直都是走中高端路线的，因此我也总是有意无意地忽略了低端产品，这其实就是经验的陷阱。我赞成杨总刚才提到的三箭齐发策略，同时建议低端产品最好有自主品牌，独立经营。中高端产品还是沿用科兴的品牌。因为两种品牌面对的是两个不一样的消费群体，更容易让用户接受，而且更利于打造两个品牌的特色。”

“好，就按照陈华说的，我们把低端品牌独立运营，可以推出一个独立品牌，我先抛砖引玉，叫‘光辉’怎么样？如果你们有更好的建议，大家随时可以提出来。”整整一天的闭门会开下来，杨浩宇不仅没有感到一点疲惫，反而越来越兴奋。他仿佛又找到了以前在欧洲市场叱咤风云的感觉，胸中有股烈火在熊熊燃烧，“谁说我只会吹牛皮，我就是要永远争第一。你们有没有信心？”

“有！有！有！”

大家都站了起来，用力挥舞着手臂异口同声地高声呼喊，脸上都充满了让杨浩宇期待已久的兴奋和激情。

美丽而又神秘的埃及，闻名于世的世界四大文明古国之一，创造了以金字塔和帝王谷为代表的灿烂文明，吸引了全世界游人的目光。

从2011年起，一场场声势浩大的街头运动将埃及拖入中东北非乱局的旋涡之中，长时间难以平息。2013年7月，埃及首都开罗数万名民众陆陆续续拥入位于市中心的解放广场和作为总统府的赫利奥波利斯宫附近，与前来驱赶的军警发生大规模冲突，造成多人死伤。

在动荡不安之中，钟成来到了科兴埃及代表处，出席科兴在埃及刚刚设立的网络运营中心落成仪式。科兴在埃及的网络运营中心能够提供网络运营服务，包括前台操作和后台操作，也会提供技术支持管理、劳动力管理、运营支持管理以及网络平台管理等服务，为北非地区的运营商们提供专业服务。

到了开罗之后，埃及通信技术部的官员表示，由于街头示威运动规模越来越大，剧烈冲突不断，建议取消原定的落成仪式，由钟成带领着大家参观网络运营中心的各项设备运行状况。

埃及通信技术部主要官员在参观网络运营中心以后当场表示：“网络运营中心真的是令人印象深刻。我们非常感谢科兴长期以来对埃及电信行业所做出的贡献，也非常钦佩钟先生能在埃及发生街头运动的时刻不顾个人安危来到开罗，和我们一起见证网络运营中心的正式启用。”

当晚，钟成在埃及代表处的会议室里和全体员工进行座谈。街上火光漫天，人声嘈杂，凄厉的尖叫声与警笛声不绝于耳，仿佛就在眼前一样。钟成面带微笑，神色平静地注视着大家，动情地说：

“在埃及近两年持续动乱的情况下，你们的业务虽然受到了很大冲击，但是也取得了很大的成绩，我要代表公司感谢你们，向你们表示敬意。我来之前，大家都劝我不要来，担心我会在这里出什么问题。我说，能出什么问题呢？只要有你们在这里坚守，我就要来看望你们，与你们并肩作战，去赢得最后的胜利。我怎么能在这个时候做逃兵呢？我承诺，只要我还飞得动，就会到艰苦地区来看你们，到战乱、瘟疫、贫困地区来陪你们。我若贪生怕死，何来让你们去英勇奋斗？战场在哪里，炮火就要打到哪里。炮火在哪里，我就会到哪里。哪里炮火最激烈，我就会在哪里。”

说到这里，钟成站了起来，向正在聆听的埃及代表处员工抱拳致谢，然后示意大家不要鼓掌。

金秋十月，天高云淡，晴空万里。随着轰隆隆的声音传来，一架全副武装的直升机悬停在深圳科兴龙岗基地上空。行政大楼前，钟成和科兴主要高管都穿着笔挺的西装，系着鲜艳的领带，整整齐齐地站立在广场上。

“来了，来了，车队来了。”人群中有人窃窃私语。

万众瞩目中，长长的豪华车队稳稳地停在行政大楼前。英国财政大臣乔治在中国外交部和深圳市有关官员的陪同下，从一辆轿车中下来，缓步向前走。英国政府相关官员和几十家英国科技企业代表紧随其后。

“欢迎部长莅临科兴，能够见到您我非常高兴。”钟成微笑着上前紧紧握住乔治的手，表示热烈的欢迎。年轻干练的女翻译立刻为乔治做现场翻译。

“钟先生鼎鼎大名，见到您是我的荣幸。”乔治热情地和钟成拥抱在一起。

互相寒暄之后，大家直奔科兴的现代化展厅。钟成绘声绘色地为乔治做公司介绍和产品讲解，乔治微笑着连连点头，不时向钟成竖起大拇指。

“自从首相去年和您在伦敦会晤后，我们就对科兴在英国的发展充满了期待。后来欧盟理事长也与您在布鲁塞尔会谈，希望与科兴在相互信任基础上展开全面合作。我们今后会加强与中国的全面合作，欧洲现在已经是科兴的主要市场，希望科兴进一步加大对欧洲，特别是对英国的投资。”

风度翩翩的乔治在饶有情趣地参观科兴展厅的同时，并没有忘记自己来访科兴的主要目的，微笑着对身边的钟成说。

“部长先生，请您转告首相阁下，科兴将在英国设立新的研发中心，总投入约两亿美元。新研发中心的研究领域包括光电子、终端设计、软件开发等方面。另外，科兴的LTE（4G）商用部署持续领跑全球，已经进入全球100多个首都城市，覆盖九大金融中心。我们的芯片公司与英国ARM公司一直保持着良好的合作关系，未来会进一步加强合作。作为欧盟5G项目主要推动者、英国5G创新中心的发起者，我们将与英国一起发布5G白皮书，积极构建5G全球生态圈，并与全球20多所大学开展紧密的联合研究，对构建无线未来的技术发展、行业标准和产业链积极贡献力量，也为英国5G的持续性发展贡献我们的力量。”

钟成深知，在当今复杂多变的世界局势中，欧洲是至关重要的战略市场。自2001年以来，科兴在欧洲的业务和投资都在迅速增长，至今仍保持快速上升趋势。

“英国对中国企业是开放的，我们真诚地欢迎科兴，欢迎钟先生到英国投资。”

乔治认真地听完钟成讲话的翻译，再次热情地向钟成发出邀请。钟成微笑着向乔治表示感谢。

“爸，我有两个好消息，您想先听哪个？”

钟成办公室里，只有他们父女两个人，郑扬帆还是忍不住要调皮一下。

“如果两个都是好消息，我都没兴趣，因为好消息早晚都会知道。坏消息则不然，早知道可以早想对策去应对，晚了准会坏事。所以，我历来都是先听坏消息的。”

钟成对女儿的心思心知肚明，故意卖了个关子，说自己不感兴趣。

“算了，算了。反正您早晚也会知道，我现在就不告诉您了。”郑扬帆故意转身就往外走。

“你这丫头，越来越刁钻了。快说吧，有什么好消息?”

“从全年的营收数据来看，2013年我们的销售收入首次超越了信立，科兴已经成为全球最大的电信设备商。真是令人激动万分。”

“成为老大不一定是好事，如果能力不够，实力不强，再狂妄自大，忘乎所以，迟早会被赶下来。我看这不一定是什么好消息，另一个呢?”

“您怎么会这么说呢? 这可是中国企业，而且还是民营企业，第一次登上世界通信设备企业第一的宝座。第二个好消息，就是消费者事业部旗舰机型手机P6实现了品牌利润双赢，独立运作的‘光辉’品牌也大获成功，终端业务获得历史性突破，出货量稳居全球前三名。看来，杨浩宇还真不是吹牛，竟然真的一飞冲天。”

“终端业务在这么短的时间内取得这样的成绩的确值得祝贺。杨浩宇爱学习，爱研究，有魄力，勇于创新，胜不骄败不馁，在困难面前不低头，你今后要向他学习。我要给他打电话，向他表示祝贺!”说句心里话，钟成虽然对杨浩宇一直很有信心，但是也没有想到他竟然只用了一年的时间，就把科兴终端业务带入全球前三名的位置。“后生可畏，真是后生可畏啊!”

下部　创造者

第十三章　举杯相庆

2014年年初，消费者事业部的员工们还沉浸在初尝胜果的喜悦中，钟成安排杨浩宇在龙岗基地宴会厅召开了一次别开生面的管理团队午餐会。

既然是午餐会，自然就没有庆功酒，大家聚在一起围着圆形的餐桌就座，每个人面前有一个自助餐盘，餐盘里是参会者根据个人喜好从员工餐厅里买来的饭菜，费用全部自理。

钟成和杨浩宇一起端着自助餐盘走进宴会厅，见大家都已经就座等着他们，就跟大家笑着打了个招呼，坐了下来。

“本来我是打算给你们摆个庆功宴的，这两年来，你们从过去的低能状态已经开始走到有一定能量的状态，如果没有你们背后上万员工的努力，也就没有你们的今天，这一点我们要肯定并祝贺！但是，我觉得你们才刚刚开始发展，还没有到要举杯相庆的时候。所以我们就先开个午餐会，大家边吃边聊，相互沟通一下，我也听听你们的想法。”

钟成先简单地做了个开场白，然后就拿起筷子夹起盘里的菜慢慢地吃起来。

“去年开始我们实施了多品牌战略，仅仅用了一年的时间，低端品牌‘光辉’就已经站稳脚跟，走完了友商三年的历程。高端品牌‘M系列’我们今年计划推出至少两款机型，其中计划9月在德国柏林发布的M7无论是在外观设计还是硬件配置上，相比我们之前的旗舰手机，提升了整整一个档次。首次采用金属机身，首次搭载超8核科兴925芯片。在电池续航上，也力争做到最好。所以，今年我们的目标就是要继续扩大规模，对标世界前三，向他们学习，快速缩小与他们的差距，向世界第一的目标再逼近一步。”

钟成能来和消费者事业部的管理团队一起吃午餐，让杨浩宇多少有些喜出望外。他顾不上吃饭，赶紧向钟成做了个简单的工作汇报，顺便把自己心里“争第一”的想法说了出来。

“在大机会时代，千万不要机会主义，我们要有战略耐性。消费者业务一定要坚持自己的战略，坚持自己的价值观，坚持自己已经明晰的道路与方法，稳步地前进。躁动终会平息，活下去才是胜利。”钟成放下筷子，盯着杨浩宇，表情有些严肃，“我们现在要清楚‘我是谁？从哪里来？到哪里去？’今天之所以来与大家沟通，就是担心你们只追求规模，把友商作为目标，然后就不知道自己是谁了。当然要向友商学习他们的长处，但不要盲目对标他们。”

“今年的数据显示，国内品牌的出货量在下降，但是我们的销售额还在稳步上升。我们今年通过互联网和电商预计能销售2000万部手机，净利润将达到1亿美金。如果按照数据来看，做世界第一肯定还需要时间，但是世界第二是很有希望的。”

陈华听到杨浩宇一高兴又把“世界第一”的想法说了出来，连忙去看钟成的脸色。果然，钟成立刻变得严肃起来，开始批评杨浩宇，他连忙用销售数据替杨浩宇解围。

“你们说要做世界第二，我很高兴。为什么呢？世界排名前两位的友商年利润都在400亿美金之上，你们每年若是能交给我300亿美金的利润，我就承认你们是世界第三。你们说电商要卖2000万部手机，纯利润是1亿美金，一个手机才赚30美金，这算什么高科技、高水平？现在你们赚个几亿美金就开始得意起来了，拿自己的长处去比别人的短板，还沾沾自喜。坚持走一条正确的路是非常困难的，我希望消费者业务部不要在胜利之后就把自己泡沫化，不要走偏了。今后电商也不要总说销售额，汇报就说能做到多少利润。销售额是为了实现利润需要的，不是奋斗的目标。如果终端没有黏性，量大而质不优，口口相传反而会跌下来。不要着急，慢慢来，别让互联网引起你们发烧。

“所谓互联网时代，是指让信息促进人类社会进步，促进实业和服务等进步，并不是仅指网络本身。我们只要把手机质量做好，再适配了全球一部分人的需求，奋力在网上销售就行了。我们与电商是不一样的，我们能控制交易质量，而且有一把知识产权大伞罩着全球市场。仅仅一个交易平台是有一定风险的。大家一定要相信汽车必须首先是汽车，金融必须首先是金融，豆腐必须首先是豆腐，别的不能取代汽车，如果能取代，那就是阿拉伯飞毯。”

杨浩宇在科兴是技术开发出身，知道钟成一直对做实业情有独钟，对当下的“互联网泡沫”有些不太认可，连忙向陈华使了个眼色，示意他不要跟钟成在这个问题上纠缠。陈华立刻心领神会，微微点了点头，对钟成说：

“现在中国做手机的小厂家有几百个，价格非常低，我们就想把最好的手机在一个比较适当的价格范围内做好。我们推出的‘M系列’，就是希望在高端手机方面做一些摸索，可能只会摸到一些影子，但只要坚持下去，目前就像黎明前的夜晚，看似黑暗，实际上是要迎来光明。”

“活不下去就没有未来！我们的价值体系要改变过去仅以技术为导向的评价，大家都要以商业成功为导向。消费者业务已经进入公司主航道了，但主航道是要创造价值，价值并不仅仅是技术领先。未来还有很长的路要走。你们应该给主航道贡献能量，而不是拖后腿。主航道的能量一旦发散后，就很难聚焦起来达成目标。

“高端手机如果以技术为导向，赚不了钱，那高端是没有价值的，过不了三个月，高端就成低端了。科兴手机发展了这么多年，总是追求新，不追求可靠，还是存在很多问题。研发了这么多功能，其实很多应用功能很少使用。在应用上，我认为还是要以客户需求为中心，在最终用户使用量最大的功能这块，我们要下决心做好。”

讲到这里，钟成发现大家都在聚精会神地听他讲话，眼前的自助餐却一口也没有动，不禁有些过意不去，连忙招呼大家说：

“说好的是边吃边聊，你们趁我说话的时候就赶快吃，只要别光吃不听就行。你们现在不吃，等一会儿我问你们问题的时候，可就没有工夫吃了。”

“大家赶快吃饭，等一会儿钟总批评我们的时候，我们可能就真的吃不下了。”杨浩宇和大家开了个玩笑，大家都哈哈一乐，赶快拿起筷子吃饭。

“今天不是打击和批评你们，是希望消费者业务能清醒地找到适合自己的发展方向。科兴坚持二十几年，才走到今天，你们知道有多难？当我们像乌龟一样在爬的时候，中国可是四处都是鲜花，我们全当作没有看到，至今还在艰苦奋斗。终端与我们同甘共苦这么多年，要继续坚持走一条好路，这条好路就是要能一直有钱赚。我们要找到自己存在的问题和缺点，认识到自己是谁，坚持走自己的道路，才能取得成功，才能构建未来。只要二十年以后我们还活着，就可以谈笑间‘一览众山小’。”

“钟总，本来还以为您是来为我们庆功的，没想到您是来泼冷水的。不过，这盆冷水泼得及时，泼得痛快。我们整天想着要超英赶美，要举杯相庆，确实是机会主义思想在作怪，有些盲目乐观，今后我们还是要实事求是，脚踏实地，一步一个脚印地走下去。就像爬山一样，不能老想着一步登到山顶。”

钟成听完杨浩宇的话，冲着他点了点头，然后对大家大声说：“大家都赶快吃饭吧，饿着肚皮是没有力气的，吃饱了肚子才能有力气去爬山。”

随着4G牌照的姗姗来迟，4G技术在国内终于到了市场爆发期。三大运营商都铆足了劲，大力发展4G通信。在3G建设中明显处于劣势的中国移动在国家工信部刚发放4G牌照不久就宣布：投资600亿元打造世界最大的4G通信网络。与此同时，中国电信和中国联通也都推出了自己的4G品牌，发动了一波又一波强大的宣传攻势。

国外4G市场上，科兴更是捷报频传，喜讯不断，接连在全球多个国家斩获大单。在未来的5G技术上，已经在全球9个国家建立了5G创新研究中心，处于遥遥领先地位。

不过，钟成在雪片般飞来的喜报中却没有感到多少喜悦。相反，他仿佛看到巨大的危机正如乌云般降临。眼看大家都喜上眉梢，满脸笑容，唯独他自己焦虑不安，忧心忡忡。他不知道到底是自己错了，还是别人错了。他有一百个想法希望与别人沟通，但是却不知道和谁沟通，又如何开口。

夜深人静，钟成从睡梦中惊醒后，都会睁着眼睛望着笼罩在黑暗里的房间。阴暗的房间四角，紧闭的窗帘后面，黑洞洞的床底，还有漆黑的房顶，都有无数只怪兽张着血盆巨口静静地潜伏着，等待时机。每当钟成睡着的时候，它们就会争先恐后地扑过来，把他撕成碎片。他感到了孤独，感到了恐惧，甚至看到了死神正在召唤他。他不知道该向谁诉说，也不知道该说些什么，只能静静地躺在床上，等待着黎明或者死亡的到来。

其实，钟成心里清楚自己到底忧虑什么，害怕什么，那就是他自己，还有他创立的科兴公司。随着年龄渐渐变老，钟成担心自己跟不上公司的发展，担心自己成为公司发展的绊脚石。自己会变得越来越固执吗？会变得越来越封闭吗？会变得越来越膨胀吗？会变得越来越狂妄吗？他不止一次在内心里拷问自己，不止一次在内心里警醒自己。人总是要犯错误的，总是要老的，总是要死的，这是自然规律，无人能够违背。人最难的是认清自己，把握自己，超越自己。对于强者来说，能够打败自己的只有自己。问题在于，因为人自身的局限性，很难做到超越自己，最终只能被自己打败。生命有限，欲望无边。人总是被自己的欲望和贪婪牵引着一步一步走向灭亡。钟成不能贪恋权力，他必须要考虑科兴的接班人问题了。

钟成一直认为，科兴能够取得今天的成就，主要是因为改革开放带来的政策红利，自己不过是顺势而为，凝聚了一批有才华、有思想的知识分子，把大家脑袋里的知识通过艰苦奋斗变成了技术和财富。不过，随着科兴一天天壮大，尤其是销售规模已经在行业内成为世界第一的时候，大家的奋斗精神在减退，思想上开始放松，对待客户的态度在改变。钟成心里很清楚，这些年虽然科兴花费巨资引进了西方的管理方法和管理工具，但是因为发展速度过快，有很多问题都被掩盖了。官僚化，山头主义，部门墙，拉帮结伙，拍马屁，欺下媚上，喊口号，走过场……可能有些问题还非常严重，只是还没有暴露出来。所有的溃败都是从内部开始的，所有的堡垒都是从内部被攻破的。历史上这样的惨痛案例不胜枚举。“大江东去，浪淘尽，千古风流人物。故垒西边，人道是，三国周郎赤壁。乱石穿空，惊涛拍岸，卷起千堆雪。江山如画，一时多少豪杰。”钟成知道，自己只是历史的过客而已，必须要保持清醒的头脑，保持理性与平实的态度。不过，钟成更希望科兴能够一代又一代地活下去，不断超越自我，成就百年基业。想法虽好，想做到谈何容易？这就是钟成最忧虑的，也是最担心的。

物极必反，盛极必衰。如何才能破解这个亘古难题呢？未来科兴公司可能什么都不会留下，只会留下管理体系。为什么呢？所有产品都会过时，都会被淘汰掉。管理者本人也会更新换代，而企业文化和管理体系则会代代相传。企业的生命不是企业家的生命。在西方，企业家的更替并没有影响企业的发展。而在中国，一旦企业家的生命结束，企业的生命也就结束了。这说明中国企业的生命就是企业家的生命，企业家死亡以后，这个企业就不再存在，因为他是企业之魂。一个企业的灵魂如果是企业家，这个企业就是最悲惨、最没有希望、最不可靠的企业。怎么样才能做到企业的生命不是企业家的生命？那就要在公司建立一系列以客户为中心、以生存为底线的管理体系，以及不依赖于企业家个人的决策制度。这套管理体系进行规范运作的时候，企业之魂就不再是企业家，而变成了客户需求。只要客户是永远存在的，企业的灵魂就是永远存在的。

科兴的销售额即将跨过3000亿元人民币的门槛，从规模上来说它已经成为全球的行业龙头老大，这才是最危险的。一旦这种所谓老大的情绪得到蔓延，盲目、自大、疯狂和懈怠就会随之而生，企业就会来到由盛转衰的生死关头。钟成努力让自己保持清醒，就是为了让科兴的管理团队保持清醒，让全体科兴员工保持清醒。在奔涌向前的世界大潮中，只有把危机与压力传递到每一个人、每一道流程、每一个角落，把效率不断提升，成本不断下降，才有希望存活下来。

没有人不会犯错误，关键在于有没有勇气承认并改正自己的过错。科兴永远没有成功，只有成长。因为在成长的道路上，一直充满了未知和探索。钟成明白，必须在自己还很清醒的时候，毅然决然地离开自己现在的位子，回到他应该去的地方。

2014年9月，万众瞩目的国际电子消费品展览会在德国柏林正式开展。作为世界上展览规模和影响力最大的消费电子及家电博览会，很多手机厂家都将在展览期间隆重发布自己最新的拳头产品。

“请问杨总，科兴在今年的展会上会有什么新产品发布呢？”

一家国内著名电子消费品杂志的记者来到了科兴的展台前，找到了正在接待客户的杨浩宇，向他提问。

“请您暂时等待一下，我们的新产品明天就会在这里闪亮登场。谢谢。”

杨浩宇礼貌地回答了记者的问题，但是并没有透露任何有价值的信息。对于这次新品发布会，他足足准备了一个月时间。每一个细节、每一句台词、每一个亮点，他都预演了很多遍。

“今天科兴的主要竞争对手之一已经抢先发布了他们的新产品，引起了很大轰动，请问会对科兴的产品造成冲击吗？”

“我们进入终端领域的时间比较晚，一直在向友商们虚心学习。不过，我们在通信领域有着深厚的根基，团队也很有激情和活力，所以我们也有后发优势，我们的理念是：以行践言。我们对自己的产品很有信心。”

9月4日晚上9点整，在众多新闻媒体和消费者的热切期待之中，一身休闲西装打扮的杨浩宇手里拿着两款崭新的手机，微笑着站在聚光灯下。身后的显示屏上，KEXING M7的巨人字体和泛着金属光泽的手机图片随着动人的乐曲声，逐一呈现，立刻惊艳全场。杨浩宇开始用熟练的英语向大家介绍M7的主要特点和性能：时尚大屏、金属机身、按压指纹、双卡双待、超级续航等所有最时髦的概念都汇聚于一身。更加令人期待的是，该手机首次搭载科兴自主研发的手机芯片，性能超前。

现场顿时爆发出一阵热烈的掌声。媒体记者们一拥而上围住了杨浩宇。杨浩宇在聚光灯下依然面带微笑，从容地回答记者们提出的问题。其实，在他平静的外表下，心里一直有些忐忑不安。作为科兴终端的旗舰品牌,"M系列" 手机直到现在在市场上依然反响平平，怎能不让他心急如焚呢?

从柏林回到深圳，杨浩宇刚从飞机上下来，打开手机，电话就接连不断地打了进来。

"杨总，M7刚推出就被抢购一空，现在已经断货了，各地的手机门店都在要货呢，电话都快被打爆了!"

"老杨，现在M7出现了一机难求的局面，很多老朋友都打电话问，能不能帮他们买到一部，我就直接找你了。就咱们这交情，这个忙你一定要帮。"

"杨总，你是不是也在学友商，搞饥饿营销呢? M7这么火，就别再搞饥饿营销了，都是向我要货的，你可不能见死不救啊。"

杨浩宇虽然满脸疲惫，还是耐心地给大家做了解释。等打完电话，他觉得脑袋都有些缺氧了，晕晕乎乎的，走路就像踩在软绵绵的棉花上。

"早知道这么火爆，当初就不应该把计划做那么保守。我说什么来着，一切皆有可能。我们就是要争第一。"杨浩宇咧着嘴扭头对身边的同事说,"看你们以后谁还说我吹牛? 哈哈。"

"钟总，今天特意请您过来开这个会，是因为负责公共关系的李方还有消费者事业部的杨浩宇有些共同的话题想跟您交流。为了请动您，我们三个轮值副董事长把董事长也请来了。"

作为轮值副董事长，周军锋微笑着向还有些茫然的钟成解释道。这是一个临时安排的会议，事先没有会议通知，也没有会议主题。周军锋自己给钟成打的电话，问他有没有时间，请他务必参加一个会议，但是会议内容保密。

“什么事情搞得这么神秘？是不是出了什么大事？董事长是不是已经知道了？”

这么小范围的会议，事先也没有详细的会议计划，钟成是个急脾气的人，这种气氛搞得他真的有些坐不住了。

“钟总，真的没有什么大事。只是军锋说，今天要跟您谈的问题是您的个人问题，所以不方便事先告诉您。军锋，我看你还是赶快开始吧，要不钟总一会儿就开始发脾气了。”

华芳菲见钟成满脸认真的表情，赶紧对周军锋说。

“好吧。钟总，我记得您以前讲过，您既不懂技术，也不懂管理，那您是如何领导科兴走到今天的？”

“我讲过很多话，你就记得这一句？看来你记性不太好啊。我的确说过，我既不懂技术，也不懂管理，是大家把我推到领导人这个位子上来的。那我怎么来领导呢？就是靠讲话。所以我过去讲了很多的话。军锋，你别再绕弯子了，赶快说你的正事吧。”

“钟总，您别在意。我刚才问您的问题其实只是想让您不好拒绝李方和杨浩宇的要求，下面我还是让他们说说自己的想法吧。”

看得出来，周军锋这次的确是费了心思，只是钟成却越听越觉得有些糊涂。

“钟总，还是我先说吧。您一直非常低调，几乎不接受媒体采访，也没有担任过任何社会性职务，就连人大代表和政协委员这些别人抢破头的头衔，您也都是让给别人。所以，您给外界的印象一直就是低调，神秘。所以他们会对您在食堂与员工一起排队打饭，独自一人乘坐地铁和出租车这些事都感到不可思议，议论纷纷。过去，科兴是电信设备制造商，做的是2B的业务，不用跟终端消费者打交道。现在我们已经扩展到2C业务，开始跟终端消费者打交道，因此新闻媒体的舆论导向作用越来越重要，我希望您以后可以接受媒体采访，消除外界对我们的模糊认知，争取广大消费者群体的心理认同。只是您已经坚持了这么久的行事方式，改变起来肯定有难度。我们也不好当面向您提，只好作为一项议题提报给了经营管理团队。”

杨浩宇的这个想法已经憋了很久了，如果不是因为他有宣传事务要李方配合，李方给他提出这个建议，他今天都不知道该如何提起。

“就这件事啊，我还以为什么大事呢！我不愿意接受媒体采访，不愿意参加各种外界的会议和活动，主要是因为我当过多年兵，习惯于埋头做事情，不喜欢出风头。除了工作、读书和思考，我也没啥爱好。我喜欢一个人待着，静静地发呆，无论在办公室还是在家里。我不善于交际，不会交朋友，也没几个朋友，没事就在家里待着。我讲话比较多，几乎都是在内部，不敢去面对媒体。因为我讲话很随意，天马行空，经常说多话，怕引起不必要的误会。还有呢，我们不是上市公司，没有必要公开透明，给公众过多解释什么。多年前我就说过，我们对待媒体的态度是，希望所有员工都要低调，我们要做的只是干好自己的工作。媒体运作有自身的规律，就是都说我们好我们也未必就真的好。说我们不好我们也不要去辩解，踏踏实实做事就可以，结果就是最好的回答。跟外界打交道华董事长比我更擅长，所以董事长的工作以对外为主，我的工作以对内为主，这个也是董事会定下的。”

“钟总，公司的规模越来越大，近几年的增长速度又太快，我现在也开始有些力不从心了。真是年龄不饶人。现在的工作幸亏有三位轮值副董事长可以帮我分担，否则我真的会招架不住。另外，您也听一听李方的意见，她负责公共关系部以来，工作卓有成效，解决了很多突发问题和复杂问题。”

同为女性职业经理人，华芳菲对李方的工作能力非常认可，也很理解她在工作中遇到的难题。

“钟总，我理解您的苦衷。科兴以前只是一家国内公司，主要是为电信运营商服务，只要我们技术先进、质量过硬、服务周到，即使外界认为我们神秘、不透明，也不影响公司的正常运转。但是，随着公司的快速发展，我们现在已经成为一家全球化的公司，海外收入已经占到总收入的70%左右，而且从规模上来说我们已经是全球第一大电信设备制造商。另外，我们的消费者业务虽然起步很晚，但是发展速度非常快，现在也已经稳居全球前三。前几天杨总和我沟通终端产品宣传，就提到了如何面对新闻媒体的问题。有时候我们消费者业务做了很多广告宣传，也抵不上一篇负面新闻的杀伤力，抵不上外界对我们的误解和偏见造成的损失。我们现在已经是全球电信信息通信行业关注的焦点之一，我们越低调，他们就会觉得越神秘；我们越不主动与外界沟通，他们就认为我们越不透明。过去普通消费者对我们不了解也没有太大关系，但是现在对于终端业务来说，每一个人都是我们潜在的客户，都是我们的消费者。借用一句名言来说，舆论宣传的阵地，我们不去占领，对手就会去占领。如果今后我们再不重视与媒体的沟通和交流，会很被动。”

李方干练灵活，气质出众，说话做事思路清晰，逻辑缜密，在科兴也工作十几年了，从技术转向销售，又从销售转而负责政府事务和公共关系，钟成对她的工作能力一直很欣赏。听完她的一席话，钟成思考了一会儿，说：

“我以前的想法很简单，只要我们爱祖国，爱人民，热爱自己的事业，为大批知识分子提供做事的平台，遵纪守法，每年给国家足额上缴利税，不给国家添麻烦，就是做了应该做的贡献。我们为什么不上市呢？从表面上看是因为我们的股权已经分给员工了，股权结构比较分散，不符合上市公司的要求。其实呢，科兴真正需要的，不是技术，也不是资本，而是客户的认可。资本的本质就是逐利，而且贪得无厌，只看眼前不顾长远。你看看现在国内的多少上市公司，做假账，炒概念，绞尽脑汁损害股民利益，拿着股民的血汗钱去大肆并购，去恣意挥霍，最后自己拍拍屁股跑到国外去，躲到豪华别墅里尽情享乐。挣这样肮脏的钱，良心会过得去吗？即使不受法律制裁，难道还不受道德审判吗？还有我们的房价，像疯了一样上涨。房子不就是供人们居住的吗？这个涨法谁还能住得起？土地价格高，房价高，已经导致了生产要素成本急剧上升，必然导致中国企业的竞争力下降。高房价带来的后果是，所有人都开始投机，所有人都想做房地产，所有人都想去炒房，谁还会静下心来踏踏实实做点正事？我们为什么准备把终端公司搬到东莞去？因为深圳的房价已经快涨上天了，别说我们的员工买不起房，就是我们的公司也承受不住这样的房价了。还有我们的教育，农村教育投入太少，资金都拿去盖房子了，没办法提高教师收入，教师都留不住，怎么教育好祖国的未来？我是个直性子，也是个急脾气，很多时候不会拐弯抹角，我如果去接受媒体采访，不小心说漏了嘴，惹了不必要的麻烦，反而会对公司有影响。现在有华董事长，有毕胜、周军锋、李国栋三个轮值副董事长，还有杨浩宇和李方，你们都比我更善于和外界交流，更善于和媒体打交道，我出不出来，又有什么关系呢？这个社会节奏太快，大家都浮躁得很，谁会关注一个糟老头子的动向呢？”

钟成不急不慢地讲完自己的理由，大家反而没话说了。他这一番话，就像是一个年轻愤青说的牢骚话，如果真被媒体宣传出去，又有谁会真正理解一个年近古稀的老人发自肺腑的呼喊呢？

“钟总，您是科兴的创始人，您的思想高度是我们所达不到的，公司现在到了这个规模，在世界上的影响力已经不是当年我们在旧民房里创业的时候了，您出来面对媒体和我们出来面对媒体的影响是完全不一样的。”毕胜明知道说服钟成很难，但还是要再三地去劝他。

“钟总，目前外界对您的认识很多都是很片面的，有的是从我们内部流传出去的一些讲话中了解的，有的就是道听途说和以讹传讹。浮光掠影，只言片语，难免会有一些误解。您是科兴的总裁，您如果能出来公开表明我们的态度，发出我们的声音，那些误解不就不攻自破了？”

李国栋说完就觉得这些话说服不了钟成，他对自己的荣辱得失从来就不在意，怎么会愿意去面对媒体呢？

“钟总，您见谅，我开始的时候问您的那个问题是有含义的。您通过讲话就可以打造一个世界级的公司，就可以领导一个世界级的公司，这是因为您的阅历、魅力和思想力都已经融合在一起，就像一壶陈年老酒一样，沁人心脾，历久弥香。我从来不奉承您，而且还经常顶撞您，但是这句话是我的心里话。您经常说，我们要居安思危，要诚惶诚恐，现在的科兴已经不是一个普通的民营企业了，而是来自中国的世界级信息通信企业，如果我们总是不主动接触媒体，不接受媒体采访，结果不是越低调越被动吗？我们现在不仅是一家跨国企业，而且还是一家同时做两种商业模式、面对两种不同类型客户群的企业。目前世界上能同时把两种商业模式都同时做好的企业算上我们也就两家而已。这个时候您再不出山，不把自己的思想向全球分享，不就是不够开放吗？您把财富已经和全体科兴人分享了，还会吝啬自己的思想？开放、妥协、宽容，可是您教给我们的，您可要做表率。”

周军锋对今天的会议的确是做了充分准备，态度很温和，说话却丝毫不留情面，而且前后呼应，几乎没有给钟成留下推辞的余地。

“钟总，如果您担心会说多话，也可以让李方事先为您准备好大纲，您就按照大纲来说不就不会出什么问题了？大家都这么劝您，您也就不要再推辞了。这也事关科兴的前途命运，事关科兴能否持续健康地活下去。外部环境这么复杂多变，营造良好的发展环境就是当务之急。”

华芳菲再次委婉地对钟成说，希望可以打消他的顾虑。

“看来今天你们是联合起来对付我啊。识时务者为俊杰，我妥协，我妥协。我都这把年龄了，原想不再出头露面，招摇过市，好像有多了不起似的，其实一看就是一个普普通通的干巴老头儿。我就想安安静静地思考一些过去从未经历过的、有挑战性的事情。不过，今天你们这么一说，如果我再不妥协，就显得我既矫情又虚伪。为了推动科兴走向全球，我可以打破自己二十多年来不见媒体的不成文惯例。你们这是逼着我做我不喜欢的事情啊。既然你们非要逼我，李方你们公共关系部可要做好统筹计划工作，到时候该说什么不该说什么你们要告诉我，免得我讲到兴奋的时候刹不住车，最后你们反过来还要埋怨我。你们看这样行不行？你们满意不满意？”

钟成双手一摊，冲着大家做了个无奈的表情，一脸的无辜状。大家都忍不住笑了起来。

“钟总，给您打电话之前，我都想过，只要这次能说服您出来面对公众，面对媒体，把科兴的声音传播出去，哪怕冒犯了您，哪怕您撤我的职，都值了。您的脾气暴，有谁不知道？”

“为什么要撤你的职？谁说过要撤你的职？你这不都是为了工作嘛。为了工作敢说真话的人是要表扬的。我们在科兴要倡导、要鼓励大家说真话，干实事，不要担心自己的乌纱帽。溜须拍马、上蹿下跳、投机钻营、蝇营狗苟的人不能留在科兴。‘上有所好，下必甚焉’。干部建设要从自身做起，‘其身正，不令而行；其身不正，虽令不从’。军锋，你组织的这个会虽说让我勉为其难，但是你们想要的结果还是达到了。你是轮值副董事长，你请我们大家吃顿饭吧。怎么样？这样是不是公平一些？”

“别说一顿饭，两顿饭、三顿饭我都可以请。就这么愉快地决定了。哈哈。”

在公共关系管理部的统一安排下，原来已经向科兴提出采访申请的法国媒体、英国媒体、美国媒体等国外媒体，还有众多的国内媒体都分别对科兴创始人钟成进行了专访。一时间引起外界各种惊讶：“钟成终于不再刻意低调”，“科兴终于揭下了神秘的面纱”，“世界上最大的电信设备制造商开始越来越透明化”……

在记者的提问下，钟成回忆了童年的贫穷生活，如实地回答了自己为什么当兵、在什么情况下创业、为什么不愿意接受媒体采访等问题，把长期以来笼罩在自己身上的神秘面纱一层一层地揭开，还原了一个真实而又执着、孤独而又坚忍的钟成。

“我一贯不是一个低调的人，否则不可能鼓动十几万科兴人。在家，我平时都和小孩一起疯。家里读书的小孩经常和我聊天，我很乐意夸夸其谈。我并不是像外面媒体描述的低调的人。”

钟成面对记者，侃侃而谈，从容而又淡定，就像一个邻家老人在和你谈心。

除了频频与媒体互动，钟成开始到科兴在全球的驻外机构走访，在工作调研的同时，也与驻外的员工进行广泛的座谈和沟通。他完全不像一个已经七十岁的老人，马不停蹄地奔走于世界各地，而且乐此不疲。

2015年6月，刚从科兴法国美学研究所回到深圳的钟成顾不上倒时差，就赶往研发总部，听取5G产品线总裁齐斌的工作汇报。

“2009年开始科兴投入5G研究，开始只是聚焦在单纯的技术研究上。2012年我们无意之中看到一篇土耳其教授公开发表的数学论文，经过我们研发团队两个月时间的分析和讨论，发现了这篇数学论文的价值。项目申报后，公司立即做出决定建立一个上千人的研发团队去研究这篇论文，并开始申报5G技术的国内国际专利。在这个过程中，整个行业对5G网络要达成什么标准，基本达成了共识。我们相信，作为新一代移动通信技术，在未来的十年里，在移动通信领域的网络建设、技术创新、应用创新等都会围绕着5G开展。目前我们已经在全球9个国家建立5G创新研究中心，同时也在向国际移动通信标准化组织积极推荐我们主导的控制信道编码。从目前看来，5G国际标准的制定还需要时间，还需要不断地研发、测试、完善我们的技术体系。”

齐斌汇报的时候非常自信，毕竟科兴在这方面下手早，投入大，在业界一直保持着遥遥领先的地位。

“现在看来，5G技术很有可能是世界通信史上第一次由我们主导的国际通信标准，因为我们已经具备的技术实力和国际专利拥有量一直处于领先地位。但是，任何时候都不能掉以轻心，不能盲目乐观。只有甘于寂寞者才能笑到最后，你们必须要奋斗不息，板凳要坐十年冷，熬也要熬到开花结果的那一天。结构材料与力学实验室、创新研究室、天馈实验室，包括2012实验室都要加大投入，确保我们的5G技术要领先于友商。从长远来看，5G要驱动移动通信与各行各业的结合，促进行业数字化，构建万物互联的未来世界。我们一定要把握住这个千载难逢的机会。如果把握不住，我们就愧对自己的先辈。他们一辈子生活在贫穷落后的环境中，我们要替他们争口气，昂着头，挺着胸，把我们的先进技术应用到全球去。”

长期的旅途奔波和长途跋涉让钟成显得有些疲惫，脸上纵横交错的皱纹更显沧桑，他端起面前的杯子喝了几口水，润了润有些嘶哑的嗓子，继续说：

“我们不能因为在5G技术上领先就沾沾自喜。追赶的时候是容易的，但在领队的时候就不容易了，因为不知道路在哪儿。我当年精神抑郁，就是为了一个小灵通，为了一个3G，我痛苦了八到十年。我并不怕来自外部的压力，而是怕来自内部的压力。我不让做，会不会使公司就走向错误，崩溃了？做了，是否会损失争夺战略高地的资源？因为不知道，所以很害怕，才会抑郁。我们的客户应该是最终客户，而不仅仅是运营商。运营商的需求只是一个中间环节。我们真正要把握的最终是客户的需求。

“两千多年前，李冰父子坚持‘深淘滩、低作堰’的治水哲理，使都江堰保存至今天。而同时代的巴比伦空中花园、罗马水渠都已荡然无存。‘深淘滩、低作堰’可以不可以理解为，把做到‘质量优、成本低、服务好’的困难留给自己，把由此带来的利益和方便多让一些给别人？我们的高级干部一定要克服自己的贪婪，管理好自己的欲望，特别是组织欲望，那样就没有什么摆不平的内外矛盾。‘红过十分就成灰’，科兴正处于一个盛极阶段。我们也要看到友商中有很多精神值得我们学习，我们必须要戒骄戒躁，放低姿态，做一个谦逊的领导者。只有这样，我们才能走得更稳，走得更远。”

钟成依然保持着他的冷静与理性，虽然科兴在5G方面一直遥遥领先，但是他还是不敢掉以轻心。

“目前的国际形势很复杂，我们已经成为全球化企业，市场份额不断扩大的同时，遭受的不公正待遇也在急剧增加。树大招风，树欲静而风不止。即使我们做得再合规，也有人会挑毛病，会挖坑，会埋雷。钟总说得很好，我们不仅要时刻保持危机意识，而且还要放低姿态，不要招摇过市，更不要自以为是。”

2016年年初，科兴公司全球业务大会如期在龙岗基地召开。轮值副董事长毕胜西装革履，从容自然地站在大屏幕前，手持翻页器，向与会者做工作汇报：

“2015年聚焦管道战略，成效显著。坚持厚积薄发，持续创新投入。过去十年累计投入研发费用2500亿元，研发人员约8万人，研发中心16个，分布在全球多个国家。根据世界知识产权组织公布的数据，在专利申请数量上，科兴连续两年位居榜首。3G演进型系统已进入140多个首都城市，成功部署400多张商用网络和180多张4G核心网络。与欧洲运营商共同建设了全球首张高宽带光传送网络，与英国电信合作完成业界最高速率光传输现网测试。发布了全球首个基于软件定义网络架构的敏捷物联解决方案。智能手机发货超1亿台。科兴在全球智能手机市场稳居前三，在中国市场份额位居首位……”

随后，科兴首席财务官郑扬帆身着天蓝色的职业装，气质优雅地走到舞台中央，微笑着与大家分享财务数据：

“科兴的销售和利润在上一年度的基础上实现了持续有效增长，因为具体的财务数据还在统计之中，全球销售收入预计约4000亿元人民币，净利润约400亿元人民币。作为2015年年度最显著的增长亮点，消费者业务收入达1300亿元人民币，同比增长约80%，这主要得益于消费者对高品质手机体验需求的增长以及品牌影响力的提升。目前我们经营现金流稳健，净现金持续增加，抗风险能力强劲。今后我们将继续坚持聚焦战略，坚持以客户为中心，推进面向未来的管理变革，不断提升公司运作效率，实现持续有效增长。”

坐在台下第一排的杨浩宇看起来一直非常平静，其实心里早就乐开了花。“终于能和终端的兄弟们一起举杯相庆了。”自从2011年开始接手终端，他就很清楚这是一个红海市场，各个厂家之间的竞争已经达到白热化的程度。“明知山有虎，偏向虎山行”，他不仅没有犹豫和退缩，反而还立下豪言壮语：要做就争做第一。转眼间，四年的时间已经过去。

四年以来他曾经豪情万丈，也曾经迷茫沮丧，最终在众人的质疑与批评之中，迎来了今天这个让他扬眉吐气的日子。就像当年开发出分布式基站打开欧洲市场大门一样，再一次，他用结果证明了自己的能力。现在他有充分的理由大声告诉自己：“加油，永远争第一，没有人再说你只会吹牛皮。”

第十四章　灵魂之问

南国的春天总是来得很早，大部分北方地区还是春寒料峭的时候，深圳已经春暖花开，生机勃勃。鲜红如火的木棉花、热情奔放的勒杜鹃、斑斓多姿的紫荆花等竞相开放，把深圳这座现代化的快节奏城市装点成了一个令人心旷神怡的大花园。

科兴龙岗基地行政大楼六层会议室，激励导向和激励政策汇报会正在进行。新任人力资源总裁李克正在解读新的激励政策——获取分享制。

"'获取分享制'是相对于'授予制'而言的。'授予制'是自上而下进行业绩评价和利益分配，容易滋生以领导为中心、下级迎合领导来获取利益的风气。'获取分享制'就是使任何组织和个人的物质回报都来自其创造的价值和业绩，作战部门根据经营结果获取奖金，后台支撑部门通过为作战部门提供的服务分享奖金。

"这个制度首先是对科兴过去的'利益授予制'的改进，意味着只有先获取利益，才能分享利益。企业只有产生效益，员工才有机会分享利益，在这种价值导向和利益分配机制下，各级管理者都应当把企业利润放在第一位，把企业效益放在第一位。其次，能有效解决公司高管、中层和基层之间的利益分配不均问题，保证所有人都能分享到公司未来的收益，尤其是优秀的基层员工。只有这样才能形成更强大的战斗力，万众一心，实现整体效益的提升。黄总、扬帆总，你们看看是否还有补充的地方?”

李克简明扼要地解读完制度，转过头去问黄志明和郑扬帆两个人的意见。

“激励政策的变革关系到公司每一位员工的切身利益。如何分好钱是所有企业都要面临的挑战，分好钱的前提是明确价值分配的导向。我们过去的价值分配方式是员工持股制，采取目标考核的方式，曾经有力推动了公司的快速发展，但是也逐渐产生了很多弊端。从‘员工持股制’到‘获取分享制’的转变，就是要重点保障一线作战团队的收益，让公司所有的优秀人员都想到一线去奋斗，而不是留在总部机关坐享其成。不仅要关注干部队伍的薪酬竞争力，还要关注基层员工的薪酬竞争力。我们的人才机构一直是金字塔式的，今后不仅要拉开金字塔顶端的差距，还要重视金字塔的基座。不仅要重视货币等物质激励，还要重视非物质激励，提升大多数人的工作积极性。”

“获取分享制”是黄志明分管人力资源体系以后向钟成提出的建议，是员工持股制的升级和进化，已经在内部讨论过很多次，目前正在科兴小范围试运行，目的就是减少因激励制度变革力度过大带来的团队不稳定风险。

“从财务的角度来看，‘获取分享制’除了能激励员工为自己的收入而奋斗之外，还能有效节约公司的成本。实行‘获取分享制’，意味着公司的每块业务、每个区域都形成了一套自我约束机制，项目费用包括成本，都拆分到了各个组织的手中。作战部队赚不到钱就没饭吃，只要坚持这个原则就可以，至于是提高效能还是降低成本，这个都交给作战部队自己去考虑。没有任何制度是完美无缺的。科兴发展到现在，已经到了变革利益分配机制的时候。我认为应当尽快全面推行这种新的激励机制。”

在郑扬帆看来，“获取分享制”的精髓，就是价值的再分配，是劳动和资本的合伙制，在公司不上市的情况下，劳动和资本的合伙制就是公司价值分配的基础。是由过去的雇用制向合伙制的转型，分配方式是通过设置劳动所得与资本投入所得合理的分配比例，让拉车的人永远比坐车的人拿得多。

钟成已经在多个会议场合对“获取分享制”发表过意见，也曾经给予过高度的评价：“这两年人力资源体系贡献很大，提出来一个‘获取分享制’。你赚到钱，交一点给我你才能分享，你赚不到钱活该饿肚子。‘获取分享制’一出现，这两年利润增长很快，大家的积极性和干劲也起来了。”但是，利益分配机制是企业管理中最核心的问题，也是最大的难题。他一直认为，科兴能够一步一步走到今天，靠的就是建立了一套能够“管好干部分好钱”的制度体系。对于这次从过去的“员工持股制”转变为“获取分享制”，他一直在积极鼓励人力资源中心大胆探索，逐步推行，同时也多次组织大家进行充分讨论。

“这个制度我们已经讨论过多次，今天是最后一次讨论。我今天要强调的是，要有包容性而不是压榨性，要包容客户、员工的利益，也要包容资本的利益，包容各种要素（如知识产权）的利益，这个机制才能永久生存下来。落实‘获取分享制’，管理好员工的分配结构，关注到公司的每个角落，让人人都能分享到公司成长的收益。

“要攻下战略机会点，不仅靠物质激励，更重要的是要培养战略系统思维。科兴缺少思想家、战略家，很多人都想去作战，一手拿枪、一手拿镐，猛打猛冲。我们梳理出战略沙盘68个战略机会点时，就发现缺少攻占战略机会点的指挥官。因此战略机会点拿不下来，其实跟我们的知识结构、思维结构、组织结构等没有做战略定位有关。科兴要产生越来越多的大思维家、战略家，今天若不培养，到大数据时代，战略机会点就可能会一个个丢掉。我们公司为什么缺少系统性思维？因为是从小的游击战打过来的，提拔的都是务实的人，没有对务虚的人给予肯定，我们要转换思路，慢慢从人力资源机制中也要形成培养战略家、思想家的土壤。

“一年之计在于春，春天是播种希望的季节。我希望我们的这次激励政策和激励导向讨论会能为科兴的长远发展种下希望的种子，让所有优秀人才都能在科兴这块肥沃的土地上生根发芽，茁壮成长，实现自己的人生梦想，推动科兴未来成长为一个伟大的公司！”

已经年逾七十的钟成讲到这里，满是皱纹的脸上浮现出灿烂而又充满憧憬的笑容。他仿佛看见蓝天白云下，一棵棵挺拔的树苗沐浴在阳光和雨露之下，成长为一排排参天大树，向着太阳，奋力向上，直插云霄。

“赵校长，请坐，先喝杯茶。你是特意来找我的吗？”

钟成微笑着请眼前这位风尘仆仆的中年人坐在沙发上，给他倒了一杯热茶。

“是，也不是。我是过来出差的。咱们一中最近搬到了一个交通便利的地方。不知道您还记得吗？原来的学校挤在一个山沟沟里，老师和学生都不方便，下雨天要走很远的山路，路上全是泥巴，而且还很滑，一不留神就会掉到沟里去。”

赵校长戴着一副黑框的近视眼镜，头发有些花白，上身穿着一件洗得有些掉色的藏青色夹克衫，脚上的黑色皮鞋虽然擦得很干净，但鞋面上满是又长又粗的褶皱。他并没有喝茶，反而时不时地搓一下双手，显得有几分拘谨。

“以前一中虽然办学条件差，但是我对她却充满了感情，那里有很多我终生难忘的记忆。能搬到交通便利的地方是大好事，不过需要花不少钱吧？咱们学校能承担得起吗？”

“把学校从山沟里搬出来不仅是钟老校长和程老师的愿望，也是广大师生一直以来的夙愿。这次政府给批了笔资金，不过缺口依然很大。我这次来，也是向从咱们学校考出来的校友来求助的。”赵校长有些不好意思地笑了笑，对钟成说，“我知道您现在是大企业家，不知您能否给学校捐一些钱？”

赵校长说的钟老校长和程老师就是钟成的父亲和母亲，他们在一中教了一辈子书，直到退休才从学校出来到了城市里生活。

“赵校长，资助教育自当义不容辞。科兴很早以前就在各大高校设立了奖学金，专门奖励贫苦人家考上大学的优秀学生们，让他们在学习的时候没有后顾之忧。不过，我想知道咱们学校的校训是什么？”

钟成并没有直接回答赵校长的问题，而是看似不经意地问了他一个问题。

“这……这校训还真没考虑过。学校的经费一直都很紧张，除了上课，我这个校长就是到处找有关部门去要经费，还没顾得上考虑校训的事情。”

赵校长没想到钟成会问这个问题，他每天睡觉前和第二天早晨醒来后想的都是学校的经费问题，还真没想过一所学校还要有校训。

“如果不把校训搞清楚，就讲不清楚为什么要办学校，怎么样办学校，办成什么样的学校。搞不清楚这个事，我就不能给你捐钱。”

钟成从沙发上站了起来，脸色看起来有些严肃。赵校长本来就有些紧张，见钟成站了起来，以为是钟成拒绝捐款、起身送客的意思，连忙也站了起来，脸上的表情很不自然，失望之情溢于言表。

“你不要着急。你要说不清楚，我来帮你说清楚，我找朋友来帮你说清楚，然后你们都认可，就按这样做，我就支持你。”钟成见赵校长一脸惶恐地也从沙发上站起来，知道他误会了自己的意思，连忙拉着他的手让他重新坐下。“校训是一所学校的灵魂，代表着学校的价值观和办学理念，对老师和学生都有潜移默化的影响，是一所学校最终能够传承下去的历史和文化积淀，能激励一代又一代教师和学生去奋斗终生。”

“钟总，我理解您的良苦用心。您看这事找谁帮助合适？”

“我明天正好要去北京开会，如果你时间方便，就跟我一起去吧。我找一些北京的朋友一起帮你出出主意，你看怎么样？”

“没问题。我本来这次出来就打算多跑几个城市的。”

两天以后，北京西城一个四合院里，整整齐齐摆了一排长桌，桌子两边是木制的太师椅，两两相对。正对着长桌的墙上挂了一个宽大的幕布，投影机已经打开，幕布上显示出“科兴与教育”的字样。

钟成和赵校长站在院子门口，热情洋溢地招呼着每一位到来的客人。每来一位客人，钟成都要隆重地介绍他们和赵校长认识，赵校长都要惊讶半天，似乎有些不敢相信。这些客人中有四位政府领导、一位院士、十位企业家、四位教授，还有两位文化界名人。这些人的名字赵校长几乎都知道，不过只是听闻而已。现在竟然可以在一起握手寒暄，简直如在梦中一样。

大家都坐下以后，钟成站了起来，笑容满面地对大家说：

“今天请了这么多朋友来，是想请大家帮个忙。刚才大家都有些疑问，说老钟平时都深居简出，这次搞这么大动静，是不是出了什么大事？你们都猜对了，今天的确有件大事请你们帮忙，就是给我的中学母校出谋划策，制定校训。”

听钟成讲到这里，除了赵校长以外，大家都有些如释重负，气氛一下子活跃了起来。

“老钟，原来是定校训啊，怎么搞这么大动静？害得我们都在瞎猜，还不好意思问你，哈哈。”

“不好意思啊，没有事先告诉大家。校训其实就是一所学校的价值观，不仅对学生有重要影响，而且对老师和学校也都有指导意义。百年树人。教育要面向未来。我希望我的母校能办成百年名校，世代传承。要踏踏实实办学，不能务虚，要担当起时代和社会赋予的责任。明确了学校的办学宗旨和校训，就是赋予了这所学校一个不朽的灵魂，同时也指明了学校发展的愿景和方向，因此我认为明确校园文化和价值观比捐款更重要。哲学和理念的问题是最深层的问题，这个问题不解决，教育问题就无法从根本上解决。所以，我就替赵校长请大家来一起为我的母校制定一个校训。首先呢，每个人面前都有一些资料，是我安排收集的全国177所高中、美国26所高中，还有全世界37所大学的校训，大家可以进行分析对比。过一会儿，我就给大家播放一下我的母校的视频资料，看完视频以后，请各位把自己的方案写在纸上，会有工作人员帮助收集整理。拜托各位了。”

钟成讲完，微笑着给大家鞠了一躬，然后回到了座位上。

在座的30多人听完钟成的话，积极性和责任感一下子都被调动了起来。大家一边翻阅资料一边兴奋地相互交流，现场气氛异常热烈。

钟成收集的资料特别多，中国著名学校的校训全齐了，甚至还有一些民国时候的校训。直到傍晚时分，华灯初上，大家辛苦了一天终于讨论出了三种校训方案，分别是：立志，崇实，担当；视野，意志，品格；放眼世界，自强不息。

简单的自助餐以后，大家在四合院里挑灯夜战，继续兴致勃勃地讨论校训方案，最后终于决定把“立志，崇实，担当”作为校训，把“视野，意志，品格”作为钟成对母校年轻学生的寄语，把“放眼世界，自强不息”作为学校的办学理念。

会议的最后，在大家热烈的掌声中，钟成宣布向母校捐款1000万元。他非常动情地说：

“钱学森先生曾经有一个发人深省的灵魂之问：为什么我们的学校总是培养不出杰出的人才？一个国家要培养杰出人才，关键还是在教育。我国这几十年来教育发展很快，但是投入依然不够，学生也没有培养出积极的创造意识和独立自主的批判精神。国家长期发展需要坚持创新，创新的根源恰在于我们的教育，在于我们的每一位中小学老师。再穷不能穷教育，再苦不能苦孩子。只有重视教育才能振兴中华。一个资源贫乏的国家，唯有从孩子们的大脑里，挖出大森林、大油田、大煤矿……才能长久地屹立于世界民族之林。我们已经富起来了，必须要大力投入教育事业，从小学开始，从贫穷落后的农村开始，从关心每一位老师开始，真心实意地关心教育，扎扎实实地发展教育。我们国家未来的希望就在文化和教育，我们不能只关注搞产业，因为很多产业可能两年或者三年就没有了，但教育的成长是连绵不绝的，一旦教育这片土壤肥沃之后，未来种什么庄稼就会长什么庄稼。”

在教育界非常有名望的专家冯实也站起来激动地发表了自己的感想：

“为了一所中学的校训，钟总请来了这么多领导、专家和企业家出谋划策，让我大开眼界，也非常感动。我们要学习钟总，不仅要物力支教，还要智力支教。企业家中为教育捐款的人并不少，但是对教育这么较劲、这么当真、这么坚持、这么用心的人还真的不多。我至今还没有见过一个人，哪怕是大学校长、教育专家，在一个校训上花这么大精力。钟总今天让我由衷地敬佩。谢谢。”

著名企业家柳伦也和大家分享了自己对钟成的印象：

“我对钟总的印象就两个字，第一个是大，第二个是轴。为什么说大呢？块头大，格局大，视野大。就校训这件事，我觉得他做得好，我很感动，因为一件事做得好不好不在于钱而在于理儿；不在于事，而在于它的起源和发心。还有就是轴，这个轴就是坚持，在一个理儿上较劲。一旦较上劲了，就倾尽全力把这件事搞定，做透。所以他能够三十多年如一日，坚持他自己内心的理儿和那个劲，然后埋头苦干。就像他研究这个校训一样。这么较劲的事，不大容易能做出来。真正好的企业家，一定是有原则的，有自己的理儿的。这个东西我们把它叫作价值观，是一个企业立身的根本，也是它的护身符。我们跟钟总的差距，就是我们在一些理儿上，不够较劲，不够往深里凿，不够当真，不够坚持，不够用心。”

在大家热烈的掌声中，赵校长走到钟成跟前，紧紧地握住他的手，有些激动而又惭愧地说：

“钟总，我差点误会了您，以为您不舍得为母校捐款，真的很抱歉，同时也真的很感谢您。我一定牢记您的嘱托，按照我们的校训和办学理念，把学校办好！”

钟成禁不住哈哈大笑，风趣地对赵校长说：

“赵校长，其实好多人都知道，我的确是个很抠门的人。但是对客户，对员工，我从来不抠门。对教育事业，我就更不会抠门喽。”

小小的四合院里，灯光璀璨，树影婆娑，欢声笑语，大家相谈甚欢，久久不愿离去。

“钟总，这可是科技界千载难逢的大事啊！全国科技创新大会、两院院士大会和中国科协第九次全国大会同时召开，而且只邀请了您作为民营企业家代表发言，您怎么能把机会让给别人呢？”李方手里拿着一沓资料，站在钟成面前，说话的声音有些激动。

华芳菲、毕胜、周军锋、李国栋和郑扬帆等人都把目光投向了正在沉思的钟成，希望他能尽快表态。

“这次的科技创新大会‘三会合一’，在中国科技史上有着无比重要的意义，能够邀请科兴作为民营企业代表做典型发言更是国家给予的至高无上的荣誉。我年龄大了，要不要这些荣誉都无所谓了。这些年来我一直对成功视而不见，刻意淡泊名利，只想一心一意做企业。1978年，我曾经作为代表参加过全国科学大会，那时坐在后排的我，还在为我的父亲能否平反、自己能否入党而忧心忡忡。三十多年来，我们国家发生了天翻地覆的变化，国强民富，人才辈出。这一次科技创新的盛会又邀请了我们科兴参加，我是想让你们去现场感受一下，这不仅是时代的脉搏，更是时代的号角，是时代的最强音。我看最好是由我们的轮值副董事长去接受这个至高无上的荣誉，因为这个荣誉不是给予我们哪一个人的，也不是给我的，而是给予科兴这个大集体的。轮值副董事长在轮值期间，就是代表科兴公司行使经营管理权，他有这个资格去代表公司发言。”

钟成说出的理由大家其实都很清楚，自从创立科兴以来，钟成一直都是如此，只要是出头露脸、增光添彩的事情，他总是想方设法让给别人，自己却躲得远远的。

“钟总，会议的重要性我就不再啰唆。科兴可是您一手创立的，能够发展到今天也是您带领大家做到的，所有人都知道您是科兴的创始人和掌舵人。这次国家给予科兴，给予您这么大的荣誉、这么高的肯定，您如果都不亲自参加会议，是不是说不过去？如何向大家交代？您有您的理由，我今天也请您和各位领导支持一下我的工作。”

李方一改平时的沉稳大气，说话的语速很快，白皙的脸上微微有些泛红，看得出来她有些生气了。

“钟总，李方的意见我们几个都赞同。参加这样高规格的国家会议不是您一个人的事情，而是关系到所有科兴人的事情，而且还会关系到国家的创新发展战略，因为这次会议将会有力地向外界传达国家对于科技创新的重视程度，向全世界宣告中国的国家发展战略。这个会议您必须参加，而且要极为重视，因为您在会议上说的每一句话都会产生重大影响。”

华芳菲先看了看会议室里的毕胜、周军锋、李国栋和郑扬帆，然后注视着钟成，语气坚定地对他说。

钟成的脸上忽然现出一丝尴尬的表情，不过很快又恢复了原来的平静。他向前探了探身子，端起面前的茶杯，喝了一口茶，轻轻咳嗽了一声，轻声说道：

“看来我想退休的想法还是很难实现啊。不过，既然你们非要把我推到前面去，我也没什么可说的。都是为了工作嘛，我必须服从组织的决定。我现在必须支持李方的工作，要不以后她会给我脸色看，让我在媒体面前出洋相。哈哈。你们现在可都是我得罪不起的人啊。和我相比，你们是科兴的年轻一代，担负着重要的职责和使命，我以后就是要为你们服务的。李方，既然这次会议意义重大，我们一定要准备好发言的材料。我的想法是篇幅一定要短，语言一定要平实，接地气。一定要说真话，而且要用数据说话。在领导和专家面前，不能搞高大上，更不能搞假大空，我们就是要谦虚谨慎，老老实实做个小学生。这个材料我就不麻烦你们写了，我自己来写。写完以后你们替我把把关就行。你看怎么样？”

李方见钟成忽然态度大转变，不仅答应参加会议，而且还要亲自写材料，还要让她把关，跟小孩脾气似的，真有些哭笑不得。不过，她来科兴二十多年了，知道钟成有时候脾气火暴得像凶神恶煞，有时候又和蔼可亲，如和风细雨，有时候固执而又狂热，有时候平实而又理性。不过，他毕竟是个胸怀宽广、深明大义的人，对外开放，对内妥协，对人宽容。“灰度哲学”不就是钟成写给自己的座右铭吗？

“钟总，您这态度变化得太快，我心理上还没有做好准备呢。就知道您不会不答应，让我难堪的。谢谢您支持我的工作，我们现在就全力准备这次会议。会议材料呢，您写您的，我也让公共关系部准备一份备选的，做到万无一失。您看还有什么吩咐？”

“科兴现在处于一个特殊时期，连我也有些迷茫。这段时间我一直在苦苦思索，我们下一步应该怎么办？我最近一直在说‘红过十分就成灰’，不仅是要告诫大家，也是在告诫自己。世界上的一切都是辩证的，都是有规律可循的，我们要敬畏常识，敬畏自然规律。你们公共关系部要把握工作节奏和工作方向，不要被外界的喧嚣所影响，更不要给自己灌迷魂药，唱赞歌。要坚持实事求是，坚持理性和平实。”

“钟总，我理解您的意思，您放心。”

当天晚上，等到夜深人静的时候，已经思考多时的钟成把自己关在书房里，摊开稿纸，拧开钢笔帽，开始伏案疾书。明亮的灯光下，他时而脸色凝重，时而自然轻松，时而眉头紧皱，时而起身踱步，等到窗外的天色渐明时，他才如释重负地写上最后一个句号。

“快看，快看，电视里正在播放全国科技创新大会，国家领导人正在发表重要讲话。”

“据说钟总也会在会上发言，是真的吗？”

“那还有假，你过一会儿就知道了。”

科兴龙岗基地员工餐饮中心，正是中午时分，大家一边吃饭一边看电视新闻。电视画面一转，出现了钟成在庄严隆重的人民大会堂发言的镜头。只见钟成西装笔挺，表情庄重，满面红光，双眼直视前方，虽然普通话不太标准，但是铿锵有力，掷地有声。

餐饮中心内忽然爆发出一阵热烈的掌声，正在吃饭的员工纷纷放下手中的餐具，不约而同地站起身来兴奋地鼓掌。

新闻之后，电视上不一会儿又出现了一个专访钟成的镜头。面对众多记者的摄像镜头和采访话筒，钟成显然还沉浸在科技创新大会的兴奋之中。

“国家领导人今天的讲话说出了科技工作者的心声，引发了现场很多次热烈的掌声。建设科技强国时不我待。我们今天是得到了未来方向的指引，我认为我们未来发展一定会更好。为什么一会儿又鼓掌、一会儿又鼓掌、一会儿又鼓掌？因为大家肯定都是很高兴，要不怎么会鼓掌？我最主要还是对大国的精神感到兴奋，我认为这些东西会对国家未来几十年产生巨大影响。

“中国现在又冒出来很多企业，其实也跟科兴一样，都是专心致志做一件事的。一个人一辈子能做成一件事已经很不简单了，为什么？中国13亿人民，我们这几个把豆子磨好，做成好豆腐，你们那几个企业好好去发豆芽，把豆芽做好，13亿人每个人做好一件事，拼起来我们就是伟大的祖国。”

“哈哈……老板又在说磨豆腐，发豆芽了。”

“老板总是拿磨豆腐和发豆芽做比喻，谦虚低调务实，接地气。赞一个！”

“钟总跟过去比真的改变了很多，不但去开了会，发了言，还接受了电视采访，真不简单。”

“看得出来国家开始动真格的了，对科技创新的重视力度越来越大了。”

…………

餐饮中心内群情激动，大家有的鼓掌，有的议论纷纷，好像过节一样热闹。

刚刚陪同钟成参加完创新大会的李方心情更为激动，钟成自己写的发言材料不仅有关部门一字未改，而且得到了参会者的交口称赞。

“钟总，您今天的发言太棒了！很形象，很有力，很接地气，很能打动人。”

“作为一个科技工作者，真心觉得这个会开得特别好。钟总的数据和判断都很令人信服。我想跟您合张影，您看可以吗？”

很多参会代表特意跑到钟成面前，不仅称赞他的发言，而且还热情地邀请他合影留念。钟成满面笑容地一一满足了大家的要求，才与李方等人起身离去。

2016年11月中旬，全球性通信技术标准化组织3GPP（第三代合作伙伴计划）在美国雷诺召开会议，经过与会者连续熬夜激战，科兴等中国企业主导的编码技术终于在5G核心标准上扳回一局，正式成为5G增强型移动宽带场景的控制信道编码方案。

到目前为止，经过两次激烈的争论，在5G增强型移动宽带场景上，科兴等中国企业主导的P码和美国企业主导的L码平分天下，前者成为信令信道编码方案，后者成为数据信道编码方案。P码和L码一起历史性地走进蜂窝移动通信系统。

这是一个激动人心的历史性时刻，不仅让多年来在P码研究上持续投入的科兴看到了胜利的曙光，也是中国企业首次实现在国际移动通信标准中拥有话语权。

消息传出后，国内媒体立刻发起了一波铺天盖地的宣传，国人也为之振奋不已。钟成却保持着异乎寻常的镇定，科兴对此的反应也异常平静。因为激烈的标准之争只是刚刚开始，从标准入选到成功商用，还有相当长的一段距离。现在就谈成败得失，为时尚早。只有远离喧嚣和浮躁，才能静下心来认认真真地做事。

2016年年底，科兴内部刊物刊发了一篇名为《一次付款的艰难旅程》的文章，文章主要反映的是科兴内部财务审批流程太复杂、财务人员经常设阻力、财务对业务的服务不到位等导致公司业务效率低下的问题。文章刊出以后，立刻在科兴员工网络论坛“心灵社区”里引发热议，大家纷纷吐槽，大倒苦水，反映自己在工作中遇到的问题，甚至有员工直指财务部门成了公司中的衙门，太官僚。

“心灵社区”是钟成批准设立的员工内部论坛。他喜欢跟员工打交道，希望能听到大家的真实心声，设立论坛的目的就是要将之作为自己了解公司运作的一个渠道。论坛实行匿名制，而且执行得非常彻底，任何人想去了解发帖人背后的真实身份，必须经过钟成本人批准。员工可以不用担心被报复而发出真实的声音，甚至可以骂钟成本人。

希望财经体系的人，不要为了管而管，要真正站在业务和客户的角度思考问题，真正地摒弃表面的繁荣，追求业务真实性。

财务内控折腾死人啊！一个问题翻来覆去地搞，澄清了之后下个月还搞，业务实质从来不闻不问，天天都在证明你妈是你妈，影响报表的一切问题随时想加就加。多年前的旧账都往外翻，人都换了几茬了，背景都无从说起的项目还得翻出来搞。

从实际项目的情况来看，财经体系确实存在比较严重的问题，比如财经发现某项目的收入和成本归集错了，影响了这个项目和相关部门的真实损益数据。现在，财经采取的做法是：一是不允许你调整；二是如果项目和业务部门坚持调整，那就收取一定的调整手续费。因为财经的这个要求，导致很多代表处和项目部，明明发现了问题，都不去调整了，而使数据的真实性存在严重问题。这难道不是本末倒置的做法吗？

钟成再一次发怒了！他针对此事立刻安排总裁办公室面向全体员工发了一份由钟成亲自签发的邮件：

据我所知，这不是一个偶然的事件，不知从何时起，财务忘了自己的本职是为业务服务、为作战服务，什么时候变得这样颐指气使？忘记了“皮之不存，毛将焉附”的道理？

我们希望在员工论坛上看到财经管理团队民主生活发言的原始记录，怎么理解以客户为中心的公司文化？我常感到财务人员工资低，拼力为他们呼号，难道呼号是为了形成战斗的阻力吗？

从邮件中可以看出，已经年逾七十的钟成对财经管理团队的愤怒和失望之情。作为钟成的女儿，郑扬帆怎么能不明白他此时此刻的心情？流程冗长、执行僵化、官僚作风、部门壁垒、马屁文化等已成为科兴内部难以回避的"大企业病"，已经到了必须予以高度重视、严加整顿的时候，否则，不可预知的灾难随时都可能降临。很快，一份财经管理部工作检讨和整改报告以会议纪要的形式发给了全体员工，郑重表态要"痛定思痛，认真整改，融入业务，贴近服务"。

事件平息以后，很快新年就要到来。按照科兴的内部传统，每年年末钟成都会和各个部门坐下来，聊一聊这一年的成败得失，尤其是让主管们谈一谈工作中存在的问题和明年的工作思路。

第一场座谈会，钟成特意安排了郑扬帆主管的财经体系。结果在这次座谈会上，钟成只听到了两种声音，第一种声音花了绝大部分的时间来总结业绩，只用一点点时间来谈了一个不痛不痒的问题，然后草草结束。第二种声音专讲高大上，人工智能技术讲了好几遍，财务共享理念讲了好几层，貌似已经探索到最尖端的前沿，但就是不讲实实在在的工作做得如何。要么邀功请赏，要么避实务虚，这就是世界第一大信息通信设备制造商财经管理干部的真实水平？

座谈会刚开始时，钟成布满皱纹的脸上还带着几分笑意，听完几位财经管理干部的发言后，钟成的脸色越来越难看。郑扬帆见钟成脸色铁青，双唇紧闭，眉头紧锁，面无表情，知道他对这次座谈很不满意，连忙笑着说了几句圆场话：

“到目前为止财经体系虽然已经建立了完整的制度和流程，但是对业务的融入还不够，服务也不到位，没有从业务的角度来看问题，出现了很多低级问题。我们正在抓紧整改和落实，明年一定要提升管理水平，提升服务水平，为业务部门提效赋能。我代表财经管理体系恭祝公司经营管理团队和全体员工新年快乐。”

“如果财经体系的干部团队就是这样的水平，我们还过什么年？不要以为公司现在大了，就可以高枕无忧了。如果不持续提高管理水平，不持续提高工作效率，我们就一定会得大企业病，就会逐步失去生机和活力，最后被市场淘汰。我一直在说，财务人员要懂业务，如果不懂业务，就只能提供低价值的会计服务。必须要有渴望进步的自我动力。没有项目经营管理经验的财务人员，就不可能成长为CFO（首席财务官）。称职的CFO应随时可以接任CEO（首席执行官）。你们一定要参与项目管理，参与经营分析，参与预算预测。只有这样，你们才有可能真正融入业务，能够从业务的角度考虑财务管理工作。如果你们把自己当成权势熏天、耀武扬威的官老爷，当成指手画脚、不干实事的伪专家，那我们就不用过年了，因为我们随时都有可能关门解散。公司都快垮了，我们还过什么年？”

在座的人谁也没有想到，钟成会突然发飙，而且话说得很难听，批评的力度也是前所未有，几乎没有为郑扬帆留任何情面，就差指着她的鼻子破口大骂了。在所有财经体系干部团队面前，受到钟成如此严厉的批评，郑扬帆忽然觉得鼻子一酸，眼泪开始止不住地在眼眶里打转。她忽然有一种想夺门而出的冲动，有一种想号啕大哭的感觉，不过，她毕竟是郑扬帆，是钟成的女儿，她必须要接受这个严厉的批评，哪怕她再委屈，再无奈，也要坚强地扛下去。

“钟总，我代表财经管理体系虚心地接受您的批评，非常抱歉，让您和经营管理团队失望了，我愿意接受公司对我的任何处罚。我们郑重地承诺，有信心做得更好。请大家相信我们。”

郑扬帆的脸色略微有些涨红，但还是强忍着泪水，微笑着向钟成和经营管理团队成员做出承诺，湿润的双眼里，透射出一种自信和坚毅之光。

第十五章　高歌猛进

二十年的坚守，终于收获了胜利的果实！望着手中轻盈精致而又沉重无比的中标通知书，姚远和科兴俄罗斯代表处的伙伴们禁不住紧紧相拥，喜极而泣。

莫斯科不相信眼泪。对姚远来说，这是来之不易的胜利之泪。这份中标通知书不仅标志着科兴无线设备经过艰苦卓绝的努力，终于可以应用在俄罗斯首都莫斯科的核心区域，而且也见证了姚远十多年来所经历的酸甜苦辣和风风雨雨。

“永不言弃，做好自己，坚信努力就能创造奇迹。”

十多年以来，无论遇到多大的困难和挫折，姚远都这样默默告诫自己。现在，他已经从当年的毛头小伙成为两个孩子的父亲，才真正理解了“坚守”这两个字的意义。无论身处何种境遇，都要相信“相信”的力量，只有相信，才会有无穷的动力。

2006年的年末，从小生活在中国南方的年轻小伙姚远被派到了科兴俄罗斯代表处做产品经理。俄罗斯代表处成立于1997年，是科兴启动国际化战略以后在海外建立的第一批驻外机构，首任代表就是曾经负责科兴海外业务的李国栋。

从温暖如春的中国南方来到冰天雪地的莫斯科，姚远不仅没有感到不适应，反而异常兴奋。他在零下15摄氏度的天气里和假期值守的伙伴们疯狂地踏雪踢球，去耳闻已久的红场滑冰狼狈不堪地一次又一次跌倒，在零下30摄氏度的深夜里蜷缩在郊外老旧的苏式宾馆里瑟瑟发抖……半年以后，姚远忽然接到了一张去乌克兰出差的通知。

接到通知以后，姚远打点行装，欣然前往。没有想到，他这一去就是六年多的时间。

当时乌克兰一家移动运营商正在进行波分骨干网招标，之前这家运营商还没有与科兴合作的先例，因此派姚远前去就是为了配合当地的客户代表完成这次市场突破。

2007年4月一个寒冷的夜晚，刚与客户交流完的姚远回到公寓后听到大门外有急促的敲门声，还夹杂着含混不清的呼喊声。他仔细听了一下，似乎是用俄语在喊“我是楼上的住户，忘了带钥匙”。他赶紧穿上厚厚的羽绒服，冒着风雪打开了公寓的大门，结果刚走到楼道里，这位忘带钥匙的“住户”就用冰冷的手枪顶在了他的后脑勺上。万幸的是，这位不速之客把姚远的电脑、手机和钱包洗劫一空后，并没有再做过激的行为。持枪的歹徒溜走后，姚远并没有感到害怕，而是一直在懊悔为什么不把电脑放在更隐蔽的地方。直到第二天本地同事知道消息后，跑过来安慰他，他才感到脑后冰凉冰凉的，好像那支枪还顶在那里。

“这段时间非常敏感，一定要警惕年轻的狂热分子们做出各种不理智的举动，必须要确保安全。我劝你还是回俄罗斯吧，那边会好一些。”

热心的同事直盯着姚远的眼睛，非常关切地说。

“谢谢关心，我还是留下来继续支持项目吧。如果有需要，我现在就申请转为常驻乌克兰，和大家一起奋斗。”

年轻的姚远正值血气方刚，这点挫折非但不会让他认输，反而激发了他的无限斗志。主管很快就同意了他的转岗申请，同意他常驻乌克兰。接到消息后，姚远甚至没有回俄罗斯去收拾行李，就打了个电话让出差的同事捎带过来，马上开始工作。

和同事们一起冒着严寒去给客户做技术宣讲，一起通宵达旦地为客户做解决方案，一起绞尽脑汁地做标书……时间过得很快，乌克兰的业绩也突飞猛进，到了2008年，乌克兰代表处已成为科兴在海外的一级代表处。姚远所在的部门人员配备一度达到20多人，可谓兵强马壮。

因为突出的业绩表现，姚远被提升为固网行销主管。正当姚远踌躇满志的时候，金融危机爆发了。乌克兰货币贬值过半，运营商投资急剧下滑，代表处遭遇严重危机，团队人才流失严重。

危局之下，如何才能稳定军心？如何才能带领团队走出困境？

姚远苦苦思索之后，明白靠自己一个人的力量毕竟有限，凝聚团队的力量，除了靠团队建设和奋斗精神外，更重要的是需要一场胜利，而且必须是大胜，才能鼓舞士气。危难时刻，除了胜利，其实已经无路可走。

正在这个时候，经历两次发标又流标的某运营商无线“交钥匙”搬迁项目第三次发标。经过和团队成员商议后，他们决定，必须拿下这个项目！

接下来，从要不要搬迁无线，到要不要搬迁无线和微波，项目组和客户反复沟通，最终说服客户选择了科兴的方案。微波作为科兴刚上市两年的新产品，最终打消了客户内部的质疑，与无线产品形成协同优势，击败主流对手，独联体第一个无线、微波、服务搬迁“三合一”的“交钥匙”项目就这样在乌克兰轰轰烈烈地展开。这个项目酣畅淋漓的胜利，不仅提振了团队士气，更在经营指标上雪中送炭，让姚远顺利度过了这次危机。

金融危机后乌克兰元气大伤，通信市场被看作“盐碱地”，短期之内不会再产出“粮食”。2013年，在乌克兰坚持了六年之后，姚远又被调回了俄罗斯。此时俄罗斯的市场环境已经发生了很大的变化，3G网络格局初定，4G招标烽火再起。2014年某运营商微波招标，成为姚远在俄罗斯负责的第一个公司级项目，项目规模很大，吸引了大小十多个厂商参与。项目运作初期，风险因素很多。

姚远自信满满地去和客户做技术交流，客户的一句话让他立刻心凉了半截：“我们做微波规划时频率需求经常有变动，子频段可调技术对我们做规划很重要，请问科兴有没有这种产品？”

“目前我们还没有这种产品，因为业界对这个需求还不普遍。”姚远无奈地回答，心里却憋了一口气：客户竟然用友商独有的技术来提要求，这是完全不看好科兴吗？

形势异常严峻！没有技术优势，没有客户关系，没有价格优势，接下来的这场硬仗该如何打？短暂的沮丧之后，姚远和同事们仔细分析优势劣势，多次去站点调研，发现由于当地政策法规等因素，客户说的情况确实普遍存在，如果子频段可调就不需要更换硬件，利于客户简化网规、规避政策风险。事实胜于雄辩，客户的需求是真实合理且普遍的，只有满足客户的需求才有可能拿下这场战役。

无奈之下，姚远只好去争取公司总部的研发资源，在多轮汇报之后，总部认可这是一个未来的蓝海市场，同意立项开发宽频产品，时间点也能满足客户的交付需求，炮火终于呼唤到了。宽频产品的路标匹配成了扭转整个战局的关键。此后，客户更理性地审视了各厂家微波的整体研发实力、路标演进能力，并择优选择三家做了试验局。科兴的微波测试综合排名第一，尤其是长距离、大带宽的场景测试非常成功，客户干脆在中长期网络规划中把微波提升到了和光纤场景并列的一个战略高度。最终，科兴成功中标三年框架，获取第一份额，并拿下价值城市圣彼得堡，微波产品首次独家进入俄罗斯首都。

2015年下半年，姚远被调入无线系统部担任客户解决方案部部长。当时客户历时一年多的无线全网招标刚刚结束，五个主流厂家出演，科兴作为仅剩的两个中标厂商之一，份额有所提升，但丢掉了价值城市圣彼得堡，无线搬迁项目也面临大幅度亏损。

严峻的形势面前，比拼的就是战略定力，但是前提是要把自己做到最好。姚远决定主动出击，无论是举行高层战略峰会，还是中基层技术交流，始终抓住客户不同阶段的痛点和诉求进行深度定制，获得客户上下一致认同。科兴提出的4.5C标准分层组网理念，被客户纳入价值城市的发展需求，面向5G的中长期演进方案也契合了客户的战略规划。科兴在全俄的搬迁交付实践，尤其是在保证用户体验的前提下，搬迁有效提升了4G流量，刷新了客户对可靠交付的重要性的认知。

天道酬勤。机会总是青睐有准备的人，善于创造机会的人更能把握机会。经过长期艰苦卓绝的奋斗，科兴产品突破莫斯科大环线，进入核心区域的梦想终于在2017年春天得偿所愿，所有的奋斗和坚持都为迎接创造历史的那一刻到来。姚远手里这份来之不易的中标通知书，不仅是对大家九天八夜通宵达旦竞标的肯定，更是对姚远团队两年多以来坚持不懈的最好回报。

望着办公桌上摆放的“奋斗者”和“总裁特别奖”奖杯，再看看手里的中标通知书，激动不已的姚远禁不住热泪盈眶，浮想联翩……

随着云计算在全球范围内掀起热潮，一种新的经济增长动力正式走上历史的舞台，企业云服务之间的竞争也越来越激烈。

2017年初春，科兴内部发文宣布组织架构调整，将云业务部门升为一级部门，使其获得更大的业务自主权，更加专注于云计算的开发。云业务正式成为继运营商业务、企业业务和消费者业务之外的第四大业务单元。

消息传出以后，立刻引起了市场的广泛关注。有人认为，这体现了科兴在“云领未来”和数字化转型时代的战略决心。还有人认为，“科兴云”的出现将会完全改写国内的公有云市场。

“不鸣则已，一鸣惊人”，对于一直坚持厚积薄发战略的科兴来说，这句话非常贴切。

金秋十月，科兴在柏林展会上正式发布全球首款内置神经元网络单元的人工智能处理器。科兴智能手机新品发布会紧随其后在德国慕尼黑举行，气定神闲、信心满满的杨浩宇在现场正式发布科兴年度旗舰M10系列手机，成为首款加载人工智能芯片的手机，为消费者带来了真正意义上的、足以称为由AI（人工智能）主导的智能手机。

在亮丽的成绩面前，钟成依然保持着清醒的头脑，在半年度业务工作会议上，他的发言延续了一如既往的平实风格：

“我很高兴，科兴现在已经展现出了新的形象：踏踏实实做事，向一切优秀的人学习。面向未来，科兴要强化干部队伍建设，持续改进工作作风，坚持自我批判，建立一支有铁的意志、铁的纪律、思想活跃、生龙活虎的奋斗队伍，从铁的奋斗洪流中选拔成千上万的接班人。

“高级干部内心强大的表现是经得起批评，真金不怕火炼。世界上肯定会有不同意见，我们一定要有战略自信，这个自信首先是不怕别人批评。本来这个世界上就不可能人人都说你好，更何况一枝独秀呢？公司更要如此，别背上荣誉的包袱。多听听别人的批评比接受表扬的麻药好。高级干部要有强大的心理、开放的胸怀，才能迎接更大的胜利。我们接纳所有意见，吸取有益的部分。能量不一定都是好的，要去粗取精，去伪存真，由此及彼，由表及里。

“科兴最强大的一点是建立了无生命的管理体系，技术会随着时代发展被淘汰，但是管理体系不会。科兴活下来，才能使管理体系生存下去，这是我们的宝贵财富。

“我们处在一个伟大的时代，已经站在一个良好的平台上，我们要立志为人类的发展做出贡献。千古兴亡多少事，不废江河万古流。多少公司在繁荣鼎盛时期轰然倒下，鲜花的背后可能是墓志铭。别人的教训，就是我的座右铭。但愿我们科兴鲜花的后面，仍然是绿茵。”

9月初，科兴“心灵社区”中一篇名为《寻找加西亚》的帖子迅速蹿红。起因是一名叫孔贤生的科兴前员工，2014 年被破格提拔三级后，由于受不了令人窒息的压力，无奈之下从科兴离职。帖子中说道：“是公司错了，是公司对不起你，不是你的问题。回来吧，我们的英雄。”

发帖人还建议，“科兴要形成一种英雄辈出的机制、英雄辈出的动力、英雄辈出的文化。要紧紧揪住英雄的贡献，盯住他的优点，而不是纠结英雄的缺点。”还有帖子直接指出：“像孔贤生这样一心为了胜利、爱说真话、容易得罪人的干部和专家在科兴越来越难以生存。”

令人意想不到的是，第二天科兴总裁办就发送了由钟成签发的电子邮件，真诚地呼唤孔贤生回归。邮件正文中连续追问：“为什么优秀人物在科兴成长那么困难？破格三级的人为什么还要离开？要依靠什么人来创造价值？为什么会有人容不得英雄？科兴还是昨天的科兴吗？为什么不能破格让他们走上主官，为什么不能破格让他们担任高级专家与职员？为什么不能按他们的实际贡献定职、定级？”

外界媒体也迅速行动，纷纷以《钟成致歉一离职员工：你回来吧，是公司错了！》为标题报道此事，引起业界极大关注。

三日后，钟成在科兴英国代表处检查工作时强调，科兴要大力提拔爱说真话的干部。接下来，钟成在捷克代表处、俄罗斯代表处、加拿大代表处等地多次重申，科兴要关注爱说真话、容易得罪人的干部，他们也是科兴的英雄。

10月中旬，科兴第四季度地区部总裁会议在龙岗基地召开。地区部是科兴组织架构中的计划和作战单元，除了财务和审计，科兴项目实施的大部分权力都已下放到地区部，所以地区部是科兴非常重要的一线组织。

“历史上破产的公司从来没有说是一点点垮的，都是兵败如山倒，像雪崩一样迅速。所以，我们不想崩溃，就要进行整改。在整改过程中，不要影响冲锋陷阵的积极性，我们要激发出战斗活力，让大家把工作干劲爆发出来。将来项目指挥权和决策权前移，我们的干部要敢于说真话，真正做实事，不要怕得罪人，不能再编故事来自己骗自己。公司一直强调，主官必须讲老实话、做老实事，目标紧紧盯在胜利上。业务人员不允许作假，真实性要从源头抓起。我们一定要重视经营质量，不要把明天的东西放到今天，不要把今天的东西藏到明天，公司要变得更真实。我们要把优秀干部放到战略机会点去冲锋立功，同时通过破格提拔，让一批朝气蓬勃的新生力量也走向战场。”

钟成在最后的总结发言中，依然保持了高度的危机意识，再次告诫大家，不认真整改，科兴就有可能面临崩溃的危险。

三十而立。

而立之年的科兴终于通过多年的艰苦奋斗，在2017年交上一份亮眼的成绩单，成为千亿美元量级的公司。

2017年12月月末，科兴轮值副董事长周军锋在《科兴人》上发表的新年献词中透露，2017年科兴全年销售收入预计约6000亿元人民币（约1000亿美元），同比增长约15%。

“展望未来，科兴将继续聚焦万物互联主航道，努力成为智能社会使能者和推动者。科兴未来能够继续成功的关键在于两点：一方面，战略要瞄准正确的大方向，但并不追求精确，要为适应不确定性留下调整的空间；另一方面，要让日益庞大的组织始终充满活力。”

虽然篇幅很短，但是周军锋在献词中对科兴的未来充满了信心。而立之年的科兴，对前途充满无限憧憬。

此时此刻的钟成，没有在温暖如春的深圳，而是在喜马拉雅山脉南麓的尼泊尔代表处与全体员工座谈。在大家热切的目光注视下，他深情地说：

“我经历过两次空中危险，幸亏飞行员迫降成功。你们经常乘经济舱连续飞行几十个小时，这么辛苦，我必须要谢谢你们。你们要珍爱生命，生命是宝贵的，不要做无谓的牺牲。我承诺，只要我还飞得动，就会到艰苦地区来看你们，到战乱、瘟疫……地区来陪你们。我若贪生怕死，何来让你们去英勇奋斗？在阿富汗战乱时，我去看望过员工。利比亚开战前两天，我在利比亚，我飞到伊拉克时，利比亚就开战了。我鼓励你们奋斗，自己也会去身体力行。衷心地谢谢你们。”

第十六章　再踏征程

望着办公室门后贴着的几张报纸和图片，钟成陷入沉思。那上面都是他长期关注的问题，需要每天都能看到以达到自我警示的目的。上面有他十多年前在龙岗基地刚启用时签发的“对钟成罚款4万元”的公示，当时因为他要求在高级培训中心楼外建了一个亭子，结果造成了浪费。有科兴董事会领导下的经营管理团队和事业部运行模型图，提醒他要时刻重视决策的科学性。还有一张《南方周末》，头版的文章是《十万代课教师的最后一道“证明题”》。

“钟总，这一次全面审计，我们发现财经体系的账实相符和账务改进成效显著。170个国家的账实相符，170多种货币，近万亿美金的流通量，差错率比银行低100倍，很多客户评价说我们比银行的水平高。不过，我们在不少的经营单位也发现了问题，包括一些分公司和代表处。主要表现在有些经营单位在达成本年度目标的情况下，通过运作把订单的签订时间延迟到下一年度。还有少部分经营单位为了达成本年度考核目标，通过运作把签订订单的时间提前到本年度。严格来说，这就是经营质量事故，影响了我们财务数据的真实性，违反了经营考核制度的权威性。”

审计部部长郑燕简要地汇报完2017年年度经营管理审计的状况，然后把详细的审计报告递到了钟成手上。

“董事长也看过了吧？今天参会的都是董事会常务委员会的成员，大家说应该怎么办?”

华芳菲轻轻点了点头，语气坚定地说：

“这件事暴露了我们在管理上还存在很多漏洞和薄弱环节，尤其是某些中高层干部的思想还不过关，弄虚作假，投机取巧，瞒天过海，因此对这件事一定要彻查到底，绝不姑息。”

“问题出在了下面，但是根子还是在上面。越是在这个时候，我们越不能自我麻醉，推卸责任。自我批判就是要从我开始。我作为公司总裁，请求董事会同意对我罚款100万元。”

“我作为董事长，也应该接受处罚。”

“我作为轮值副董事长，必须接受处罚。”

华芳菲和毕胜接连站出来表态，愿意接受处罚。周军锋、李国栋等人也纷纷表示愿意接受处罚。

“荀子说过：‘非我而当者，吾师也；谄谀我者，吾贼也。’我一直认为，是自我批判成就了科兴。自我批判，不是自卑，而是自信。只有强者才会自我批判，而只有自我批判，才可能成为强者。尤正兴的蓝军刚刚组织了一次针对我的批评，总结了整整十条，你们都看看，不反对的话就用电子邮件发给全体员工，并且贴在员工社区，让大家广泛讨论一下。”

华芳菲接过钟成递过来的蓝军报告，见上面赫然写道：

科兴内部对于钟成的十条批评

1. 人力资源哲学思想很有创新性，但是在指导中过深过细过急，在执行中过于机械化、僵硬化、运动化，专业力量没有得到发挥。

2. 不要过早否定新的事物，对新事物要抱着开放的心态，让子弹再飞一会儿。

3. 工资、补贴、奖金、长期激励等价值分配机制需要系统梳理和思考。

4. 不能把中庸之道用到极致，灰度、灰度再灰度，妥协、妥协再妥协。

5. 干部管理要在风险和效率上追求平衡。

6. 要重视专家，强化专家的价值。

7. 反思海外经历适用的职务范围的问题。

8. 不能基于汇报内容和汇报好坏就来肯定汇报人员或者否定汇报人员。

9. 很多管理思想和管理要求只适用于运营商业务，不能适用于其他业务。

10. 战略预备队本来是干部资源池，但是在执行中变成了变相下放劳动。

这十条批评措辞看似温和，但是针对科兴以及对钟成本人存在的问题，却毫不遮掩，直截了当。看完以后，华芳菲轻声问钟成：

“钟总，这是您安排尤正兴做的吧？”

“你们大家传阅一下，没有意见的话就发给全体员工，连同这次对我和主要责任干部的罚款通知一起下发。一定要感谢骂我们的人！他们有的人不拿科兴的工资和奖金，还花时间骂我们，真诚地帮助我们进步，我们要懂得感恩。我一直在号召大家炮轰科兴，无论是内部还是外部，我们都欢迎。尤其是我们内部的自我批评，大家不要有任何顾虑，吵完以后就会达成共识，然后就回去各做各的事，工作效率反而会更高。”

钟成并没有直接回答华芳菲的问题，其实是不是他安排尤正兴的蓝军组织向自己开炮并不重要，他现在最担心的是科兴的干部队伍能否把自我批判的精神持续下去，传承下去。为了强化科兴自我批判的精神，钟成必须要勇敢地站出来，以身作则，身先士卒，去做茫茫大海中指引方向的灯塔。

2018年年初，在西班牙巴塞罗那“世界移动大会”科兴5G产品发布会现场，科兴隆重发布了全球首个5G端到端系列产品解决方案，包含核心网、承载、无线接入网、终端等产品。更加令人振奋的是，科兴在全球参加的几十个5G网络的商用测试数据表明，科兴目前的技术成熟度比行业其他公司至少领先12个月到18个月。

6月中旬，3GPP全会在美国圣地亚哥宣布5G R15标准第二阶段独立组网完成冻结。至此，世界上第一个全功能完整版5G可商用标准正式出台。R15标准主要聚焦的是增强型移动宽带，标准冻结开启了5G

商用的序幕，全球整个5G产业将进入全面冲刺新阶段。

中国工信部随即向国内三大运营商发放了5G系统试验频率使用许可，为5G商用化部署积极准备。

未来已来，时不我待。科兴人上下同欲，摩拳擦掌，一声令下就奋不顾身地冲向新的战场，攻城略地，势不可当。

“钟总，消费者事业部的员工增长很快，办公条件日渐紧张。基建部说我们在东莞的大朗基地已经建成，建议我们近期可以搬迁，我想先去那里看一下，您是不是也去检查一下？”

杨浩宇说的是实情，消费者业务发展势头非常迅猛，人员扩张很快，龙岗基地已经没有办法为其提供更多办公场地。

“我们当初在大朗建基地，主要考虑的是深圳的房价太高，公司和员工都已经承受不起。现在决定把消费者业务搬过去，也是因为你们这几年的确干得不错，业绩增长很快。我当初对终端业务的判断是有问题的，你们已经证明了这一点。对了，深圳市的领导前几天还找我，问我科兴是不是要从深圳搬走，我说，总部肯定还是要在深圳。不过，我也向他建议，深圳的房价太高了，不利于创业创新。另外，一定要重视教育，我国的教育资源严重不足，分布又不均，会影响未来的持续发展。大朗基地我去过多次了，每次都有不一样的感受。既然你们要搬过去了，我们就一起去看看吧。”

大朗基地开工建设以来，钟成一直非常关注，多次前去查看工程进度。不过，在员工正式搬迁之前，钟成还是要再去看一看。

一个半小时之后，钟成和杨浩宇等人就赶到了位于东莞大朗镇的科兴基地。基建部的负责人接到杨浩宇的电话以后，已经在门口等候。一行人进了如滨湖花园一样的基地以后，边走边听陪同人员的介绍：

“大朗基地毗邻松湖花海景区，占地1900亩，总建筑面约127万平方米，总投资100亿元，项目于2014年动工，建成后将有三万研发人员聚集于此。同时，计划把消费者事业部、科兴大学、研发中心、中试中心等功能载体搬迁至这里，推动终端业务发展。”

顺着宽阔的道路向前走，在蓝天白云、湖光潋滟的映衬之下，一座座带有浓郁欧式风格的小镇逐渐映入大家的眼帘。这些欧式小镇主要采用欧洲经典建筑风格，分别仿照牛津、温德米尔、卢森堡、布鲁日、弗里堡、勃艮第、维罗纳、巴黎、格拉纳达、博洛尼亚、海德堡、克伦诺夫等12个欧洲经典建筑修建，而且每个小镇之间都有专用的瑞士小火车连接。这些储能式环保小火车造型阳刚硬朗，色彩浓厚稳重。红色车身搭配黄铜线条，具有强烈的视觉冲击力。内饰格调高雅，古铜色实木座椅、木纹水转印墙板、铜条装饰复古灯具。

当小火车开动以后，杨浩宇感觉自己就像穿行在欧洲的古城堡之中。明媚的阳光下，绿树红花，溪流淙淙，一座座风格各异的欧式城堡掩映其中，简直有一种穿越的感觉。不过，当下了小火车进入工厂区以后，眼前的景象又为之一新，一排排现代化的厂房那白色的外墙和宽大的玻璃窗在蓝天绿树的映衬下，显得非常耀眼。

“刚刚还以为穿越回了古代，现在一下子又从古代穿越回来了。这真是时光之旅啊。”

杨浩宇有些不相信似的揉了揉眼睛，对眼前的景象大加赞叹。

“我一直希望科兴员工能拥有良好的工作环境。优美的自然环境和舒适的工作环境有机融合在一起，能让人、自然和劳动和谐共生，现在来看，这里还真是不错的选择。”钟成对此颇有感慨，转过头来问随行的行政部负责人，“员工宿舍、餐厅还有健身娱乐场馆都可以启用了吗?”

“都已经启用了。我们可以确保员工搬迁过来以后工作和生活都不受影响。包括交通工具，我们也已经做了充分准备。”

“还不错。走，我们现在就过去看看。浩宇，我看你们可以搬迁，不过要做好员工的沟通工作，分批次搬，不要让员工有情绪，也不要影响正常工作。”

“您放心，我已经做了安排。百闻不如一见。这么好的环境，我觉得他们来了肯定就不愿意走。”

杨浩宇转了一大圈下来，已经深深被这里的环境所吸引，目光所及之处，都给人一种心旷神怡的感觉。

盛夏的一个周末，万里无云，骄阳高照，天气又潮又热，让人感觉浑身都湿漉漉的，身体里有汗排不出来，又燥热又憋闷。科兴龙岗基地的一间会议室里，空调送来凉风习习，现场气氛非常热烈，科兴例行的经验交流分享会正在进行。钟成、华芳菲、毕胜、李国栋等人坐在会议室的中间，认真地聆听每位一线员工的经验分享。

“大家好，我是来自科摩罗的王耀……”

一位身材瘦削、面容黝黑、戴着黑框眼镜的年轻人站了起来，略带腼腆地向大家做自我介绍。

“科摩罗在哪儿？我还没去过呢。”

钟成听到“科摩罗”的时候，脸上立刻表现出非常诧异的表情，科兴分布在国内外的驻外机构他几乎都去过，还是第一次听到“科摩罗”这个地方。

“钟总，六年以前，我和您一样，也不知道科摩罗在哪里。我到科兴还不到一个月的时候，就被派到科摩罗工作。我当时也很纳闷，科摩罗在哪里呢？我怎么第一次听说世界上还有这个国家？经过随行同事的介绍，我才知道这个国家位于非洲大陆与马达加斯加岛之间，是一个人口大约有80万的岛国。当地经济落后，基础设施很差，我们到这个国家是要争取一个海缆项目，这个项目的意义非常重大，可以改变当地长久以来近乎与世隔绝的状态。”

“你都不知道科摩罗在哪里就接受了这个任务？你当时是怎么想的？”

钟成望着眼前这个其貌不扬，但是却满脸沧桑感的年轻人，不禁有些好奇。

“当时科兴驻马达加斯加的领导对我说，我们之前在科摩罗耕耘多年的海底光缆项目，已经重新启动，希望我这个客户经理去当地出差支撑。我当时毫不犹豫就答应了下来，因为我觉得自己刚来不久，产品知识和经验也没有其他人丰富，而领导这么信任我，正是证明自己的好时候。”

“你以前在非洲工作和生活过吗？”

“我来科兴之前在西非的科特迪瓦工作过，有过非洲工作生活的经验，还自学过一些法语。”

“好，你讲一讲你在科摩罗的工作和生活经历吧，我很感兴趣。”

“钟总，王耀可是一个有故事的人。他在科摩罗的经历可以用‘一人一厨一狗’来概括，相当不容易。”

李国栋忍不住插了一句，他对王耀的经历非常了解。

“‘一人一厨一狗’？挺有意思。你就给大家分享一下吧。”

钟成的好奇心被调动了起来，笑呵呵地望着王耀说。

“到了科摩罗我才知道，我来到的是一个物资极度匮乏、基础设施极度落后、疟疾和登革热肆虐的贫困国家。当地不仅缺电缺水，就连蔬菜和水果也极度缺乏，是一个连吃饭都需要发愁的国家，因为科摩罗是火山岩地质。刚开始的时候，我每天都要为了食物短缺而绞尽脑汁。直到2014年下半年，科摩罗业务有了起色，公司正式在科摩罗设立了办事处，还专门配备了一名中国厨师。随后我们告别了之前的破旧宿舍，新租了一栋宽敞明亮的新楼房。出于安全的考虑，我们抱了一条小狗回来，希望它可以看家护院，于是关于科摩罗，关于我的‘一人一厨一狗’的趣闻就被大家传了出去。其实因为这条小狗过于凶猛，我们只好送给了当地人，又重新养了两只小土狗，一公一母，还给它们俩取了名字叫‘收入’和‘回款’。取这两个名字的目的是时刻提醒我要坚持奋斗的方向，收入和回款两个目标一个也不能少。”

“哈哈……”

本来非常安静的会议室内立刻笑声一片，接着大家又热烈地鼓起掌来。

“大家不要笑，这两条小狗的确给我带来了好运。近年来科摩罗业绩一直不断上升。2016年我们团队克服重重困难，在这个满是火山岩的小岛上，完成了国家骨干传输网的建设，成功拿下东南非第一个海底光缆项目。这个项目彻底改变了科摩罗与世界隔绝的状态，让它从此与世界紧密相连。也正是这个项目的良好经营，科摩罗公司取得了当年科兴公司全球小国业绩第一的成绩。”

“我要郑重向你致敬，你在科摩罗‘一人一厨一狗’的奋斗经历就是科兴精神最好的诠释！你是英雄，是科兴的英雄！”

钟成激动地站了起来，向着有些手足无措的王耀鞠了一躬。所有人都跟着站了起来，会议室内再次响起热烈的掌声。

“现在公司已经建立了统一的行政后勤平台，‘一人一厨一狗’的故事早就成为历史，大家可以安心地吃好喝好住好，再无后顾之忧。年初科摩罗办事处成功纳新，三位北大和复旦毕业的‘90后’高才生和我一起常驻岛国，他们构成了以客户为中心的项目制‘铁三角’，一起支撑着一线业务的需求。按照客户对我们的评价，科兴已经成为科摩罗最受欢迎和尊敬的中国公司，我们的客户在科兴经历困难的时候第一时间就站出来力挺我们，表示我们永远是他们最信任的伙伴。”

“很好，我一定要去科摩罗看你。不过，我去了以后就成了‘多人一厨两狗’了。哈哈。”

钟成走过去紧紧地握住王耀的手，风趣地对他说。

“谢谢钟总。科摩罗被称为‘月亮之国’，是一个风景优美的国家，碧海蓝天，夜晚的星空深邃而幽美。虽然岛上无法种植日常的蔬菜和水果，但是那里有一种叫作红树林的神奇植物，生长在岩石缝里，生命力极其顽强。我觉得我们每一个科兴人就像红树林一样，即使没有肥沃的土壤，没有充足的淡水，没有优越的条件，也依然会破石而出，奋力生长，并将继续枝繁叶茂！谢谢大家，我的分享到此结束。”

“‘一人一厨一狗’的故事可以成为历史，但是艰苦奋斗的科兴精神必将永世长存！”

钟成说话的时候很激动，声音有些颤抖，但是却道出了会议现场所有人的心声。

2019年年底以来，在中国众志成城，举国抗疫的同时，海外的疫情仍然在快速蔓延之中……

夜色渐浓，科兴驻乌干达代表处项目总监常征与柔美动人的妻子紧紧握着对方的双手，谁也不愿意松开。

柔和的灯光下，八岁的儿子和三岁的女儿已经进入甜蜜的梦乡，他们稚嫩可人的小脸蛋上，似乎还留着白天玩耍时的笑容。他们还不知道，明天他们就要和爸爸告别，跟着妈妈一起回国了。

3月底，非洲东部以“高原水乡”闻名于世的乌干达出现了首例新冠肺炎确诊病例，乌干达立刻启动紧急状态，全国宵禁，人员禁足，卫生防疫部门严阵以待。科兴乌干达代表处根据总部的要求，迅速启动了应急预案，在确保员工健康安全的前提下立刻开展抗疫工作，全体员工居家办公，取消集中就餐。

“特殊时期，我们必须要做好两方面的工作。既要保证员工的健康和安全，同时还要与客户在一起。越是在这种危机时刻，客户就越需要我们的帮助和支持，我们要利用科技的力量，帮助非洲人民共同抗疫，打赢这场战争。”

代表处代表刘岩在动员会上向大家提出了明确的要求。

“我可以帮助员工采购食材，派送餐食上门并做消毒，还可以每周安排一些线上的运动，指导大家做一些跳操、平板撑等活动，锻炼身体，提高免疫力。”

常征自告奋勇，第一个向刘岩提出工作申请。

“很好。常征，你是我们非洲地区部的老干部，在非洲工作了十多年，是骨干中的骨干。我们现在就成立一个科技抗疫项目组，我是组长，你是副组长。我们要尽快打通乌干达总统府到卫生局以及隔离医院的视频会议系统，为政府远程监控、远程指挥提供有力支撑。同时还要打通到客户办公室的视频系统，保持疫情期间与客户的沟通，帮助客户快速完成网络扩容，远程保障疫情期间的网络通信服务，确保疫情期间不能出现任何重大网络问题。这个任务很重，我们一定要全力以赴!”

“我们一定全力以赴!”大家都站了起来，郑重承诺。

会议结束以后，仅仅用了三天的时间，大家就帮助乌干达政府打通了从总统府到卫生局以及隔离医院的视频会议系统，同时也打通了到运营商办公室的视频系统，赢得了乌干达政府和客户的多次感谢。

疫情愈演愈烈，常征选择坚守岗位，继续留在乌干达保障疫情期间的网络通信服务，不过妻子和两个孩子如果继续留下反而会分散常征的精力，毕竟乌干达的医疗和卫生条件与中国有着不小的差距。考虑再三，妻子最后决定带着孩子先回国，不影响常征的工作。

“十二年，老婆，你陪着我在非洲已经十二年了。我们一起从赞比亚，到莫桑比克，再到南非，最后到乌干达。这十二年，你不仅一直陪伴着我，不离不弃，还给我生了两个可爱的孩子。谢谢你，我最最亲爱的老婆。”

常征是一名不折不扣的技术男，大学毕业就加入科兴，接受新员工培训后自愿写申请到赞比亚工作，开启了自己的非洲梦幻之旅，转眼已经十二个年头了。他平时并不善言辞，在这个特殊的分别时刻，他却恨不得把这个世界上最美丽、最动听的语言都说给妻子听。

“征，我愿意陪着你。你到哪里，只要在你身边，哪里就是你的家。你看儿子的护照上，国籍是中国，出生地是南非，签发地是乌干达，这是他的成长记录，也是我们的爱情记录。等疫情好转，我们还会再回来，继续陪在你身边。在别人眼里，这里是非洲。但是在我们的儿子和女儿眼里，这里和故乡没有两样。有时候小朋友们问女儿，你家在哪里啊，她就很认真地说，乌干达。哈哈，因为她就是在这里出生，在这里长大的啊。”

“非洲的条件很艰苦，这些年你和孩子跟着我吃了不少的苦头，我一直内心不安。我一定要发奋努力，给你和孩子想要的幸福生活！“

“一家人的心在一起，就是最幸福的生活。我记得你们钟总说过，科兴人奋斗的目的，主观上是为了自己和家人的幸福，客观上是为了国家和社会。这些年来，我看到了你的进步，从一个说话脸就红的技术小兵成长为管理很多人的部门领导。我也看到了科兴的成长，从一家国内的民营企业成长为世界第一的大企业。我也看到了非洲的巨大变化，非洲人民的生活一天一天在变好。科兴需要你们去坚守，去奋斗。作为科兴人的家属，我全力支持你，永远支持你，老公！”

“谢谢老婆的理解和支持，我一定会更加努力！”

常征松开了妻子的手，伸出手去把妻子紧紧地搂在自己温暖的怀抱里，已经憋了很久的热泪终于夺眶而出……

2020年5月末，在多人的陪同下，钟成带队接连访问了上海交大、复旦大学、东南大学和南京大学四所著名大学。在与校方的座谈中，钟成多次表达了对教育和人才的关切之意。

“未来充满了不确定性。未来我们拼什么，就是拼教育、拼人才。科兴非常重视与大学的合作，希望能助力大学的老师们做深入的研究，与老师们分享行业趋势、工业界需求以及世界级难题，并尽快让成果在社会上得到应用。当前科学技术发展非常快，希望大学像灯塔一样，照亮自己，也照亮别人。科兴希望与中国优秀大学有更深入的合作和交流，培养更多的人才，共同发现创新机遇，并尽快转化为真正的产业成果，为产业发展做出贡献，为国家关键领域、世界技术领域关键问题的突破做出贡献。

“要珍视每一个孩子，因为我们不知道哪个孩子会点燃世界的希望。星光不问赶路人，岁月不负有心人。中国五千年历史留下了宝贵的耕读文化，所有家长都鼓励孩子读书。希望在二三十年之后，中国能成为世界创新中心。”

9月中旬，钟成等人又风尘仆仆地赶到北京，马不停蹄地访问了北京大学、清华大学和中国科学院。钟成在和同学们座谈时多次表达了对基础教育的重视以及对中国科学家在核心技术突破方面的期望，他不无感慨地说：

“国家开始重视科学理论、工程技术的研究，也开始重视一些不以应用为目的的纯研究。我国的经济总量这么大，这么大的一棵树，根不强是不行的，不扎到根，树是不稳的，万一刮台风呢？我们拧开水龙头就出水的短、平、快的经济发展模式是不可持续的。过河需要船和桥，我们有了很好的科学目标，过河的船夫就是人才，人才来自教育，因此，国家发展的根本在教育。振兴中华，不是靠口号，而是要靠船和桥。

“科学发现、技术创新中最主要的是宽容。科学的道路是漫长而孤寂的，多少代人孜孜不倦地努力，才发现一点点真理。我们只有尊重历史，才会有英雄辈出。只有承认科学的历史观，才会有科学的发展观。我们处在一个最好的时代，我们的年轻人又如此活跃，我们的国家一定充满希望。同学们快快起来，担负起天下的兴亡。你们今天桃李芬芳，明天是社会的栋梁。”

访问结束之后，在回深圳的飞机上，钟成对大家感慨地说：

“过去大家都不太愿意从事基础理论研究，因为风险高、投入大、周期长，怕赚不到钱，出不了名，怕影响自己的科研成绩。我们的5G技术是因为土耳其教授的一篇论文才有了突破，所以我们前年特意给他发了一个大奖牌。我一直在想，如果我们的科学家和学者能静下心来，不受外界干扰，扎扎实实搞科研，一定也能写出更多这样顶级的论文来。当然，关键还是在于教育，只有重视基础教育，基础研究才有可能实现突破。”

“现在社会上很多人都很浮躁，对待财富、对待人生、对待感情的态度都有些扭曲，更不用说对待科学技术了。急功近利、沽名钓誉的人做不了基础研究，他们没有深厚的理论基础，也没有博大的人文情怀，就是挖空心思包装自己，绞尽脑汁向上爬，或者争先恐后地成为各种商业利益的代言人，怎么可能产出真正的学术成果呢？只有真正改变人的思想，才有可能彻底改变现状。”毕胜曾经在教育系统工作过，经历颇多，对此深有感触。

10月14日，深圳经济特区建立40周年庆祝大会在广东省深圳市隆重举行，前海国际会议中心灯光璀璨，大红的横幅高高悬挂在会场上空。钟成在台下第一排光荣就座，严肃认真地聆听了讲话，亲身感受着深圳特区建立以来所创造的伟大奇迹。

又是一个不眠之夜，钟成睡不着觉，但是心情却很平静。人生中的很多往事在眼前逐一闪现，似乎非常遥远，仿佛又在昨天。大山深处里的童年给他的最深记忆就是饥饿与贫穷，他只有发奋读书才有可能改变命运。所以他如饥似渴地阅读各种书籍，在父母的含辛茹苦与自我努力之下，才从山沟里走出来到了大城市读书。工作以后，背负着各种沉重的包袱，他把所有的心思都埋藏在心底，潜心钻研技术，赢得了组织认可。谁知人到中年，他却步入险境，走投无路，负债累累，无家可归，悲痛欲绝。创业以来，他孤注一掷，利出一孔，力出一孔，九死一生，为客户创造价值，与员工分享财富，凝聚二十万优秀人才，最终带领科兴不仅顽强地活了下来，而且走向了全球行业巅峰。他有时候觉得自己就是塞万提斯笔下的堂吉诃德，为了理想不惜一个人单枪匹马去挑战巨大的风车。有时候他觉得自己是希腊神话中的西西弗斯，每天都要推动着巨石上山，周而复始，乐此不疲。其实他最清楚，自己就是一个普通人，只是比别人付出了更多的心血和努力。

这一生，他对得起国家，对得起客户，对得起企业，对得起员工，唯独对不起自己的亲人，对不起自己的家庭，无论是父母、爱人，还是孩子，他几乎没有时间去好好地陪伴他们，和他们说说话，叙叙家常，过一过温馨的家庭生活。他把一生都献给了自己开创的事业，却忽略了一直在背后默默支持自己的至爱亲人。这是他一辈子的遗憾，也是他心灵深处隐隐的痛。

但是，创业到了现在，科兴已经不是他一个人的科兴，钟成也不再只是过去的钟成。开创历史先河的人往往是被时代洪流所造就的。能力越大，责任越大，科兴已经被推到了时代的潮头浪尖，钟成也必须义无反顾，勇往直前。

活下去。一定要活下去！

11月的第一天，天空中乌云密布，北风劲吹，气温较平常有些低。科兴龙岗基地天鹅湖边，尤正兴陪着钟成在铺满落叶的林荫道上散步。两人都倒背着手，走得很慢，一边走一边交流，阴沉而又湿冷的天气似乎对他们没有任何影响。

“前天科兴M40智能手机国内发布会上，杨浩宇他们推出了一款胡杨色手机。最后发言时，他很动情地说：无论多大困难，科兴的业务都会继续进行下去。在一起，就可以。这句话感动了现场的很多人。”

“我知道中国西北有一种树叫胡杨树，被维吾尔人称为‘最美丽的树’，生长在最恶劣、最残酷的环境中，耐严寒高温，耐盐碱，耐干旱和渍涝，用不屈不挠的身躯阻挡了沙暴对绿洲的侵袭，构成了一条雄伟壮阔的绿色长城。这种树‘生而千年不死，死而千年不倒，倒而千年不朽’，生命力极其顽强，这不正是我们中国人世代相传的精神吗？只要我们都具有这种胡杨精神，还有什么困境可以阻挡住我们的征程?”

“您是决定要剥离终端公司子品牌‘光辉’的手机业务吗?”

“为了让他们能活下去，活得更好，我们不能自私，只能忍痛割爱。”

沿着狭窄而又曲折的山道，钟成与杨浩宇阔步向前。

正值深冬，往日水流湍急的梧桐河已经水落滩阔，河水清澈见底，岸边绿草萋萋。沿途两岸绿树掩映，繁花点缀，五彩斑斓的勒杜鹃、粉红明快的羊蹄甲、灰绿相间的台湾相思树相互交织，仿佛绘就了一幅浑然天成的水彩画。驻足眺望，高处云雾缭绕，峰峦叠嶂，巍峨挺拔的梧桐山主峰在层层云雾之中若隐若现，如梦如幻。

“浩宇，今天是深圳入冬以来最冷的一天，知道我为什么让你陪我来爬梧桐山吗?”

“钟总，因为梧桐山是深圳最冷的地方。海拔越高，气温越低。您看那边，好汉坡的登山道上，大家都穿着羽绒服在爬山。”

“嗯。我是想告诉你，在创立科兴之前，我曾经爬过梧桐山，那时是初春，是梧桐山给了我无限的希望。现在前路茫茫，但是我胸中却热血沸腾。雄关漫道真如铁，而今迈步从头越。”

“您真是老当益壮，这个年龄还能在冬天爬山。”

“老了！但我只能继续干下去，只要脑子还不糊涂，就再多干几年，让自己与梦想的距离更近一点。”

“您现在是越来越睿智，一点也不糊涂。钟总，已是深冬，北方现在应该已经树木凋零，寒风呼啸，一片肃杀，但是您看梧桐山，山清水秀，草木茂盛，勒杜鹃、木槿花、金银花和紫荆花，还有一些我都叫不上名字的花开得仍然绚烂无比。”

“好啊，浩宇，就让我们在这个冬天里青梅煮酒，再踏征程！”

“踏遍青山人未老，风景这边独好。让我们向着梦想，出发！”

“爱尔兰作家萧伯纳曾经说过：我希望世界在我去世的时候要比我出生的时候更美好。这是我一直的梦想，也是我最在意的事。”

后　记

中国古代著名思想家庄子说过："人生天地间，若白驹过隙，忽然而已。"

三十年呢，更是"弹指一挥间"！

不过，有这样一位年逾古稀的老人，人到中年时遭遇种种磨难，在极度落魄的情况下，仅用了三十年，就打造了一个世界级的科技商业帝国。这个令世界为之瞩目的商业帝国，就是华为技术有限公司。这位令人敬佩的老人，就是华为技术有限公司创始人任正非先生。

华为，不仅是改革开放四十年以来中国企业发展水平的缩影，也是中国科技发展水平的缩影。任正非先生，更是中国当代企业家群体中当之无愧的杰出代表人物之一。

在炼狱般的创业历程中，任正非先生有很多机会可以成为投入少、赚钱快的地产商或者贸易商，但是他却义无反顾地选择了去做技术密集同时风险也密集的通信设备制造商，并经过艰苦卓绝的奋斗，成为当今世界先进通信技术的领导者。

自古英雄多磨难。英雄注定是孤独者，是奋斗者，是开创者。任正非先生走投无路下海经商，孤注一掷凸显魄力，乐于分享凝聚人才；危难时刻安定自若，未雨绸缪精心布局，低调务实勤于反思，洞悉人性把握规律，最终成为一名备受尊敬的企业创始人和行业历史开创者。他的人生历程不仅是与艰难困苦做斗争的历史，也是与欲望和人性做斗争的历史，他是当之无愧的时代弄潮儿。

在风起云涌的时代大背景下，这部作品尝试多视角、全方位地去展现一位事业开创者的奋斗史和思想史。主人公在创业历程中的每一个重大抉择以及由此带来的巨大悬念是故事发展的主要线索，那些由此而产生的孤独与痛苦、挣扎与奋斗不仅揭示了创业的艰辛和残酷，更体现出人性的复杂和超越。

世界上最长的路是心路。所谓胜利，只是意味着一个自己打败了另一个自己；所谓英雄，其实都要完成自我对人性的洞悉与超越。

真实的历史是现实的一面镜子，也是通向未来的一条道路。未来的三十年，相信各行各业都会涌现出越来越多像任正非先生一样伟大的开创者。

作为一部诚心诚意向华为和任正非先生致敬的文学作品，这部小说在创作过程中引用或借鉴了任正非先生的一些经典讲话，也参考了一些有关华为公司的公开资料，如华为“心声社区”中的部分事例，在此谨向任正非先生和华为公司致以最诚挚的敬意，同时也要感谢为这部作品提供资料和帮助的所有人。

特别需要指出的是，这部小说中的人物形象和故事情节都是虚构的，恭请大家不要对号入座。我创作这部作品的目的，只是为了向这个风起云涌、英雄辈出的时代以及那些饱经沧桑、艰苦奋斗的创业英雄致敬，希望能够激励所有在奋斗道路上艰苦跋涉的人们勇敢地“活下去”，有尊严地“活下去”，活出属于自己的精彩人生。

活下去，才有机会改变世界。活下去，才有可能开创历史。

创业无止境，创新无止境，创造无止境。谨以此书向这个传奇的时代和这个时代的传奇——艰苦奋斗的开创者们致敬！

2020年11月30日

图书在版编目（CIP）数据

开创者 / 周留征著 . — 北京 : 北京十月文艺出版社，2022. 3
ISBN 978-7-5302-2215-7

Ⅰ. ①开… Ⅱ. ①周… Ⅲ. ①长篇小说—中国—当代
Ⅳ. ① I247.5

中国版本图书馆 CIP 数据核字（2021）第 246974 号

开创者
KAICHUANGZHE
周留征 著

出　版　北京出版集团
　　　　北京十月文艺出版社
地　址　北京北三环中路 6 号
邮　编　100120
网　址　www.bph.com.cn
发　行　新经典发行有限公司
　　　　电话（010）68423599
经　销　新华书店
印　刷　北京盛通印刷股份有限公司
版　次　2022 年 3 月第 1 版
　　　　2022 年 3 月第 1 次印刷
开　本　880 毫米 ×1230 毫米 1/32
印　张　14.25
字　数　320 千字
书　号　ISBN 978-7-5302-2215-7
定　价　62.00 元
质量监督电话　010-58572393
如有印装质量问题，由本社负责调换。